JN326834

新潮日本古典集成

春雨物語　書初機嫌海

美山　靖　校注

新潮社版

目次

凡例

一、本書は、上田秋成《あきなり》が五十四歳の春出版した『書初機嫌海《かきぞめきげんかい》』と、晩年になって創作し、写本で伝えられている『春雨物語』とを収めた。収載順序が制作年代順になっていないのは、『雨月物語』と並んで秋成の代表作とされる『春雨物語』を冒頭に据えたからである。

一、『春雨物語』は、「文化五年春三月　瑞龍山下の老隠戯書　于時《ときに》歳七十五」と奥書《おくがき》のある、いわゆる文化五年本のうち、西荘文庫旧蔵本（天理図書館蔵、請求番号九一三・六五―イ一七―一四）を底本とした。ただし、「序」「血かたびら」「天津をとめ」「海賊」「目ひとつの神」の本文のみについては、最終稿本と目されている、いわゆる富岡本（天理図書館蔵、請求番号九一三・六五―イ一七―一一）によった。その場合も、題名・排列順序は西荘文庫旧蔵本に従った。
なお、富岡本には「樊噲《はんかい》上」も含まれているが、後半部との整合を考慮してあえて採らず、西荘文庫旧蔵本の本文で通した。

一、『春雨物語』の本文作成にあたっては、底本に忠実であることもとよりであるが、あくまで読みやすい本文を提供することを念頭において、次のような改訂を行った。

(イ) 明らかに誤脱と考えられるものは、諸本を参照して、また、意によって改めた。その場合、重要なものは頭注に断ることを原則とした。

(ロ) 底本には濁音表記がなされていないので、新たに加えた。

(ハ) 歴史的仮名づかいに統一し、送り仮名も現行のものに改めた。

(ニ) 一部の明らかに作者の意図や好みによると考えられるものを除いて、適宜漢字を仮名に、仮名を漢字に改めた。また、漢字のうち当用漢字にあるものは、原則としてその字体によった。

(ホ) 漢字には適宜よみ仮名をつけた。

(ヘ) 「悲し〳〵」は「悲しかなし」に、「いたゝかす」は「いただかす」に、「日〻」は「日々」にそれぞれ改め、「〳〵」「ゝ」「〻」などは使用しなかった。

(ト) 底本には存在しない句読点や、会話文を示す「　」あるいは『　』や・点などを加えた。

(チ) 「海賊」にある漢文は訓《よ》み下し文に改め、「宮木が塚」にある長歌は区切りを設けて、意をとりやすくした。

一、『書初機嫌海』は、「天明七年丁未正月発行、大阪書肆、堺筋長堀橋北へ入、増田源兵衛」の刊記のある版本（国立国会図書館蔵、請求番号一八一―二二六）を底本とした。

一、『書初機嫌海』の本文作成にあたっても、『春雨物語』と同様の方針で改訂を加えた。ただし、底本に既に句読点（。）、濁点、よみ仮名が施されているので、できるだけこれを尊重したが、若干の補訂をした。なお、内題等の表記は底本どおりとした。

一、傍注（色刷り）は、本文通読の助けとなるよう、思い切った意訳をこころみた。ただ、限られた紙幅のため十分に意を尽せなかったところがある。頭注によって誤解なきを期待するばかりである。また、文脈をたどる上で必要と思われる語句を〔　〕（　）で補った。

一、頭注は、簡潔を旨としつつも、文脈にそうよう心がけた。できるだけ根拠・出典・参考文献なども挙げるようつとめたが、紙幅の都合で省略せざるを得なかった場合もある。また、本文の口語訳や大意を〈　〉で示したところもある。引用の漢文はすべて訓み下しにした。

一、すべて年齢は数え年とした。

一、頭注欄の＊印部では、留意すべきことや参考となるであろうことを解説した。

一、頭注欄の適当なところに小見出し（色刷り）を付して、本文の理解の助けとした。

一、解説は、『春雨物語』の成立論を中心にした。上田秋成の文学全体を考える場合にも、重要な課題であると考えられるからである。

一、付録IおよびIIは、『春雨物語』所収の作品のうち、「血かたびら」「天津をとめ」「海賊」「歌のほまれ」など、歴史書に取材した諸作品を読むための参考資料として作成した。これらの作品は、史実についての知識を読者に要求していると考えられるからである。

作成にあたっては、秋成が資料として使用したであろうと考えられる文献の記載に従うようつとめた。したがって、現在の日本史学が明らかにしている史実と一致するとは限らない。

なお、付録IIの年表は改元後の年号をその年全体に及ぼしている。

一、付録IIIの上田秋成略年譜は、秋成の生涯を極めて大まかに通覧できるようにした。

一、頭注・傍注・解説・上田秋成略年譜などの執筆については、藤井乙男・重友毅・中村幸彦・浅野三平・森山重雄・高田衛・中村博保の各氏、その他多くの方々の業績に負うところ多大であった。深甚の感謝の意を表明するとともに、読者の通読の便を慮《おもんぱか》って、その一々を記さなかった非礼に対しては、ひたすらご海容を願いあげる次第である。

一、本書の出版が実現する過程にあっては、野間光辰先生のご推挽と、新潮社出版部の関係各位の過分のご尽力があった。付記して厚くお礼申しあげる。

春雨物語　書初機嫌海

春雨物がたり

春雨物がたり

はるさめけふ幾日《いくか》、〔降り続いていることか〕しづかにておもしろ。れいの《いつも使う》筆・すずりとう《取り出》出たれど《したが》、思ひめぐらすに、いふべき事もなし《書くようなことは何もない》。一物がたりざまのまねびはうひ事なり《物語めいた作品を書くのは初めての経験だ》。されど《だが〔それにしても〕》、おのが世の山がつ二めきたるには、何をかかたり出でん。むかしこのころの事どもも《昔の事や近頃のでき事などについても》人に欺《あざむ》かれしを、我、また、いつはり三としらで人をあざむく。よしやよし《どうでもいいや》、寓《そら》ごとかたりつづけてふみと四《正史に》おしいただかする人もあればとて《匹敵すると尊ばせる人もいるのだから〔と自ら慰めて〕筆を走らせていると》、物いひつづくれば、なほ春さめは五ふるふる《降りしきっている》。

一 平安朝時代の文体で書かれた物語。その物語について秋成は、『ぬば玉の巻』（安永八年、一七七九）に登場させた柿本人麻呂の口を借りて、自説を述べている。それによれば、〈中国にも物語はあって、それは「寓言」を方法としているから、必ずしも事実を書いているとは言えないが、「作者の思ひ寄する所」が書かれている。そのためには「位高き人の悪《にく》みを恐れ」て、「古《いにしへ》の事にとりなし、今のうつつをうちかすめつつ、朧《おぼろ》げに書」く必要があると考えられる。そしてわが国の『源氏物語』がそれに当る〉というのである。また、『ぬば玉の巻』で「そらごと」に「寓言」と注記しているが、事実でないという意味で「そらごと」であり、作者の思い寄するところを書くという意をもこめたと解すれば、この場合の参考になろう。

二 無教養な野人同様の日を送っている自分。

三 富尾似船《じせん》編の仮名草子『宿直種《とのいぐさ》』（延宝六年、一六七八）跋《ばつ》に「よしや人のいつはりて我にかたらば、そのいつはりわれおふべきなり」とある。

四 学問の書物。ここでは「むかしこのころの事ども」から考えて、正式の歴史書（六国史《りっこくし》など）を指す。「古事記を撃出《さきげいで》、日本紀を推排《おしりぞけ》」（『安々言《やすみこと》』）た本居宣長のことを思い浮べての表現であろう。

五 「しきりに……する」の意で語を重ねるのは秋成の筆癖。『春雨物がたり』だけでも「喜ぶよろこぶ」「笑ふわらふ」「登るのぼる」「いそぐいそぐ」「行くゆく」「めぐるめぐる」などの例が目につく。

血かたびら

第一回

平城帝の即位

[一]天のおし国高日子《くにたかひこ》の天皇《すめらみこと》、[二]ひらけ初《そ》めより五十一代の大まつり事（第五一代の天皇として朝政をおとりになったので）きこしめしたまへば、[三]五畿《ごき》七道[四]水旱《すいかん》無く、[五]民《たみ》腹をうちて豊《とよ》としうたひ、[六]良禽《りやうきん》木を選ばず巣くひて（賢臣が多く出て君に仕え）、[七]大同の佳運《かうん》、[八]紀伝のはかせ字をえらびて（紀伝道の博士らはめでたい字を選び）奏聞《そうもん》す（〔年号を〕上申する）。

登極《とうきよく》あらせてほどもなく（即位されてから間もなく）、[九]太弟神野《たいていかみの》親王を、春の宮つくらして（東宮御所をご造営なさって）、遷《うつ》させ（〔給うたが〕父桓武天皇の）、これは先だいのご寵愛《ちようあい》殊なりしによりてなりけり（特に深かったことを考慮されてのことだった）。太弟聡明にて、君としてためしなく（帝王たるべき人として前例のないほど）、和漢の典籍にわたらせたまひ、（〔太弟の書かれた〕）[一〇]草《さう》・隷《れい》もろこし人の推しいただき乞《こ》ひもてかへりしとぞ。

この時、唐は[一一]憲宗の代にして、[一二]徳の隣に通ひ来たり（徳ある王は隣る聖王を慕って）、新羅《しらぎ》の[一三]哀荘王[一四]いにしへの跡とめて（故実に従って）、数十艘《さう》の貢物《みつぎもの》たてまつる。

一 平城天皇《へいぜい》（七七四～八二四）。桓武帝第一皇子。大同元年（八〇六）即位、三十三歳。同四年退位。『日本逸史』などに「日本根《やまとね》子天推国高彦天皇《こあめのおしくにたかひこのすめらみこと》」とある。

二 第一代神武天皇即位からかぞえて。

三 大和《やまと》・山城・河内《かわち》・和泉《いずみ》・摂津の畿内五カ国と東海・東山《とうさん》・北陸・山陰・山陽・南海・西海の七道。

四 洪水や旱魃《かんばつ》。史実は水旱による凶作の年であった。

五 泰平の世のさま。「哺《ほ》を含み腹を鼓ち、壌《つち》を撃ちて歌ふ」（『十八史略』帝堯《ていぎょう》）によるが、史書には「民凋弊《つかれやぶる》」などとある。

六 「良禽は木を相して棲み、賢臣は主を択《えら》んで事《つか》ふ」（『三国志』蜀《しょく》）をふまえた。

七 天下がすべて順調に栄えるよいめぐりあわせだということで「大同」という元号を。「亀従ひ、筮《ぜい》従ひ、卿士従ひ、庶民従ふ、是を大同と謂ふ」（『書経』洪範《こうはん》）。

八 史書・詩文の学の教授。紀伝博士が置かれたのは大同三年のことで、史実と異なる。底本は『記』。

九 桓武帝第二皇子で平城帝より十二歳下の同母弟。後に嵯峨天皇。「太弟」は皇位継承者たる弟。

一〇 草書体や隷書体で書かれた宸筆《しんぴつ》。

一一 唐の皇帝。在位十五年（八〇六～八二〇）。

一二 「徳は孤ならず、必ず隣あり」（『論語』里仁《りじん》）。

一三 新羅の王。在位九年（八〇〇～八〇八）。

一四 新羅の朝貢は、仁徳帝十七年（『日本書紀』）などの例があるが、平城帝時代の史実はない。

一五 善良で柔弱な性格。「便辟《べんぺき》を友とし、善柔を友とし、便佞《べんねい》を友とするは損なり」（『論語』季氏）。
一六 令制における二位相当の太政官の役人と令外官で大臣・納言に次ぐ役人。ただし、参議は、大同二年四月に廃止。
一七〈夜もふけてきたが、明け方に鳴くという鹿の声を聞くまでは立ち去らないでいよう〉。『日本逸史』によれば、延暦十七年（七九八）北野の狩場での桓武帝御製。原歌第二句「なくちふ」、第五句「よのふけぬとも」。鹿の鳴き声は太弟の即位を暗示したものと平城帝は解した。
一八 桓武帝の同母弟。天応元年（七八一）立太子。平安遷都反対派陰謀の加担者とされ、延暦四年十月、皇太子を廃され、淡路島に流される途中絶食自殺した。
一九 桓武帝柏原陵。京都市伏見区にある。
二〇 桓武帝延暦十九年の史実を用いた。
二一 神楽を奏して神を慰め、神おろしを行う人。
二二 平安遷都の際の長岡造宮使藤原種継の子。参議、右兵衛督《うひようえのかみ》。平城復都、平城上皇の重祚《ちようそ》を謀ったが失敗し、大同五年（八一〇）射殺された。三十七歳。
二三 仲成の妹。平城帝皇太子時代の東宮坊宣旨。醜聞のため一時追放されたが、平城帝即位後再び出仕。兄とともに挙兵を計画して発覚、服毒自殺した。
二四 正夢・霊夢・思夢・寤夢《ごむ》・喜夢・懼夢《くむ》の六種の夢によって吉凶を占う（『周礼』春官）。
二五 智略をめぐらせない性質。「善柔」とともに平城帝の性格づけに重要な要素となっている。

善柔の帝の夢

天皇、[一五]善柔《ぜんじう》の御さがにましませれば《ご性質でいらっしゃったから》、はやく春の宮にみ位《くらゐ》ゆづらまく《譲位したいと》内々さたしたまふを《み心をもらされるのだが》、[一六]大臣・参議、「さる事、しばし《今しばらく〔お待ち下さい〕と》」とて、推しとどめたてまつる《強くおとどめ申しあげた》。

一夜《ひとよ》、夢見たまへり。先帝《せんだい》のおほん《御製》、高らかに、

[一七]けさの朝け鳴くなる鹿のその声を
　聞かずはゆかじ夜のふけぬとに

うち傾《かたぶ》きて、御歌のこころおぼししりたまへりき《桓武帝の歌の意味するところをおさとりになった》。

またの夜、〔夢に〕先だいの御使ひあり。「[一八]早良《さはら》の親王の霊、[一九]柏原《かしはら》のみ墓に参りて罪を謝す。ただ、おのが後なき事をうたへなげく《自分の後の世への配慮のないことを訴え嘆いた》」と申して使ひは去りぬ。これはみ心のたよわさにあだ夢ぞとおぼししらせたまへど《こんな夢見は気弱さの故のとるに足らぬものだとお心得になっていらっしゃるのだが》、[二〇]崇道天皇《すだうてんわう》と尊号おくらせたまひき。

法師・[二一]かんなぎら、祭壇に昇りて加持《かぢ》まゐらせ《ご祈禱をしてさしあげ》、はらへしたり《お祓いをした》。[二二]侍臣藤原の仲成《なかなり》、いもうとの[二三]薬子《くすりこ》ら申す、「〔占いでは〕[二四]夢に六つのけぢめをいふ《夢に六種類あると申します》。よきあしきに数定まらんやは《だが夢の吉凶で運命が確定できましょうか》。[二五]み心の直《なほ》きにあしき神のよりつ

くぞ」と申して、出雲《いづも》[一]の広成《ひろなり》におほせて、み薬調《てう》ぜさせたいまつる[二]。また、参議の臣たちはかり合はせて、ここかしこの神やしろ・大てらの御使ひあり。

また、伯岐《はうき》[三]の国に世をさけたる〔俗世を離れていた〕玄賓《げんぴん》[四]召して、御加持まゐらす。この法師は、僧都《そうづ》[五]になし昇したまひしかど〔昇進させなさったが〕、一族弓削《ゆげ》[六]の道鏡《だうきやう》が暴悪をけがらはしとて〔非道な暴挙をひどくいみ嫌って〕、山深くここかしこに住みて行ひたりけり〔修行していたのである〕。七日〔七日間〕、朝廷に立ちて妖魔《えうま》[七]をやらひしとて、「御いとまたまはれ」と申す。み心すがすがしく[八]ならせ給ひしかば、「なほ参れ」〔続けて参内せよ〕とみことのらせしかど、思ふところやある、またも遠きにかへりぬ〔遠国伯耆の国に帰っていった〕。

仲成・薬子の野心

仲成、外臣[九]を遠ざけんとはかりては、薬子《くすりこ》と心あはせ、なぐさめたいまつる。よからぬ事もうちゑみて〔甘心できぬ仕業にもただ笑っておられて〕、これが心をもとらせ給ひぬ〔仲成兄妹の意にもさからわぬようになさる〕。よひよひの御宴《うたげ》[一〇]のうた垣、八重《やへ》めぐらせ遊ばせたまふ。御製《おほん》をうたひあぐる。その歌、

[一一]さを鹿はよるこそ来なけおく露は

一『日本後紀』大同二年五月三日の条に「侍医出雲広貞」と見えるのを参考にして創作した名。広貞は医書『大同類聚方《だいどうるいじゅうほう》』百巻の編者の一人。
二「たてまつる」の音便形。
三 現在の鳥取県東伯郡および西伯郡。
四 河内国（大阪府東南部）出身の高僧。弓削《ゆげ》氏。弘仁九年（八一八）寂、八十余歳。以下は延暦二十四年（八〇五）桓武帝病気のときのことを記した『元亨釈書《げんこうしゃくしょ》』九の記事によって書いている。
五 僧官の位階で、僧正に次ぎ律師の上位。
六 河内国出身の法相宗《ほっそう》の僧。第四八代称徳天皇（女帝）の寵を受け、太政大臣禅師、法王となり権勢をほしいままにした。皇位につく動きもあったが、和気清《わけのきよ》麻《ま》呂らに妨げられて失敗し、下野国《しもつけ》（栃木県）薬師寺別当に左遷され、宝亀三年（七七二）そこで没した。
七 追い払う。「遂に神逐《かむやらひ》の理《ことわり》もちて逐《やら》ひき」（『日本書紀』神代上）。
八 さわやかな気分。「吾が心清《すが》清《すが》し」（『日本書紀』神代上）による。
九 他国の臣をいうが、ここでは一味以外の臣の意で用いている。
一〇 多くの男女が集まって歌い舞う遊び。
一一〈牡鹿は夜になれば来て鳴くであろうが、まだ露が霜となるほど夜がふけたわけではないのだから、若々しくふるまおう〉。鹿の鳴き声が太弟の即位を暗

　　霜結ばねば朕《われ》わかゆなり
おさかずきを手になさると
御かはらけとらせたまへば、薬子扇《あふぎ》とりて立ちまふ。「[一二]三輪《みわ》の殿《との》の
ひるがえしてご祝
神の戸をおしひらかすもよ。いく久《ひさ》、いく久」と、袖《そで》かへしてこと
福申しあげる　天皇の政務を
ほぎたいまつる。み心すがすがしく、朝まつり事怠らせ給はず。
嫌って　密かに〔悪しざまに〕奏上する人もいた
　太弟の才学長じたまふを忌《い》みて、みそかにしらし奏する人もあり
独りつぶやかれる
けり。みかど独《ひと》りごたせ給ふ。「[一三]皇祖《みおや》の尊《みこと》、矛《ほこ》とりて道ひらかせ、
み手に持ち　逆徒を討伐なさって以来
弓箭《ゆみや》みとらして仇《あた》うちしたまふより、[一四]十《と》つぎの崇神《すじん》の御時までは、
特に記録すべき事件もなかったのか　日本書紀には何の記事も見当らない
しるすに事なかりしにや、[一五]養老の紀に見るところ無し。[一六]儒道わたり
ため直す教えかと思えば
て、さかしき教へにあしきを撓《た》むかと見れば、また枉《ま》げて言《ことば》を巧《たく》み
時とともに儒教は盛んになるのに世の中は
にし、世々さかゆくままに静かならず。朕《われ》はふみよむ事うとければ、
ひたすら素直に政務に専念したい
ただ直きをつとめん」とおぼす。

蛮人、車で空かける怪異

　一日《ひとひ》、太虚《おほぞら》に雲なく、[一七]風枝を鳴らさぬに、空にとどろく音す。[一八]空《くう》
折から参内して　まもなく
海《かい》参りあひて、念珠《ねんず》おしすり呪文《じゆもん》たからかにぞとなふるに、すなは
〔何物か〕
ち地に堕《お》ちたり。あやし、[一九]蛮人車に乗りてかけるなり。捕へて櫃《ひつ》に

示しているのは、桓武帝御製（一三頁）と同様で、そのための退位の機の熟するまでは、明るく楽しく振舞おうとする気分を表白した歌と解することができる。

一二〈三輪の神殿の戸をいっぱいにお開きになったことだ、いく久しく末長く〉。『日本書紀』崇神帝八年の条に「この神酒《みき》は我が神酒ならず、倭《やまと》なす大物主《おほものぬし》の醸《か》みし神酒、幾久《いくひさ》幾久」「味酒《うまさけ》三輪の殿の朝門《あさと》にも押し開かね、三輪の殿門《とのど》を」などとあるのによって創作した。

一三 第一代神武天皇。「仇」は清音で訓《よ》む。

一四 第一〇代崇神天皇。

一五 養老四年（七二〇）に成立した『日本書紀』。

一六 四、五世紀ごろ漢字とともに舶来したが、特に律令制の大学寮における明経道《みようぎようどう》として盛んになった。秋成はその史論で「応神の朝に百済《くだら》国より貢ぎ奉れる学士等が教へ」（『遠駝延五登《おだえごと》』）とする。

一七 のどかでおだやかなさま。「風枝を鳴らさず、雨塊を破らず」（『論衡《ろんこう》』）による。

一八 真言宗の開祖。延暦二十三年（八〇四）入唐し、大同元年帰朝、東寺・高野山を開いた。承和《じようわ》二年（八三五）寂、六十二歳。大同元年は三十三歳で、平城帝と同年齢。『扶桑《ふそう》略記抄』では三十五歳。

一九「空中に龍に乗る者あり。貌《かたち》唐人に似たり。青き油ぎぬの笠を著て」（『日本書紀』斉明帝元年）によるか。

こめ、難波穿江《なにはほりえ》[一]に沈めさせ、忌部《いんべ》[二]の浜成、おちし所の土三尺《みさか》[三]をほらせて、神やらひおらび声高らかなり《悪霊払いの祝詞を読む声が高く響き渡っていた》。

一日《ひとひ》、皇太弟柏原《かしはら》のみさざきに参りて、密旨[四]の奏文《そうもん》ささげまつらす。何のみ心とも《どのようなお気持を訴えられたのか》、誰つたふべきにあらず《誰知るよしもない》。

天皇も、一日、みはかまうでし給ふ。百官百司[五]、みさき追ひ《前駆をなし》、あとべに備ふ《〔また〕後尾を警固する》。左右《さう》の大将・中将、御車のをちこちに、弓矢とりしばり《にぎりしめ》、御はかせ《ご佩刀を》きらびやかに帯びたまへり。百取《ももとり》の机に幣帛《みてぐら》[六]うづまさにつみはえ、堅樹《さかき》[七]の枝に色こきまぜてとり掛けたる《榊の枝に色とりどりの和幣を結びつけた〔その状は〕》、神代[八]の事もおもはるるなりけり《神々しい神代の昔がしのばれるようだった》。雅楽寮《うたづかさ》[九]の左右の人々立ちなみて、三くさ《三種類の》の笛・鼓の音、「面白し」と、心なきよぼろ[一〇]さへ耳傾けたり《風雅を解するはずもない仕丁さえ聴き入っていた》。

白昼黒雲の怪異

怪し、うしろの山より、黒き雲きり立ち昇りて、雨ふらねど、年[一一]の夜《大みそかの夜》のくらきにひとし。いそぎ鳳輦《ほうれん》[一二]にて《〔ご帰還と〕》、我も我もと、あまたのよぼろらのみならず取りつきて《〔鳳輦に〕しがみつくようにし》、左右の大中将つらを乱して《隊列をみだして》そなへたり《警固に当った》。

一 奈良県高市郡明日香村豊浦にある、飛鳥川西岸の入江。排仏論者物部《もののべ》守屋が仏像を投げこんだ所という(『和漢三才図会《わかんさんさいずえ》』七十三)。大阪の阿弥陀池ともいう。

二 忌部氏は中臣《なかとみ》氏と並ぶ朝廷祭祀家。浜成は『神別記《しんべつき》』編者。実際に平城帝に召され、大同二年『古語拾遺』を撰述した広成にしなかった理由はわからない。

三 平安時代の唐大尺では、一尺約三〇センチ。

四 「嵯峨東宮ノ間、平城国主ノ時、東宮ヲ廃シ奉ルベキノ由、サタアリケリト」「桓武ノ聖廟ヲ拝シテ東宮訴ヘ申シ給ヒシ」(『愚管抄』三)などによっている。

五 多数の役人たち。

六 山のように積みあげて。

七 秋成は『万葉集』の評釈書『金砂《こがねいさご》』七で「栄樹、堅木、いづれとも祝語なり。近世是に区々の説ありて、一樹のみに言ひ定めんとす。故実には何にても冬青の物を用ひたるべし」と、常緑の木であれば何でもよかったのだとしている。

八 「おほ原や小塩の山も今日こそは神代のことも思ひ出づらめ」(『古今集』十七)による。

九 令制における治部省所管の音楽担当の役所をいう。

一〇 「よぼろ」は、徴発されて三年間労役に従った成年の男子をいう。「(管絃の遊びを)生けるかひありと、何のあやめも知らぬ賤《しづ》の男も、(略)馬車の立処《たちど》に交りて、笑みさかえ聞きけり」(『源氏物語』胡蝶)によって想を得たか。

「還御」、たからかに申せば、[一三]大伴《おほとも》の氏人《うぢびと》開門す。「御常にあらじ《ご病気らしい》」とて、くす師らいそぎ参りてみ薬調《てう》じ奉るに、かねておぼすみ国譲りのさがにやとおぼしのどめて《前兆であろうと自分を納得させなさって》、さらに御なやみ無し《それ以上のご不快はなかった》。

御かはらけ参る。[一四]栗栖野《くるすの》の流れの小鱗《こあゆ》に、[一五]ならびの丘の蕨《わらび》とりてはへて《美しく並べ》、膾《なます》や何やすすめたいまつる。みけしきよくてぞ、夜に月出で、ほとゝぎす一二声《ひとこゑふたこゑ》鳴きわたるを聞かせたまひて、大とのごもらせたまひぬ《おやすみになった》。

空海へのご下問

空海、あした参る《あくる朝参内した》。問はせたまへるは、「[一六]三皇五帝は遠し。その後の物がたり申せ」となん《〔仰せられる〕》。空海申す。「いづれの国か教へに開くべき《どの国も教えに従い国を始めるのではありません》。『[一七]三隅《みすみ》の網、一隅我に来たれ』といひしが、私《わたくし》の始めなり。ただただ、み心の直くましませば《〔帝は〕素直なご性格ですから》、ままにおぼし知りたまへとこそ《〔み心の〕ご統治をなさってくださればと存じます》。[一八]日出でて興《お》き、日入りて臥《ふ》す。飢ゑてはくらひ、渇してのむ。民の心にわたくしなし」とぞ《〔申しあげる〕》。うちうなづかせ給ひて、「よしよし」とみことのらす。

一二 旧暦では冬の終りである上に、月も出ない。

一三 屋根に金の鳳凰を飾った天皇の乗る輿《こし》。「鸞輿《らんよ》」（一九頁一行）も同じ。

一三 宮廷の警固は大伴氏の職務であった。「抑《そもそも》、大伴氏は遠祖道臣命の功勲によりて、筑坂に宅地を賜ひ、畝火《うねび》のかし原の皇居の近衛となさせ給ひし」（『金砂』三）という。

一四 京都市北区鷹峰《たかがみね》一帯で、賀茂川の上流にあたり、当時の天皇遊猟地の一つ。

一五 京都市右京区双が岡《ならびがおか》。仁和寺の南にあたり、これも当時の天皇遊猟地の一つ。

一六 古代中国の伝説的帝王たち。伏犠《ふくぎ》・神農・黄帝の三皇と、少昊《しょうこう》・顓頊《せんぎょく》・帝嚳《ていこく》・帝堯《ていぎょう》・帝舜《ていしゅん》の五帝をいうが、別の数え方もある。「遠し」は、あまり古い時代のことで、範とするに実感をともなわない、の意。

一七 狩猟用に張った四面の網のうち三面を解き、一面の鳥獣のみわれに来たれと言って四十カ国の人心をつかんだという殷《いん》の湯王《とうおう》の故事（『史記』殷本紀）。帝王の寡欲を物語る故事を引きながら、そこに既に私欲にもとづく政治の萌芽があるのだと、秋成は空海の口を借りて指摘するのである。

一八 帝堯治政下の民の歌「日出でて作り、日入りて息《いこ》ふ。井を鑿《うが》ちて飲み、田を耕して食ふ。帝力何ぞ我にあらんや」（『十八史略』帝堯）による。

太弟との儒教問答

太弟参りたまへり。御物がたり久し。〔帝〕のたまはくは、「周[一]は八百年、漢四百年、いかにすればか長かりし」とぞ。太弟、さかしくましませば、〔帝の〕み心をはかりてこたへたまはく《お気持を推量しながらお答えになることには》、「長しといへども、周は七十年[二]にてやや衰ふ。漢家《かんけ》もまた、高祖[三]の骨いまだ冷えぬに《高祖の没後いくばくも経ずに》、呂《りよ》[四]氏《し》の乱おこる。〔これは〕つつしみの怠りにもあらず《王の自重の不足によるものではありません》」と答へたまふ。「さらば天の時か。天とは日々に照らしませる皇祖《みおや》[五]のみ国なり。儒士《じゆし》ら、『天とは即ちあめを指すか《空のことを言うのか》』と聞けば、『命禄《めいろく》[六]なり』といふ。また数[七]のかぎりにもいへり《運命のことだとも言っている》。これは多端なり《これでは多岐に亙りすぎる》。仏氏は《僧侶たちは》、『天帝[八]も我に冠かたぶけて聴かせたまふ』と申す〔おっしゃる〕。あな煩はし《ああ面倒でいやだ》」と。太弟、御こたへなくて、まかん出たまへり《ご退出なさった》。

譲位宣言と平城京

あした《翌朝》、〔神野親王への〕み国ゆづり《ご譲位》の宣旨《せんじ》[九]くだる。故《ふる》[一〇]さととなりし平城《なら》におり居《ゐ》させたまはんとぞ《退位後は住まわれるおつもりとか》。元明《げんめい》[一一]よりせん帝《だい》にいたるまで、七代《ななよ》[一二]の宮所《みやどころ》なりしかば、昔は宮殿のありしさまを、「咲[一三]く花のにほふがごとく今さかりなり」とよみしをおぼし出でたまひ、そこにと定めたまへりき《奈良にとご決定になったのである》。

一 周八六七年、漢四二六年（『十八史略』）。
二 昭王（第四代）のころから王威が衰えたという。秋成が私淑した賀茂真淵は「そのさかえは八百年とかいへど、初二代にて、四十年ばかりは治れりといはんか、やがていと乱れて、なかなかおとろへにけり」（『国意考』）と見ている。
三 前漢王朝の創始者劉邦《りゆうほう》、前一九五年に没した。
四 高祖（劉邦）なき後、その后であった呂太后は、一族を王とし専横をきわめたが、太后没（前一八〇）後、陳平《ちんぺい》・周勃《しゆうぼつ》らが呂氏一族を滅ぼして劉氏を守った。
五 天照大御神《あまてらすおおみかみ》の支配される高天原《たかまがはら》。
六 その人がもって生れた仕合せ。
七 天運の変化のすべて。
八 僧が経を説くと、天帝もこれを拝聴されるという。「天帝」は帝釈天。『法華経』法師功徳品《くどくぼん》に「若《も》し舌根を以って大衆の中において演説する所あらば、（略）諸《もろもろ》の天子天女、釈梵、諸の天は、この深妙の音声の、演《の》べ説く所ある言論の次第を聞きて、皆悉《ことごと》く来りて聴かん」とある。
九 簡単な手続きによる天皇の命令を伝える文書。
一〇「ふるさととは旧都をいふ」（『金砂』一）。
一一 第四三代元明天皇（在位七〇七〜七一五）。和銅三年（七一〇）から平城京を経営した。

日をえらびて（旅立ちによい日を選んで）、けふ出でさせたまへり（〔皇居を〕）。一四 宇治にいたりて、一五 鸞輿《らんよ》しばしとどめさせて、河づらをながめて、おほんよませ給へる（御製を）。

一六 もののふよこの橋板のたひらけく
かよひてつかへ万代《よろづよ》までに

これを一七 うた人ら、七たびうたひ上ぐる。「一八 網代《あじろ》の波はけふ見えねど、千代《ちよ》ちよと一九 鳴く鳥は河洲に群れゐるを」とて、また御かはらけめす（お盃を手になさる）。薬子、れいに（いつもどおりに）擎《ささ》げまゐらす。「所につけてよめ（場所柄にちなんで歌をよめ）」と、二〇 おほせたうぶ（ご命令なさる）。薬子、先づよむ。

二一 朝日山にほへる空はきのふにて
衣手さむし宇治の川波

と申せば、「二二 河風はすずしくこそ吹け（〔むしろ〕川風は涼しく吹いているではないか）」とて、うちゑませたまふ。二三 左中将藤原の惟成《これなり》よむ。

二四 君がけふ朝川わたるよど瀬なく
我はつかへん世をうぢならで

一二 元明・元正・聖武・孝謙・淳仁・称徳・光仁の七代、七十余年間の皇居であった。
一三 小野老《おののおゆ》の「あをによし奈良の都は咲く花のにほふがごとく今さかりなり」(『万葉集』三)をいう。
一四 京都府宇治市。京都から奈良に至る途中にあって古来交通の要所であり、歌枕でもあった。
一五 天皇の乗輿《じょうよ》。
一六 〈武人たちよ、この宇治橋の橋が平らかに続いているごとく、変りなく末長く奈良に通い仕えくれよ〉。宇治橋は大化二年(六四六)に架設された最古の橋。
一七 雅楽寮の職員。
一八 木や竹で編んで、川の中にしかける漁具。宇治川の名物で歌によく詠まれた。
一九 川千鳥。「佐保川の清き川原に鳴くちどりかはづと二つ忘れかねつも」(『万葉集』七)。
二〇 「たうぶ」は「たまふ」の転。
二一 〈山の名のごとく朝日に明るく輝く空は既に過去のもので、今宇治川を渡る風は袖に寒く吹く〉。「朝日山」は宇治橋の上流七〇〇メートル、北岸にある山で、歌枕。平城帝退位に対する不満の意をこめた。
二二 「さむし」に対して「すずしく」と言い、平城帝の退位後のさっぱりした気分の表明でもある。
二三 実在しない。藤原仲成の一族のつもりか。
二四 〈帝が今朝お渡りになるこの川にはよどみや浅瀬があり、所の名も宇治(憂し)というが、私は変りなく、下《お》り居を憂しとも思わずお仕えいたします〉。

[一]兵部大輔橘《ひやうぶのたいふたちばな》の三継《みつぎ》よむ。

[二]妹《いも》に似る花としいへばとく来ても
見てましものを岸の山吹

「[三]それは橘の小島が崎ならずや。《その古歌は橘の小島が崎での歌ではないか》[四]飛鳥《あすか》の故《ふる》さとの[五]草香部《くさかべ》の太子の宮居ありし所よ」と、おほせたまふ。[六]なほ多かりしかど忘れたり。《もっと詠歌は多かったが忘れてしまった》

[七]奈良坂にて、御ゆふげまゐる。《ご夕食をさしあげる》「[八]この手かし葉は、いづれ」とはせ給ふ。「それはふたおもてにて、《その葉はどちらが表かはっきりせず》心ねぢけたる人にたとへし忌みごとなり。御供つかうまつる臣たち、《お供いたしておりますす私ども臣下は》いかでふたおもてならん」と申す。「よし」とのたまひて、古宮《ふるみや》に、夜に入りて、入らせたまひぬ。

二十余年ぶりの旧都眺望

あした、み簾《す》かかげさせて、見はるかさせたまへり。《遠くを眺めやっていらっしゃる》東は春日《かすが》・高円《たかまど》・三輪山、みんなみは[九]鷹《たか》むち山をかぎり、西は葛城《かづらき》や[一〇]たかんまの山・生駒《いこま》・[一一]ふた神の峰々、[一二]青墻《あをがき》なせり。「むべもひらけ初めより《なるほど》《神武帝以来宮居はここにとお定めになったのは「もっともだのに」》宮居ここと定めたまひしを、《先帝桓武天皇はどのようにお考えになって》せんだいのいかさまにおぼして、[一三]北に

一 実在しない。「兵部大輔」は兵部省の次官。
二 〈古歌に「妹に似る」と詠まれているほどなのだから、早くこの岸に咲く山吹の花を見に来たらよかった〉。古歌は「妹に似る草と見しより吾が標《しめ》し野辺の山吹誰か手折りし」(『万葉集』十九)。「山吹の瀬」は宇治橋の北西にある歌枕。
三 古来「橘の小島が崎」を宇治の歌枕に数えるが、秋成は「橘の小島が崎も同じ飛鳥の郷なるべし」(『金砂』一)とし、飛鳥川上流の島の庄付近を該当地とする。このように自分の考証を登場人物に語らせるのは秋成の常套的な筆法である。
四 平城遷都(七一〇)以前の飛鳥古京。
五 天武帝の皇子、日並知《ひなめし》皇子。母は持統帝、文武・元正両帝の父。皇太子であったが、即位をみず薨去《こうきょ》し、その折の柿本人麻呂の挽歌(『万葉集』二)は有名。
六 語り手の存在を前提とする文。
七 奈良市の北、大和・山城の国境。
八 マツ科の常緑小喬木《きょうぼく》。葉は手のひらを立てた形で小さく鱗状で表裏がわからない。「奈良山の児《こ》の手柏《てがしは》のふた面《おも》にかにもかくにもねぢけ人の友」(『万葉集』十六)。
九 鷹鞭山《たかむちやま》。高取山の古称。
一〇 高天山《たかまやま》。高間とも書く。金剛山東中腹の一峰。
一一 二上山《にじょうざん》。
一二 青い垣のようにとり囲んでいる。秋成の『万葉集

遷《うつ》らせ給ひし」と、ひとりごたせ給ふ。「北は元明《げんめい》・元正《げんしやう》・聖武《しやうむ》のみ墓[一四]立ち並びたまひたり」と申せば、杳《はるか》にふし拝みしたまへり。大寺の甍《いらか》たかく、層塔数をかぞへさせ給ふ《あまた見える塔の数を数えられる》。城市の家どもも、まだ今の都にうつりはてねば《平安京に移転し終っていないので》、故さとともあらぬたたずまひなり《旧都とはいえ依然都のおもかげを残している》。

東大寺の毘盧舎那仏《びるしやなぶつ》[一五]拝まんとて、先づ出でさせ給ふ。見上げ《〔大仏を〕》させたまひて、「思ふに過ぎし御かたちなり《思っていた以上の壮大なお姿である》。〔だが〕[一六]西の国の果てに生れて、この陸奥《日本の みちのく》[一七]のこがね花に光そへさせ給ふとぞ。[一八]いぶかし《分らない》」とおほせたまへば、近く参りたる法師が申す。「これは華厳《けごん》[一九]と申す御経にとかせし御かたちなり。如来《によらい》[二〇]のへん化《げ》《〔自由自在で〕》、天にあらせれば虚空《こくう》にせはだかり《一杯にひろがり》、また芥子《けし》の中にも所えさするよしに申したり《身を置くことがおできになると聞いています》。肖像はここにも渡せし《わが国にも渡来した》。み足の裏に開元《かいげん》[二一]の年号あるが、[二二]三たびの御うつし姿にて、五尺《いつさか》に過ぎさせしをまこととはたのみ奉る《五尺余の肖像を真実のお姿を写したものと信じあげております》」と申す。つゆ《一言も》御こたへなくて、ただたがはせで物いひたまはず《異をとなえたりせずただ黙っていらっしゃる》。[二三]このご本じやうこそたふとけれ《このようなご生得の性質こそ大切にしなければならない》。

楢《なら》の杣《そま》』一に「畳《たた》なはる青垣山、山の幾重もたたみかさなれるをみづ垣の青垣に見なして言ふ」とある。

一三 前の部分の「宮居ここ」が、広く飛鳥・平城京全体を指しているから、「北」は平安京のあった山城国ということになる。

一四 奈良市北部にある佐保山東陵、西陵、南陵。

一五 奈良の大仏。聖武帝の天平勝宝四年（七五二）に開眼供養をし、平城上皇の東大寺参詣の年とされる大同四年（八〇九）まで五十七年経過している。

一六 天竺《てんじく》、すなわちインド。

一七 日本の陸奥国に産出した黄金で一段と光り輝いていらっしゃるという話だ。

一八 平城上皇の、仏教盛行に対する率直な疑問の表出である。それは秋成自身の考えでもあって、「国つ神も、いかなればこの仏法にこころし給ひて、地をかし、万世にさかえしめ給ふ」（『胆大小心録《たんだいしようしんろく》』）と言う。

一九 大方広仏華厳経。「華厳経にか、毘盧舎那仏と申して、身の長《たけ》雲に入るばかりに拝まれ給ふと云ふ事によりて、この大像をば造らせ給ふとや」（『金砂』九）。

二〇 毘盧舎那如来。毘盧舎那仏に同じ。

二一 唐の玄宗時代の年号（七一三〜七四一）。

二二 三種類目の仏像で、の意。『二中歴』三によれば、一丈六尺あるいは五丈三尺の像、仏尊の特相を表した八尺の像、等身と考えられる五尺の像があった。

二三 語り手が再び顔を出して所懐をもらしたかたちになっている。

仲成・薬子らの煽動

薬子《くすりこ》・仲成ら、あしくためんとするには《〔上皇を〕》、御烏帽子《えぼうし》[一]かたぶけて《〔強く拒否せず〕》のみおはすがいとほしき。

み台まゐらす《御食事をさしあげる》。よくきこしをして《お召しあがりになり》、「難波《なには》の蜑《あま》がみつぐは、ここも近きか」とぞ。薬子申す。「かしこに[二]都あらせし帝は《仁徳帝は〔かつて〕》、御父の弟[三]み子を《父帝が兎遅のみ子を》立てて日嗣《ひつぎ》[四]とは定めたまひしかば、〔応神帝が〕神去《かん》りたまひては《おかくれになって後は》、兄み子うちもだし《不満も口になさらず》、宇治《うぢ》につかうまつり給ふを《弟君兎遅のみ子に仕えておられるのを》、兎遅のみ子は、『我、兄に踰《こ》えて登極せん事《皇位を継ぐのは》、聖《ひじり》の道にあらず』とて、譲りたまへど《ご遠慮なさったが》、〔兄〕『否、すでに日嗣のみ子とは、君を定めたまひしぞ』とて、三とせまで《三年もの間》相ゆづりて《お互いに譲りあって》、み座《くら》[五]むなしかりしかば、弟み子はつひに刃《やいば》にふして、世をさらせしとぞ。〔当時〕難波の蜑ら、貢《みつ》ぐ真魚《まな》[六]は、をちこちさまよひて、道にくされたりしとぞ《運ぶ道でくさってしまったとか》。『蜑[七]なれや、おのが物から《自分の物でありながら》、もていさつ《始末に困って泣く》』となんかたりつたへたる。兄のみ子、いかにせん《どうにも仕方がなく》、み位に昇らせしを《帝位におつきになったが》、聖王と申したてまつり、〔仁徳帝の〕御名は世々にありがたく申しつたへたりき。君《平城天皇》わづかに四とせにて《四年の在位で》おり居させたまへば《ご退位なさってしまったので》、臣も民も

一 消極的に不審を表明する描写で、「善柔の性《さが》」の表象でもある。

二 難波の高津宮を経営した第一六代仁徳天皇（在位三一三〜三九九）。

三 第一五代応神天皇（在位二七〇〜三一〇）。以下の部分は、『日本書紀』仁徳帝の条によっている。

四 「日嗣《ひつぎ》の御子《みこ》」のこと。皇太子の尊称。

五 高御座《たかみくら》、すなわち天皇の座席、またその地位をいう。この場合は、空位であることをいった。

六 食用に供する魚類。「ま」は接頭語。

七 『日本書紀』原文には「故諺曰、有海人耶、因己物以泣、其是之縁也」とあり、秋成は「蜑《あま》なれや、おのが物から音《ね》に泣かる」（『ぬば玉の巻』）と訓《よ》んでいる。自分の持物ゆえに困っているさまを言う諺「海人《あま》ならばともかく、海人でもないのに、自分の物ゆえに泣く」の成立譚を利用した。

＊ 「天津をとめ」に「受禅廃立のあしきためし」（三四頁八行）ともあり、また随筆『胆大小心録』では、「堯が舜に天下をゆづりしは、よき私なり。（略）この私が名目となりて、奪ふて代るを禅位といふよ」と述べている。秋成は、謀反・反逆を

望み失ひて、『かなし』と申すとぞ。今の帝は《嵯峨帝は》、もろこしのふみ読みて《中国の書の影響を受けて》、かしこの《唐土の》簒《うば》[八]ひかはるあしきを《悪い教えを》、試みさせしよ《実行にお移しになったのですよ》」と申す。「[九]あなかま《ああ声が高い》」とせいし給ふ。

「いな《いいえ》、ここにつかうまつる臣たちは《〔申しあげます〕いまお仕えしている私どもは》、今ひとたび、たひらの宮を都として《平城京を帝都として》、み位にかへらせん事をこそねぎ奉る《再び帝位におつきになることをひたすら願いあげております》」と申す。太弟に心かよはす[一〇]奈良坂の人もありて、聞きもらし《もれ聞いて》、「あな《おやっ》」とぞささめきたりし《ささやきあったことだった》。

仲成・薬子らの陰謀

仲成、これにつきて《さらにたたみかけて》、「君のおり居は、[一一]しばしの御悩みなりと申して《ご病気のためであるとおっしゃって》、ご即位またあらせたまへ《再びご即位なさってください》。今上のみ心にたがはば《今上天皇がご承引にならなければ》、我、兵衛《ひやうゑ》のかみなり、[一二]奈ら山、[一三]泉川に軍《いくさ》だちして《兵を展開して》、稜威《みいつ》しめさん《ご威光を示します》」とぞ申す。

また、市町の[一四]わらべがうたふに、

[一五]花は南に先づさくものを
　雪の北窓心さむしも

とうたふが、北に《平安京に》聞えて、平城《なら》の近臣をめして、推し問はせたまへ《強く尋問なさると》

ともなう簒奪《さんだつ》のみならず、私欲にもとづく作為が影を落しがちな、退位による禅譲で皇位が継承されることにも否定的な考えであったようだ。

八 簒奪によって皇位が継承されるべきだという中国伝来の悪い思想。

九 「あな、かまびすし」の約。同輩以下の話声や会話を制止するときに言う。

一〇 「奈良坂の人」は「奈良山の児の手柏のふた面」の歌によって、「ふた面の人」をいう。二〇頁注八参照。

一一 『日本逸史』によると、「(平城)天皇、去春より寝膳安らかならず、遂に位を皇太弟に禅《ゆず》らる」というのが文献的史実であるが、譲位は平城帝が状況判断の結果自由意志によって決めたこととして述べてきて、ここでは病気を平城上皇重祚の口実に使っている。

一二 奈良市北方の山々の総称。

一三 木津川上流の古名。京都府南部を東から西へ流れる。「大君の勅《みこと》かしこみ見れど飽かぬ奈良山越えて真木《まき》積む泉河《いづみがは》の速き瀬を竿さし渡り」(『万葉集』十三)。

一四 『日本書紀』にしばしば見える「童謡」になぞらえた。正しくは「わざうた」。諷刺・予言などの意味をこめた作者不明のまま流布する歌謡。

一五 「南」は南都奈良の平城上皇、「北」は北京平安京の嵯峨帝を暗示し、嵯峨帝を冷酷だとする。

ば、「これは、薬子・仲成らがすすめまゐらす事なり。この春のむ月のついたちに、[一]れいのみ薬まゐらすに、[二]屠蘇《とそ》・[三]白散《びやくさん》をのみすすめて、[四]度嶂散《としやうさん》奉らず。『いかに』《どうしたのかとお尋ねになると》ととはせしかば、『君、[五]峭壁《せうへき》をこえさせまじきに《お越えにならないように》。奈良坂たひらなれど《奈良坂は平らですが》、[六]青垣山の外《と》の重《へ》の山路なり。〔加えて〕この[七]み墻《かき》の内だに、ことごとは貢物たてまつらぬ。悲しかなし』《おいたわしく悲しい》とて、涙を袖につつみもらしたり《ぼろぼろ涙を流して泣いておりました》。この時、〔私は〕御前に侍《はべ》りて聞きしほかは、正《まさ》しき事しらず侍る《確実なところは存じません》。聖代に生れあひて、〔二臣を除けば〕誰一人《誰かは》兵仗《ひやうぢやう》を思ふべき《戦いを考える者は》」と申す《おりませんとお答えする》。

「さらば」《それならば》とて、すなはち《即刻に》官兵を遣はされて、[八]仲成をとらへて首刎《は》ねさせ、なら坂に梟《か》けさせ、薬子は家におろさせてこめをらす《退去させて自宅に謹慎させなさった》。

また、み子の[九]高岳《たかをか》親王は、今の帝《嵯峨天皇が》の上皇のみ心とりて《お心を察して》、儲《まうけ》の君《皇太子》と定めたまひしを、停《とど》めさせて《おとり止めになり》、「僧になれ」と宣旨《せんじ》あれば、親王、かしらを薙《な》ぎ《剃髪し》改名して、真如《しんによ》と申し奉る。[一〇]三論を道詮《だうせん》[一一]に学び、[一二]真言の密旨を空海に習ひたまひ、「なほ奥あらばや」《もっと深い教えがあろう》とて、[一三]貞観《ぢやうぐわん》三年、

一 元旦にはきまってご服用いただく薬。「元日御薬、(中宮は此《これ》に准《なら》へ)、白散一剤《ざい》、(略)、度嶂散一剤、(略)、屠蘇一剤」(『延喜式』典薬寮)。

二 屠蘇散。白朮《びやくじゆつ》・桔梗《ききやう》など数種で調製した漢方薬で、健康を保ち、疫病を払う効能がある。

三 山椒《さんしよう》・肉桂《にくけい》など数種で調製した漢方薬で、効能は屠蘇散に同じ。

四 防風《ばうふう》・麻黄《まおう》などの薬物を調合した漢方薬で、けわしい山の毒気を避ける効能があるという。

五 この部分は必ずしも文意が明らかでないが、文化五年本では「あやし。君、嶂壁をこえさせ給ふまじきに」とあり、薬子がここで初めて度嶂散のないことに気がついているように書かれている。とすれば、恐らくは自分で謀りながら、誰かが仕組んで度嶂散を差上げなかったのだと平城上皇に信じこませ、併せて上皇が軟禁状態に置かれているかのように思わせ、その結果場合によっては挙兵しても重祚を思いたつようにしむけた言葉と解釈できよう。「峭壁」はけわしいがけ。

六 大和国をかこむ山々の外。

七 大同五年(八一〇)九月、勅によって、大和国一国の租税が平城宮経営の費用に当てられることになった(『日本逸史』)。

八 『日本逸史』には「仲成を禁所に於いて射殺せしむ」とある。

九 平城上皇の第三子、大同四年嵯峨帝即位のとき皇

太子となったが、薬子の乱後廃された。以下の部分は『元亨釈書《げんこうしゃくしょ》』十六の「釈真如《しんにょ》」の項によっている。
一〇 龍樹《りゅうじゅ》の『中論』『十二門論』、提婆《だいば》の『百論』の三経典をいう。
一一 武蔵《むさし》国の人。法隆寺で三論を学ぶ。貞観《じょうがん》十八年(八七六)寂。(『元亨釈書』十六)。
一二『大日経《だいにちきょう》』『金剛頂経《こんごうちょうきょう》』『蘇悉地経《そしつじきょう》』など真言三部の秘経。
一三 八六一年。廃太子から五十一年後の事。
一四 パミール高原の中国名。釈迦の修行した所という。
一五 ラオスともマレー半島南部ともいう。
一六『元亨釈書』では「伝へ聞く、羅越国に到り、逆旅《げきりょ》に遷化《せんげ》す」となっている。
一七『日本逸史』には「藤原朝臣薬子自殺」とあり、『日本紀略』には「遂に薬を仰ぎて死す」とある。ここで「刃に伏す」としたのは、「血かたびら」に「薬子の怨気」を具象化するための用意と考えられる。
一八 几帳の布。
一九 べっとりと鮮血のままで付着している。
二〇『日本逸史』に「(薬子を) 太上天皇甚だ愛して、その奸なるを知らず、都を平城に遷すこと、これ太上天皇の旨にあらず」とあるによる。
二一 善柔の性格を顧み、それが帝王としての生き方に必ずしも役立たなかったことに思い及んでの言葉。
二二 第五三代淳和《じゅんな》帝の代、天長元年(八二四)七月七日崩御。『日本逸史』に「春秋五十一」とある。

唐土《もろこし》にわたり、行くゆく[一四]葱嶺《そうれい》をこえ、[一五]羅越国《らをこく》にいたり、み心ゆくま《ご満足なさるま》で《で》問ひ学びて、[一六]帰朝ありしとぞ。「この皇太子のみ代しらせたまは《〔天皇として〕ご統治なさってほし》ばや」と《いものだ》、みそかには《内緒の話では》上下《かみしも》申しあへりきとなり。

薬子、おのれが罪はくやまずして、怨気《をんき》ほむらなし《炎の如く燃え上がり》、[一七]つひに刃《やいば》に伏して死ぬ。この血の[一八]帳かたびらに飛び走りそそぎて《飛び散りかかって》、[一九]ぬれぬれと乾かず。たけき若者は弓に射れどなびかず《〔この帳は〕勇猛な若者が弓で射ても動きさえせず》、剣にうてば刃欠けこぼれて《剣で切りつけると刃が欠け落ちるさまで》、ただおそろしさのみまさりしとなん。

上皇には、[二〇]かたくしろしめさざる事なれど《全くご存じないことではあったが》、ただ、[二一]「あやまりつ」とて、御みづからおぼし立ちて《ご自身でお思い立たれて》、みぐしおろし《出家の身となられ》、[二二]御齢《おんよはひ》五十二といふまで、世にはおはせしとなん、史《ふみ》にしるしたりける《史書には記録されている》。

天津をとめ

第二回

[一]嵯峨《さが》のみかどの英才、君としてたぐひなければ《帝王としてまれにみるお方であったから》、み代おし知らせ給ひしなり《御代を立派にご統治なさったのである》。[二]万機《ばんき》をこころみ給ふに、唐土《もろこし》のかしこき文《ふみ》どもを、取りえらびて行はせ給へば、み世はただ国つちも改まりたるやうになん人申す。皇女《ひめみこ》の御すさびにさへ《お詠みになる歌にさえ》、「[三]木にもあらず草にもあらぬ竹のよの」、または「[四]毛を吹き疵《きず》を」など、口つきこはごはしくて《歌のよみぶりがごつごつしていて》、[五]国ぶりの歌よむ人は、おのづから口閉ぢてぞありき《自然表立って歌はよまなくなってしまった》。

上皇《平城帝》、わづかに四とせにて、おり居させ給ひしを《ご退位になられたのを》、下《した》なげきする人も《ひそかに残念がる人も》少なからざりき。「今ひとたび取りかへさまほしくおぼしぬらん《〔帝位を〕とりもどしたいとお思いになっていらっしゃるだろう》」と、ひたひあつめて、申しあへりとぞ。

嵯峨のみかどもおぼしやらせて《〔上皇の〕お気持を察せられて》、御弟の[六]大伴《おほとも》の皇子《みこ》を太子に定め

＊「血かたびら」に続く嵯峨・淳和・仁明三代にわたる時代が本篇で描かれる。文化史の上からは漢詩文を中心に外来文化が花開くと同時に、前『古今集』時代すなわち六歌仙時代の幕あけでもあった。また、政治史の上からは藤原氏全盛時代を迎える準備期と言うことができる。「承和《じようわ》の変」（三四頁＊印）はその大きな転機の一つであった。

唐風文化の盛行

一 第五二代嵯峨天皇（在位八〇九〜八二三、八四二崩御）。桓武帝の第二皇子、平城帝の同母弟で、即位のとき二十四歳。

二 天下の政治を推進なさるに際しては。

三 「木にもあらず草にもあらぬ竹のよのはしに我が身はなりぬべらなり　ある人のいはく、高津内親王《たかつのみこ》の歌なり」（『古今集』十八）。高津内親王は桓武帝第十二王女、嵯峨帝妃。歌は、戴凱之《たいがいし》の『竹譜《ちくふ》』に「植物の中に名づけて竹といふあり、（略）草にあらず木にあらず」とあるのによっていて、女性の和歌にまで漢詩文の知識が浸透してきている例として挙げている。

四 「いたくこと好む由を時の人のいふと聞きて、高津内親王　直き木に曲れる枝もあるものを毛を吹き疵をいふがわりなさ」（『後撰集』十六）。『韓非子《かんぴし》』に「毛を吹き小疵を求めず」とあるのによっている。

五 日本本来の歌すなわち和歌。『凌雲新集《りようううん》』（八一四）、『文華秀麗集《ぶんかしゆうれい》』（八一八）、『経国集《けいこく》』（八二七）の勅撰三大漢詩集が編まれる、いわゆる国風暗黒時代を迎えるわけである。

たまひて、上皇をなぐさめ給へるは、「これぞたふとき叡慮《えいりよ》ぞ」と人申す。

やがて[七]み位おり居させて《ご退位になられて》、[八]嵯峨野といふ山陰《やまかげ》に、[九]茅茨剪《ばうしき》らずのためしして《例にならって》、うつらせ給へりき。

[一〇]これは、先帝《桓武帝が》の平城《なら》の結構を《宮殿の造りを》、この邦《くに》にては例《ためし》無し《「として」》、[一一]瑞籬《みづがき》ふし垣の宮居《みやゐ》にかへさせしなるべし《戻そうとお思いになったのだろう》。されど、[一二]長岡《[当初の]》はあまりに狭くて、王臣たち、家を奈良にとどめて、通ひてつかうまつるもあり《お仕え申しあげる者もいた》。民はま《なお》いてなりしかば《さらのこと移住しなかったので》、これはあやまりつとおぼして《これは失敗であったと思われて》、今のたひらの宮《平安京》を作らせて、うつらせ給ふなり。土を均《なら》して[一三]百《もも》しきついたて、[一四]豊岩真《とよいはま》戸《ど》・くし岩窓の神々にねぎごとうけひて《祈願の神事を行って》、うつらせしかど、人の心は花にのみうつり栄ゆる物なれば《華美なものにひかれていくものだから》、いつしか《[初志とは違って]》王臣の家・殿堂の大いさ、奈良の古きに復《かへ》させたまへば《昔の平城京の規模に》、老いたる物知りは、「[一五]賈誼《かぎ》が、三代のいにしへをしのびて《夏殷周三代の昔を追慕して》、『まつり事あらためさせよ』と申せしを、賢臣らいさめ奉りしは、まことなりけり」と、[一六]漢書《かんじよ》のそれの巻

六 桓武帝第三皇子で、平城・嵯峨の異母弟。平城帝の皇子高岳親王が皇太子を廃されたことでもあり、わが子正良《まさら》親王（のち仁明帝）を皇太子としなかった。

七 弘仁十四年（八二三）、三十八歳。「させ」は尊敬語。秋成は「給ふ」を伴わず「す」「さす」だけでも尊敬語として使用する。

平安遷都の理想と現実

八 京都市右京区嵯峨。現在、大覚寺のある所。

九 屋根を葺《ふ》いたカヤなどの端を切り揃えない粗末な建物。「平陽に都す。茆茨《ばうし》剪《き》らず、土階三等のみ」（『十八史略』帝堯）とあるのによる。

一〇 以下は、嵯峨帝の下り居の宮から飛躍して、秋成の解釈に基づく平安遷都の経過を述べる、挿入的段落。

一一 古代の皇居の質素なさま。秋成は「みづ垣は瑞籬と書く。（略）崇神の皇居を磯城《しき》の瑞籬の宮と申せしも、石を築きあげ、その上に叢木を植ゑしげらせしを称せしなり。（略）いまだ世は十嗣《とつぎ》の御時なれば、質素の形状見つべし」（『金砂』三）と述べている。

一二 京都府長岡京市。延暦六年（七八七）に平城京から移り、七年後に平安京へ再び遷都。

一三 礎石を幾重にもつき固める意。（『楢《なら》の杣《そま》』一）。

一四 門を守護する神々（『延喜式』祝詞「御門祭」）。

一五 前漢第三代の文帝に二十余歳で挙用された博士。服色・官名・礼楽などの復古を計ったが、周勃・灌嬰《かんえい》・馮敬《ひようけい》らの反対があって、長沙王太傅《たいふ》に左遷された。

一六 『漢書』第四十八巻の「賈誼伝」をいう。

さぐり出だして、今をあふぎ奉りしとなん。

嵯峨上皇の文事

上皇《嵯峨帝》おり居の宮に、若う花やぎ給へば《若々しく花やかにいらっしゃって》、ただ参る者に、「もろこしのふみよめ」とすすめたうぶ《おすすめなさる》。草《さう》・隷《れい》[一]よく学び得させ給ひて、〔墨蹟を〕多く海舶の便りに《中国渡航の船便で》求めえらばせし中に、〔ある一枚を〕空海を召して、「これ見よ、王羲之《わうぎし》[二]がまことの筆なり」と、しめし給へば、〔空海が〕おろして見奉り、「[三]これは、空海がかしこに在るうちに《私が中国に留学しております時に》、手習ひし跡なり《手本にして書いたものです》。これ見給へ」とて、紙のうらをすこしそぎて、見せ奉りしに、「海《かい》が筆」としるし置きたるに《書いてあったので》、御こととなくて《黙っておしまいになって》、ねたくやおぼし成りにけん《ねたましくお思いになられたことだろう》。空海は手よく書きて《達筆のほまれ高くて》、五筆和上《ごひつわじやう》[四]といひしは、書体さまざまに書きわかちけんかし《書きわけたことによる命名であろう》。

皇太弟受禅《じゆぜん》[五]したまひて、後に淳和天皇《じゆんなてんわう》と申し奉りしは、このみ代なり。元《元号を》を天長[六]と改め給ふ。奈良の上皇はこの秋《天長元年の》七月に雲隠れさせ給へば、これを平城《へいぜい》天皇と尊号おくり奉り給へりき。

外来思想と政治

嵯峨の上皇の識度《しきど》[七]にあらたまりては、法令事しげく《法令頻りに発せられ》、儒教専《もは》らに

一 嵯峨帝は、経史の学や詩文に長じているだけでなく、能書家としても知られている。

二 中国晋代（二六五～四七九）の能書家。

三 『古今著聞集』七の「嵯峨天皇、弘法大師と手跡を争ひ給ふ事」による。ただし、嵯峨帝の言葉は、「これは唐人の手跡なり。その名を知らず。いかにもかくは学びがたし。めでたき重宝なり」となっているのを、王羲之に変えている。

四 「弘法大師は筆を口にくはへ、左右の手に持ち、左右の足にはさみて、一同に真草《しんさう》の字を書かれけり。さて『五筆和尚《わじやう》』とも申すなるとかや」（『古今著聞集』七）という俗伝に対して、楷・行・草・篆《てん》・隷の書体を自在にこなしたからつけられた名だと、秋成自身の説を出した。

五 皇位を譲りうけられて。弘仁十四年（八二三）四月即位、時に三十八歳。

六 弘仁十五年一月五日改元して、十一年まで続く。

七 嵯峨上皇のたてられた施政方針に従って政治が行われるようになってからは。基本法典「律」「令」の補正を目的とする追加法令「格《きやく》」や、その施行規則である「式」が盛んに制定発布された。『弘仁格』『弘仁式』がそれである。

取り用ひさせ給へり。されど仏法は専らおとろへずして、《とは言え仏教も相変らず栄えていて》「君の上位に《天皇より上位に》此のみ仏のたたせ給へるよ」とて、[八]堂塔年なみに《年ごとに》建ちならび、[九]博文有験《うげん》の僧ら、つかさ人に同じく、《官職にある人と同様に》朝《てう》には立たねど、《公式の行政官ではなかったが》まつり事をさへ《政治向きの事までしばしば口をはさむので》時々奏したれば、おのづからかのをしへに引導せられ給ふ事も《知らずしらず仏教の教理にひきずられた考え方で政治をなさる事も》少なからずぞありける。「いかなれば、《どうしたことであろうか》仏法の[一〇]冥福《めいふく》をかうぶらせ給ひて、如来の大智の網にこめられ給ふよ」《〔結局は〕仏のはかり知れない知恵のとりこになられたのだ》と、下なげきする人もありけり。《ひそかに嘆く人もいた》

清麻呂の薄運

[一一]中納言清丸《きよまろ》の[一二]高雄山《たかを》の神願寺《じんぐわんじ》は、妖僧道鏡《えうそうだうきやう》きほひて、《勢いに乗って》宇佐《うさ》の神勅を矯《た》めさするに、《曲げて報告させようとしたが》清丸あからさまに奏せしかば、《ありのまま報告申しあげたので》《〔道鏡は〕》怒りて、ひとたび《〔清丸を〕》は[一三]因幡《いなば》の員外《ゐんぐわい》の介《すけ》におとせしかど、《左遷したのだが》なほ飽きたらずして、《それでも十分ではないと思い》庶人にくだし、《官位を剥奪して》[一四]大隅《おほすみ》の国に謫《たく》せしむ。《流した》《〔清丸は〕》忠誠の志よきに、[一五]称徳崩御《しようとくほうぎよ》の後に、召しかへされしかど、《〔その時はもう〕》やや老いにいたりて、《〔ようやく〕》中納言に挙げられたり。「[一六]本国の備前にくだりて、水害を除き、民を安きに置かれし功労もありしかど」《あったものを》とて、「いとほし」と申さぬ人もなかりし。《〔その神願寺は〕》「神徳の報

八 弘仁七年、空海が高野山金剛峰寺を創建し、同十四年勅により教王護国寺（東寺）が彼に下賜され、また同じ年勅願で比叡山寺を延暦寺と号したことなど、平安初期における一連の仏教隆盛のありさまを指す。

九 学識ある僧や加持祈禱《かじきとう》に効験のある僧たち。

一〇 仏教でいう冥福の魅力に心を奪われて。「冥福」は、前世の因縁によって得られる現世の幸福。

一一 「清丸」は「清麻呂」に同じ。和気清麻呂（七三三〜七九九）は、延暦十五年、六十四歳で従三位民部卿兼造宮大夫となっている。中納言相当ではあるが、太政官の官人ではないから中納言ではない。延暦十八年没、六十七歳。

一二 清麻呂が建立した神願寺は河内国（大阪府）にあったが、天長元年（八二四）京都西郊の高雄山に移し神護寺と改称した。この部分の文脈には乱れが認められる。「神願寺は」は、一四行の「『神徳の報恩の寺なり』とて」の部分に続き、その間の部分は清麻呂の事跡を語る挿入部をなす。

一三 因幡国《いなば》（鳥取県）の国司の定員外の次官。

一四 今の鹿児島県の東部。

一五 第四八代称徳天皇。神護景雲四年（七七〇）崩御。道鏡を寵愛、重用した女帝。

一六 延暦七年、和気氏の出身地備前国（岡山県）和気郡の水害を憂い、河川の改修に功があった（『金砂』九、『続日本紀』）。

＊清麻呂の政治上の功績や敬神の念のあついことを述べつつ、それが現実的な栄達や富に結びつかなかったことを「命禄の薄き」故であるとしている。この考え方は「冥福の人」（三六頁四行）、「稟《う》け得たるおのがさちさち」（同一三行）にも見える。

一 嵯峨帝第二皇子。母は橘嘉智子《かちこ》。弘仁十四年（八二三）立太子。天長十年（八三三）即位。時に二十四歳。

二 仁明帝即位後、嵯峨、淳和両上皇が同時に在位していたことを指す。付録二三一頁参照。

三 ここでは元号の意で用いている。

四 儒教・仏教を車の両輪にたとえて、その一方すなわち儒教の方が幾分衰えてきたことをいう。新仏教の興隆（二九頁注八）があったのに対して、『遠駝延五《おだえご》登《と》』（史論）の中で秋成は、「儒教は人心を善に揉《たむ》る道なれば、よしと聴きつつも情欲にしたがへば（略）実学を修し給ふにあらず。奢靡《しやび》になりゆく、これもまたひとつの煩ひと思ゆ」と述べ、「まことの道学は行はれず」、結果として「善に矯《た》めらるる道の衰へ」があったとしている。

五 桓武帝第十六皇子良峰安世の子。後に僧正遍昭《へんじよう》。六歌仙の一人。仁明帝即位の時、六歳年少の十八歳。

六 承和十一年（八四四）、二十九歳で蔵人となった。「蔵人」は嵯峨帝時代に設置された蔵人所の役人で、重要書類の保管や天皇の日常生活の世話をした。

七 才智と学識。

恩の寺なり」とて、後に神護寺《じんごじ》と改めし事、命禄の薄きをいかにせん《［それにしても］清丸の不運は生れついたものでどうしようもない》。

仁明帝と宗貞

今上《淳和帝の》の[一]皇太子正良《まさら》、み位受けさせ給ひて、淳和の帝ほどなくおり居させて、[二]ためしなき上皇御ふた方と申す事、「から国にもきかぬためしなり」と申す。天皇、［後に］仁明《にんみやう》と尊崇したてまつりて、[三]紀元を、承和《じようわ》と改め給ふ。

仏道はなほさかんなる事《仏教のますます盛んなことは》、怪しむべし《奇怪なくらいである》。儒教も相並びて、行はるるに似たれど、[四]車の片輪のいささか欠けそこなひて、足遅きごとし。さて、政令は、唐朝のさかんなるをうらやみ給ひ、つひのみ心は《つまるところは》、驕《おご》りに伏し給ひたりき《栄華の誘惑に負けてしまわれた》。

[五]良峰《よしみね》の宗貞《むねさだ》といふ、[六]六位の蔵人《くらうど》なるが、[七]才学ある者にて、帝のみ心にかなひ、ちかう召しまつはさせ《いつも側近くお召しになって》、時々「文《ふみ》よめ」「歌よめ」と、御あはれみかうぶりしかば《おかわいがりになったので》、いつとなく《いつしか》朝まつり事もみそかに問ひ《国政にかかわる事がらも内々にはご相談》きき給へるとぞ《なさったということだ》。［だが］宗貞さかしくて《宗貞は利口で》、まつり事はかたはしばかりも御《政治むきの事には一言もお答えするようなこと》

答《はなかった》へ申さず。ただ、御遊びにつきし事どもを、「しかせしためし《こんな事をした例もござい》」など、み心をとりて申す《ます　などとお気を引くようなことを言う》。

八色このむ男にて、花々しき事をなん好みけるが、年毎《ごと》の九豊《とよ》の明りの舞姫の数を、すすめてくはへさせし《〔帝に〕おすすめ申しあげて増した》。「これは、一〇清見原の天皇の、よし野に世を避けたまひしが、み国しらすべきさがにて《皇位におつきになる前兆として》、天女五人天《あま》くだりて、舞伎《ぶぎ》を、なぐさめ奉り《舞を〔して帝を〕》しためしなれば、五人のをとめこそ古き例《ためし》なれ」と申す。同じく《〔帝も〕》色このませしかば、ことしの冬を初めに《今年の冬を初例としたいと》、宣旨《せんじ》くだりて、花さかせ給へりけり《花々しくお催しになった》。大臣《〔その結果〕》・納言の人々の御むすめたち、つくりみがかせて、御目うつらばやと《帝のお目にとまるようにと》、しかまへたりき《待ち構えていた》。ながめ捨てさせ給ふは《〔帝の〕お目にとまらなかった御娘たちは》いかにせん。一一伊勢・加茂のいつきの宮のためしに《斎宮や斎院の場合の皇女方の例のように〔未婚のまま〕》、老いゆくまでこめられ果てたまひき《宮中にとどめられていたという》。

古今集時代の夜明け

国ぶりの歌、このみ代より一二またさかえ出でて、宗貞につぎて、一三文《ふん》屋《や》の康秀《やすひで》・大友《おほとも》の黒主《くろぬし》・喜撰《きせん》などいふ上手《じやうず》出でて、また女がたにも《女流歌人たちにも》、一四伊勢・小町、いにしへならぬ姿をよみて《新しい歌風の歌を作って》、名を後にもつたへたりき。

八『大和物語』一六八に「良少将（宗貞）といふ人いみじき時にてありけり。いと色好みになんありける」とあるのによる。秋成は享和三年（一八〇三）七十歳の時、『大和物語』を校訂し刊行している。

九 豊の明りの節会《せちえ》。陰暦十一月に天皇が新穀を召され、臣下にも賜い、その際催される宮中の宴会で、五節《ごせち》の舞が行われた。ただし、宗貞が舞姫の数を多くした史実はない。三善清行《みよしのきよゆき》の『意見封事《いけんふうじ》』第五条に舞姫の定員削減が建言されていることから思いついたか。

一〇 第四〇代天武天皇。吉野川のほとりで帝が琴を弾くと、これをめでて天女があまくだって、袖をひるがえし五度舞ったという伝説（『公事根源《くじこんげん》』『十訓抄《じつきんしよう》』）によっている。その「五度」を「五人」としたのは宗貞のご都合主義的言動を描くためのようである。

一一 伊勢神宮に奉仕する未婚の皇女（斎宮《さいぐう》）や京都の賀茂神社に奉仕する未婚の皇女（斎院《さいいん》）をいう。

一二『万葉集』の時代（八世紀中葉以前）において和歌が盛んであったのに対して、「また」と言った。

一三 いずれも『古今集』仮名序《かなじよ》に挙げられた、いわゆる六歌仙（遍昭・康秀・黒主・喜撰・業平・小町）の人々。

一四 藤原継蔭の娘。三十六歌仙の一。家集『伊勢集』がある。

帝五八《よそぢ》[一]の御賀に、興福寺[二]の僧がよみて奉りしを見そなはして《ご覧なさって》、「長[三]歌は、今、僧徒にのこりしよ」と、おほせありしとぞ。今見ればよ[四]くもあらぬを、そのかみは珍しければにや《今見ると大した作品でもないが 当時は目なれないものとなっていたのであろう》。人丸《ひとまろ》[五]・赤人《あかひと》・憶良《おくら》・金村《かなむら》・家持《やかもち》卿の手ぶりは《歌のよみぶりを》、しらぬ物にぞみえける《ごぞんじないように思われる》。

空海の呪法論

ある時、空海に問はせたまへる、「欽明《きんめい》[六]・推古《すいこ》の御時より、経典しきしきに《しきりに》わたりても、なほ一切《いっさい》の御経には数たらぬとか。汝が真[七]言の呪《じゅ》はいかに」と。空海こたへ申さく、「経典は、たとへば医士の素難《そなん》[八]の旨を学び、運気《うんき》[九]・六経《りくけい》[一〇]をさとりたるに同じ。わが呪術は、黄耆《わうぎ》[一一]・人参《にんじん》・附子《ぶす》・大黄《だいわう》の功あるをえらびて、因《もと》[一二]より症にしたがひて《原因から症状へとたどって》、病さぐりて《病気を診断して》、やまひ癒《い》えしむるに似たり。〔経典と呪術とは〕車の二つ輪、相ならびて道はゆかん」と申す。禄たまひて、うなづかせ給へりき。

みかど、宗貞が色このみてあざれあるくを《遊びまわっているのを》、あらはさんとて《暴露してやろうと》、後《こう》[一三]涼殿《りやうでん》[一四]のはしの間の簾《す》のもとに、〔帝が〕衣《きぬ》かづきてしのびやかにあらすを《女の衣をかぶってそっとしていらっしゃるのを》、宗貞、たばかり給ふともしらで、御袖ひかへたれば、御こたへなし。

一　四十歳になった時にする長寿の祝い。仁明帝は嘉祥二年（八四九）がその年に当る。

二　奈良市にある法相宗《ほっそう》大本山。僧が歌を献じたことは『続日本後紀』嘉祥二年三月二十六日の条に見える。

三　同書に「季世陵遅《きせいりようち》（時代が下るに従って衰え）、斯道《しだうすで》已に墜《お》つ、今僧中に至つて頗《すこぶ》る古語を存す」とあるのによる。

四　以下三行は、語り手（秋成）の評言。

五　いずれもすぐれた長歌を『万葉集』に残している歌人たち。

六　第二九代欽明天皇（在位五三九〜五七一）、第三三代推古天皇（在位五九二〜六二八）。欽明帝七年に百済《くだら》から仏像・経論が渡来し、推古帝時代には聖徳太子により隋への留学僧の派遣や文物の輸入が積極的に行われた。

七　真言密教で行う護摩《ごま》や念誦《ねんじゅ》などの秘法。

八　古代中国の医学書『素問《そもん》』『難経《なんきよう》』。

九　五運と六気。「五運・六気、これを運気と謂ふ。毎歳、司天在泉及び主気・客気等の大過不及を検《かんが》へてあらかじめ天地の順不順及び時行病症を知る」（『和漢《わかん》三才図会《さんさいずえ》』五）。

一〇　十二経脈の別称か。とすれば全身の経脈。あるいは「六緯」の誤記か。六緯は五臓と胆すなわちすべての内臓。

一一「黄耆」は植物の地下茎から採った健胃・強壮薬、「人参」はいわゆる朝鮮人参で強壮薬、「附子」はトリ

歌よみて、しのびに《しのび声で》、

　一五山吹の花色衣《はないろごろも》ぬしや誰

　　問へどこたへず口なしにして

と申す。帝、きぬぬぎて見あひ給へり。〔宗貞が〕おどろきまどひて逃ぐるを、〔咎めず〕ただ「参れ」と、召し給ひて、みけしきよし《ご機嫌がよい》。〔あたかも〕もろこしに、一六桃の子《み》くひつみしを《食べかけたのを》、「これめせ。味いとよし」とて奉りしを、〔反って隔意ない〕忠誠の者《忠臣》に召しまつはせしためしになん《として親しく側にお召しになった例に〔似ている〕》。山吹を口なし色とは《山吹の色をくちなし色といったのは》、この歌をぞはじめなりける。

一七淳和のきさいの宮、今、一八太皇后にてましませり。一九橘の清友のおとどの御むすめなり。二〇円提寺《あんだいじ》の僧奏聞《そうもん》す。「『橘の氏《うぢ》の神を、わが寺に《朕と同じ寺に》祭るべし』と、先帝の夢の御告げありし」とぞ。帝、さる事に許さまくおぼすを《そういうことなら許可しようと思われたが》、太后の宮きこしめして、「二一外戚《ぐわいせき》の家なり。二二国家の大祭に《国による祭祀を受けるようにするのは》あづからしむるは、かへりて非礼なり」とて、許させ給はざりしなり。二三葛野《かどの》川のべ、今の二四梅の宮のまつりはこれなり。

カブトの根を干したもので毒薬だが、利尿・鎮痛・強心薬。「大黄」はタデ科植物の根で健胃・下剤薬。

一二 底本「症をしりて」の「しり」を消し、右に「したかひ」とある。「を」を「に」に訂《ただ》し忘れたと考え本文のごとく改めた。

一三 内裏の清涼殿の西にある殿舎で、女御などが住む。

一四 階段を上り簀子《すのこ》から庇《ひさし》の間に入る中間部。

一五 山吹色の衣から梔子《くちなし》（口無し）に見たてた歌。『古今集』十九に宗貞の子素性《そせい》法師の作として載る。

一六 衛《えい》の霊公の寵臣弥子瑕《びしか》が、ある時桃を食べると甘かったので、その半分を主君に食べさせた。公はわれを愛するが故にと容認されたが、弥子瑕の容色が衰え寵を失うと、その事が無礼な振舞であるという理由で罪せられたという（『韓非子《かんぴし》』説難《ぜいなん》）。

一七 淳和帝の皇后。史実では正子内親王。

一八 皇太后。天皇の生母で、かつて皇后であった人。

皇太后のますらおぶり

一九 橘諸兄《もろえ》の孫、奈良麻呂の子。その娘嘉智子は嵯峨帝の皇后で仁明帝の母。ここでは淳和帝の皇后とした。

二〇 京都府相楽《そうらく》郡木津町鹿背山にある橘氏の先祖を祀った寺。以下は『伊呂波字類抄《いろはじるいしょう》』梅宮の条に見える託宣を夢のお告げとして用いる。

二一 天皇家の直系でない、皇后方の親戚。

二二 奉幣使《ほうへいし》を派遣して国費によって行われる祭祀。

二三 桂川の上流、大井川の下流部の称。

二四 京都市右京区梅津にある梅宮神社。

〔太皇后は〕（雄々しくて）かく男さび給へば、宗貞がさがのよからぬを（調子のいい性格を）、ひそかに憎ませ給ひしとぞ。

一伴《とも》の健岑《こはみね》・二橘《たちばな》の逸勢《はやなり》ら、嵯峨の上皇の三諒闇《りやうあん》の御つつしみの時に乗じて謀反《むほん》ある事を、四阿保《あぼ》親王のもれ聞きて、朝廷にあらはし給へば（暴露なさったので）、官兵すなはちいたりて搦《から》めとる。太后、これをも逸勢が氏《うぢ》のけがれをなすとて、「重く刑せよ」と、ひとりごたせ給ひしとぞ（ひとり言のようにいっておられたとか）。五太子は、この反逆のぬしに名付けられて（この反逆事件の首謀者という汚名をきせられなさって）、僧となり、名を恒寂《こうじやく》と申し給へるなり。「嗟乎《ああ》、六受禅廃立のあしきためしは、もろこしの文に見えて、これにならはせ給ふよ」（この考えに染みなさったのであろうよ）とて、憎む人多かりけり。

宗貞の失踪と小町

帝は、七嘉祥《かしやう》三年に崩御ありて、ご陵墓を八紀伊の郡《こほり》深草山に築《つ》きて、はふり奉るなべに（葬り申しあげたことで）、深草の帝とは申し奉るなりけり。九みはうぶりの夜より（ご送葬の日の夜から）、宗貞、行くへしらず失《う》せぬ。これは、太后・大臣の御にくみを恐れてなり。一〇殉死といふ事、今は停《とど》めさせしかど、この人（この人の場合は）生きてあるまじきに（生きておれないだろうと）、人はいひあへりける。衣《ころも》だに着ず、蓑笠《みのかさ》に身をや

一 春宮坊《とうぐうぼう》の帯刀舎人《たてわきとねり》（武装警固の官）で、承和の変の首謀者の一人。事件発覚ののち隠岐《おき》に流された。

＊ 承和九年（八四二）七月十七日、皇子を奉じた橘逸勢・伴健岑らが、「力を合せて逆謀を構成して、国家を傾亡」（『日本紀略』所載の詔）しようとしたことが発覚し、皇太子恒貞《つねさだ》親王を廃し、関係者百名近くが流罪に処せられた。この事件は、現在では仁明帝と藤原冬嗣《ふゆつぐ》の娘順子との間に生れた道康《みちやす》親王（第五五代文徳《もんとく》天皇）を皇位につけるための冬嗣の子良房らの陰謀と考えられている。なお流罪者の中には三善清行（「海賊」参照）の父氏吉《うじよし》や文室秋津《ふんやのあきつ》（「海賊」に登場）がいた。

二 橘奈良麻呂の孫、清友の甥。延暦二十三年（八〇四）入唐。書に秀れ三筆の一人に数えられる。伊豆に流される途中、遠江《とおとうみ》（静岡県西部）で死んだ。

三 天皇またはその父母の死にあたって、万民が喪に服する期間で、『養老令』では一カ年とする。嵯峨上皇の崩御は承和九年七月十五日で、事件の発覚は同月十七日のことであった。

四 平城帝の第一皇子（七九二～八四二）。薬子の変で左遷されたことがある。在原行平・業平らの父。承和の変の計画を、いちはやく嵯峨皇太后を通じて良房に伝えた（『続日本紀』）。解説参照。

五 淳和帝第二皇子恒貞親王で、母は正子内親王。天長十年（八三三）立太子。承和九年七月二十四日廃太

子、時に十八歳。
六 聖賢から聖賢へ帝位が譲られたり受けとられたりするのをよしとする、儒教的革命思想にもとづく悪例。いわゆる万世一系を自然な形で保持するのが、わが国本来の国柄というべきである、とする秋成の、国学的立場に立った形象。
七 仁明帝の崩御は嘉祥三年（八五〇）三月二十日、四十一歳。
八 山城国紀伊郡。現京都市伏見区深草。
九 以下は『大和物語』一六八によっている。
一〇 古くは垂仁天皇二十八年、近くは大化二年（六四六）、天応元年（七八一）に殉死禁止の詔勅が出ている。
一一 京都市東山区清水にある寺。
一二〈石の上に旅寝をしているので寒くてしかたがありません。あなたの僧衣を私にお貸しください〉。「石」の縁で「苔」を出した。「苔の衣」は僧侶の着衣をいう。『大和物語』では上の句「岩のうへに旅寝をすればいと寒し」となっている。
一三 墨汁を入れた携帯用の小壺。
一四〈世捨人の私にはただ一枚の衣しかありません。それもあなたが重ね着したところで、たしになるようなものではありません。それより二人一緒に寝たらいかがでしょう〉。『大和物語』には「世をそむく苔の衣はただ一重かさねばつらしいざ二人寝む」とある。
一五 仁明帝の皇后、藤原順子（八〇九～八七一）。藤原冬嗣の娘、文徳帝の母。帝崩御の時、四十二歳。

つして、ここかしこ行ひ《修行して》ありきける。
一一清水寺にこもりてある夜、小町も《小野小町も》、こよひ《同じ夜》局《つぼね》して《部屋に籠って》、念じあかすに、となりの方に、経よむ声凡《ただ》ならざりし。もしや宗貞ならんかとて、歌よみて、もたせてやる。

一二石の上に旅ねはすれば肌さむし
苔《こけ》の衣を我にかさなん

宗貞の法師、この紙のうらに、一三墨つぼの墨してかきてやるは、手を《筆跡を》見れば《見て》小町なりけりとしりてなり。

一四世をすてし苔のころもはただひとへ
かさねて薄しいざ二人ねむ

かくいひて、そこをはやく《さっさと》立ち去りぬ。小町、されば《［もまた］やはりそうであったと》こそとて、をかしく思ひ、一五五条の太后の宮に見せ奉る。「先帝の御かたみの者よ《仁明帝の親しくなさった者という》とて《ことで》、さがしもとめさする時なり。いかでとどめざる」と、うちう《嘆息して》めかせ給ひぬとぞ《残念がっていらっしゃったとか》。

僧正遍昭の栄達

[一]内つ国のここかしこに修行《すぎやう》しあるけば、つひにあらはされて（とうとう見つけ出されて）、内（宮中）にしきしき参りたりき（にしばしば参内するようになった）。また、[二]時の帝の、「[三]才《ざえ》ある者ぞ」とて、しきりになし昇し、[四]僧正位《そうじやうゐ》にすすめ給ふ。遍昭《へんぜう》と、名は改めたりき。これも修行の徳にはあらで（修行を積んでの仏果ではなく）、[五]冥福《めいふく》の人なるべし。

をの子二人、[六]兄の弘延《ひろのぶ》は、おほやけにつかへて（朝廷の官人として）、かしこき人なりけり。弟は、「[七]法師の子はほふしになれ」とて、髪おろさせ、[八]素性《そせい》と申せしはこの人なり。歌のほまれ、父に次ぎて聞えたりしかど（名高かったけれども）、時々よからぬ[九]世ごころのありしは、心より発《おこ》せし道心にあらざればなり。僧正、[一〇]花山《くわざん》といふ所に寺つくりて、行ひよく終らせ給へり（仏道修行のうちに一生を終えられた）とぞ（ということだ）。

[一一]仏の道こそ、いといとあやしけれ。世を捨てし始めのこころに似ずして、色よき衣・[一二]から錦《にしき》の袈裟《けさ》まとひ、車とどろかせ、内に参りし事、「かにかくに、人のよしあしは、稟《う》け得たるおのがさちさち（もって生れたそれぞれの幸運による）」といふ人ありき。御みづからも（僧正遍昭ご自身も）、しかおぼされぬらんかし（きっとそうお思いになったことだろう）。

一 畿内の諸国。
二 それぞれの代の天皇。遍昭は清和帝貞観十一年（八六九）法眼《ほうげん》、陽成帝元慶三年（八七九）権僧正、光孝帝仁和元年（八八五）僧正、翌年輦車《れんしや》で宮中に入ることを許された。宇多帝寛平二年（八九〇）寂（『三代実録』『元亨釈書』）。
三 元慶六年、七カ条の宗教政策を上表して納受された（『三代実録』）。
四 僧官の最高位。
五 生れついての福果を受けた人。
六 『大和物語』に「太郎は左近将監《しやうげん》にて殿上《てんじやう》してありける」とあるのによった。ただし、『本朝皇胤紹運録《ほんちようこういんじようろく》』には「素性 歌人」「由性 少僧都、清和御時殿上人。右近少監。雲林院延暦寺別当」の二子を記載。また、新しくは尾崎雅嘉《まさよし》の『百人一首一夕話《ひとよがたり》』（天保四年、一八三三）に、「兄は左近将監なりしを、（略）剃髪させ素性と号し、弟を弘延といへり」ともある。
七 『大和物語』『袋草紙《ふくろぞうし》』にも見える言葉。
八 三十六歌仙の一人。『古今集』に三十七首入集。
九 現世での快楽を求める気持。『大和物語』は、京に通っては宮中へ差出そうとしていた親族の娘と関係する等、色恋沙汰が絶えなかったことを述べている。
一〇 京都市山科区北花山にある元慶寺。
一一 仏教の教えと現実が対応しないことに対する不審を当時の世評のように表現した。
一二 中国舶来の錦。

海　賊

第三回

貫之帰京の途につく

紀[一三]の朝臣貫之《あそみつらゆき》、土佐《とさ》の守《かみ》にて五《いつ》とせの任果てて、承和《じようわ》[一四]それの年十《し》二《は》月《す》それの日、都にまう[一五]のぼらせ給ふ。国人のしたしきかぎりは《土地の人で親交のあった者はすべて》、名残りをしみて、悲しがる。民も、「昔より、かかる守のあらせ給ふを聞かず」とて、父母の別れに泣く子《あたかも両親に別れる子ども》なして《が泣くように》、したひなげく。出船のほども、人々、ここかしこ[一六]追ひ来て、酒・よきもの《ご馳走を》ささげきて、歌よみかはすべくする人もあり。

船は、風のしたがはずして《追い風にめぐまれなくて》、思ひのほかに日を経《ふ》るほどに、「海[一七]賊、うらみありて追ひく」といふ。安き心こそなけれ《気の安まる時とてないが》、ただただ《〔すべなくて〕》ひらかに都へ《〔上らせ給えと〕》、朝ゆふ海の神に、ぬさ散らして《供えの幣帛を海にまき》、ねぎたいまつる《祈願申しあげる》。船の中の人々、こぞりてわたの底を拝みす《残らず海の底〔の神〕を拝した》。

＊秋成は、寛政十一年（一七九九）ごろ正親町《おおぎまち》三条公則《きんのり》に『土佐日記』の講義をしたと、『麻知文』に書いている。このようなことが「海賊」を書く契機となったであろうことは容易に想像できる。『土佐日記』に「和泉の国に来ぬれば、海賊物ならず」とあるところで海賊を出現させるのは、「血かたびら」に見られた手法に通じる。

一三『古今集』の撰者。『土佐日記』の作者。延長八年（九三〇）から承平四年（九三四）まで土佐守。土佐発足の時六十七歳ぐらい。「ある人、あがたの四とせ五とせはてて」（『土佐日記』）。以下本篇の場面設定は、主として『土佐日記』によっている。

一四「それの年、しはすのはつかあまりひと日の日のいぬの時に門出す」（『土佐日記』）によるが、「それの年」を承和としたのは、故意か錯覚か未詳。「承和」は仁明帝の年号（八三四〜八四七）で、承平から九十年以前。三九頁注九・四二頁注八参照。

一五 役務などで上京すること。「まゐりのぼる」の音便形。

一六「み館《たち》より出でたうびし日より、ここかしこに追ひ来る」「これかれ酒なにどもて追ひ来て」「和歌あるじも客人《まらうど》もこと人も、いひあへりけり」（『土佐日記』）。

一七「海賊返報せむといふなること」「このわたり海賊の恐りあり」「海賊追ひ来といふこと、絶えず聞こゆ」（『土佐日記』）などによっている。

「一和泉《いづみ》の国まで《〔着けば一安心〕》」と、船長《ふなをさ》がいふに、くだりし所々《任国下向の途中に見た場所には目もくれず》はながめ捨てて、さる国の名おぼえず《うわの空で》、今はただ《今はひたすら》「和泉の国」とのみとなふるなりけり。守《かみ》夫婦は、国二にて失ひしいとし子のなきをのみいひつつ《共に帰れないことばかり口にして》、都に《京へと》心はさせれど《心は向いているものの》、跡にも《土佐の方にも》忘られぬ事のあるぞ悲しき。「ここ和泉の国」と、船長が聞え知らすにぞ、船の人皆生き出でて《生き返ったようで》、まづ落ちゐたり《ほっとした》。うれしき事限りなし。

ここに釣り舟かとおぼしき、三木の葉のやうなるが散り来て、わが船に漕《こ》ぎよせ、苫《とま》四上げて出づる男、声をかけ、「前《さき》の土佐の守殿のみ船に、たいめ賜はるべき事ありとて《ご面会いただきたい用事があって》、追ひ来たる」と、声あららかにいふ。「何事ぞ」といへば、「国を出でさせしより追ひくれど、風波の荒きに、え追はずして《追いつけなかったが》、今日なんたいめ賜はるべし《今日こそはご面会いただきたい》」といふ。「すは《さあ〔大変〕》。されば《やはり》こそ海賊の追ひ来たるよ」とて、さわぎたつ《〔人々〕大騒ぎとなった》。

貫之、船五屋かたの上に、出で給ひて、「なぞ《何事だ》、この男、我に物いはんといふや」とのたまへば、「これは、いたづら事なり《大したことではありません》。しかれ

一「和泉の国までと、たひらかに願ひ立つ」「今は和泉の国に来ぬれば、海賊物ならず」（『土佐日記』）による。和泉国は大阪府南部。

二 京都で生れた女子を任国土佐で亡くしたこと。ある人が「都へと思ふものの悲しきは帰らぬ人のあればなりけり」と詠み、貫之も「あるものと忘れつつなほ亡き人をいづらと問ふぞ悲しかりける」と詠んだことなどが『土佐日記』に見える。

木の葉舟の海賊

三「みな人々の舟出づ。これを見れば春の海に秋の木の葉しも散れるやうにぞありける」（『土佐日記』）とある表現を借りて小舟一艘を表した。

四 スゲ・カヤなどを編んだ物で、覆いや囲いに使用する。

＊『土佐日記』の記事を一つの事実とすれば、ついに出現することのなかった海賊をここで登場させることは反事実であると同時に、そのことによって本篇の虚構が成立しているのである。この虚構は、あくまで事実に密着しつつ反事実へと飛躍する点に特色があるといえよう。

五 船の上に設けられた屋形。

ども、波の上へだてては、声を風がとりて〔風で声がとどかないので〕、かひなし。許させよ〔ご無礼する〕」とて、翅《つばさ》あるごとくに、わが船に飛び乗る。見れば、いとむさむさしき男〔大そう毛むくじゃらの〕の、腰に広刃の剣《つるぎ》おびて、恐ろしげなる眼つきしたり。朝臣、けしきよくて〔上機嫌で〕、「八重《やへ》の潮路をしのぎて〔はるかに遠い海路を苦労して〕、ここまで来たるは何事」と問はせ給へば、[六]帯びたる剣取り棄てて、おのが舟に抛《な》げ入れたり。

さて、申すは、「海賊なりとて、仇《あた》すべき事おぼししらせ給はねば〔報復される心当りはおありにならぬのだろうから〕、うちゆるびて〔警戒せずに〕、物答へて聞かせよ。君が国に五とせのあひだ〔在任中の五年の間に〕、参らんと思ひしかど、[七]筑紫《つくし》九国・山陽道の国の守《かみ》らが怠りを見聞きて〔治政の乱れを知ったので〕、そのをちこちしあるきて〔あちこちを荒し回っていて〕、けふになりたるなり〔［とうとう］〕。海賊は心をさなき者にて〔単純な心根の持主で〕、君が国よく守らすのみならず、あさましく〔驚くほど〕貧しき山国にて、あぶるるにたよりなければ〔暴れ回っても目ぼしいものがないので〕、余所《よそ》にして怠りたるにぞ〔放っておき ついつい行かずに終った〕。都のみ館《たち》へ参るべけれど〔参上すればよいのだが〕、ことごとしく〔［それでは］〕、[八]かつ〔おまけに〕人に見知られたれば、世狭くて、とにかくに紛れあるくなり〔なにかと人目を避けて暮しているわけだ〕。さて〔ところで〕、問ひまゐらすは〔お尋ね申したいことは〕、[九]延喜《えんぎ》五年に勅を奉りて〔天皇の命を戴いて〕、[一〇]国ぶりの歌撰び

六 危害を加えるつもりのないことを示すふるまい。

七 九州の豊前《ぶぜん》・豊後《ぶんご》・筑前・筑後・肥前・肥後・日向・薩摩《さつま》・大隅《おおすみ》の九カ国、瀬戸内の播磨・美作《みまさか》・備前・備中《びっちゅう》・備後《びんご》・安芸《あき》・周防《すおう》・長門の八カ国。『日本紀略』等によれば、承平年間（九三一～九三八）には藤原純友《すみとも》を首領とする海賊が千余艘の船を持ち、官物・私財を奪うため、追捕海賊使を任命したり、諸国の神社へ平定祈願のため奉幣使が遣わされたり、僧に命じて海賊消滅の修法が行われたりした。

八 都に顔見知りがいるということで、ただ者ではない海賊の正体を暗示した。

九 『日本紀略』延喜五年（九〇五）四月十五日の条に「今日、御書所預紀貫之、古今和歌集一部廿巻撰進す」とある。三七頁一行の「承和それの年」からいえば六十年近くのことで、年代的には矛盾する。四二頁注八参照。

一〇 やまとうた、すなわち和歌。

海賊の文学論

て奉りし中に、君こそ長君《をさぎみ》一たれと聞く。続《しよく》二万葉集の題号は、昔の三誰《た》があつめしともしらぬに次がれしなるべし（〔歌集〕につ続けたものなのだろう）。これはよし（それはそれでよろしい）。題の心をきけば（題の意味の説明をみると）、四万は多数の義とは、これもよし。葉は、後漢の劉熙《りうき》五が釈名《しやくみやう》六に、『歌は柯《か》なり』七、（〔とあり〕）いふ意《こころ》は、『人の声八あるや、草木の柯葉《かえふ》あるがごとし』とぞ。これはいかにぞや（この説はどうであろうか）。人の声には、喜怒哀楽につきて（心のさまにより）、聞くによろこぶべく（聞いてうれしく感じたり）、悲しむべきがあり（悲しく感じたりするものがある）。故に、声に長短緩急《くわんきふ》ありて、うたふにしらべととのはぬがあり（和歌として歌うには調子が整っていないのがある）。草木の枝葉の風に音するも、はやちならば、誰かはあはれと聞くべき（〔その風が〕疾風であれば誰も趣ふかくは聞かないだろう）。さて（だから）、柯葉とのみにては（柯葉というだけでは）、ことわり足らず（十分な説明となっていない）。

そのかみの人（かつて昔の人は）、わづかに釈名につきて字を解く（ただ釈名などで文字の意味を説明しようとした）。人の愚かなるにもあらで（その人々が愚かだったためでもなく）、かく心をあやまりしが（そのような心得ちがいをしたのが）、世の姿なり。同じ代にも（〔劉熙と〕）、許慎《きよしん》九が説文《せつもん》一〇には、『歌は詠なり』一一といひしは、舜典《しゆんてん》一二に、『歌は永言なり』とあるをよん所として（根拠として）いひしはよし。字を解くさへぞ（字を解釈する程のことにも）、道の教へ一三のさまざまなるを思へ。

一 編集の中心人物。他に紀友則《きのとものり》・凡河内躬恒《おおしこうちのみつね》・壬生忠岑《みぶのただみね》がいた。
二 紀淑望《きのよしもち》が書いた真名序《まなじよ》によれば、第一次編集段階でつけられた題号は『続万葉集』であったという。
三 『万葉集』を指している。秋成は『楢の杣』で「撰べる世、えらめる人つばらかならず」と述べている。
四 秋成の著書『万葉集会説』に「万は多数の義なり」とある。
＊ 以下において海賊が述べる説はすべて秋成自身の説と称すべきものであるが、いささか「ためにする議論」めかした傾きがあるのは、海賊の無責任な放言の調子を出すためもあると考えられる。
五 字《あざな》は成国。訓詁《くんこ》学者で多くの著書がある。
六 訓詁字書、八巻。古くわが国に伝来したらしく、『日本国見在書目録《にほんこくげんざいしよもくろく》』（藤原佐世《すけよ》、八九一ごろ）に「釈名八巻、劉熙撰」とある。
七 木の枝や草の茎。
八 「声を以て吟詠して、上下あること、草木の柯葉有るが如きなりと」（『釈名』四）による。
九 後漢、汝南《じよなん》の人。字は叔重。
一〇 『説文解字《せつもんかいじ》』のこと。中国最古の字書で、これも『日本国見在書目録』に「説文解字十六巻、許慎撰」とある。
一一 『説文解字』の「歌」の注に「詠也」とある。
一二 『書経』舜典に「詩は志を言ひ、歌は言を永くす」とある。

一四ぬしが序に《あなたが書いた序文に》、『やまとうたは、ひとつ心を種として、よろづの言《こと》の葉となれる』といひしは、文《ふみ》めきたれど《一応文章らしくはあるが》、明らかに誤りつ。言・語・詞・辞は、ことごとく《すべてどれも》ことをよむよりほか無し。ことのは・ことばともいひし例《ためし》なし。釈名によりて《釈名などを持ち出して》、題のこころを助くるとも《題号の意味を説明する助けとするにしても》、古言にたがふ罪《古語古意に背く過ち》、国ぶりの歌にも文にも見許すまじきを《見逃してはならないのに》、大臣・参議の人々、おのが任にあづからねば《自分の職責ではないというのを理由に》、よそめつかひてありしなるべし《見てみぬふりをしていたのであろう》。

また、一五『歌に六義《りくぎ》あり』といふは、唐土《もろこし》にても偽妄《ぎまう》の説ぞ。一六三義三体といはば許すべし。それも数の定めあるべきにあらず。喜怒哀楽の情のあまたに分れては、いくらならん《いったいいくつになるか》。かぞふるもいたづら事なり《数えること自体意味のないことなのだ》。一七浜成《はまなり》が和歌式《わかしき》にいふは、一八『十体なり』といふも、同じ浅はか事なり。汝は歌よくよめど、古言の心もしらぬから《古典語の意味を理解できないので》、帝さへもあやまらせ奉るよ《「つまりは」帝まで同罪になし奉ることになるのだ》。

また、一九大宝の令《りやう》に、もろこしの定めに習ひて、法を立てられし後

一三 一字一句の解釈さえ多岐にわかれていて、道を説く儒教の教えが、かならずしも一定ではないことに思いをいたさねばならない。

一四 紀貫之が書いた仮名序《かなじょ》。正しくは「やまと歌は、人の心を種としてよろづの言の葉とぞなれりける〈和歌は、いわば人間の心を種として生い繁った、とりどりの言語の葉だといえよう〉」（奥村恒哉氏の訳）

一五 真名序に「和歌に六義あり」とある。仮名序では「そもそも歌のさま六つなり」となっている。これが『詩経』周南に「詩に六義あり、一に風《ふう》と曰ひ、二に賦《ふ》と曰ひ、三に比《ひ》と曰ひ、四に興《きょう》と曰ひ、五に雅《が》と曰ひ、六に頌《しょう》と曰ふ」によった分類であることは明らかだが、中国においても早く通用しなくなった説であることを言う。

一六 風・雅・頌は詩の性質による分類であり、賦・比・興は表現法による分類であって、とする説ならわかる、の意。

一七 藤原浜成が宝亀三年（七七二）に作った『歌経標《かきょうひょう》式《しき》』。「凡そ歌体に三有り。一は求韵、二は査体、三は雑体」とし、「雑体に十有り」としている。

一八 『歌経標式』に「雑体」として挙げている聚蝶・譴警（謎譬の誤字か）・雙本・短歌・長歌・頭古腰新・頭新腰古・頭古腰古・古事意・新意体をいうか。

一九 大宝元年（七〇一）制定され、翌年から実施された基本的な法典。

は、人の道に、良媒《りやうばい》なきは《良い仲人のない結婚は》、犬猫のいどみ争ふものに《さかりのついた犬猫に等しいのだから》、かならず乱るまじく事立てられしを《規範を設けられているのに》、歌よしとて《詠みぶりのいい歌だとして》、教へにたがへるを集め《道に背く内容の歌を集め》、[一]人の妻に心をよせてはしのびあひ、見とがめられたりとて出でてゆく、[二]別れの袖の涙川、《〔などと〕》聞きにくきをまで《聞くに耐えない歌まで》えらびて奉りしは、政令にたがふなり。さらば《とすれば》、罪は《〔編者も〕》同じき者ぞ。[三]恋の部とて、五巻《いつまき》まで多かるは、いたづら事のつつしみなきなり。淫奔《いんぽん》の事、神代のむかしは、兄妹相思ひても、情《こころ》のまことぞとて、その罪にあらざりし。[四]人の代となりて、儒教さかんに成《な》りたりしかば、[五]『夫婦別あり』、また[六]『同姓を娶《めと》らず』といふは、外国《とつくに》のさかしきをまでえらび給ひしならはせなり《異国のご都合主義にすぎないものまで採ってお定めになったのだ》。さらば、[七]清涼《せいりやう》・後涼《こうりやう》の造立《ざうりふ》はありしなり。かの国にても、始めは《最初は〔逆に〕》同姓ならで相近よるべからぬを《同姓以外との婚姻は禁じられていたのに》、国さかえて、他姓とも交はり篤《あつ》くして、境をひろめ、人多く産むべき便りのためなりしかば、これをかならずよき事とはしたるなり。

歌さかしくよむとも、撰びし四人の筆あやまりしは《編纂がよろしくないのは》、学文《がくもん》なくて

一「人知れぬわが通ひ路の関守はよひよひごとにうちも寝ななむ」(『古今集』十三・業平)、「つれづれのながめにまさる涙川袖のみぬれて逢ふよしもなし」(同十三・敏行)などの歌をふまえている。

二 別れの悲しさに、袖に流れる涙は川のようです。

三『古今集』全二〇巻のうち、巻十一から巻十五までの五巻が「恋一」から「恋五」までとなっている。
＊ このあたりは恋の歌そのものを否定しているのではなく、令制下における社会的規範と、勅撰集というものの性格から見ての不備・矛盾をついたものと考えられる。四〇頁＊印でふれた「ためにする議論」めかした一端と言えよう。
四 神武天皇以後。
五『孟子』滕文公《とうぶんこう》篇に「夫婦別あり」とある。
六『礼記』曲礼に「妻を娶るに同姓を取らず」とある。底本「他姓」とあるが改めた。
七 内裏における清涼殿とその西にある後涼殿。前者は天皇の常に住む殿舎、後者は女御などの住む殿舎。
八 菅原道真《すがわらのみちざね》。宇多・醍醐《だいご》両帝に重用され右大臣とな

ったが、藤原時平の中傷により延喜元年（九〇一）大《だ》宰権帥《ざいのごんのそち》に左遷され、同三年五十九歳で没した。『古今集』編集より二年前のこと。時代錯誤を承知の上でアレンジするのは秋成の常套的な手法である。
九 本来は属国の意だが、ここでは遠国。

海賊の史論と三善清行

一〇 醍醐天皇の年号（九〇一～九二二）。「醍醐の聖帝とまして、世の中に天の下めでたき例《ためし》にひき奉るなれ」（『栄華物語』月の宴）と、この時代を、天皇親政による最もよく治まった時代とし、「延喜の治《ち》」と称する。
一一 文章博士《もんじやう》。元慶八年（八八四）三十九歳出仕以来、光孝・宇多・醍醐の三代にわたって仕えた。
一二 参議と式部卿との兼任以上には昇進させられなかった。史実は延喜十七年七十一歳で参議、続いて同年宮内卿を兼ねた。
一三 勅命により密封して提出する意見書。清行の意見封事は、延喜十四年六十八歳の時上奏したもの。
一四 正しくは序論。
一五 第三七代（在位六五五～六六一）。斉明帝七年（六六一）百済救援のため西征、同年朝倉の宮（福岡県）で崩御。
一六 岡山県。『意見封事』本文に以下の部分は『風土記』によった旨記しているがその風土記は現存しない。
一七 岡山県吉備郡真備町上二万・下二万を遺称地とする。

たがへるなり。菅相公《くわんしやうこう》[八]ひとりにくませおはせしかど、やがて外藩[九]におとされ給ひしかば、御咎《とが》めなかりしなるべし。延喜《えんぎ》[一〇]を聖代といふも、阿諛《おもねり》の言ぞ。君も御眼くらくて（人を見る目が確かでなく）、博覧の忠臣をば黜《しりぞ》けさせたまふ世なり。

三善《みよし》[一一]の清行《きよゆき》こそ、いささかもたがへずして（忠誠一筋にお仕えしているにもかかわらず）つかうまつるをば、参議[一二]式部卿《しきぶきやう》にて停《とど》められし、（［これでは］人材登用の）選挙の道暗し。意見封事《ふうじ》[一三]十二条は、文も（文章も立派で）よく、事どもも（内容もしっかりしているようであるが）聞くべかりけるを、ただただ（［仔細に見れば］）学者は古轍《こてつ》をふみたがへじとて（旧例に外れまいとするあまり）、頑愚《ぐわんぐ》の言もあるなり。

第[一四]一条に、斉明《さいめい》[一五]天皇西征の時、吉備《きび》[一六]の国を過ぎたまふに、人・烟《けぶり》いとにぎはしき里あり。『誰すみて、いかなる所ぞ』と御問ひありしかば、里の長《をさ》答へたりし、『ちかきころ（少し以前から）、年に月に、人多く住みつきて、今は幾万人か住みたる（いく万人住んでおりましょうか）。もし軍民を召されなば、二万の兵士は奉るべし』といふ。『さは（では）、こののち、里の名を二万《にま》[一七]の里と申せ』とありしに、延喜のころには、国の守がかぞへしかば、幾人も（［二万人はお）

（ろか〕出すことができないさまであったとしているその事を）出だすべくもあらぬ者に数へしといふを、栄枯地を易《か》ふるといふを思はず、（〔天下衰微の話として〕）国のために患《うれ》へしは愚かなり。いづくに（どこかに）棲《す》みかはりて栄ゆ（移り住んで賑っている）らん（だろう）。（〔清行の〕この議論は無益である）これはいたづら事なり。人民《ひとくさ》は、利益・損益につきてうつる事、蜂《はち》の巣をくみかへるに同じ（蜂が花を追い新たに巣を作るのと同じだ）。

また、[一]（〔第四条の〕）学問の事は、（〔当然〕）大臣・公卿のつとめにて（責務とすべきもので）、翰林《かんりん》[二]の士、才高しとも、（行政府に登用するとは）すすむべきに定まらず。（〔よくも悪しくも〕これがわが国の習わしである）これこの国の俗習なり。学校にあつまる童形《どうぎやう》[三]の君に、読書たてまつり、文の意を解く道ひらき申すのみ（それだ）なるを思はずして（けが任務であることを顧みず）、朝まつり事の時々に（時とともに）改まりて、この時『学寮は坎壈《かんらん》[四]の府・凍餒《とうたい》[五]の舎』とうち歎くも、心ゆかざりしなり（承服しかねる意見である）。

（〔第十二条の〕）また、播磨《はりま》のいなみ野の魚《な》住《ずみ》[六]の泊りは、行基《ぎやうき》[七]が、『このあひだ遠し。舟とまりの便りよからず』とて、造りしなり。その後に、たびたび風波につき崩されしは、天造にたがへる[八]ものから（自然の理にかなっていないからであって）、つひの世に（結局は世の）益あるまじ（ためになるまい）。惻隠《そくいん》[九]の心あるも、むなしきものから（〔結局は〕役に立たないので）、朝廷には見放ち（放置して）ておかせ給ひしなるべし。これら聖教《しやうけう》[一〇]にあらぬ、老婆《らうば》心《しん》にてこそあ（出すぎた心配だ）

一　第四条大学生徒の食料《じきりよう》を加給するを請《こ》う事。ここで清行は大学の学生からの官職への挙用が不明朗であること、寮生活困難であることなど、大学の物心両面の荒廃を救うべく、食料の確保を訴えている。
二　ここでは学問にたずさわる者。
三　公卿の子息。
四　不運不幸の者の集まる所。
五　飢えこごえた者の住む家。
六　兵庫県加古郡播磨町東部であるが、秋成は「魚住」は「名寸隅《なきすみ》」（『万葉集』六・九三五）に当ると考え、高砂市阿弥陀町魚が橋をその遺称地とする（『金砂』八）。
七　奈良時代の僧。民間布教・土木工事・社会福祉事業などに尽力し、大僧正となった。天平二十一年（七四九）寂、八十二歳。
八　自然の力は人力ではいかんともしがたいという考え方。「ものから」を理由を示す「から」として使用。
九　傍観者でおれない気持。『孟子』公孫丑に「惻隠の心は、仁の端なり」とあるのによる。
一〇　聖賢、すなわち孔子や孟子の教え。

れ《ろう》。かくいたらぬ事どもは《このように思慮の浅いことなどは》、一一塩梅《えんばい》の臣の任にあらず《補佐の臣にふさわしくない》。我は、詩つくり歌よまざれど、文よむ事を好みて《学問することが好きで》、人にほこり、にくまれ、つひに一二酒のみだれに罪かうぶり《酒ぐせが悪いのがもとで罪を犯して》、追ひやらはれし後は《追放されてしまった後は》、海にうかび《舟に乗り》、〔海賊で〕わたらひす《世わたりしている》。人の財《たから》をわがたからとし、酒のみ肉くらひ、かくてあらば、百年の寿《よはひ》はたもつべし。一三歌よみて道とののしる《和歌の道などと事々しく言う》輩《やから》ならねば、〔遠慮なく〕物問へ、なほいはん《いくらでも話そう》。咽《のど》かはく。酒ふるまへ」といふ。

海賊船歌の中を去る

一四酒《さか》な物《もの》とりそへてあたふ。飽くまでくらひ、のみ、「今は興尽きたり《もう話すこともなくなった》。一五木偶殿《もくどの》よ、暇《いとま》申さん」とて、おのが舟に飛びうつり、舷《ふなばた》たいて、一六「やんら、めでた」と、声たかくうたふ。貫之の船も、一七「もうそろ、もうそろ」と、一八舟子《ふなこ》らがうたひ連るる《声をそろえて歌う》。海賊が舟は、一九はやいづに漕《こ》ぎかくれて、二〇跡しら波とぞなりにけエり。

海賊の菅相公論

都にかへりて後にも、誰ともしらぬ者の、文もて来て《手紙をもってきて》、〔貫之の家に〕投げ入れてかへりぬ。披《ひら》き見れば、菅相公の論《菅原道真公を論ず》といふ事、手はおにおにしく《筆づかいは粗野で》て清からねど《きれいではないが》、ことわり正しげに《理路整然とした》〔気配の書きざまで〕ろうじたり《論じている》。よむに、

一一 よい程に味加減をするように、君主を補佐すること。

一二 ただ者ではないと思えた海賊が、海賊となった動機を語っていて、その正体にかかわる部分。

一三 和歌史的には、堂上家《どうじょうけ》を中心とする古今伝授などの風潮を暗に揶揄《やゆ》し、また秋成が周辺に見た門戸を張り弟子を多く集めた歌人たちを皮肉ったものと思われる。

一四 酒の肴。

一五 でくの坊殿。「もく（木工）」は、貫之がこの時より十一年後の天慶八年（九四五）に木工権頭《もくのごんのかみ》に任ぜられたのをもじったもの。

一六 船歌で用いられるはやしことば。『胆大小心録』に「川面《づら》に舟よそひして、やんらめでたと歌ふ」と見える。

一七 『出雲風土記』意宇《おう》郡に「霜つづらくるやくるやに、河船のもそろもそろに」とあるのによった。貫之の船と海賊の船との、大小・雅俗を対照的に表した。

一八 楫《かじ》とり（船長）の下で働く水夫。

一九 いずくとも知れず漕ぎ去って姿を消して。

二〇 「跡知らず」と「白波」をかける。また「白波」は盗賊の意で、海賊の縁語。「けエり」は謡いもの的言いまわしで、謡曲『船弁慶』の「跡白波とぞなりにける」などの文句を取り、海賊の退場を、非現実世界の閉幕とした。

懿《よ》[一]キ哉《かな》、菅公。生キテ人望ヲ得、死シテ神威ヲ耀《かかや》[二]カス。古《いにしへ》ヨリ惟《ただ》一人ノミ。

立派なるかな　菅公　その生きてこの世にある時は人々の尊敬を一身にあつめ　死後はまた神としてあがめ祀られているのである　このようなことは　古来菅公ただ一人である

曾《かつ》テ聞ク、「君子[三]ハ辜《つみ》無クシテ不幸アリ。小人ハ辜アリテ不幸アリ」ト。

かつて　君子は罪なくして不幸あり　小人は罪ありて不幸ありという言葉を耳にしたことがあった

公ノ如キハ則《すなは》チ徳アリテ辜アルニアラズ。然《しか》ルニ亦《また》不幸ニシテ外藩ニ貶《へん》[四]セラル。

菅公の場合は　徳のみあって罪はない　しかしながら　やはり結果としては不幸にして遠隔の地に左遷されることになってしまったのである

其ノ冤《ゑん》トセザル所以《ゆゑん》ノモノハ、蓋《けだ》シ、君臣刻賊《くんしんこくぞく》[五]ノ天運ニ遇《あ》ヒテ、致仕シ以《もつ》テ其ノ終リヲ令《よ》スル能《あた》ハザルナリ。

このような結果となったことが　必ずしも冤罪であるとは言い切れないのは　思うに　君臣の間に相剋の生ずる時運に生れあわせながら　自ら官を辞して有終の美をかざらなかったことがあるからだ

又、藤菅根《とうのすがね》[六]ヲ罵辱《ばじよく》シテ其ノ冤ヲ

また　藤原菅根に恥辱を与える振舞があ

一　すぐれて美しく立派なこと。『康熙《こうき》字典』に「専一にして美なり。醇美なり。（略）温柔にして聖善なるを懿《い》と曰《い》ふ」とある。

二　清音で訓む。

三　「君子」はすぐれた人格と識見をともにそなえた人。「小人」はその反対。

四　しりぞけられた。「貶」は「謫（とがめる）」に同じ（『康熙字典』）。

五　正しくは「君臣剋賊の天運」。君と臣とがたがいに傷つけあう天のめぐりあわせ。三善清行が昌泰《しようたい》三年（九〇〇）、菅原道真に宛てて書いた『奉右相府書《うしようふにたてまつるしよ》』に見える語。清行はそこで、ひそかに学んだ暦数占星の術によって、この天運を知ったと述べている。

六　藤原菅根。文章博士。延喜八年（九〇八）没、五十三歳。道真より十一歳年少。『江談抄《ごうだんしよう》』三に、庚申《こうしん》の夜、宮中で道真が菅根の頬を打ったという記事がある。道真と菅根は仲が悪く、道真の左遷が決定した時、宇多上皇は停止させるためにかけつけられたが、上皇を通さなかったのは菅根のはかりごとであったとも見える。

七　三善清行。方略試《ほうりやくのし》（紀伝道の最終試験）受験の際に清行の師巨勢文雄《こせのふみお》が書いた推薦状に「清行の才名、時輩に超越す」とある「超越」を、その時の試験官であった道真が「愚魯《ぐろ》」と改め（『江談抄』五）、また、不合格にした（『公卿補任《くぎようぶにん》』）という。
八『菅家文草』二・博士難に「今年挙牒《きよてふ》を修す、取捨甚だ分明なり。無才にして先に捨てし者、讒口《ざんこう》して虚名を訴ふ。教授に我失無し、選挙に我平有り」とあって、不公平だという声があったらしいのによった。
九 後に引用している清行の辛酉《しんゆう》革命説にもとづく道真への建言を指す。
一〇 三善清行の『奉右相府書』の引用。若干文字が異っている。
一一 昌泰四年（九〇一）は辛酉《かのととり》の年に当る。
一二 陰陽道では干支一巡する六十年ごとの辛酉の年には、天下が平穏でなく、大変革があるとする。
一三 北斗七星の柄が東を指す時。『礼記』月令に「斗卯に建つの辰《とき》」とある。
一四『後漢書』李業伝に「賢者の害を避けざるは、譬《たと》へば猶弩《なほゆみ》を彀《こう》して市に射れば、薄命の者先づ死するがごとし」とあるのによる。
一五 学者・文人の仲間。
一六 三公、すなわち大臣の位。道真が昌泰二年右大臣となったことを指す。
一七 吉備真備《きびのまきび》（六九三〜七七五）。二度入唐した学者。天平神護二年（七六六）右大臣、時に七十四歳。
一八 清行の原文では「其の止ると足るを知り、其の栄分を察せられんことを」とある。

結ビ、[七]三清公ヲ挙ゲズ。人以テ私《わたくし》[八]ト為《な》ス。且《か》ツ其ノ革命ノ[九]諫《かん》ヲ納《い》レズ。抑《そもそ》モ之《これ》ヲ求ムルニアラザルヤ。[一〇]清公ノ言ニ云フ、「明季辛酉《みやうきしんいう》[一一]、運ハ命革[一二]ニ当リ、二月建卯《けんばう》[一三]、将《まさ》ニ干戈《かんくわ》ヲ動カサントス。凶ニ遭《あ》ヒ禍《くわ》ニ衝《つ》ク、未ダ是誰ナルカヲ知ラズトイヘドモ、弩《ゆみ》[一四]ヲ引キテ市ニ射ラバ、当《まさ》ニ薄命ニ中《あた》ルベシ。[一五]翰林《かんりん》ヨリ超エテ槐位《くわいゐ》[一六]ニ昇ル者ハ、[一七]吉備公《きびこう》ノ外ニ、復《ま》タ美ヲ与《とも》ニスル無シ。伏シテ冀《こひねがは》クハ、其ノ[一八]

り なくもがなの恨みをかい 三善清行を登用もしなかった これらを人々は私意にもとづく行為と考えたのである しかも 清行の提唱した辛酉革命の議を採らなかった

これではそもそも自ら不幸を招きよせたようなものではないか

その清行が菅公にあてた文章の文言にはこうあるのである 明年は辛酉の年で陰陽道では革命の時期となっております 従ってその二月の建卯の時には 兵乱が起ることもありましょう その際凶事に会い災禍を蒙る者が誰であるか まだ明らかではありませんが 弓を引いて矢を市中に放てば不運の人に当るであろうように かならずや凶禍を受ける者がありましょう 賢明なる公は自らこれを避けなければなりません

学問を事とする者の中から抜群の出世をして 大臣位にまでのぼった者は 吉備の真備公を除けば 菅公の外に一人もおりません

伏してお願い申しあげたいことは とど

止マルコトヲ知ルトキンハ、則チ其ノ栄分ヲ察スルニ足ラン」ト。

是ニ由《よ》リテ之ヲ思ヘバ、吉公、妖僧《えうそう》[一]ノ朝《てう》ニ立ツノ旼《とき》[二]ニ当タリ、大器[三]ヲ持シテ傾殆《けいたい》セズ、勃平《ぼつへい》[四]ノ勲《いさを》ヲ建ツ。

今ヤ、公ハ朝[五]ノ寵遇・道ノ光煒ヲ以テ、左相公《さしやうこう》[六]ト釁《ひま》アリ、終《つひ》ニ貶黜《へんちゅつ》セラル。故ニ、辜無シト雖《いへど》モ、亦不幸ヲ免レザルナリ。

然レドモ、生キテ人望ヲ得、死シテ神威ヲ耀カス。有徳ノ余烈ハ、見ルベシ、万世ニ赫々然《かくかくぜん》タ

まるべきことを覚悟さえしておれば　その栄達の限度をもまたおのずから知りうることであろうということです

この清行の言葉によって菅公の場合を考えてみると　吉備公は妖僧道鏡が朝政に足を踏み入れようとしたとき　国柄を堅持してこれを危うからしめず　周勃　陳平のごとき功があった

それに対してこの菅公は　天皇の厚遇と前途の光明に包まれて　時の左大臣藤原時平にふくむところがあり　終には退けられることになったのである　だから罪なしとは言っても　やはり不幸を免れえなかったと言えよう

しかしながら　その生きてこの世にある時は人々の尊敬を一身にあつめ　死後はまた神としてあがめ祀られているのである　その遺徳は　見よ　幾千代を経てなお光り輝いているではないか

一　弓削道鏡（一四頁注六参照）。道鏡が法王位を授けられたのと、真備が右大臣位を授けられたのとは、ともに天平神護二年十月二十日のことであった（『日本紀略』）。

二　「旼」は「時」に同じ。

三　称徳帝崩御後、帝は皇太子を定めていなかったので、左大臣藤原永手《ながて》らとともに、白壁皇子を立てて帝位につかしめたこと（『日本紀略』）などの功績を指すか。

四　呂氏の乱の周勃・陳平の勲功をいう。一八頁注四参照。

五　宇多・醍醐両帝に重用されたことをいう。

六　藤原時平（八七一〜九〇九）。昌泰二年（八九九）左大臣兼左近衛大将、時に二十九歳。道真は五十五歳。時平・源光《ひかる》・藤原定国等が、道真は自分の女婿で宇多上皇の皇子斉世《ときよ》親王を帝位につけようと計っていると讒言《ざんげん》したと伝えられる（『大日本史』一三三）。

ルヲ。

言のこはごはしき《ことばつきがごつごつとし》、ほしきままなる《好き勝手に書いていること〔などから〕》、かの海賊が文としらる。

また、副書《そへがき》あり。

前《さき》のたいめに《対面した時に》いふべき事を、言にあまりてもらしつ《話すことが多かったのでつい忘れた》。汝が名、七『以《ッテ》レ一《ヲ》貫《ク》レ之《ヲ》』といふ語《こと》をとりたるものとはしらる。さらば、つらぬきとこそよむべけれ。之《し》は助音八、之には意ある事無し。之の字、ゆきとよむ事、詩三百篇九の所々にあれど、それは文の意につきて訓《よ》むなり。汝歌よめど、文多くよまねば《漢籍を十分勉強せぬので》、目いたく《欠点だらけで》こそあれ《見ておれない》、名は、父のえらびて付くるためしなれば《父親が字を選んでつけるのだから〔責任はないとは言え〕》、汝しらずば《お前が知らなければ》、歌の名をおとすべし。歌しばしやめて、窓のともし火かかげ、文よめかし。一〇ある博士の、以貫《いくわん》とつけしは、つらぬきとこそよみためれ《読んだのであろう》。あたら男よ《惜しい男だ》。

と、あらあらしく、憎さげに書きて、「杢頭《もくのかみ》一一どのへ」と書きつけたり。

七『論語』里仁《りじん》に「子曰《い》はく、参《しん》よ、吾が道は一を以て之を貫く」。
八 リズムを整えるための文字。
九『詩経』。中国最古の詩集で、題名で三一一篇、実質三〇五篇の詩を収めている。『詩経』国風「柏舟」に「死に之《いた》る」とあるなどの例。
*「貫之」を「つらゆき」と読みならわしてきたことに対して、「つらぬき」と読むべきだとする秋成の反論を、海賊の貫之に対する論難書の形で出しているのである。
一〇 穂積以貫（一六九二～一七六九）の名を引き合いに出したか。以貫は大阪の儒者、浄瑠璃作者近松半二の父。
一一 貫之の官職名。史実は木工権頭。四五頁注一五参照。

海賊の氏素姓

この事、学文の友にあひて、「誰ならん」と問へば、「一文屋《ふんや》の秋津なるべし。文よむ事《学問知識》、博《ひろ》かりしかど、放蕩乱行《はうたうらんぎやう》にして、つひに追ひはらはれしが《追放せられたが》、海賊となりて《〔さては〕》あぶれあるくよ《暴れまわっているのだな》。それ、はた二渠儂《かれ》が天禄の助くるならめ。さてなん罪にあたらずして《だからこそ捕えられて罰せられることなく》、今まで縦横しあるくよ《今まで勝手にあばれ回っているのだ》」とかたりしとぞ。

三これは、我欺《あざむ》かれて、また人をあざむくなり。筆、人を刺す。また人に四ささるれども、相ともに血を見ず。

一 文屋（文室とも）秋津（七八七〜八四三）。左近衛中将、参議右衛門督などを歴任、承和六年（八三九）には伊勢公卿勅使も務めたが、承和九年のいわゆる承和の変に連座して出雲員外守に左遷され、翌年、配所で没した。警察・軍事面で有能の人物と評判であったが、酒を飲むと丈夫らしくもなく、三、四杯で必ず酔泣きする癖があったという（『続日本後紀』）。

二 「渠儂《きよどう》」は俗語。『康熙字典』に、「俗に他人を謂ひて渠儂と為す」。

三 大胆な時代錯誤をあえてして、海賊の口を借りて自説を思う存分吐きちらした秋成の弁明。序文には「人に欺かれしを、我、また、いつはりとしらで人をあざむく」とあった。

四 底本「さゝるゝれとも」とあるが改めた。

二世の縁《えにし》

第四回

五 山城《やましろ》の高槻《たかつき》の樹の葉散り果てて、山里いと寒く、いとさうざうし《さびしげである》。六 古曾部《こそべ》といふ所に、年を久しく住みふりたる農家あり。山田あまたぬしづきて《山あいの田を多く所有していて》、年の豊凶にも歎かず《年ごとの豊作凶作にも左右されず》、家豊かにて、〔主は〕つねに書読《ふみよ》むことをつとめ、友を求めず、夜に窓のともし火かかげて遊ぶ七。母なる人の、「いざ寝よや《さあ寝なさい》。鐘八はとく鳴りたり。夜中過ぎて九文見れば、心つかれて、つひには病する由に、わが父ののたまへりしを聞き知りたり。好きたる事には《好きな事をしていると》〔熱中して〕、みづからは思ひ足らぬぞ《自分のことなど考えないものです》」と諫《いさ》められて、いとかたじけなく《たいそうありがたいことに思い》、亥《ゐ》過ぎては枕によるを大事としけり。

雨降りて、宵《よひ》の間も物の音せず。〔そのため〕こよひは御諫めあやまちて《母の忠告にうっかりそむいて》一〇、丑《うし》にやなりぬらん。雨止みて風吹かず。月出でて窓明かし。「ひとこ《詩歌のひと》

古曾部の里の夜ごとの鉦

五 「山城の高槻の樹」と歌に詠まれた槻の木の葉もすっかり散ってしまって。秋成は『万葉集』三にある高市黒人《たけちのくろひと》の歌（二七七）を版本で見て、その「山背高槻村」を訓むに当って、現在通説となっている「山城の多賀（地名）の槻叢《つきむら》」という訓みに思い及ばず、高槻村を地名とするかぎり、それが山城国ではなく摂津国にあるという矛盾は解決できないので、「村」を「樹」の誤りとして「高い槻の木」という普通名詞に意をとり、「とく来ても見てましものを山城の高槻の樹は散りにけるかも」（『楢の杣』三）と訓んでいる。それにしても「山城」では地理的に矛盾する（次注）わけだが、その場合「山城の」は「高槻の樹」を出すために、古歌をふまえて序詞的に使ったと説明できるのである。「山城」は京都府の一部、「槻」はケヤキの一種。

六 大阪府高槻市古曾部。中古の歌人、伊勢や能因法師の隠棲地と伝える。

七 文事に遊ぶ。読書三昧。

八 深夜を告げる鐘。秋成は「寝よとの鐘、亥《い》の時（午後十時頃）なり」（『金砂』三）としている。

九 中国明代の謝肇淛《しゃちょうせい》の随筆『五雑俎《ござっそ》』十三に「夜書を読むに、子《ね》の時（午前零時）を過すべからず。（略）一に睡ることを得ざれば、血耗《へ》りて病を生ず」とあるのによる。『五雑俎』は秋成の愛読書の一つであった。

一〇 午前二時ごろ。

ともあらでや《つも詠みたいものだ》」と、墨すり筆とりて、こよひのあはれ《今夜の趣ある情景を》、やや一二句思ひよりて《思い浮んで》、うちかたぶきをるに《考えを練っていると》、虫の音《ね》とのみ聞きつるに、時々鉦《かね》の音、「夜ごとよ《〔そういえば〕毎晩のことだったと》」と、今やうやう思ひなりてあやし《今になってやっと気づき不思議に思う》。庭に下り、をちこち見めぐるに、ここぞと思ふ所は、つねに草も刈り払はぬ隈《くま》の、石の下にと聞き定めたり。

掘り出された禅定者

あした《翌朝》、男ども呼びて《作男たちを》、「ここ掘れ」とて掘らす。三尺[一]ばかり過ぎて、大きなる石に当りて、これを掘れば、また石の[二]蓋《ふた》したる棺《ひつぎ》あり。蓋とりやらせて《ふたをとりのけさせて》、内を見たれば、物ありて、それが手に鉦を時時打つなりと見る。人のやうにもあらず。[三]から鮭《ざけ》といふ魚《いを》のやうに、なほ痩《や》せやせとしたり。髪は膝《ひざ》まで生ひ過ぐるを、取り出だささするに、「ただ軽《かろ》くて、きたなげにも思はず」と、男らいふ。かくとり扱ふ間にも、鉦打つ手ばかりは変らず。「これは、仏の教へに、[四]禅《ぜん》定《ぢやう》といふ事して、後の世たふとからん《来世で果報を得ようと》と思ひ入りたる《かたく信じこんでの》行ひなり。我ここに住むことおよそ十代、かれより昔にこそあらめ《〔言伝えもないので〕初代より以前に違いない》。[五]魂《こん》は願ひの《希望どおり》

一　約一メートル。
二　底本「石蓋」とあるが「の」を補った。
三　干鮭。鮭のわたを除き乾かしたもの。「から鮭も空也の痩《やせ》も寒の内」（芭蕉『猿蓑』）。
四　煩悩《ぼんのう》を断って心を統一し、静かに瞑想し、生きたままの姿で葬られること。即身仏。
五　人間には陰陽二種のたましいがあり、陽は精神をつかさどる「魂」といい、陰は肉体をつかさどる「魄」という。『春秋左氏伝』昭公七年の条の疏《しよ》に「形に付く霊を魄となし、気に付く神を魂となす」とある。
六　執着心が強い。

ままに宿りて《浄土に安住の地を得》、魄《はく》のかくてあるか《この世に留まったか》。手動きたる、いと執念《しふね》[六]し。とまれかうまれ、よみがへらせてん《蘇生させてみよう》」とて、内にかき入れさせ《担ぎ込ませて》、「物[七]の隅に食ひつかすな」とて、暖かに物うちかづかせ《暖かなように衣類をかけてやり》、唇吻《くちびる》に時々湯水吸はす。やうやう《何とか》これを吸ふやうなり。ここにいたりて《こうなってくると》、女・わらべは恐ろしがりて《気味わるがって》たち寄らず《側に近づかない》。みづからこれを大事とすれば《この家の主自身が掘り出した僧を大切に扱うので》、母《はは》[八]刀自《とじ》も、水そそぐたびに、念仏して怠らず。

五十日ばかりありて、ここかしこうるほひ《血の気が出てきて》、あたたかにさへなりたる。「さればよ《やはり思ったとおりだ》」とて、いよよ心とせしに《一段と気を配っていると》、目を開きたり。されど、物さださだとは《物がはっきりとは》見えぬなるべし。飯《いひ》の湯《おも湯や》、うすき粥《かゆ》などそそぎ入るれば、舌吐きて味はふほどに《舌を出して味わっているところは》、何のこともあらぬ人なり《何の変ったところもないただの人である》。肌肉《はだにく》ととのひて、手足はたらき《動き》、耳に聞ゆるにや《耳は聞えるのだろうか》、風寒きにや、赤裸《あかはだか》を患《うれ》ふと見る。古き綿子《ぬのこ》[九]うち着せられて、手にていただく。うれしげなり。物にも食ひつきたり《[自分から]食べるようになった》。法師なりとて[一〇]、魚《いを》は食はせず。かれは《その男は》かへりて欲しげにすと見て《むしろ食べたそうな様子なので》与へつれば、骨まで食ひ尽す。

＊ 本篇の素材と考えられるものに、章花堂と署名のある『金玉《きんぎよく》ねぢふくさ』(元禄十七年、一七〇四)の「讃州雨鐘の事」がある。男色関係にあった兄分の死を契機に出家した青年が、雨降る夜、どこからともなく聞えてくる鐘の音をたよりに、禅定に入った僧を掘り出す。聞けば実に三百七十余年前に入定したのだが、その直前、見守る群衆の中に、母と連れだって拝みに来ていた十六、七歳の美しい娘を見かけたのが愛着の念となって、「五蘊《うん》(人間の姿)いまだ破れず」ということであった。また、『今昔物語』十三にも、入定した尼がたまたま通りかかった僧を「男か」と意識した途端、もとの姿になって現れる話がある。いずれもあらゆる煩悩を去って修行を積み禅定に入ったはずの者が、かえって執着心の強さをみせることになっているところは、秋成の関心をひきつけるに十分であったろう。

七 執念の凝り固まったものは、食いついたら放さないということからか。

八 主婦の称。秋成の師加藤宇万伎《うまき》の『雨夜物語たみこと葉』に「家の内第一の女をさして戸主《とじ》といへり」。

九 使いふるしの綿入れ。底本「うちきせれて」とある。「ら」を補う。

一〇 周囲の者たちは、掘り出された男が僧であることを意識して気を配っているのに、この男の「何のこともあらぬ人」ぶりが、決定的な形で示される。

さて、よみぢがへりしたれば、事問ひすれど、「何事も覚えず」といふ。「この土の下に入りたるばかりは覚えつらめ《この土の中に入って禅定したことぐらいは覚えているだろう》。名は何といひし法師ぞ」と問へど、「ふつに知らず《全然知らない》」といふ。今はかひなげなる者なれば《これ以上詮索してもしかたがなさそうな者だから》、庭掃かせ・水まかせなどさして養ふに、これはおのれがわざとして怠らず。

さても、仏[一]の教へはあだあだしき事のみぞかし《むなしくいい加減な事ばかりであるよ》。かく土の下に入りて鉦打ち鳴らすこと、およそ百余年なるべし。何[二]のしるしもなく《何の霊験を現すこともなく》て、骨のみ留まりしは《そのからだだけ残ったのには》、あさましき有様なり《あきれ返った》。母刀自は、かへりて覚悟改めて《自分の今までの心を入れかえて》、「年月大事と《日頃はなによりも大切と》、子の財宝を盗みて《子どもの金銭をかすめて》、三施《さんせ》[三]怠らじとつとめしは、狐《きつね》たぬきに道惑はされしよ《道に迷わされたようなものよ》」とて、子の物知りに問ひて《学問のある息子に教えを受け》、日がらの《定まった日の》墓詣《まう》でのほかは《〔寺参りをやめて〕》、野山の遊びして、嫁[四]・孫・子に手ひかれ、喜ぶよろこぶ。一[五]族の人々にもよく交はり、召し使ふ者らに心つけて、物[六]をりをり与へつれば《〔かつては〕》、「貴しと聞きし事《仏の教え》も忘れて、心静かに暮すことのうれしさ」と、時々人に語り出でて、うれしげなり。

＊稀有《けう》な入定者の発掘で、当然のことながら人々の関心は、何らかの霊験を期待しつつ、生前の正体を知ることに集中し、いろいろ尋ねるが、期待はすべて裏切られていく。

あだあだしきは仏の道

一 以下、形の上では作者秋成の言葉となっているが、〈あるじは、「さても、仏の教へは……あさましき有様なり」といふ〉と読んでもよいところである。

二 「後の世たふとからん」（五二頁一三行）と禅定に入るほどの修行をした僧だから、仏の善報を受けて霊験あらたかな存在となったような気配があるはずなのに、その気配が全くないのである。

三 三種の布施。飲食物を人に施す飲食施《おんじきせ》、財宝を施す珍宝施、命をかけて人に助力を与える身命施《しんみょうせ》。

四 家族の者との現実生活の中に喜びを見出している老母の姿を描いている。

五 家族から親類・縁者、さらには使用人たちへと、老母は現世での交わりを広く大切にする方に変って行く。

六 かつての仏の供養としての「三施」に対応する行為。「与へつれば」は文脈上不自然で、次に「人々も喜び、本人は本人で」などを補うべきか。

この掘り出だせし男は、時々腹だたしく目怒らせものいふ。「定《ぢやう》七に入りたる者ぞ」（禅定に入った者だから）とて、「入定《にふぢやう》の定助《ぢやうすけ》」と名呼びて、五《いつ》とせばかりここにありしが、この里の貧しきやもめ住みの方へ、聟《むこ》に入りて行きしなり。齢《よはひ》はいくつとて（年齢はいくつだと）、おのれ知らずても（自分では分らぬほどなのに）、八かかる交はりはするにぞありける（夫婦の交わりはするもののようである）。「さてもさても、仏因九のまのあたりにしるし見ぬは」とて、ひと里、また隣の里々にも、言ひさやめくほどに（言いさわいでいると）、法師（「それらの里の」）は怒りて、「いつはり事なり」と言ひあさみて（いい張りののしって）、説法すれど、聞く人やうやう（次第次第に）少なくなりぬ。

娑婆苦も生き甲斐

また、この里の長《をさ》一〇の母の、八十まで生きて、今は重き病にて死なんずるに、医師《くすし》に語りていふ。「やうやう思ひ知りたりしかど（いまようやく正しい判断ができるようになりましたが）、いつ死ぬとも知られず。み薬に今まで生きしのみなり（お薬のお蔭で今まで生きてきたのです）。そこには（あなた様には）、年月（長年）頼もしく行きかひたまひしが（格別のご交際をいただきましたが）、なほ御齢の限りは（これからもお達者でおられる限り）、ねもころに来たらせよ（親しくお訪ねください）。わが子六十《むそぢ》に近けれど、なほ（まだまだ）稚《をさな》き一一心だちにて（思慮が浅くて）、いとおぼつかなく侍《はべ》る。時々意見して、『家衰へさすな』と、示したまへ」（お導きください）

七 以下、修行を積み禅定に入った者らしくない振舞を描出する。

八 魚を「骨まで食ひ尽す」（五三頁一四行）とか「腹だたしく目怒らせものいふ」などと共に、僧の守るべき戒律が次々と破られてゆくことを示す。

九 修行・禅定という善根を積んで、どういう仏果が得られるか、この目ではっきりと見たことだ。

一〇 庄屋。

一一 底本「移《キタナ》き」とある。「移」は「穢」などの誤写と見てよいかもしれないが、次頁一行に「をさなし」（底本）とあるのに対応するので、「稚」の誤写・誤読と考える。

といふ。子なる長《息子の里長は》は、「白髪《しらが》[一]づきて《多くなっても》、賢くこそあらね《賢くはありませんが》、我稚《をさな》しとて
み心に煩はせたまへる《ご心配なさってくださるのは》、いとかたじけなく《〔それは〕大変ありがたく》、よくよく《〔そのお気持をとって〕》家の業《わざ》つとめたらん《はげみましょう》。念仏して《〔心おきなく〕》、静かに臨終し給はんことをこそ、願ひ侍る」といへば、「あれ聞きたまへ。あのごとくに愚かなり。仏祈りてよき所《極楽浄土》に生れたらんとも願はず《に生れようなどとは思ってもいません》。また、[二]畜生道とかに落ちて苦しむとも、いかにせん。[三]思ふに、牛も馬も苦しきのみにはあらで、また、楽し、うれしと思ふ事も、うち見るにありげなり《ちょっと見にも無くはなさそうです》。人とても《人間にしても》、楽地に《この世は楽しい》のみはあらで《ことばかりでなく》、世を渡るありさま、牛馬より《〔むしろ〕》もあはただし《いそがしい》。年暮るると《年末だとて〔正月の〕》て衣染め洗ひ《着物を仕立てたり》、年の《〔また〕》貢《みつ》ぎ大事とするに、我に《〔その年貢を〕》納むべき者の来たりて歎きいふ事《ぐちをこぼすのは》、いとうたてし《うっとうしい限りです》。また、目を《もう再び》閉ぢてものいはじ」とて、臨終を告げて死にたりとぞ。

定助の妻の嘆き

かの入定の定助は、竹輿《たけかご》[四]かき、荷かつぎて、牛馬に劣らずたち走りつつ、なほからき世を渡る。「あさまし《あきれたことだ》。仏願ひて浄土に到らんこと、かたくぞおぼゆ《不可能だと思える》。命のうちよくつとめたらんは《生きている間に十分努力したいことは》、家のわたら《〔後生願いでなく目前の〕》

一　臨終を迎えた老母を慰め安心させることば。「つとめたらん」は、努力するつもりです、の意。決意を示す語。

二　三悪道（地獄・餓鬼・畜生）の一。愚かで、みずからの罪を恥じる心を持たず、信者の施物を受けながらその償いをしなかった者が、死後、畜生（鳥・獣・虫類）となって長く苦しめられる所（『往生要集』）。

三　畜生道といえば、そこでは馬・牛・象などになった場合のことが語られるが、それにつけて、と続く。

四　竹でつくった粗末なかご。この場合、宿駅などの日やとい人夫をして生計をたてたのである。

ひなり《家業だ》」と、これらを見聞きし人は語り合ひて、子にも教へ聞ゆ。「かの入定の定助も、かくて世にとどまるは、定まりし[五]二世の縁《えにし》を結びしは《結んだということさ》」とて、人いふ。その妻《め》となりし人は、「何にこのかひが《一体どうしてこんな甲斐》ひしからぬ男を《性なしの夫を》、また持たる《再び持ったのだろう》。[六]落穂拾ひて、[七]ひとり住めりにてありし時恋し。また、さきの男《今は亡き前夫》、今ひとたび出で帰り来よ。〔せめて〕米・麦・肌かくす物も乏しからじ」とて、人見れば《人さえ見ると》恨み泣きしてをるとなん。

[八]いといぶかしき世のさまにこそあれ《何ともわけのわからぬ世の中のありさまだ》。

五　諺に「親子は一世、師は三世、夫婦は二世のちぎり」（『毛吹草』）とあるのを踏まえて皮肉った。禅定修行の縁で生れた現世での貧困な夫婦生活が、前世からの約束事であるとすれば、仏説でいう善報のいかに信ずるに足りないものであるかを反語的にあざける口調で言う。

六　稲・麦の収穫の後、落ちこぼれた穂を拾い集めること。未亡人の一種の特権として認められていたという。

七　やもめ暮しをしていたこと。「ひとり住めりし時恋し」または「ひとり住みにてありし時恋し」と同じ。

八　表面的には、筋道のたたない世の中の事象や人間の心情・行為を前にしての嘆きであるが、いままで描かれてきた事件やその渦中にある人々の動きを見れば、徹頭徹尾仏説否定につながるものであったから、こうした意識的につき放した文末の表現に、かえって読者を引きつけるものがあった、と言える。

第五回　目ひとつの神

田舎歌よみ都のぼり

「阿嬬《あづま》[一]の人は夷《えびす》[二]なり。歌いかでよまん《どうして歌など詠めよう》」といふよ《とは世にいうことだ》。相模《さがみ》[三]の国小よろぎの浦人の、やさしくおひたちて《優雅な性格に生れ育って》、よろづに志ふかく思ひわたり《万事に風雅の心を深く抱き続けて》、《［ついには］》「いかで《何とかして》都にのぼりて、歌の道まなびてん《学びとってやろう》。高き御あたりによりて《身分高いお公卿方について》、習ひつたへたらんには《教えを受けることになれば》、《［せめて］》『花のかげの山がつよ』[四]と、人のいふばかりは《人の評する程は［詠むようになるだろう］と》」とて、西をさすこころ頻《しき》りなり《京をめざす気持がたかぶってくる》。「鶯《うぐひす》[五]は田舎の谷の巣なりとも、だみたる[六]声は鳴かぬと聞くを」とて、親にいとま乞ふ《遊学の許しを願う》。「このころは、文明《ぶんめい》[七]・享禄《きやうろく》[八]の乱につきて、ゆきかひぢをきられ《往来の街道筋が通行をはばまれ》、たよりあししといふ《不便だという話だ》」など、《［父親は］》ひとたびは諫《いさ》めつれど、「しひて思ひ入りたる道ぞ《心から強く望んで決めた道です》」とて、したがはず《承服しない》。母の親も、乱れたる世の人にて《乱世に生きる者のならいとして》、鬼おにしくこそなけれ《非情というわけではないのだが》、「とくゆきて、疾《と》く

一 関東地方。「阿嬬」の用字が『日本書紀』景行帝の条によっているように、秋成は記紀両書のうちの『日本書紀』を、正史としてもっぱら重んじた。
二 未開の土地の人。ひなびた田舎びと。
三 神奈川県小田原市国府津《こうづ》から大磯町にかけての海浜。『万葉集』十四に「相模路のよろぎの浜の真砂《まなご》なす児らはかなしく思はるるかも」、『古今集』十七に「玉だれのこがめやいづらこよろぎの磯の波わけ沖に出でにけり」などと詠まれている歌枕。
四 歌の道に踏みこんだ田舎者で、どこか賤しいところがあると、よろしからぬ批評であっても、せめて批評の対象にされるくらいの歌よみになりたい、の意。『古今集』仮名序に「大伴の黒主は、そのさまいやし。いはば、薪《たきぎ》をおへる山人の、花の陰に休めるがごとし」とあるのによる。
五 田舎育ちの者も学べば上手に歌を詠めるようになるに違いない。西行の「鶯は田舎の谷の巣なれどもだみたる声は鳴かぬなりけり」（『山家集』下）による。
六 田舎なまりのある声。
七 「文明」は後土御門《ごつちみかど》帝の年号（一四六九〜八七）で、この間、前半は応仁の乱、後半には奈良徳政一揆、京都土一揆などがあった。
八 「享禄」は後奈良帝の年号（一五二八〜三二）。あ

るいは「文明」に続く「長享」（一四八七〜八九）と錯誤があったか。
九 多くの関所が設けられているので、過書文（次注）も多数発行してもらって。
一〇 江戸期の往来手形に当る。関所通過のための身分証明書。
一一 滋賀県。
一二 今の滋賀県蒲生郡安土町の東南部、奥石《おいそ》神社の森。歌枕。「東路の思ひ出にせむほととぎす老曾の杜の夜半《よは》の一声」（『後拾遺集』三）。
一三 枕にできるような松の根を探して。
一四 ひどくぬれているさまをいう語。秋成は「血かたびら」で一度使っている。二五頁五行参照。

老曾の森の松が根

一五 木々の枝が交叉し覆ったようになったところ。
一六 宵のうち出ていた月影も、今はない。上弦の月である。
一七 秋成の師加藤宇万伎の『土佐日記解』に「てけは天気なり」とある。

かへれ」とて、いさめもせず（〔それ以上〕）、別れかなしくもあらずして（〔子との〕別れが悲しいようなそぶりも見せず）、出でたたす。

九関所あまたの過書文《くわしよぶみ》一〇とりて、所々のとがめなく、近江《あふみ》一一の国に入りて、あすは都にと思ふ心すすみにや（明日は都入りできると思って気があせっていたためか）、宿とりまどひて（宿をとりそこなって）、老曾《おいそ》一二の杜《もり》の木隠《こがく》れ、こよひはここにと（今夜はここに〔野宿しよう〕と）、一三松がね枕もとめに、深く入りて見れば、風に折れたりともなくて（風に吹き折られたとも思えないのに）、大樹の朽ちたふれしあり。ふみこえて、さすが安からぬ思ひして（不安な感じがして）、立ちわづらふ。落ち葉、小枝、道を埋みて、浅沼わたるに似て、衣のすそ一四ぬれぬれ（ぐしょぐしょにぬれてわびしい）と悲し。

神の祠《ほこら》立たせます（お立ちになっている）。軒こぼれ、みはし（階段は）崩《くづ》れて、昇るべくもあらず。草たかく、苔《こけ》むしたり。誰《た》がよんべやどりし跡なる（誰か昨夜宿った跡であろうか）、すこしかき払ひたる処あり。枕はここにと定む。おひし物（背負っていた物）おろして、心おちゐたれば（〔寝る所が決って〕心が落着くと）、おそろしさは（〔かえって〕）勝《まさ》りぬ。高き木《こ》一五むらの、茂くおひたるひまより（すき間から）、きらきらしく星の光こそみれ（見えているものの）、月は一六よひの間にて、露ひやかなり。されど、「あすのてけ一七たのもし」（〔この様子だと〕明日の天気は大丈夫）と独《ひと》り言して、物うちしき、眠りにつかんとす。

あやし、ここにくる人あり。背たかく、手に[一]矛《ほこ》とりて、[二]道分《ちわき》したる[三]猿田彦の神代さへおもほゆ〔神代の昔が再現したかと思われる〕。あとにつきて、修験《しゆげん》の[四]柿染《かきぞ》めの衣、肩にむすび上げて、[五]金剛杖つき鳴らしたり。その跡につきて、女房の、しろき小袖に、赤き袴《はかま》のすそ糊こはげに〔のりもごわごわと〕、[六]はらはらとふみはららかして歩む。[七]檜《ひのき》のつまでの扇《あふぎ》かざして、いとなつかしげなるつらを〔親しみを感じるようなその顔を〕見れば、白き狐《きつね》なり。そのあとに、わらは女《め》〔童女姿の〕の、ふつつかに見ゆる〔不恰好な様子をしているが〕、これもきつねなり。

[八]やしろの前に立ち並びて、矛とりし[九]神人《かんびと》、[一〇]中臣《なかとみ》のおらび声高らかに、夜まだ深からねど〔まだ夜はふけていないが〕、物のこたふるやうにて〔物の怪が応答するような感じがして〕、[一一]すざまし。神殿の戸あららかに明け放ちて出づるを見れば、かしら髪《がみ》面におひみだれて、目ひとつかかやき、口は耳の根まで切れたるに、鼻はありやなし。[一二]しろきうち着の[一三]にぶ色にそみたるに、藤色の無紋の袴、これは今調《てう》じたるに似たり〔仕立下ろしのようである〕。[一四]羽扇を右手《めて》に持ちて、歩みたるが、恐ろし。

一 神事に用いる装飾を施した槍《やり》。
二 押分けて道を開いた。
三 天照大神の命によって降臨する天津彦彦火瓊瓊杵《あまつひこひこほのににぎの》尊《みこと》を、天《あめ》の八達之衢《やちまた》に迎えて先導した神。背高く鼻の高さは七咫《ななあた》（約七〇センチ）、眼は八咫《やた》の鏡のようにかがやいていたという（『日本書紀』神代下）。天狗のイメージで描いている。
四 赤茶色の衣を着てその袖をたくし上げ、肩のところで結んでいる。
五 修験の山伏が携える、等身の、四角または八角の杖《つえ》。錫杖《しやくじよう》のように音のする金具はないので、ここでは地響きするほど強くついたのである。
六 裾を蹴散らして。「蹴散、此《これ》をば倶穢簸邏邏箇須《くゑはららかす》と云ふ」（『日本書紀』神代上）。
七 檜の板ぎれで作った扇。『楢の杣』一に「檜のつまでは宮材の木屑なり」とある。

闇夜の神おろし

八 矛を手にした人・修験者・女房・わらわ女が並んで、型のごとく神おろしの神事を行うのである。
九 神主。猿田彦の神を思わせる人物が、実は朽《く》ちかけた祠《ほこら》の神主であることがここで示される。
一〇 「中臣祓《なかとみのはらへ》」の祝詞。ここでは、けがれをはらい清めて神の来臨を仰ぐのである。「中臣」は大和朝廷に祭祀をもって仕えた氏族の名。
一一 正しくは「すさまじ」だが、秋成は「すざまし」

神人《〔目ひとつの神に〕》申す。「修験は、きのふ[一五]筑石《つくし》を出でて、山陽道へ、都に在りしに、何某《なにがし》殿の御使ひして、ここを過ぐるに『ひとたび御目たまはらばや《一度お目にかかりたい》』と申して、山づとの《山の手土産の》宍《しし》むら《肉塊を》油に煮こらしたる《油で煮つめたものを》、また、出雲《いづも》の[一六]松江の鱸《すずき》二尾、『これは、《〔持参しており〕》したがひし輩《やから》にとらせて、けさ都に来たり』と《とのことで》、あさらけき《新鮮なのを》を鱠《なます》につくりてたいまつる《なますにつくってさしあげます》」と《と〔申しております〕》。

修験者申す。「[一七]みやこの何がし殿の、あづまの君に、聞えたち申し合はさるべき《言上してご相談なさらなければならない事があって》にて、御つかひにまゐるなり。事起りても《〔結果次第で〕紛争がおこっても》、御あたりまでは《お側近くまでは》、騒がし奉らじ」。

神《〔目ひとつの〕》いふ。「この国は、[一八]無やくの湖水にせばめられて《〔土地を〕》、山の物・海のものも、ともに乏し。たま物いそぎ《いただき物を調理して》、酒くまん《酒宴を開こう》」とおほす《仰せられる》。わらは女立ちて、[一九]御湯たいまつりし竈《かまど》のこぼれたるに《くずれかかっているものに》、木の葉・小枝・松笠かきあつめてくゆらす。めらめらとほの火《ほ》の立ち昇るあかりに、物の隅《くま》なくみわたさるる。恐ろしさに、笠打ち被《かづ》き寝たるさまして《眠ったふりをして》、いかになるべき命ぞと心も空にて《気が気ではなくていると》あるに、「酒とく《早く》あたためよ」と

とする。
一二 内着の意で、男子が狩衣《かりぎぬ》・直衣《のうし》の下に着た服。
一三 よごれて黒ずんでいる。「にぶ色」は「にび色」とも言う。濃いネズミ色。
一四 鳥の羽で作った扇で、天狗の所持品の一つ。この目ひとつの神もまた天狗の眷族《けんぞく》であることを示す。
一五 九州。「筑紫」（三九頁注七）に同じ。以下の修験者の自由な移動の早さで、その人間ならぬ超能力ぶりを示す。
一六 島根県松江市の宍道《しんじ》湖でとれる鱸。中国の江蘇《こうそ》省にある松江《しょうこう》に産する鱸との暗合で、殊に有名となる。
一七 具体的な話の内容は不明であるが、五八頁七行の「文明・享禄の乱」に関連して何やら人間を超えたところで人間界を操っているらしい、天狗を含む神々たちのあわただしくも不気味な動きを表した。前作『雨月物語』白峰《しらみね》における魔王となった崇《す》徳院《とくいん》と配下の天狗たちの動きに通ずる世界である。謡曲『鞍馬天狗』『善界《ぜかい》』『葛城天狗』『松山天狗』等に現れる、九州彦山《ひこさん》の豊前坊、四国白峰の相模坊、大山《だいせん》の伯耆《ほうき》坊、京都愛宕山の太郎坊、鞍馬天狗等々を下敷きにして書いている。

神と異類の宴

一八 琵琶湖を指す。
一九 熱湯に笹の葉をひたし体にふりかける湯だての神事に使った、の意。

おほす。

狙《さる》[一]と兎が、大きなる酒がめさし荷《にな》ひて、あゆみくるしげなり《よろよろと歩いてくる》。「とく」と申せば、「肩弱くて」と、かしこまりぬ《身をちぢめてひかえる》。わらは女《め》、事ど《酒宴準備》も《を》執《と》り行ふ。大きなるかはらけ[二]七つかさねて[三]、御前《〔目ひとつの神の〕》におもたげに撃《ささ》ぐ。しろき狐の女房、酌まゐる。わらは女は、正木づら[四]のたすき掛けて、火たき物あたたむるさま、まめやかなり《一生懸命である》。上[五]の四つ除きて、五つめ参らす。たたへさせて《なみなみとつがせて》、「うまし、うまし」とて、重ね飲みて、「修験《〔お前は〕》、まらう人《ど》なり《客人だ》」とて、たまへり。

さて、「あの松がね枕して、空ね入り[六]したる若き男よびて、『あい[七]せよ』といへ」とぞ。「召す《お呼びです》」と、女房の呼ぶに、活《い》きたるここち《〔若者は〕》はなくて、はひ出でたり《はうように前に出た》。四つめの土器《かはらけ》とらせて、「のめ」とおほす。これ[八]をのまずはとて、多くは好まねど、飲みほす。

「宍むら・膾《なます》、いづれもこのむをあたへよ。汝[九]は、都に出でて物学ばんとや。事おくれたり《やる事が時代遅れだ》。[一〇]四五百年前にこそ、師といふ人はありた

一 異形の神や狐の女房・童女にふさわしく、異類の召使いの登場である。『鳥獣戯画』（十二世紀後半ごろ成立、伝鳥羽僧正覚猷《かくゆう》筆）に想を得たらしい。そこには、酒がめを担ぐ蛙と兎が描かれている。暗夜に跳梁する妖怪たちの中にただよう、一種諧謔の味わいを出した。
二 素焼きのさかずき。
三 七段に重ねたさかずき。下になるほど大きい。
四 まさきのかずら。ニシキギ科のつる性植物。『古事記』上に「天の宇受売《うずめ》の命、天の香山《かぐやま》の天の日かげをたすきにかけて、天のまさきをかづらとして」とある。
五 七段のうち上の四段のさかずきを脇に置き、五段目を使ったのである。大盃で豪快に飲む目ひとつの神の姿を描く。
六 たぬき寝入り。実際に眠ってはいないことを、神らしく見抜いたのである。
七 間に入って盃を受けたり差したりすること。
八 飲まなかったらどんな恐ろしい目にあうかわからないと思って。
九 「空ね入り」を見抜かれただけではなく、考えていることまで見通されていることで、若者に恐ろしさがまさる。
一〇 文明（一四六九〜八七）・享禄（一五二八〜三二）から逆算すれば、十世紀から十二世紀にかけてのころか。

『古今集』（九一四ごろ成立）、『毎月集』（曾禰好忠、九七一ごろ成立）、『拾遺集』（一〇〇七ごろ成立）、『金葉集』（一一二七成立）などの時代を指していることになる。

一一 公家たちの領地が守護大名やその後の戦国大名に支配されるようになったことをいう。守護大名から戦国大名への支配権の移行は「文明」のころからであった。

一二 古今伝授のような秘伝をいう。

一三 金銭や布帛《ふはく》などの進物。

一四 秋成の持論で、『胆大小心録』にも「独学孤陋《ころう》といへど、その始めは師の教へにつきて、後々は独学でなければと思ふより、私ともいへ何ともいへ、独り窓のもとに眼をいためて考へて見れば、どうやら知れぬ事も六七分はしれたぞ」と述べている。また師であった加藤宇万伎から「歌はおのれおのれが才のかぎりありて、よきあしきをいかにせむ」（『ふみほうぐ』）と言われたこともあって、「人の歌直すべき事知らず」（『胆大小心録』）と考えていた。

れ。みだれたる世には、文よみ物知る事行はれず。高き人も《公家たちも》、おのが一一封食《ふうじき》の地はかすめ奪はれて、乏しさのあまりには《貧すれば鈍するで》、『何の芸は、おのが家の伝へあり』一二と、いつはりて《まことしやかに言い》職とするに《暮しのたしにする》、富豪の民も、また、もののふのあらあらしきも、これに欺《あざむ》かれて、一三へい帛《はく》積みはへ、習ふ事の愚かなる。すべて芸技は、よき人の《身分高き人が》、いとまに玩《もてあそ》ぶ事にて、つたへありとはいはず《秘伝などあるとは聞いていない》。上手とわろもののけぢめは、かならずあり《はっきりしていて》て、親さかしき子は習ひ得ず《［必ずしも］》。まいて《まして》、文書き歌よむ事の、おのが心より思ひ得たらんに《自分の心ひとつに会得していくべきことだから》、いかで教へのままならんや《とても教えどおりに進むものではない》。一四始めには師とつかふる《初歩の段階で師につくのは》、その道のたづきなり《その道に入る手がかりである》。ひとり行くには《［その後］自分の道を開いていくのに》、いかでわがさす枝《し》折《を》りのほかに《自分で模索するほか》、習ひやあらん《どこに学ぶ法があるだろうか》。あづま人は心たけく《武骨者で》夷心《えびすごころ》して、直きは愚かに《素直な人は愚鈍で》、さかしげなるは《賢こそうな人は》佞《ねぢ》けまがりて《心が素直でなく》、たのもしからずといへども、国にかへりて、隠れたらん《無名ではあろうが》よき師もとめて、心とせよ。よく思ひえてこそ《自ら悟って［初めて］》、おのがわざなれ《自分のものにできる道だ》。酒のめ、夜寒きに」とぞ。

祠《ほこら》のうしろより、法師一人出でて、「酒は、戒破り安くとも《飲酒戒はつい破ってしまうのだが》、また醒《さ》めやすし。こよひのあひだ《今夜のうちに》、一つのまん」とて、神の左坐《かみくら》[一]に、足高く結びてゐたり《高あぐらで坐っていた》。面《おも》は丸くひらたく、目鼻あざやかに、大きなる袋をたづさへたるを右に置きて、「かはらけ、いざ」といふ。女房とりて参らす。〔女房〕扇とりて、「から玉[二]や、から玉や」とうたふ声、めめしくはあれど《いかにも女らしい声だが》、これもまたすざまし。

法師いふ。「おのれは、扇かざさずとも《顔などかくさなくても》、尾ふとく長きには《尻尾は見えているのだから》、誰《誰も》かは袖ひかん《言い寄りはしない》。〔若者に〕わかき者よ、神の教へに従ひて、とく帰れ。山にも野にもぬす人立ちて、たやすくは通さず。ここまで来たる事、優曇《うどん》[三]花《げ》なり。修験の、あづまの使ひにくだるに、衣のすそにとりつきて、とくかへれ。『親あるからは、遠く遊ばぬ』[四]といふ教へは、東《あづま》の人も知りたるべし」とて、盃《さかづき》さす。「おのれは《おれにはどうも》、さかな《魚肉は》物臭《くさ》し《生臭い》」とて、袋の中より、大きなる蕪根《かぶらね》をほしかためしをとり出でて、しがむ《嚙みしゃぶる》つらつき《顔つきこそ》、わらべ顔して《童顔なのだが》、〔それが〕また懼《おそろ》し。

「いづれのみ心も同じく聞きしらせ給へば《皆さまがみな同じ趣旨の考えをお聞かせくださったので》、都にはあすとこころざ

一　右に対して左を上座とする。

二　『金砂』十に「政事要略に、天武吉野宮に出でませし時、天女のくだりて舞歌を奏せしと言ふに、をとめどもをとめさびすもから玉を袂にまきてをとめさびすもと言ふ章あり」とあって、時空を超えうるものたちの宴らしく、壬申《じんしん》の乱（六七二）時代の古風な歌の文句を配した。「から玉」は中国・朝鮮から舶来の宝石。

三　めったにないこと、の意。「優曇花」は、三千年に一度花咲くという想像上の植物。

四　『論語』里仁に「子曰く、父母在《い》ますときは遠く遊ばず、遊ぶに必ず方《ほう》あるべし」とあるのを指す。

五 小余綾《こゆるぎ》に住む漁人である私がとるべき歌の道への手がかりを得ました、の意。目的地を目前にしながら引きかえす話には「宗祇もどし」（曾良の『奥の細道随行日記』所引）などがある。

六 神の退場を願いあげる祝詞奏上の声。

七 『源氏物語』に「しはぶる（咳る）人」とあるのによる語だが、秋成は皺のよった人の意に用いる。

八 近世、各地で突風・旋風・豪雨などをもたらすと信じられていた神の名。『市井雑談《しせいぞうだん》集』（林自見、宝暦十四年、一七六四刊）は、それを片目の龍のせいとして「一目龍」と言ったのを呼び誤ったという説を出している。秋成は、それらによって「目ひとつの神」をつくり出した。と同時に、秋成自身、左眼を寛政二年に失明し、同十年に右眼も失明したが、ようやく左眼のみ回復した秋成の自画像でもあった。

九 底本「あをぐ」を改めた。

一〇 僧形で袋を担《にな》い、よく絵で見かける姿といえば七福神の布袋《ほてい》和尚であろう。ここは、その心象で書かれていることになる。

したれど、上《のぼ》らじ。御しるべにつきて《ご指導に従って》、文よみ歌学ばん。[五]小ゆるぎの蜑《あま》が目ざす道は、栞《しをり》得たり《目途がつきました》」とて《と言って喜ぶ》、よろこぶ。

かはらけ、幾回りか巡《めぐ》らせたれば、「夜や明けん」と申す。神人も酔ひたるにや、矛とり直して、[六]物まうしの声、[七]皺《しわ》ぶる人《老人なので》なれば、をかしと聞えたる。

山ぶし、「いざいとま賜はらん」と、金剛杖とりて、若き者に、「これに取りつけよ」といふ。〔目ひとつの〕神は、扇とり直して、「[八]一目連《いちもくれん》がここに在りて、むなしからんや《黙って見てはおれないだろう》」とて、わかき男を空に[九]あふぎ上ぐる。猿とうさぎは、手打ちて笑ふわらふ。木末《こずゑ》にいたりて、待ちとりて、山ぶしは飛び立つ。この男を腋《わき》にはさみて、〔空中を〕飛びかけり行く。

法師は、「あの男よ、あの男よ」とて、笑ふ。袋とりて背におひ、ひくきあしだ《下駄》履《は》きて、ゆらめき立ちたるさま《ゆらゆらと立ち上がった姿恰好は》、[一〇]絵に見知りたり《絵で見たことがある》。神人と僧とは人なり。人なれど、妖《えう》に交はりて《妖怪と交わっても化かされず》魅せられず、人を魅せず《また人を惑わさず》、白髪《しらが》づくまで齢《よはひ》はえたり《長寿を保った》。明けはなれて、森陰のおのがやどりにかへる。女房・わらはは、神人《かんびと》の、「ここに泊まれ」とて、いざなひ行く。

神人の筆蹟

　この夜の事は、神人が百年を生き延びて、[一]日なみの手習ひしたるに、[二]書きしるしたるがありき。[三]墨くろく、すくすくしく、誰が見るともよく読むべき。文字のやつしは大かたにあやまりたり。おのれはよく書きたりとおもひしならめ。

毎日の手習いをした反古紙の中に
好き勝手に書いてあり
誰が見ても
よくは読めないだろう
「それでも」
字体のくずし方は
自分では上手に書いたと思ったにちがいない

一 この作品が設定している時代、文明・享禄から数えると文禄（一五九二〜九六）以後寛永（一六二四〜四四）ごろまで、すなわち秀吉の時代から江戸時代初期までとなる。

二 文献にもとづいて書いたという虚構。

三 『胆大小心録』に「近ごろ目くらく、老にいたりてただ字とも何とも思はずして、心にまかせて筆を走らす」と述べ、「善書（能筆）の人」が、それを「仏祖たちなどの豪放にまかせられしに似たり」と評したことを書きとめている。ここにも、秋成自身の投影がある。

第六回

死首《しにくび》のゑがほ

津[四]の国兎原《うはら》の郡宇奈五《こほりうなご》の丘は、昔よりひと里よく住みつきて〔人が〕、鯖《さば》江《え》氏の人ことに多かり。酒つくることをわたらひとする人多きが中に、（生業としている人が多かったがその中でも）五曾次といふ家ことににぎはしく（繁栄していて）、秋は稲春歌《いなつきうた》[五]の声、この前の[六]海に響きて、海の神[七]をおどろかすべし。

ひとり子あり、五蔵といふ。父に似ず生れつき、都人[八]にて、手書き、歌や書《ふみ》このみ習ひ、弓とりては翅《つばさ》[九]を射落し、かたちに似ぬ心たけくて（優しい容姿に似ず心は勇敢であり）、さりとも人のためならんことを常思ひて（その反面には人のために役立とうと常日ごろ考えていて）、交はりゐやゐやしく（人あたりも丁寧で）、貧しきをあはれびて、力を添ふることをつとめとする（援助するのが自分の当然のつとめと考えていたので）ほどに、父がおにおにしきを鬼曾次と呼び、子は仏蔵殿《ぶつざう》と尊びて、人このもとにまづ休らふをこころよしとて（五蔵の所で一服するのを楽しみとして）、同じ家の中に（同じ家の中ながら）、曾次が所へは寄（寄

＊秋成は、本篇のヒロインの兄「元助」のモデル渡辺源太に会っている。文化二年（一八〇五）秋成七十二歳、源太六十三歳のときのことである。これに触発されて、かねがね聞いていた事件の顚末《てんまつ》を「さて、このまさし事、おろそげの筆には書きとどむまじけれど、謌《いつはり》ならぬには、後長くつたへよとぞ思ふ」と書いたのが『ますらを物語』であった。それをさらに虚構の世界へ持ちこむことで、この作品は成立した。なお、題名「死首」は「しにくび」と訓《よ》んだ。

四 兵庫県神戸市付近。秋成は『法隆寺縁起資財帳』によって「今の兵庫の津のあたり」（『金砂』二）と考証している。

五 酒を仕こむための米を精白するときに歌う歌。

六 大阪湾北部の海。

七 海波をつかさどる神。

八 教養がゆたかで、洗練されている人、の意で用いている。

九 飛ぶ鳥も射落すほど弓矢の道にもすぐれていたことをいう。五蔵が文武両道を兼ねそなえ、かつ有徳の人として、理想化されて描かれている。

親に似ぬ都雅の人

＊五蔵の父「五曾次」は「鬼曾次」の場合を除いて、最終行の場合をはじめとして、以下九例すべて「曾次」となっている。「仏蔵」「鬼曾次」の対比から思いついた「五曾次」を忘れて、モデルの本名である「団次」にひきずられたのであろう。

り来ぬこととなるを《りつかないようになったのを》、父は怒りて、「無用の者には茶も飲ますまじき事」、《〔と書いた紙を〕》門に入る壁におしおきて、まなこ光らせ、[一]制しからかひけり《やかましく言って禁じた》。

また、同じ氏人《うぢびと》に元助といふは、久しく家おとろへ《家運傾き》、田畑わづか《わずかば》にぬしづきて《かりもっていて》、手づから鋤鍬《すきくは》とりて、母一人いもと一人をやうやう《ようやく》養ひぬ。母はまだ五十《いそぢ》に足らで、いとかひがひしく、女のわざの機《はた》織り、績《う》み紡《つむ》ぎして、おのがためならず立ちまどふ《自分自身の事は考えずにこまめに働いている》。妹を宗《むね》といひて、世のかたち人にて《世にもまれな美人で》、母の手わざを手がたきなし《手仕事の手伝いをするのを常とし》、火たき飯《いひ》かしぎて、夜はともし火のもとに、母と古き物がたり[二]を読み、手つたな《書も一通りは》からじと《できなければと》習ひたりけり。

五蔵・宗の閉ざされた通い路

同じ氏の人なれば、五蔵つねに行きかひして、交はり浅からぬに、《〔宗は〕》物問ひ聞きて、《〔五蔵を〕》師と頼みて学びけり。いつしか物いひかはして《互いに気持をうちあけて》、頼《将来》もし人に語らひしを《は夫婦になろうと約束したのを》、母も兄もよき事に見許してけり。

同じ族《ぞう》の人、医師《くすし》靫屓《ゆきへ》といふ老人あり。これを幸ひの事とて、母兄に問ひただして《気持を聞いた上で》、酒つくる翁《おきな》が所に来たり、「[三]鶯はかならず梅に

一 「からかふ」は負けまいと争うの意。「あらがふ」の誤写とする説もある。

＊ ここでは、貧しい暮しながらけなげな母親のふるまいが紹介される。「機織《はた》り、績《う》み紡《つむ》ぎ」を含めての家事や教養を、女のつとめとしているところに秋成の女性観を見ることもできよう。「機織り」は七八頁九行、八〇頁一三行にも見え、母親像の重要なポイントになっている。『雨月物語』菊花の約《ちぎり》でも、左門の母親は「常に紡績《うみつむぎ》を事として」いたことを想起する。

二 『源氏物語』などを指す。

三 取り合せのぴったりしていることの譬え。『八雲《やくも》御抄《みしよう》』に「尋常には梅に巣くふものなり、桜にはやどらず」とある。

四 底本「めとりたる人貧しくて」とあるが、桜山本・漆山本は「めとりたまへ貧しくて」とある。意によって後者を採用した。

五 「馬の」を、諸説「て乃《すなは》（ち）」「ての」等の誤写としている。しかし、七八頁三行「驚き馬に」、一二一頁八行「おどろき馬して」の例があるところを見ると、「驚き馬」をあながちに誤写と考えない方がよいのではないだろうか。「して」はともかく、「の」「に」に幾分の不整合感はあるが、傍注のごとく解してみた。なお、秋成が校訂して刊行し、広く流布した『落窪物語』（寛政十一年、一七九九刊）巻之一に「おどろき馬の様に（癇馬にさわるような手つきで）手な触れ給ひそ」とあるのに想を得たかと思われる。

六 ここでは仲介の労をとる人。「打橋は板あるいは丸木にても渡りにかけたるをいふ」（『楢の杣』二）。

七 「いかにもあれ」は、善悪・理非の判断を拒絶して、とりあえずこの場を納めようとする母親の気持を表現している。

巣くひて、他に宿らず。御息子《むすこ》のためにかの娘[四]めとりたまへ、貧しくてこそおはせ、兄は志たかきますらを《志操堅固な優れた男子です》なり、いとよき事」といへば、鬼曾次あざ笑ひていふ、「わが家には福の神の御宿申したれば、あのあさましき者《ひどく貧しい者》の娘呼び入るれば、神《〔福の〕》のみ心にかなふまじ。とく帰らせよ《早くお帰りなさい》。そこ掃き清むべし」といふに、[五]驚き馬の逃げ出でて《あがり馬がはねるように逃げ出して》、重ねて誰いひ渡すべき[六]打橋《うちはし》なし。

五蔵聞きて、「この事、父母許したまはずとも、思ふ心あれば《思い合う心さえあれば》、かならず我よくせん《きっときっと私がうまくやってやる》」といひて、絶えず《なおも》問ひ寄ると聞きて、「おのれ《（五曾次）》は何神のつきて、親のきらふ者に契りやふかき。ただ今思ひ絶えよかし《今すぐに思い切ってしまえ》。さらずは《それがいやなら》、赤裸《あかはだか》にていづこへ行け《どこへなりと出て行け》。不孝といふ事、おのれが読む書物にはなきか」とて、声あららかなり。母聞きわづらひて《聞くのがつらくなって》、「[七]いかにもあれ《どちらにしても》、父の憎みをかうむりて立つ所やある《身のおき所がない》。貧しき人の家にはふつに行きそ《決して行ってはなりません》」とて、夜はわが前に来たらし、物がたりなど読ませてはなたず《傍を放さない》。

宗の床臥せり

通ひ《〔五蔵の〕》絶えたりとも、かねての心あつきを思ひて、恨《〔宗は〕》みいふべくもあらずぞありける。かりそめ《〔宗は〕ふとした》臥《ふ》しに病《病で》して、物食はず、夜昼なくこもりをり。兄は若きままに心にかけず《年若いのでつい気にもとめない》。母《〔宗が〕》、日ごとにやせやせと、[一]色白く黒みつきたるを見て、「恋に病むとはかかるにやあらん。薬は与ふべきにあらず《薬を飲ませてもしかたがない》。五蔵こそ来たまへ」といひやりつれば、その昼間過ぎに来たりて、「いふかひなし《〔宗に向って〕だめだなあ》。[二]親の歎きを思はぬ《親の心配を考えない》罪業《ざいごふ》《罪の報いで》とかに、さきの世《来世には》いかなる所にか生れて、荷かつぎ、夜は縄なひて、なほ《一層》苦しき瀬にかかりたらん《苦しい目に逢うことになるでしょう》。親の許し《〔私の場合〕》なきは、初めより知りたらずや《初めから分っていたことではありませんか》。我、父に背きても、ひとたびの言葉たがへじ《一日約束した言葉は必ず守ります》。山深き所にも言《は》ひ隠れて《隠れてでも》、相向ひたらんがうれしとおぼせ《二人で暮す日を楽しみにしていてください》。ここの母君せうと《兄君》の許したまへば、なんの報いかあらん《〔不孝不義の〕罪の報いなどありはしない》。わが家は宝積みて、くづるまじ《〔私がいなくても〕》き父の守りなり。よき子養ひて、財宝《〔生き甲斐の〕》増させ給はんには、わが事忘れて《実子の私のことなど忘れて》、百年を保ちたまふべし《長生きされるだろう》。[三]人百年の寿《よはひ》たもちがたし。たまたまにあるも、五十年は夜のねぶりに費《つひ》え、なほ病に臥し、おほやけ事

一　血の気が失せて青白くなり、眼の縁などにくまができているのである。

二　自分の気のゆるみから病気となり、そのために親に心配をかけるというのは、不孝の罪を犯すことになるわけで、その報いとして来世には苦難の道を歩まねばならなくなるのである。

三　ところで、ひと口に百年といっても、人間はなかなか生きられないものだ。まれに百年生きる人があっても、と続く。以下は、『列子』に見える楊朱《ようしゅ》の言葉に効《なら》った計算と考えられる。秋成は随筆『胆大小心録』に原文の一部を引用している。もっとも原文では、百年のうち幼年期や老年期が半分を占め、残りの五十年のさらに半分を夜の眠りや昼の無益に費やす時間が占め、残りの二十五年のさらに半分を苦しみ・悲しみ・憂いなどが占めるという計算をしていて、人生はゆったりと楽しく過せる時はないのだという趣旨のことを言おうとしている。

に役《えき》せられて、指くはしく折りたらば《指を折って数えてみたら》、廿年《にじふ》ばかりやおのがものならん。山深くとも、海辺にすだれ垂れこめて《［あるいは］海浜の苫屋に住んで》、世にある人とも知られずとも《たとえ世間から忘れられても》、ただ思ふ世を命にて《互いに思い合うことだけを生きがいに》、ひとふたとせにても経ななん《暮したいものだ》。[四]愚かといふは、親兄も《［病んで］母親や兄それに私までも》、我も罪あるものにてあらせんとや《［お前を救えない］罪人とするのか》。いといとつらし。ただ今より心改めたまへ」と、ねむごろに示されて、《［宗は］》「さらにさらに病すともおぼさで《病気だなどと思わないでください》。おのが心のままに起き臥したる《わがまま心で寝たり起きたりしていたのを》、御とがめかたじけなし《お叱りくださってありがとう》。すなはち見たまへ」《さあご覧になっていてください》とて、小櫛《をぐし》かき入れて、乱れを清め、着たる馴衣《なれごろも》[五]ぬぎやりて、新しきに改め、牀《とこ》は見かへりもせず起き出でて、母にせうとに《兄上に》笑み奉りて《笑顔をご覧に入れて》、かひがひしく掃《は》き拭《ふ》きす。

五蔵、「心かろらかにおはすを見てこそ、うれしけれ。明石《あかし》[六]の浜に釣りし鯛《たひ》を、蜑《あま》がけさ漕《こ》ぎて持《も》て来しなり。これにて箸《はし》とるを見て帰らん」とて、苞苴《わらづと》[七]いと清らにして出だす。うち笑みて、「よんべの夢見よかりしは、めで鯛といふ魚《いを》得べきさがぞ《兆だったんですね》」とて庖丁とり、

四　前頁六行の「いふかひなし」を受けている。親に心配をかけて不孝の罪を犯すのみならず、さらには「許し給」う母親や兄、二人で暮そうと考えている自分など、宗が病むことで、こうした周囲の厚意の一切が無になれば、女一人を救えない私たちが苦しむ番になる。

五　着ていて柔らかくなり折り目のとれた着物。

六　兵庫県明石市の海岸。主人公一族の住む所（神戸市）から西方約二五キロメートル。鯛はこの地の名産。

七　わらで包んだ品。「苞苴《ほうしよ》」の語は、二二頁注三、七にも引いた『日本書紀』仁徳帝の条に「鮮魚之苞苴」とみえる。

一 左を上座、右を下座とする。
二 「うそぶく」は、鼻歌をうたったり口笛を吹いたりすることをいう。口数が少なく、思いやりを言葉にすることはないが、なすべきことは強い意志で実行する「ますらを」である元助らしさを表現した。
三 食欲のままにあわただしく食べるさまを表す。実際は、宗の気持を思いやっての五蔵のわざとするふるまいである。
四 『詩経』召南《しようなん》に「厭浥《えんいふ》たる行露、豈《あ》に夙夜《しゆくや》せざらんや、謂ふ行《みち》に露多しと」とある詩篇をいう。詩は深夜・早朝に外出して露にぬれることのない、慎しみ深い女性を詠んだもの。秋成はこの詩を、『万葉集』十一の「さくらをのをふの下草露しあれば明かしてい行け母はしるとも」に注して「行露多露などいふごとく、夏野の朝明の道には、袖裳しとどならんものぞ」(『金砂』二)と引いている。なり行きのままに宗の家に泊った五蔵の朝帰りが、父親の怒りを買うことは自明で、一時の心楽しさと先の打開策も立て得ない憂いの入りまじった五蔵の気持を表す行為として描いた。
五 家を傾ける者。それをののしって言う。
六 本来は律令制における地方官の代行者の意だが、ここではその語で時代がかった雰囲気を出しながら、町奉行のような役割を意味する語として使っている。
七 母親のこの言葉が、アテにならない気安めにすぎないことは明らかだが、対立する父子の抗争の間に入

煮またあぶり物《焼き魚》にして、母と兄とすすめ、後に五蔵の右[一]にありて立《まめ》ち走りするを《まめしく働くのを［見て］》、母はいとよろこぶ。兄は[二]うそぶきてのみ《無関心をよそおっている》。五蔵は、涙かくして、「うまし」とて箸[三]鳴らし、常よりもすすみて食らふ。「こよひはここ」と、宿りぬ。

父の怒りと五蔵の悩み

あしたとく起きて、多露行露《たろかうろ》[四]の篇うたひて帰るを、待ちとりて、親立ちむかへ、「この柱腐[五]らしよ。家を忘れ、親をかろしめ、身を亡ぼすがよき事か。目代殿《もくだい》[六]へ［訴え］、責めかうじて《きびしく吟味してもらい》、親子の縁断つべし。物ないひそ《文句は言わせないぞ》」とて、おにおにしきこと、いつより恐ろし《今までで一番》。母、とりさへて《中に割って入り》［五蔵に］、「まづ、わが所に来よ。［鬼曾次に］よんべよりのたまひし事《あなたが昨晩おっしゃった事を》、［五蔵に］つばらかにいひ聞かせて《くわしく言い聞かせますから》後、ともかうもなるべし《万事はその後のことにしてください》」。曾次怒りにらみたるも、さすがに子とおもひて、おのが所へ入る。

母、泣くなく、意見まめやかなり《かんで含めるように意見する》。五蔵頭を上げ、「いかにも申すべき様ぞなき。若き身は《若い自分には》、生死《しやうじ》の沙汰《さた》も速やかにて《決断もたやすくでき》、悲しからず《悔みもしません》。財宝も欲しからず。［ただ］父母に仕へずして出でて行かんがわりなきこと《道理にあわないこと》

と思へば、ただ今心を改めてん。罪いかにも《どうか》赦《ゆる》したうべよ《おゆるしください》」といふつらつき、まことなり。

母よろこびて、「[七]神の結びたまふ縁ならば、つひの逢ふ瀬あるべし」と慰めつつ、父にかくと申す。「いつはり者めが言《こと》、聞き入るべからねど、[八]酒の長《をさ》が腹病みして、よべより臥したり《昨夜から寝こんでいる》。蔵々の隈《くま》に、[九]小ぬす人らが、米酒とり隠すこと、あまたたびぞ《何回あったかわからない》。行きて見あらためて後に、長が腹病みをも[一〇]ままこりす。この男なくては、一日に何ばかりの費《つひ》えあらん。いま、ただ今ぞ」と[一一]追ひはらす《追いたてる》。承りて、[一二]履《くつ》だにつけずただ片時《かたとき》に見めぐりて、「[一三]まう候《帰りました》」と申す。（鬼曾次）「[一四]渋染めの物似合ひしは、福の神の[一五]御仕着せなり。けふを初めに、[一六]くる春の朔日《ついたち》までは、物食ふとも用へと出づるはしにせよ《食事も用便に〔住居の方へ〕出て行くついでのことにしろ》。あら忙しの宝の山や。福の神たちに追ひつきたいまつらん」とて、[一七]ほかの事いひまじへずぞある。

「このついでにいふぞ。おのれが部屋には書物とかいふもの高く積

って取りなそうとする母親像は、六九頁にも見え、また「樊噲《はんかい》」（一一六頁）にも見られる。

八 酒造りの職人の頭。

九 つまみ食いする連中。部下の職人たちに対して、「ぬす人」呼ばわりすることで、五蔵と対照的な「鬼曾次」の一面を出している。

一〇 底本「まゝこりす」とあるが文意不明。現在のところ「またとひやれ」「ままとひやれ」の誤字説があるのみで、いずれも「見舞ってやれ」の意となる。

一一 「おひはしらす」「おひはらふ」などの誤記か。写本はすべて「おひはらす」となっているので、原本もそうであった可能性がつよい。

一二 あわてて駆け出して行くさま。「宮木が塚」（一〇五頁一三行）にも見え、『万葉集』九の「勝鹿の真間の娘子を詠む歌」に「履《くつ》をだにはかず行けども」とあるによる。秋成はこの歌を『雨月物語』の「浅茅が宿」に使ったことがある。

一三 「まゐり候」の約。

一四 柿渋で染めた作業着。

一五 福の神から授けられた御仕着せのようなものだ。「仕着せ」は主家が使用人に、盆正月に支給する衣類。

一六 来年の正月まで。酒造家は、秋から年末にかけて多忙をきわめる。

一七 父親にとって、五蔵の悩みや妻の苦慮は思案の外で、息子が家業に精を出すことになったという結果だけが意味を持つことを、幾分戯画化して表す。

み、夜は油火かかげて無益《むやく》の費えする。これも福の神はきらひ給ふといふ。一反古《ほご》買ひには損すべし。元の商人呼びて価とれ《求めた本屋を呼んで買い戻させよ》。親のしらぬ事知りて、何かする。まことに、二『似ぬを鬼子』といふは、おのれよ《お前のことだ》」とののしる。「何事も、この後、承りぬ」とて、三日来《ひごろ》渋染めの裾《すそ》高くかかげて《からげ上げ》、父の心をとるほどに《父の意にそむかぬようにするので》、「今こそ福の神のみ心にかなふらめ」と喜ぶよろこぶ。

五蔵の決意

かの娘のかたには、訪れ絶えぬるままに、病重くなりて、「けふあすよ」と母兄は歎きて、五蔵にみそかに使ひして聞ゆ《こっそりと使いを出して伝える》。「かねて思ひし事《以前から考えていたとおり》」とて、こと見ねども《見たわけではないが》、あはれにえ堪へずして、使ひ尻に立ちて急ぎ来たり《使いを追いかけるようにしてやって来て》、親子に向ひていふは、「四かからんと思ふにたがはざりしことよ《こんなことになろうと案じていたとおりになってしまった》。後の世の事は、いつはりを知らねば頼まれず《うそかまことか知らないからあてにはできない》。ただこのあした《あすの朝》、わが家に送りたまへ。五千秋万代なりとも《幾久しく添うとも》、ただ片時といふとも、同じ夫婦なるぞ。父母の前にて、六入るさ清からんぞ《輿入れを立派にしてほしいと》、せめて願ふなり。せうとのみ心《兄上のお考えのままに》、頼もしくはからひてたべ《よろしくおとりはからいください》」と申す。

一 古紙買いに売ったのではもとがとれない。

二 ことわざに「親に似ぬ子は鬼子」という。

三 毎日かいがいしく立ち働いた。

四 七〇頁一〇行以下に、現状では残された唯一の道としか考えられない解決策を述べたにも拘らず、五蔵は、破滅的な終局を予見していたことを示すことばを独白のように語っている。「かからん」は「かくあらん」の約。

五 長くても短くても夫婦は夫婦、の意であるが、「ただ片時」の方が強調されている。「片時」は約一時間。底本「千秋万代へ」とあるが、「へ」は「なり」の誤写と考えて改めた。一二二頁注四参照。

六 「入るさ」の「さ」は方角・時などを示す接尾語。「入りさま、よからんぞ」と読む説もある。いずれにしても、嫁入りだけでも型どおり行いたい、の意になる。

元助いふ、「何事も仰せのままにとり行ふべし。御宿の事《お宅の方のことは》、よくして待ちたまへ」とて、悦《よろこ》び顔なり。母も、「いつのころ門出ぞと待ち久しかりしを、あすと聞きて心落ちゐたるかな《安堵いたしましたよ》」とて、これも喜びの立ち舞ひして《うきうきと振舞って》、[七]茶たき酒あたためて参らす。盃とりて《〔五蔵は〕》宗にさす。いとうれしげにて、[八]三々九度ことぶき、元助うたふ。その夜[九]の鐘聞きて、「例の《例のごとく》門《かど》たてこめられんよ《締め出される〔と大変だ〕》」とて、五蔵は去《い》ぬ。親子三人《みたり》、こよひの月の光に、[一〇]何事をも語り明かす。

夜明けぬれば、母、白小袖とう出て《取り出して》うち着せ、髪の乱れ小櫛《をぐし》かき入れて、「我も、若き昔のうれしさ《嫁入りの時のうれしかったことは》、つゆ忘られず《今でも忘れられません》ぞある。かしこに参りては、ただ《ひたすら》、父のおにおにしきを、よくみ心とれ《お気に入るようにしなさい》。母君はかならずよ、いとほしみ給ひてん《〔お前を〕大事にしてくださるでしょう》」とて、粧《よそほ》ひとりつくろひて、[一一]駕籠《かご》に乗るまで、よろづ教へ聞ゆ《聞かせる》。元助[一二]麻裃《あさがみしも》正しく、[一三]刀脇差し横たへ《腰にさして》、「また、[一四]五日《五日たったら》といふ日には帰り来んを、あまりに言長《こと》し」とて《と言いつつも》、母を制しかねたり。娘、ただ笑《ゑ》みさかえて《微笑をたたえて》、「やがて、また参らん」

七 以下は内輪の祝言ごと。
八 めでたく夫婦固めの盃ごとをして、元助は謡曲をうたった。
九 五つ時（午後八時ごろ）の鐘の音。
一〇 今さらのように、思い出話や何や親子水入らずで話すのである。

輿入れの朝の白小袖

一一 七八頁九行以下の母の姿と対照的なさまを描いていて、母親像の立体化をはかる。ここは、世間なみの情愛に満ちた母親像である。
一二 麻布製の裃で、通常の礼服として着用した。
一三 名字帯刀を許された士分の者であることを示す。
一四 婚礼後五日たって新婦が実家へ帰る風習をいう。この場合、それがたてまえに過ぎず、帰ってくることが出来ないかもしれないことを、元助も知っているゆえに「制しかね」るのである。

とて、駕籠にかき乗せられ行く。元助添ひて出づれば、母は[一]門火《かどび》たきてうれしげなり。

召し使ふ二人の者ら、みそかに語り合ふ。「かくても《これでも》御輿入《こしい》れといふにや《〔普通なら〕》。我々も付き添ひて銭いただき《お祝儀を頂戴し》、[二]雑煮《ざふに》の餅に腹みたさんと思ふにたがふよ《あてがはずれたことよ》」とて、けさの朝げの煙《けぶり》、しぶしぶ《〔心なしか〕》に燃ゆる。

憤怒の鬼曾次

かの家には、思ひまうけざる事にて《思ってもいなかったことなので》、「何者の《〔使用人たちは〕》病してここに来たる。御娘《〔この家には〕》ありとも、かねて聞かざるを」と、あやしみて立ち並びをる。元助、曾次の前に正しく《威儀を正して》向ひて、「妹なる者、五蔵殿の思ひ人なり。久しく病み疲れてあり。『輿入れ急ぎてん《〔五蔵殿が〕急いで輿入れさせてしまおう》』と願ふままに、連れ来たりぬ。日がらよし。盃とらせたまへ《婚儀の盃ごとをしていただきたい》」といふ。

鬼の口ありたけには[三]はたけて《あけて》、「何事をいふぞ。妹に、わが子が目かけしといふ事聞きしかば、強く諫《いさ》めて、今は心にも出さず《ふっつりと思い切っている》。おのれら狐のつきて狂ふか《気が狂ったか》」とて、膝《ひざ》立て直し、目怒らして、「帰れ。かへらずば、わが手にも及ばず《わしが手を下すまでもない》、男どもに棒とらせて追ひ打たん

一 嫁入りの時、門口で火をたく風習があった。『女重宝記』（元禄、一六八八〜一七〇四ごろ刊）に「ふたたび父母の家に帰らぬといふ縁をとりて、（略）門火をたき、塩と灰にてうち出だすことの死人のまねびをする事、うへうへ方にもある事なり。祝言のめでたき首途《かどで》に死人のまねをして咒《まじな》ふといふは、よくよく帰るをいむゆへ」と見えている。

二 『女重宝記』に「次に雑煮いづる。雑煮はまち女らう・つぼねにもすゆるなり」とある。

三 一一五頁一行にも「目、口はたけて驚き」とある。『雨月物語』菊花の約にも「この死馬《しにうま》は目をもはたけぬか」とあった。正しくは「はだく」だが、『雨月物語』のよみに従った。

ぞ」とて、恐ろしげなり。元助うち笑ひて、「[四]五蔵呼び来よ。『とく迎へとらん』とて、月日をわたるほどに《月日を過すうちに》、病《〔宗が〕》して死ぬるに、『せめてこの家の庭に入りて死なん』と願ふままに、連れ来たるなり。ここにて死なせ、この家の墓に並べてはうぶれ《葬むれ》。れいの物惜しきさがは知りたるゆゑに、この家の費えにしはせじ。[五]金《こがね》三枚《ひら》ここにあり。これにて《この金子で》、かろくとも取り納めよ《不十分かもしれぬがよろしく頼む》」といふを、[六]取り上げて、「金はわが福の神のたまものなれど、おのれが家にけがれたるは何せん《お前の家の貧乏臭さのしみついた金をもらってどうする》。もとより嫁子にあらず。死人ならばとく連れ去《い》ね。五蔵いづこにをる。このけがらはしき、聞かずば、いかに《〔わしが〕認めなかったらどうするつもりだ》。よく計らはずば《ちゃんと始末をつけねば》、おの《お前》れも追ひ打たん《も追い出すぞ》。親にさかふ罪、目代殿に訴へ申して、執《と》り行はせん」とて、来たるをすぐに、立ち蹴《げ》に、庭に蹴落したり。五蔵、[七]「いかにもし給へ《思うままになさってください》。この女、わが妻なり。追ひ[八]出さるれば、ここより手とりて出でんと、かねて思ふにたがはざるこの朝《あした》なり《日ごろの思いどおりの今朝になりました》。いざ《さあ行こう》」といひて、手とりて出づべくす《出て行こうとする》。兄がいふ。「ひと足引きては倒る

四 前頁の元助のことばと異って、ここでは敬語が使われていない。はっきりと対決する決意を固めているのである。

五 小判三枚、すなわち三両。ほぼ一人三ヵ年の主食費（米代）に相当する。

六 一度は小判を手にすることを叙して、守銭奴としての鬼曾次を戯画化している。

七 矛盾・対立がむき出しになった時点での五蔵の決断を語ることばである。七四頁一〇行と同様に、ここでもこのような事態の到来を予見していたことが語られている。五蔵には知ることはできても流れを変えることはできないのである。

八 底本「出されば」とあるが「る」を補った。

べし。汝が妻なり。この家にて死ぬべし」とて、刀抜きて、妹が首切り落す。

五蔵取り上げて、袖に包みて、涙も見せず門に出でんとす。父驚一き馬に《あがり馬のごとく》、はね上がり、「おのれ《きさま》、その首持ちていづこにか行く。わが親々の墓に納めんこと許さじ。それまでもあらず《それどころの話ではない》。兄めは人殺しぞ。おほやけにて罪なはれよ《奉行所に捕えられ処刑されるがいい》」とて、急ぎ村長《むらをさ》の方へ知らせに行く。

長聞きて、「いかなるもの狂ひしたる。元助が母は知らじ」とて、軒遠からねば、走り行きて、「かくかくなん。元助は気違ひなり」とて、息まくしていふ。母は、いつもの二機《はた》に上りて布織りゐたるが、三「しかつかうまつりしよ《やはりそういたしましたんですね》。心得たればおどろかず《覚悟しておりましたから驚きません》。よくこそ知らせ給ふ《よくぞお知らせいただきました》」とて、下り来て［機を］ゐやまひ申す《お礼のことばを言う》。長、また、これにも驚きて、「鬼はかねて曾次が事と思ひしに、この母も鬼めなり。角《つの》よく隠して、年月ありしよ《長い間いたものだ》」とて、逃げ出でて、目代に訴ふ。

すなはち、人々召し捕へて、「おのれらは何事をかして《何事をしでかして》、ひと里

＊『ますらを物語』では、この部分若干異っている。右内（五蔵に当る）は留守で、先祖の祭を行っていた団次（鬼・五曾次に当る）の家の仏前で、私を討ってくれぬなら自刃すると兄を促し、手を合わせて坐った妹の首を兄が斬り落すことになっている。その後、兄は妹の首を仏前に供え、公の沙汰を待つ間、朝食を出してもらい、静かに食べ終ったとある。

斬り落した妹の首

一 六九頁注五参照。

二 母の姿は機織りと結びついている。六八頁五行参照。

三 七五頁一一行で、「駕籠に乗るまで、よろづ教へ」た未練がましさに、母親の情愛を見せたことと対をなす。

四 牢獄。

五 「日ごろ」は数日間の意で、「十日ばかり」と重複している。

六 すでに十日間を経過しているが、まだ最終的な裁

決にはいたっていないことを物語っている。

* モデルとなった事件についての記録（『百箇条調書』が残っていて、それによれば、事件発生（明和四年〈一七六七〉十二月三日）後二カ月経っても結論が出ず、一旦釈放して、結審したのは翌年末のことであったという。このように延びのびになったのは、この場合に適用すべき判例がなく、江戸幕府の最高裁判所に当る評定所までお伺いをたてたからであった。このような内情はともかく、審理の経過については秋成も承知していて、それがこの辺に反映しているものと考えられる。

七 法的な刑事責任追及の対象とはならない、の意。この場合はあくまで五蔵の道義的社会的責任について言っているのであって、このような事件を起すことになった行為についての直接責任ではない。注一〇参照。

八 審理に長時日を要したことを物語っている。

九 この場合は財産没収をともなう領内からの追放刑と考えられる。しかし摂津国からの追放ではないようで、次頁八行に「難波に出でて商人とならん」とある。

一〇 事件そのものには罪はなくとも、お上《かみ》や世間をさわがせた罪はあるわけである。

一一 今までの富み栄える一方であった運。

* 『御定書《おさだめがき》』によれば、追放刑には、江戸十里四方追放、江戸払い、所払い、門前払い、重追放、中追放、軽追放などがあり、各藩もそれに準じていたようである。

を騒がすぞ。元助は、妹ながら《〔相手が〕妹とはいえ》、人殺したればここに留《とど》むべし。五蔵も問ひただすべき事あれば、ここに捕へ置くぞ」とて、ともに人《ひと》[四]屋《や》につながれたり。[五]日ごろ十日ばかり経て《十日間ばかり経過して》、人々召し出で《一同の者を呼び出して》、「ただしつるに《種々吟味した結果》、曾次は罪なきに似て罪重し。みすみすに、おのが心のよからぬから、かかる事仕出でたり。家にこもりをれ《自宅にこもって謹慎せよ》。[六]やがて御罪承りておこなはん《そのうちご裁決をいただき処分するであろう》。元助は、母の許したる事なれば、罪あれど罪かろし。これも家にこもりをれ。五蔵が心いといとあやし《理解しがたい》。されど、[七]責め問ふべきにあらず《公儀において責任を追及すべきことではない》」とて、また、人屋に追ひ入れたり。[八]五十日ばかりありて、「国の守の仰せ《ご裁断を》承れ。この事ことごとく五蔵と曾次が罪に起る。この里にをらせじ。ただ今《即刻この場からすぐ》ただ追ひ払ふぞ」とて、この御門より、いかめしく《厳重に》取り囲まれ、親子は[九]隣の領ざかひまで追ひうたれて行く。「元助は、母ともに[一〇]事変りし事仕出でたれば、この里にはをらせじ。西のさかひまで追ひやらへ《追い払え》」とて、事済みぬ。曾次が家の宝は、[一一]福の神とともに、おほやけに召し上げられたり。

鬼曾次足ずりし《じだんだを踏み》、手を上げておらび泣くさま《大声をあげて泣き叫ぶ様子》、いと見苦し。「五蔵、おのれによりてかく罪なはるるは《お前のしでかしたことでこんな処罰を受けるのだ》」とて、引き伏せて打つ。[一]打てども去らず、「御心のままに」といふ。「憎しにくし」とて、ここかしこに[二]血はららせたり。里人らつどひ来て、かねて憎みし者なれば、曾次は取り放ちて、五蔵を助けたり。「命賜はるべくもあらねど《命を助けていただこうとも思いませんが》、私には死すべからず《自分勝手に死ぬわけにもいかない》」とて、父の前にをりて、面《おも》も変らず《顔色を変えない》。「おのれは、いかで貧乏神のつきしよ《どうして貧乏神にとり憑かれたのか》。財宝なくしたれど、また稼《かせ》ぎたらば、元のごとくならん。難波に出でて商人とならん。[三]勘当の子なり。わが尻につきて来《く》な」とて、面《つら》ふくらしつつ、立ち出でて、いづこにか行きけん。

五蔵は、やがて髪剃《そ》りて法師となり、[四]この山の寺に入りて、いみじき[五]大徳《だいとこ》の名とりたり。元助は、母をたすけて[六]播磨《はりま》の族《ぞう》の方へ退きて、鋤鍬《すきくは》とりてむかしに同じ。母も機《はた》立てて、[七]栲機千《たくはたち》々《ぢ》姫《ひめ》の神に似たり。曾次が妻は、親の里へ帰りて、これも尼となりしとぞ。

一 六行の「面も変らず」とともに、五蔵の決意にもとづく積極的姿勢が描かれている。

二 『万葉集』二十（四三六〇）に「海人小舟はららに浮きて」とあり、『日本書紀』神代上に「くゑはららかす」（六〇頁注六参照）とあるのによって作った語か。血をほとばしらせたの意であろう。「はしらせ」の誤写と見る説もある。

三 親子の縁を切った子だ。奉行や代官に届け出て絶縁し、勘当帳に登録した本勘当と、私的な内証勘当とあった。この場合は後者であろう。

四 土地の山寺。兎原郡では摩《ま》耶《や》山《さん》忉利《とうり》天上寺《てんじょうじ》などを指すか。

五 修行を積んだ立派な僧。

六 摂津国の西隣（兵庫県西部）に住んでいる親族。

＊ 以後の元助母子の生活には、『雨月物語』菊花の約の左門母子のおもかげに通うものがある。

七 『日本書紀』神代下に「高皇産霊尊《たかみむすびのみこと》の女《むすめ》栲幡千《たくはたち》千《ぢ》姫」とある。秋成は「神代に栲はたちぢ姫と申して、天照大神のおほんぞ織り奉らせし」（『年のななふ』）としている。

妹が首の笑みたるままにありしこそ、[八]いとたけだけしけれと、人皆語り伝へたり。

八　宗の切り落された首が笑顔のままであったのを、人々は「たけだけし」と評したのである。愛が信念化した強さが、人々の眼には烈しい気性の女と見えたのである。

捨《す》石《いし》丸《まる》　第七回

「一みちのく山にこがね花咲く」といふ古《ふる》ことは《古伝は》、まことなりけり。二麓《ふもと》の里に、三小田の長者といふ人あり。四あづまの果てには、並び無き富人《とみびと》なりけり。父は、宝も何も子の小伝次といふにまかせて《財産も家業もすべて子の小伝次にまかせて》、明け暮れに酒飲みて遊ぶ。姉の常といふは、男をさいだてて《夫に先立たれて》、後に許されて尼となり、豊苑比丘尼《ほうゑんびくに》と改め、修行《すぎやう》まめやかなり《勤行を怠らなかった》。母無ければ、家の事つかさどりて《家事をきりもりして》、恵み深かりければ《慈愛の心が深かったので》、出で入る人《出入りの者たちも》いとかたじけなく《ありがたいことに思い》、仕《つか》うまつりけり。

五捨石丸といふは《[その中で]》、背六尺《むさか》六にあまりて肥えふとり、世にすぐれ酒よく飲み《人並以上の大酒のみで》食らふ。長者の心にかなひ《お気に入りで》、酒飲む時はかならず呼び寄せたり。ある時、長者、酔ひの進みに《酔いのあまりに》、「おのれは酒よく飲めど、酔ひ

＊本篇は、大分県下毛郡本耶馬渓《ほんやばけい》町青にあるいわゆる「青の洞門」の開削にまつわる話を題材としているが、秋成が何によったかは明らかでない（九〇頁注五参照）。おそらくは風聞によるものであろう。この話、菊池寛の小説『恩讐の彼方に』（大正八年）と題材が共通しているが、秋成の「捨石丸」が発見されたのは昭和二十六年のことなので、菊池の作品とは関係ない。偶然の一致であろう。

みちのくの小田の長者

一『万葉集』十八の大伴家持の長歌「陸奥《むつ》国に金を出す詔書を賀《ほ》く歌」につけた反歌の一つ「すめろぎのみ代さかえむとあづまなるみちのく山にこがね花咲く」による。この歌は、天平二十一年（七四九）二月、陸奥国から黄金九百両（約三三・七五キログラム）を献じたときのもの。

＊天平時代の「こがね花咲く」里の豊かなさまを、「まことなりけり」と、現在でも検証しうるように述べることで、長者の富裕ぶりを示そうとする。

二 黄金の採れた山のふもと。今の宮城県遠田郡涌谷《わくや》町黄金宮《こがねのみや》付近。もっとも近世の地誌類（『国花万葉記』など）は、金華山を採金場所に擬するものが多い。芭蕉も「こがね花咲くとよみて奉りたる金花山」（『奥の細道』）と書いている。

長者の飲み敵捨石丸

三 前出の『万葉集』長歌に「鳥が啼《な》くあづまの国のみちのくの小田なる山に黄金ありと」とあるところか

ては野山を忘れて臥《ふ》すゆゑに、石捨てたり《捨てた石のようなものだとあだ名で呼ばれるのだ》といふあだ名は呼ばるるなり。よく寝入りたらんには《もしぐっすり寝こみでもしたら》、熊・狼《おほかみ》に食らはるべし。この剣《つるぎ》は、五代の祖の力量にほこりて《五代前の先祖が力のあるのにまかせて》、刃広《はびろ》に打たせ給へるなり。野山の狩を好みて、荒熊に出で会ひ、怒《いか》りにらまへ歯むきて向ひ来たるを、この剣抜きて腹を刺し、首打ちて帰られしより、熊切丸《くまきりまる》と名呼ばせしなり。おのれかならず酔ひ臥して〔熊に〕食らはれん。この剣つねに帯びよ。守り神ならん」とて賜へる《下さった》〔刀を〕、おしいただき、（捨石丸）「熊・狼は手捕りにせう《素手で捕えましょう》ん。鬼や出でて食らひつらん《鬼が来て食うかもしれません》。鬼去丸《おにさりまる》[七]と申さん」とて、左に置き[八]、「慶《よろこ》び[九]の酒《お祝いの酒》」とてすすむほどに、酌に立つわらは女《め》、「今は三升《みます》[一〇]にも過ぎたらん《以上にもなることでしょう》」とて、笑ふわらふ。「このこころよきに《これはいい気分に酔ったので》、野風をあびん」とて、立つ足しどろに《足どりもよろよろと》、立ち行く。長者見て、「得させし剣失ふべし。帰るを見とどめん《家に帰りつくのを見届けよう》」とて立つも《立ち上がったが》、〔長者も〕足よろぼひたり《足元が定まらない》。小伝次、「父あやふし」とて、跡につきて行く。

ら設定した人物。

四 あずまの国の果つるところ、すなわちみちのく。

五 「捨石」は、無造作にほうり出してある石。歌舞伎の舞台などでは、腰かけなどに使用する大道具の一つで、作り物の石をいう。また、縁側などの沓脱《くつぬ》ぎ石をもいう。

六 身長六尺（約一・八メートル）以上の大男で。

七 その時はこの剣で鬼を退散させて、「鬼去丸」と改名することにでもいたしましょう。『太平記』三十二に、源頼光《みなもとのよりみつ》所持の剣で渡辺綱《わたなべのつな》が鬼の腕を切り落したことから、その剣が「鬼切」と呼ばれることになったとある。秋成もこの底本以後の草稿では「鬼切丸」と改めている。

八 右に置くのが正しい作法。礼儀作法に無知な捨石丸の挙動を表現した。

九 家重代の剣を拝領した祝い。何にでもかこつけて酒を飲む口実とするのは酒徒の性癖。

一〇 この場合は三升《じょう》（約五・四リットル）であろう。

はた《案の定》、流れある所にうち倒れ、足は浸し、剣は枕の方に捨てたり。「かくぞあらん《思ったとおりだ》」とて、長者《長者が》取りたるに《[剣を]手にした時》、目覚め《[捨石]》、「賜ひしを、また奪ひたまふや」とて、主忘れ争ふ《主人なのも忘れ組みついた》。父、力に耐へねば、剣持ちながら仰向《あふむ》きになりて、捨石その上にまたがる。

小伝次はるかに見て《[かけ寄り]》、丸一を引き倒し、父を助けんとすれど、力弱くて心ゆかず《思うようにできない》。丸、また小伝次を右手《めて》に捕へて、「和子《わこ》二よ、何をかす《何をするのだ》」と、前に引き回し、父の上に据ゑたり。

されど、主といふ心やつきけん《[捨石丸は相手が]主人と気づいたのか》、いたはるほどに、《[小伝次は]》父を助けて丸を強く突き倒す。父起き上がりて、剣を取り、「おのれはまことに日本一の力量ぞ。『武蔵坊《むさしばう》三と申せしは、西塔《さいたふ》一の法師なり』」と謡ひて行く。捨石跡につき、「衣河《ころもがは》四へと急がるる」と、拍子とりて来る。

捨石の血、長者を染める

父が剣に手かけて《長者の持つ剣に手をかけて》、奪はんやとするに《とり返そうとすると》、抜け出でて《[刀身が]》、おのれが《[剣は]捨石の》腕《かひな》に突き立てしかど、長者の《[血は]》面《おもて》にそそぎて、血にまみれたり。小伝次、

一 「捨石丸」の上略。

二 身分の高い人の子どもの称。若殿さま。おぼっちゃま。

三 奥浄瑠璃など謡いものの詞章仕立て。「武蔵坊」は弁慶、「西塔」は比叡山延暦寺の僧房の一つ。謡曲『橋弁慶』に「これは西塔の傍に住む武蔵坊弁慶にて候」とある。ただし、「(弁慶は)三塔一の遊僧、今はまた我が君の、一人当千の武士よなう」(謡曲『摂待』)とか、「あつぱれこれは弁慶山伏ござめれ(略)三塔一の悪僧」(浄瑠璃『凱陣八島』)などのごとく、「三塔一」が常套句である。「三塔」は延暦寺の東塔・西塔・横川《よかわ》の三僧房をいう。

四 謡いものの詞章の続き。「衣河」は義経・弁慶が討死した高館《たかだち》近くを流れる川で、中尊寺の北を東へ流れて北上川に合する。

「父をあやめしや」とて、後ろより強く捕へたり。捕へたるを《〔自分を〕つかまえた小伝次》、また引き回して《を前に引きまわして》、面《つら》を打つ。これもいささか血そそぎかけたり《小伝次〔の顔〕にもいくらか〔腕の〕血をかけた》。父は、「子《〔捨石が〕》をあやまちしか」とて、剣の鞘《さや》もて丸が面《つら》を打つ。抜けたるに《〔その鞘を〕抜身で》受けて《受け止めて》、[五]何やらん謡ひつつ、また父を捕ふ。さすがに刀は当てざれど、おのが血の流れて、長者の衣に染《そ》みたり。

誤解が招いた殺人

[六]家の子ども一二人《ひとりふたり》追ひ来て、「こはや《恐ろしや》、御二人を殺すよ」とて、前後ろ《〔丸の〕》に取りつく。「さてはあやまりつ《ひょっとして誤ってやったか》」と思ひて、二人《〔追手の〕》の男を左右の腋《わき》にかい挟み、「主殺《しゅごろ》しはせぬぞ」とて、逃げ行く。二人の男ら捕はれながら、「主殺しよ」とて、おらびいふ《大声で叫ぶ》。「さては父子とも《ひょっとしたら二人とも》に、我あやまちしよ」とて《自分が誤って殺したのか と思って》、[七]二人の男を深き流れにうちこみて、逃げ行く。[八]父はまだ酒さめざれば、血にまみれながら、剣の身ささげて、躍り拍子に帰る。小伝次も、あとにつきて帰る。

家の内こぞりて《全員集まってきて》、「いかに、いかに」と、立ちさうどく《大さわぎをする》。されど小伝次が制ししづめて、父を臥《ふ》し所《ど》へ連れ行く。尼の心得で《尼はわけがわからず》、「こ

五　まだ酔いの回っていることを示す。途切れ途切れに判断が働く（例えば前頁八行など）が、全体としては本能的な、無意識の行為に近い状態である。

六　ここでは使用人、奉公人などの意。

七　次頁五行で、結果として二人の男は死ぬことになる。捨石丸の悲劇の発端である。

八　捨石丸と同じように、長者もまた夢と現《うつつ》の交錯する世界にいる。

の血はいかに」と問ふ。「捨石めが、賜へる剣におのが腕《かひな》を突き刺したる血なり。おのれもいささか染みたれど《わたしも少々血にまみれたが》、事無し」といふ。姉、落ちゐて《安堵して》喜ぶ。

捨石は、「主を殺せしよ《主人を殺してしまった》」と思ひて、家にも帰らず、いづちなく《どこへとも知れず》逃げ失《う》せたり。一二人の男らこそ《〔捨石の手で〕》、水底《みなぞこ》に沈みて、むなしくなりぬ。ひと里立ちさうどき《村中の者が大さわぎして》、「捨石、主を殺して逃げ行きしか」とて、皆長者の家に集まりて、小伝次制して《〔騒ぐのを〕おしとどめて》、「かならずあらぬ事なり《決してそんなことはないのだ》。かれが腕《かひな》に血出でて、父にそそぎしなり」といふ。「さらば」とて、「二人の男が屍《かばね》もとめん」とて、立ち走り行く。

長者の急病死

いかにしけん《一体どうしたことなのか》、父は朝《あした》になれど起き出でず。おととい《姉弟が》行き《〔寝所へ〕》見れば、口あき目閉ぢ身は冷えて、死にたり《既に死んでいた》。「こはいかに」とて、急ぎ医師《くすし》呼びて二こころみさす《診察してもらう》。医師こころみていふ。「これは、三とみに病みて死に給ふなり《急に病気になって》。今は薬参らすとも《今となっては薬を飲ませても》、かひなし」といふ。おととい泣き惑ふ。家の内の者ども、また立ちさうどき、「まこと《本当は》、主は殺《主人を殺》

＊江戸幕府の法規集『徳川禁令考』後聚によれば、殺人・傷害等の処罰の中で、「主殺し」が最も重く、「二日晒《さら》し、一日引廻し、鋸挽《のこぎりび》きの上磔《はりつけ》」となっている。「親殺し」が「引廻しの上磔」とあるのに比して、いかに重罪とされたかがわかる。捨石丸はこの段階では「主を殺せしよ」と思ったのであるが、後には主殺しではないことを知っていたらしく、「主をこそ殺さね、その名高きには、罪大なり」（九〇頁三行）とか、「主を殺さぬこと、み子の君ぞ知らせたまへる」（九一頁二行）とか言っている。

一 「二人の男らこそ」と「こそ」で強めたのは、それがまぎれもなく捨石丸の手にかかって死んだことを言うためで、反面主人の長者を殺したのではない意味を含ませている。

二 底本では「こころみす」となっている。意によって「さ」を補う。

三 この部分を改稿した断片（天理巻子本《かんす》）には「病は中風の一症に、卒倒して鼾《いびき》を吹き、寝たるままに死ぬる者あり」とある。秋成は脳卒中のことを想定しながら書いていると見てよかろう。

四　捨石丸を主殺しの大罪人にしないための配慮、と人々は考えたのである。

五　国主。本篇の舞台となっている小田の里は遠田郡に属し、仙台藩の一部であるから、伊達《だて》氏がこれに該当する。現に九二頁一二行には「みちのくの守」としている。しかし、ここは漠然と統治者を指す程度の意に用いていると見てよい。

六　代官。この時代、各藩には郡《こおり》奉行がいて、実務はその代官がとった。この場合、そのような行政組織を考慮に入れず、守、代官、当事者を直接向い合せて、単純化した表現をとっている。

七　わいろ。

八　牢獄。七九頁二行でも使っている語。

せしなり《したのだ》。御恵[四]み深くて、とみの病《急病 やまひ》とはのたまふなり《ということにしておられるのだ》。ご仁恵《じんけい》といふも、あまりなり《度が過ぎている》」といふ。

目代の陰謀

国[五]の守《かみ》に聞えて、目代[六]《もくだい》急ぎ来たる。かねて長者が富をうらやみしかば、「このついでに無くしてん《この機会に取りつぶしてしまおう》」とて、屍《かばね》を見あらため、「これは、血はそそぎかけしなり《〔だから傷はないが〕》。ただ、したたかに打たれて死にたるなり。小伝次、親を殺されながらえ追ひ捕へず、病に申すこと《病気だというのは》、いぶかし《合点がゆかぬ》」とて、横ざまにいふ《事をまげて言い張る》。医師《くすし》居り合ひて《その場にいて》、「いささかも打たれしところ無し」と。目代、目怒らせ、「おのれ《おまえは》、賄賂[七]《まひなひ》とりていつはるよ」とて、からめさす《〔医者を〕縛らせる》。小伝次はさすがにえからめず、「守に参れ」とて、連れ行く。

参りて、始めよりをつばらかに《ことこまかに》申す。守も《守も〔目代同様〕富をうらやんでいたので》ねたくてありしかば、「いな《いや》、明らかならず《不審な点が多い》。医師めは人屋[八]《ひとや》に籠《こ》めよ。小伝次は数百年ここに住みて、民の数ながら《本来士分ではないが》刀許し、鑓《やり》・馬・乗輿《こし》許されしは《許可されている以上身分は》、もののふの数なり《武士ということだ》。目の前に親を討たせながら《討たれるのを傍観して》、いつはること《虚偽を申し立てるとは何事か》いかに。

一 藩法。この時代は各藩ごとに実情に即して法令が定められていた。この場合、主殺しであり親の敵でもある捨石丸の逃亡を容認した罪による処罰である。伊達家には天文五年（一五三六）制定の一七〇条からなる法令集『塵芥集《じんかい》』があった。

小伝次敵討ち修業に旅立つ

二 一家の悲運と弟の苦難の前途を嘆きながらも、思案の挙句に一つの方策を思いつくのである。

三 八二頁四行に「男をさいだてて」とあった。

四 秋成は常陸《ひたち》国（茨城県）にあったとする（『天保歌解』）が、『延喜式』では陸奥国の「桃生郡《ものふ》」（現宮城県桃生郡）となっている。

五 宮司。

六 陸奥国や常陸国の反逆者たち。本篇の時代背景は、次頁あたりの「あづまの都」「江戸」「国に今年はまかれば」などの叙述から見ても、全体として現代（江戸時代）であることは明らかで、古くは坂上田村麻呂（七五八～八一一）の時代、下っては前《ぜん》九年の役（一〇五一～六二）、後三年の役（一〇八三～八七）当時を思わせるような書きぶりをしているのは、いささかそぐわない。あるいは辺地における神官ということを強く意識して、効果をねらったものか。

七 姉の話と心くばりに希望と勇気を与えられて。

八 敵討ちの際、助勢すること。当時実際に公認され

[一]国の刑に行はんものを、見許すべし《〔本来なら〕国法により処罰すべきだが見逃そう》。親《〔その代り〕》の敵《かたき》の首提《さ》げて帰らずは、領したる野山・家の財残りなく召し上げて、追ひやらふべし《追放の刑に処することになる》。行け、とく」とて入りぬ。

うちわびつつ《がっくりして》帰りて、姉に申す。「病こそやまね骨細く《病気こそしないが体は華奢で》、刀こそさせ人討つすべ知らず《刀をさしてはいるものの人を斬る術を知らない》。丸めは力量の者なり《大力の持主です》。逢はばかならずさいなまれん《きっとひどい目にあうでしょう》」といふ。[二]姉の尼泣くなくいふ。「わが[三]舅君《しうと》、[四]日高見《ひだかみ》の社《かん》[五]司《づかさ》は、弓矢とりて、[六]みちのく常陸《ひたち》の荒夷《あらえびす》らを、よくなごし給ふ《屈服させなさった》。行きて、刀撃つ業《わざ》習へ。かならずいとほしびて《きっと大切にあつかって》、まめやかに教へ給ふべし」とて、こまごま文書き添へて、出で立たす。小伝次[七]これにたよりを得て、急ぎ日高見の社《やしろ》に行く。

社司春永聞きて、「あはれなり。力は限りあり《生得の力量には限りがある》、業《わざ》はほどこすに《習得すれば》変化《へんげ》自在なり。やすく討たせん《容易に討てるようにしてやろう》」とて、年を越え《翌年にかけて》習はす。心に入りて《一心不乱になって》習へば、一年《ひととせ》過ぎて、社司、「よし」と言ひて出で立たす。「[八]助太刀といふ事、おほやけに許し給へど、ますらをならず《大丈夫のすることでない》。ひとり行け。

ていた。
九　せきたてられるようで心が落ち着かず。「すずろ神」は「そぞろ神」に同じで、心をせきたてる神。「そぞろ神のものにつきて心をくるはせ」（『奥の細道』）による。
一〇　車力《しゃりき》・荷役・米つきなどの力仕事。
一一　愚直な性質の男だから、有利不利の判断などを加えずに告白するのである。秋成は随筆『胆大小心録』において、「才は花なればもろく散り、実は智にて利益あるから人を損害するなり。西土にても智者といふは必ず悪臣なり」と、「才・智」を論じている。「愚か」はこの「才・智」の対極をなすもので、むしろ積極的に評価しようとする姿勢が見える。
一二　底本「と」、意によって「は」の誤写とした。
一三　わしがかくまってやろう。ただし、当時法的には、正式に敵討ちの許可が出ていれば、敵持ちの保護は禁じられていたはずである。
一四　参勤交代で国元へ帰る殿の駕籠《かご》の側近くに召されて旅をするのである。旅のつれづれの慰みもあろうが、それが身の安全のためでもある。
一五　江戸市中とその周辺を、三年間探しまわっているうちに。

捨石は西国へ向い
小伝次跡を追う

逢はばかならず首討ちて帰らんものぞ」とて、勇めて立たしむ。初《最初》めいかにせんと思ひし心は《途方にくれていた時の気持は》いささかあらで《すっかりふっきれて》、身軽《かろ》げに、先づあづま《江戸》の都にとこころざし行く。

捨石は、すずろ神[九]に誘はれて、夜昼なく逃げて、江戸にここかしこと、わたらひ業《わざ》知らねば、[一〇]力量に《力仕事に》やとはれ、相撲《すまひ》に立ち交はりた《仲間入りした》り。ある国の守《かみ》の、相撲このみ酒好みたまふに、召されて御伽《とぎ》に仕うまつりぬ《慰み相手としてお仕えした》。「いかなる者ぞ」と問はせしかば、愚か[一一]なるままに、いつはらず申し上ぐる。「さるは《それならば》主の敵《かたき》持ちなり。その子弱くとも、ただにてあらんや《そのままにしてはおくまい》。富みたりといへば、[一二]人数におして捕ふべし《数を頼んで捕えに来もしよう》。国に今年はまかれば《国元へ今年は帰る年なので》、我[一三]よく隠すべし。とく」とて、御[一四]乗物添ひに召されて下《くだ》る。

小伝次は尋ねまどひて《さがしわずらって》、[一五]江戸をちこちにも三とせばかりありて、〔捨石が〕その国の守の御恵みにて《ご厚意で》西へ行きしと聞きあらはし《さぐり当てて》、その日に発《た》ち行く。

捨石の発心——洞門の貫通を志す

国は豊国《とよくに》[一]のなにがし殿にて、心広き御人なり。かく養ひたまふちに、〔捨石は〕酒の毒にや、疔《ちやう》[二]を病みてつひに腰抜けとなりたり。申し上ぐるは、「主をこそ殺さね《主人を殺したりはしないが》、その名高きには、罪大なり《主殺しの汚名が高まってはその罪も大きい》。若者たわやかにて、我はえ討つまじく《私を討てない》、〔とあきらめて〕仏の弟子にや〔なって〕、姉の尼君と同じ衣にやつさせ給はんものぞ《同じ僧衣に姿を変えておられることでしょう》。〔私の方から〕行きて討たれんと思へど、腰折れたれば、四[三]百余里いかで歩まん。聞きつるに《話に聞くところでは》、このみ国のなにがしの山は、巌《いはほ》赤はだかにて、[四]今の道を回りて八里ばかりと聞く。[五]ある人の大願にて、この赤石[六]一里ばかりを、道に切り通さば《掘削して道路を作れば》、往来の旅客夏冬[七]のしのぎを得て、〔さらには〕命損ずべからず《命を落とさずにすむに違いない》。今やうやう穴をつつきて、一町ばかりといふ。〔かつての〕わが主の長者の御為に《追善のために》、これを抜きて《この洞門を貫通させて》人のためにすべし。足立たねど力あり。よくよく努むべし」とて、御いとま賜はり、銕《てつ》槌《つい》の二十人してもささげがたきを《さしあげられない槌を》振り立ててまづ打つほどに、およそ一日に十歩《ぶ》[八]は打ち抜きたり。国の守《かみ》触れ流して、民に「力添へよ」とて、民はこの石の屑《くづ》を運ぶことを、いく人[九]かしてつとむ。

一 豊前《ぶぜん》・豊後《ぶんご》の両国をいう。この場合は洞門の存在からみて、享保二年（一七一七）以後、豊前国下毛郡（大分県下毛郡）および仲津郡（大分県中津市）等を領した奥平氏を特定できるが、ぼかした表現をとっている。

二 化膿する悪性のできもの。

三 豊前国から陸奥国遠田郡まで、当時の陸路で一六〇〇キロの行程であった。一里は約四キロ。

四 今の道筋に沿って行くと回り道で三〇キロ以上ある、の意。

五 秋成の時代、またはそれに近い時期に書かれた諸書（『梅園拾葉《ばいえんしゅうよう》』『西遊雑記』『甲子夜話《かっしやわ》』など）によれば、江戸出身の修行僧禅海が三十余年をかけて開通させたという。この実話に捨石丸の話を融合させたのであろう。

六 「赤石」は文字どおりにとれば赤色の石だが、六行の「巌赤はだか」と同意に用いたものか。全長は「百間」（約一八二メートル）とも「百二十余間」とも「三町ばかり」（一町は約一一〇メートル）とも伝えられたらしいが、いずれにしても「一里」は誇張した表現である。

七 九二頁九行の「夏は照り殺され冬はこごゆる」に対応している。

八 「歩」は長さの単位として六尺を言うが、この場合は歩幅と考えてよかろう。一歩を約六〇センチとすれば、一里は約二カ年の工事期間となるが、もとより誇張した表現である。

九　数人を一組として、毎日、交替で勤めるのである。捨石丸一人が掘るのに「いく人」もの手伝いが必要ということは、彼の力量の程を示すことになる。

つわもの小伝次の諦観

一〇　この場合は李白の「蜀道難《しょくどうなん》」などと同じく、通行の極めて困難なことをいう。

一一　「家」が、封建社会における重要な基盤をなしていることを思えば、この小伝次の発言は、その社会からの脱却（落）を意味する。

一二　生があれば死があるように、始めあるものに必ず終末が訪れるのは自明のことであって、今、家が亡ぶとすればそれもまたそういう時のめぐり合せというものであろう、の意。『楊子《ようし》法言《ほうげん》』君子篇に「始有る者は必終有るは、自然の道なり」とあるのによる。「かならずよ」の「よ」は強意。

一三　以下の捨石丸の発言は、小伝次が十分な敵討ちの可能性を持ちながら、自由な意志でそれを放棄したことを、読者にも作中の捨石丸にも確認させることになると同時に、愚直で剛毅な性質からくる捨石丸のふてぶてしさを印象づけることにもなっている。

一とせに過ぎて《まる一年を経て》、やがて打ち抜くべき時に《もうすぐ貫通するという時になって》、小伝次尋ね来たりぬ。捨石申す。「主を殺さぬこと、み子の君ぞ知らせたまへる。されど、かく事広ごりては《こう世間に話が広がっては》、申しわくとも《どう弁解しようとも》、無益《むやく》なり。わが首討ちて去《い》に給へ」といふ。

「首取らんとて来しかど、一〇この行路難を開きて長き代に便りする《この難所に道をつけ後の世の人々のたすけとするのは》、御父の《わが父への》手向《たむけ》とぞ《と聞く》。いで我も力添へん。家は一一亡ぶとも、いかにせん。一二始めあるものかならず終りある、時なるべし《時の運なのだろう》。姉は、仏の弟子にておはせば、よくおぼしとりて《十分おわかりになって》、心静かに行ひたまはん《仏道修行に励まれるだろう》。我力を添《貫通する》へて後に《まで加勢して》、姉の処に《［僧となり］》行きて修行《すぎやう》すべし」とて、かひがひしく石運び、民とともによく交はる。捨石、「あなたふと。しかおぼして《そんなことまでお考えになって》この事に力添へたまふは《［私の仕事に］助力なさるとは》、神よ仏よ」とて、喜ぶよろこぶ。

ある日いふ。「一三若君我を討たんとて尋ね来たまへど、骨弱く《筋骨柔弱で》力無ければ、腰抜けたる我をもえ討ちたまはじ」といふ。小伝次答へ無く、そこにある石の二十人ばかりしてかかぐべきを《二十人がかりでやっと持ち上げようというのを》、躍り立ちて蹴れば、石は鞠《まり》のごとくに転びたり。捨石おどろきて、「いつの間にかかる力量は得給ひけん」といぶかる。小伝次、また腰の弓[一]つがひてひようど《ひゅっと》放つに、雁《かり》ふたつ射抜かれて地に落ちたり。「汝《なんぢ》力にほこれども、かれは限りあり《力には限りがある》。わが業《わざ》千変万化、汝が腰立ちて向ふとも、わらべを制するばかりたやすし」。丸、伏し拝みて、「心奢《おご》りたるは愚かなり」とて、小伝次にかへりて事問ひし、学ぶ《態度を改めてものを尋ね　教えを受けたのである》。

洞門完成と捨石明神縁起

[二]かくて月日を経《へ》、年をわたりて《年を重ねて》、およそ一里がほどの赤岩を打ち抜き、道平らかに、所々石窓《いはまど》[三]を抜きて、内暗からず。もとの道は八里に過ぎて、水駅《みづうまや》[四]だになく《「今までは」》、夏は照り殺され冬はこごゆるを、この岩穴にて、往来《ゆきき》やすくなりにたり。馬に乗りて鑓《やり》立てて行くとも障《さは》り無し。太初《はじめ》[五]の時、大穴牟遅《おほなむぢ》[六]・少名彦《すくなびこ》[七]の国つくらせしといふも、かかる奇工にはあらず《これほど巧緻な工事ではない》。国の守《かみ》大いに喜びて、みちのくの守に使ひ遣《つか》はして、事よく執りをさめ給へば《敵討ちの件はうまく話をつけて下さったので》、小伝次は御ゐやまひ申して《お礼を申しあげて》帰りぬ。

＊この辺を改稿した断片に、「(捨石丸が)『我足立ちたりとも、和子には何の苦もなく首とられむ。かくまで習ひ得させ給ふものか。昔牛若殿の、五条の橋の千人斬りといふも、和子にあひたらば、弁慶どのよりさきに討たれ給はんよ』とて、稚《をさな》きことのみ言ひてありがたがる」とある。八四頁一〇行に「武蔵坊」を出していることからみて、捨石丸に弁慶のおもかげを配していると見ることもできよう。

一　腰に携帯していた弓。半弓などの類か。

二　九一頁一行に「一とせに過ぎて、やがて打ち抜くべき時に」とあった。「かくて」のとりようによって必ずしも矛盾はしないが、この作品全体を通じて時間経過の叙述はやや粗雑のようである。ちなみに捨石丸と小伝次の再会は、「一年過ぎて」(八八頁一二行)、「三とせばかりありて」(八九頁一二行)を単純に計算すれば、事件後四、五年ということになる。

三　隧道《ずいどう》の谷側壁面の岩に窓をつけたのである。

四　秋成は街道筋の茶店の意に用いる。

五　「太初」の本意は天地開闢《かいびゃく》の時をいうが、ここでは神代の昔の意に用いている。

六　大国主神《おおくにぬしのかみ》の別名(『古事記』上)。秋成はその著『神代がたり』で、「この神はこの国を少名彦の神とみ心合せて造りととのへ給へりき」と述べている。

七　鳥の皮を着て現れた小さな神で、大国主神の国造捨石は、ほどなく[八]病して死にたれば、捨石明神とあがめて、岩穴の口に祠《ほこら》建てて、国中の民仰ぎ祀《まつ》る。

小伝次は、あづまに[九]帰りて国の守の罪からうむらず《処罰を受けることなく》、ますます家富み栄えたり。姉の喜びいかばかりならん。日高見の神社大破《たいは》にて年《何年》わたりしを《も経ていたのを》、このゐやまひに《このたびのご報謝として》、こがね・玉を刻みて造りたりしかば、荘厳《しやうごん》のきらきらしきによりて、隣の国までも、夜昼詣《まう》でて誓言《ちかごと》す。はたうけひ給ひて《神の霊験もあらたかで》、この御ゐやまひに、宝や幣《ぬさ》やつどひ満ちて、あ《東国》づまには二つなき《一円には比べるもののない》大神となん斎《いは》ひ祀れりける。

りを助けた。高皇産霊尊《たかみむすびのみこと》の子で指の間よりもれ落ちたという（『日本書紀』神代上）。『古事記』もほぼ同様の記事を載せている。

八　実説によれば、捨石丸のモデル禅海は、安永三年（一七七四）八月、八十八歳で他界したという（広野隆『禅海と青の洞門』）。この部分は秋成の創作であろう。

九　広く関東・東北一円を言う語。

宮木が塚　第八回

一本州河辺《かはのべ》の郡《こほり》神崎《かんざき》の津《つ》は、昔より三古き物がたりの伝へある処なり。四難波津《なにはづ》に入りし船の、また五山崎のつくし津に荷を分ちて運ぶに、風あしければ、ここに船待ちせる。そのまた昔は、六猪名《ゐな》の湊《みなと》と呼びしはここなりとぞ。この岸より北は河辺の郡と呼ぶ。これは猪名の川辺といふなるべければ、猪名の郡と名づくべきを、いかに心得たがへし。七「すべて、国・郡・里の名、よき字を二字につづめよ」と勅《みことのり》ありしに、大方はよしと思へるが中に、かかるもありけり。

（呼ぶはずであるから）（どう勘ちがいしたのだろう）（このように不手際もあったのである）

この船泊りには、日数ふるほどに、船長・商人ら、岸に上りて酒くむ家に入りて遊ぶ。

（停泊が何日も長びくと）

ここに、何がしの長《ちやう》八がもとに、宮木といふ遊女《あそびめ》九あり。色かたちよ

神崎の遊女宮木と昆陽野の若い長者

＊本篇一〇六頁五行にもあるように、秋成は安永二年（一七七三）四十歳の時から安永五年の春の頃まで、医術修業のため加島村（現大阪市淀川区加島）の神崎川辺に住んだことがある。その間この地の伝承を耳にすることもあったであろう。実際法然上人流罪の時、この地で後生を願って入水死したと伝える遊女宮城の墓を訪ねてもいる。この往年の経験の回想のうちに、自らをかの地におき宮木伝はでき上がっていった。

一 摂津国（大阪府の北部）を指す。「本州」という語から作者が当地に滞在した寛政十二年（一八〇〇）から翌年にかけてを本篇の執筆期とする説がある。しかし、その後の改稿の際にもこの「本州」の語は訂《ただ》されてはいない。語り手の秋成が、常にこの地にある思いで筆を執っていた、ということであろう。

二 今の兵庫県尼崎《あまがさき》市東部で、加島の対岸。神崎川と猪名川の合流点でもある。

三 これから語ろうとする物語をいう。後出の法然上人流罪（一〇四頁一三行）を背景にしているから、十三世紀初頭という時代設定である。

四 大阪湾の淀川河口。

五 京都府乙訓《おとくに》郡大山崎町の淀川・木津川合流点で、溯航《そこう》船の終着地。秋成は「山崎までも筑紫船の入りし故に、山崎のつくし津と歌へるあり」（『金砂』三）と考えている。

六 上代には神崎川・猪名川合流

りほかに、立ち舞ひ歌よみて、人の心をとろかしむといふ。されど《だが》、多くは人迎へ見ることなし《〔噂話だけで〕客をとることはほとんどなかった》。[一〇]昆陽野《こやの》の里に富みたる人ありて、これが[一一]ながめ草にのみ見て、ほかに行かず《他の客の所へは行かなかった〔からである〕》。

この昆陽野の人は、河守の長者といひて、津の国にいまは並びなき誉れの家なり。いまの主《あるじ》を十太兵衛といひて、年いまだ廿四歳とぞ。かたちよく《美男で》、立ちふるまひ静かに、文読むことを《学問に熱心で》専《もは》らに、[一二]詩よく作りて、都の[一三]博士《はかせ》たちにも行き交はり、誉れある人《文名高い》なりけり。

この《〔十太兵衛は〕》宮木が色よきに《美しい姿に》目とどめて、しばしば行きしが、今はただ思ひ者に《自分だけの愛人にして》、ほかの人来訪《とぶ》らへど交はらせず、愛《め》でてありしかば《かわいがっていたので》、宮木もまた、「この君のほかには、酌とらじ」とて、いとよく仕へけり。長も、十太兵衛、「[一四]黄金《こがね》にかへてん」とて、よくいひ入るるに、いとかたじけなく《大そうありがたいと〔思い〕》、人には《他の客には》逢はせざりけり。

この宮木が父は、都の何がし殿といひし[一五]納言《なうごん》の君なりしが、いささかの罪を蒙りて、[一六]司《つかさ》解け、[一七]庶人《しよにん》に下されしかば、乳母《めのと》のよしあり《縁故があって》

点まで大阪湾が入り込んでいて、内海の港であった。『神楽歌』『万葉集』などにも見える。

七 『延喜式』民部上に「凡《およ》そ諸国部内の郡・里等の名は、みな二字を用ひて必ず嘉《よ》き名を取れ」とある。

八 「傾城長《けいせいちよう》」（藤本箕山《きざん》『色道大鏡』延宝六年、一六七八）の略。遊女屋の主人。

九 古くは『後拾遺集』二十に「津の国のなにはのことか法《のり》ならぬ遊びたはぶれまでとこそ聞け　遊女宮木」と見えるこの名は秋成の好みに合ったらしく、『雨月物語』浅茅が宿の女主人公の名に使っている。

一〇 兵庫県伊丹市昆陽。神崎の西北約八キロメートル。

一一 わがものとして可愛がるものだから。

一二 漢詩を上手につくって。この辺は「二世の縁」の若主人や「死首のゑがほ」の五蔵などと共通する登場人物のタイプである。

一三 京都の漢学者たちとも交際し、それらの人々の中でも知られた人であった。

一四 行くゆくは身請けをしようと確約したので。

一五 中納言のことで、三位相当。『職原抄《しよくげんしよう》』上（北畠親房、一三四一）に「中納言。（略）唐名納言。（略）相当三位なり」とある。

宮木の生いたち

一六 官位官職を解任されて。

一七 何の階位もない一般庶民。

て、この里にははふれ《流れて来て》住み給へりき。もとよりわたらひ心なく《生計をたてる心得もなく》、宝も何も持て出でたまひしは残り無くて《使い果して》、わび住まひし給ひしが、病に臥《ふ》して、つひに空《むな》しくならせぬ。

母も藤原なる人にて[一]、〔宮木の〕父に仕へておのが里にも《自分の実家にも》帰らず、ともにわび住まひして《夫婦一緒に》、〔おられたが〕今はやもめになり給へば、いかにすべきを《途方にくれているのを》、かたち人におはしければ《美人でいらっしゃったから》、[二]もの言ひ寄る人あれど、けがしきとて《けがらわしいと言って》、ひたこもりに《家にこもってばかりいて》、ただ稚子《をさなご》をのみ抱きかしづき給ふほどに《養育なさっておられるうちに》、貧しさのひとつをこそ歎き暮したまふに《貧しさのほかにはなにもない暮しを嘆いていらっしゃったが》、乳母《めのと》[三]がいふ。「よき人の《身分高い人が》ここに落ちはふれ来て《落ちぶれ流れてきて》、頼りなく、よきをとめ子を長に養はせ給ひしためしあり。今はただおぼし捨てさせ《思い切られて》、いとし子を人に給へ《お渡しなさい》。昔のをとめ子は、よき人に思はれ、黄金あまたにかへられ、親たちをさへ伴ひ、つくしの長者の女《め》となりし事あり。いかで思ひ給へ《何とか決心なさってください》」といふ。「つれなくもいふものかな《無情なことを口にするものだこと》」とおぼせど、「〔このままでは〕この子もともに肌寒く飢ゑて《衣食にもこと欠いて》、今は死なんよ」とうち泣かれて、乳母がいふに従ひ、黄金にかへて

＊宮木の出自《しゆつじ》についての叙述のうち、父の死後に遊女に売られ、やがて母も失うその経緯を、底本以後の秋成自身による改稿の断片では、一層詳細に描いており、そこでは乳母がより積極的に姫君を売るように働くことになっている。

一 実家が名門貴族の藤原氏の一族で。『伊勢物語』に「父はなほ人にて、母なん藤原なりける」とあるによる。改稿断片では、実家から「など姫君の為思はぬ。女の子は母につくものなり。手とりて帰れ」と、娘を連れての里帰りをうながしてくるが、「ふつに答へはし給はざりき」と拒否の態度を示したとしている。

二 再婚の誘いがあるが、それを受けないのである。このような宮木の母の生き方は、『雨月物語』の「浅茅が宿」で「かく寡《やもめ》となりしを便よしとや、言《ことば》を巧みていざなへども、玉と砕けても瓦の全きにはならはじものを」と述べた勝四郎の妻宮木の場合と通ずる。ただこの母の場合は育ちのよさもあって、できることは拒絶だけであり、将来への希望もなく、結局は乳母の勧めに従い、自滅してしまうのである。

三 以下において、乳母がつとめて遊女屋の実態をおぼめかして、事をすみやかに運ぼうとしている様子がうかがえる。改稿断片では、宮木の身売り代金黄金十枚のうち二枚を乳母が口実を設けて取り、母親が娘のことを頼みに長の所へ出かけようとするのを妨げたりしている。

手放し給へり。かかるほどなく《こうしているうちに》、わびしさに、[四]涙の淵とかに沈みて《深い悲しみのあまりに》、
世を早うせさせけり《若くしてご他界なさることになってしまった》。
涙の淵といふ所、歌[五]にはよめど、いづこぞと誰も知らざりしに《どこにあるのか誰も知らなかったが》、
この神崎の里になんありける。
長[六]は、わきていとほしみ養ひたつるに《とりわけ大切に扱って養育したので》、母にはまさりて、かたち《美人に育》人に生ひ立ち《っていった》ける。河守の色好み[七]が、「ほかの人に逢はすな」とて、
宝積みていふほどに、長、「かしこまりぬ《承知いたしました》」とて、わが子のごとく
かしづきたりけり。
「春の林の花見ん」《〔花の名所を〕》とて思ひめぐらすれど、都[八]にはこのころ出で立
つまじき事ありて、「兎原[九]《うはら》の郡の生田[一〇]《いくた》の神の森の桜盛りなり」と聞
きて、舟[一一]の路風なごやかなれば、宮木を連れだちて、ひと日遊びけ
り。
林の花乱れ咲きたるに、このもかのもに《ここかしこに》幕張りて遊ぶ人多かるが、
宮木がかたち《容色》の、「世に並びなし」とて、目をぬすみて《さりげなくこちらに視線をやるので》見おこすに

四 悲しみのあまりに流した涙の淵、の意で、深い悲しみを言う歌語。「淵」と「沈み」は縁語。
五 「影見えぬ涙の淵のころも手にうづまくあわの消えぞしぬべき」（『斎宮女御集』）、「人恋ふる涙の淵に浮き沈み水のあわとぞ思ひ消えぬる」（『好忠集』）など多くの例がある。また、以下の表現は、『土佐日記』に、船旅の辛苦と海賊の恐怖とで白髪となり、「ななそぢ、やそぢは海にある物なりけり」とあるによる。
六 底本には「長者」とあるが、意によって誤写と考え、「長は」と改めた。
七 恋知りの粋な男。
八 花見と言えば、まず京都の東山・嵐山・仁和寺などの名所を思いつくのであるが、都には出かけられない事情があって、の意。後出（次頁一一行）の「おほやけの御使ひ」の泊りが近々ある予定で、遠出はできないことを踏まえた。一〇〇頁注四参照。

宮木、十太兵衛と花に遊ぶ

九 今の兵庫県神戸市。
一〇 神戸市生田区にある生田神社境内の桜。「生田の森」は古来歌枕の一つで、秋成の時代の桜の名所でもあった。神崎からは陸路約二五キロメートルの距離である。
一一 船で出かけたのである。

ぞ、いよいよつつましくて《〔宮木は〕ますます控え目になって》、扇取りもてたち舞はず、酒づき静かにめぐらしてあるが、十太[一]もけふの面目に、若ければ思ひ誇りてなんある《得意満面の様子であった》。

この河守がありさまに心劣りせられて《〔あたりの人みな〕気圧されて》、「宮木かくかたちよし」、「ねたし《うらやましい》」[二]など言ひささやめく中に、昆陽野の駅《うまや》[三]の長《をさ》惣太夫といふも、けふここに来たりて、「かねて思へるよ《前々から思っていたとおりだ》」とて、連れだちし医師《くすし》[四]・何がしの院の若法師にささやき、酒くむ心さへなくなりぬ《〔気もそぞろに〕酒を飲む気もなくなった》。さて何思ひけん、「大事忘れたり《大事な用事を忘れていた》」とて、かちよりは遅し《陸路を歩くのでは遅い》、敏馬《みぬめ》[五]の和田の天《あめ》[六]の鳥船《とりふね》に、舟子の数増させて、飛び帰るやうにて、急ぐいそぐ、ただ片時《かたとき》[七]ばかりにぞ漕《こ》がせける。

家に入るより、まづ人走らせて《人を急いでつかわし》、「十太兵衛、ただ今来たれ。お[八]ほやけの御使ひ、ここを過ぎさせ給ふに、一夜を宿らせたまふ。汝が勤むべきなり。いと《早く来い》とく《早く》、とく《はやく》」と責め聞ゆ《せきたてる》。るす守る翁があわただしく来たりて、「主《あるじ》は、けふものにまかりて《所用で出かけていて》、あすならでは帰

一 「十太」は「十太兵衛」の下略。

＊ 十太兵衛の得意がその頂点に達しているさまが描かれている。と同時に宮木にとっても、憂き身の上ながら晴れがましいひと時であったはずである。その喜びが、また、悲劇的な結末を迎える発端ともなる。

駅長惣太夫の悪計

二 底本では「など言ひささやめく中に」から「けふここに来たりて」までの部分がない。文意をとる上に不可欠であるので、改稿断片によって補った。その場合に、原本では「藤太夫」とあるが、一〇一頁五行の「惣太夫」に合わせて改めた。

三 宿駅の長。令制下において約一六キロメートルごとに置かれ、馬や食糧の補給などを任務とした国司支配の駅の統轄責任者。

四 「医師」は一〇一頁五行に「理内」とある。次の「若法師」とともに、とりまき連中と見てよい。自分も医者であった秋成は、随筆『胆大小心録』で「医になる始めに、願心をたてて、金口入《かねくにふ》・太鼓持ち・仲人・道具の取り次ぎはせまいというて、一生せなんだ事ぢや」と述べている。

五 秋成は「敏馬の大湾、今は和田が崎とよぶ、兵庫の津の事なり」（『金砂』三）としている。神戸港付近をいう。

六 ここでは高速の船の意で用いている。『古事記』上に「鳥之石楠船《とりのいはくすふね》の神、亦の名は天《あま》の鳥船《とりふね》といふ」と

らず。ほかの御家に」と申す。「いな、汝が家清しと申して、はや
[九]使ひは通られたり。やがてにも至り給はん」といふ。「いかに承る
とも、主あらねば（主人がおりませんので）、仕うまつるまじき（お役を全うすることができません）」といふ。長《をさ》にらまへて、「お
のれは老い痴《し》れて国の大事を忘れたるよ。わが家の母あつき病にふ
し給へば、汝が家にと申したり。急げ、今ただすなはちならん（もう間もなくのことであろう）」と
いふ。

十太兵衛留守中の異変

老いは（留守居の老人は）走り帰りても、誰にはかりあはすべき者なし（誰一人として相談できるような者はいない）。ただ、長き息つぎて（ため息をつくばかりで）、「若君、翅《つばさ》かりても飛び帰らせよ。[一〇]中山寺の[一一]観自在菩薩《くわんじざいぼさつ》」
と、うけひ言《ごと》すれど（お祈りするだけで）、すべ無かりけり（他に方法は無かった）。

長《をさ》が方より使ひたち来て（やって来て）、「『宿すべきものの、たち迎へ来ぬ、無《む》
礼《らい》なり。ここには宿らじ（ここの駅には泊らない）。夜こめて、[一二]住吉《すみよし》の里まで』とて、[一三]高張《たかはり》あ
また用意しつけ給ひしかば、[一四]松などをもにはかにくくりつかねて（大急ぎでくくり束ねてさし出した）
奉りしなり。『[一五]十太はいま召し返せ。罪にこもらせよ（閉門の処罰をせよ）』とて、馬飛
ばせて行き過ぎたまひぬぞ」とて、「[一六]まづ、十太が帰らぬにも」と

あり、秋成は「又天の鳥舟と言ふは、よく走る事飛鳥の如しとてなり」(『金砂』四)と説明している。
七 約一時間。距離から考えると、今でいえば、一二、三ノットの速度でようやく可能という舟足である。
八 朝廷から諸国への使者。秋成は「この山路はそのかみ国々より皇都に上りくる官途にて、猪名野・昆陽野を歴《へ》つつ、山崎を指し」(『金砂』四)と、順路を述べている。この場合は下りであるからその逆。
九 先触れの使いの人は話を決めて行かれた。後から使者の本隊が到着するのである。
一〇 現在の宝塚市にある紫雲山中山寺。昆陽野の北方約一五キロメートルにある。
一一 中山寺の本尊、十一面観世音菩薩をいう。
一二 次の宿駅で、神戸市東灘区住吉町の住吉神社のあたりをいう。
一三 竿の先に高く提灯をつけたもの。
一四 「松」は「松明《たいまつ》」。急に夜道をとることになったので、道中の照明用にあわてて作って間に合わせたのである。
一五 朝廷の使者が惣太夫に言い置いて行ったことば。
一六 当主の十太兵衛が帰宅していなくても、朝廷の使者が言いつけて行った処分はしなければならないという意で、以下その具体的な処置がなされるのである。

て、門の戸、ひしひしと竹にて釘《くぎ》うち閉ぢめたり[一]。

十太兵衛の謹慎

十太、何心なくてありしが、「心さわぎぬ《妙に胸さわぎがする》」とて、夜の亥中《ゐなか》[二]に帰り来て、「これはいかに、いかに」と問ふ。翁、腋《わき》[三]の戸より出で来たりて、「しかじかの事なん侍《はべ》りて、あわただしく閉ぢめ給へりき。行きて詫《わ》びたまへ」といふ。

ただちに長《をさ》が前にかしこまる。長怒りにらみて、「[四]この月は汝が役に指されたるならずや。我に告げずて、いづこに浮かれ遊ぶ。い《今と》まは取り返されず《なっては取り返しがつかぬ》。五十日はこもりをれ」とて、言ひしかりてうち入りぬ。「[五]桜の花はまだ盛りと見しを、この嵐《あらし》にいまは散らん。我はただこもりをりてん」とて、慎《つつし》みをりき。

そのあした、［長が］申しつぐる。「御使ひ、明石《あかし》[六]の駅《うまや》より、飛檄《ひげき》[七]を伝へ来たらす。『汝が里の宿りたがへしによりて、馬の足折り、いまは船にて筑紫《つくし》に下るなり。波路は御使ひ人の乗るまじき掟《おきて》[八]をたがへ、日の惜しさ、罪[九]のかしこさにしかすれど《役目の遅延を恐れて船便にするのだが》、また《それも》、波風立たばいかに

一 閉じこめて出入りできぬようにしてしまった。江戸時代の閉門の刑罰によって書いている。
二 「亥の中刻」のことで、午後十時前後に当る。
三 門の脇の出入り口。
四 今月の宿駅の当番はお前の役になっていたではないか。九七頁九行の「都にはこのころ出で立つまじき事ありて」の内容が、ここではっきりする。
五 宮木を伴っての楽しい花見が、思いがけない災難で中断したことを嘆くのであるが、書を読み詩を作る「色好み」の若い長者らしく、みやびやかなことばでそれを述懐するのである。
六 今の兵庫県明石市。ここも宿駅の一つであった。『大鏡』に、菅原道真が「駅長驚くなかれ時の変改、一栄一落これ春秋」と詠んだのは「あかしのうまや」とある。
七 急ぎの文書が届けられたというのである。「檄」は触書《ふれがき》。
八 『令義解《りようのぎげ》』八に「凡《およ》そ公使は須《すべか》らく駅及び伝馬に乗るべし」とあるのを利用したか。
九 公務による旅行の遅延は、最も軽い場合で一日の遅延につき笞《ち》三十の刑が定められていた（「律」）。

せん。[一〇]五百貫の価の駿馬《しゅんめ》[一一]なり。このあたひ《代価は》、汝が里よりつぐのへ《昆陽野の里で弁償しろ》』と申し来たりき。五百貫の銭《ぜに》、ただ今《たった今》、ただ《すぐに》。また、この銭、都の御家に贈る費えせよ《送り届ける費用も負担せよ》。これ三十貫文なり」とて、取り立てて運ばす。

「五十日は、なほこもれ」とて、慎みをらす。

惣太夫の横恋慕

この間に、駅《うまや》の長《をさ》惣太夫、医師《くすし》理内《りない》を連れて神崎に行き、「宮木に酌とらせよ」といふ。「[一二]この者は、御里の河守殿の預け置かれしなり。『ほかの人に見《まみ》えそ《会うな》』と。このごろ、御慎みの事にてこもらせしかば、問ひ参らすべき便りもなし《〔他の客に会うことの是非を〕》」とて、出ださず《〔宮木を〕》。いよよますますねたく《さらに一層しゃくにさわって》て、酒飲み、耳立たしく《聞えよがしに》、「河守めは、こたびの御とがめに首刎《は》ねられつべし。よき若者なり《いい若者が惜しいことだ》」などいひおどして帰る。

宮木ここち惑ひて、神に仏に願《ぐわん》立て、「命またけさせ給へ《〔河守の〕命をお守り下さい》」と、おもの断ちて《食べ物を断って》、十日ばかりはありしかど、よき風も吹き伝へ来ず《うれしい便りも伝わってこない》。長《ちやう》示していふ。「物食はで命やある。よく養ひて《体を大事にして》、出でさせ給ふを待て《おいでになるのを待ちなさい》。長《をさ》が酒酔ひの憎き口ききたる《酔いにまかせて憎まれ口をきいたので》、まことならず《うそに決っています》。御科《とが》の事、ま

一〇 一貫文は銅銭千枚。わが国では銅銭が通貨の中心で、時代背景となっている十二、三世紀ごろは宋銭が用いられた。ただし、この場合は江戸時代の貨幣感覚で書かれているので、四貫文で一両と考えれば約百二十五両相当の馬となる。現在の消費者米価（昭和五十四年）を基準として仮に換算してみると約八百万円に相当することになる。一方、この五百貫文が、のちに駅長のふところに入ってしまうらしい結末（一〇二〜三頁）から推して、「飛檄」そのものの、あるいはその内容を駅長の謀略と見ることができる。

一一 足の速い名馬。

一二 傾城屋の主人のことば。この段階では、まだ十太兵衛に期待をかけうると判断しているのである。それが、一〇三頁一〇行のことばに変ってゆく。

た五百貫の駿馬を買ひてあがなひ給へりと聞く。やがてめでたく[一]門開かせんを」といふに力を得て、経読み写し、花摘み水向け、焼《た》きくゆらせて、[二]観自在菩薩を祈る。

病中、毒殺された十太兵衛

さて、十太はかく慎みをるほど、風のここちの悩ましうて、医師《くすし》を迎ふ。「当馬《たうま》といふ医師は上手ぞ」と人いふに、迎へたり。脈みていふ。「あな、大事なり。[三]日過ぐさば斃《たふ》れん。よき時に見せし」とて、ほこりかに匙《さじ》とる。女あるじなきには、誰もあきるるのみにて、怠りぬべし。

先方へも医師はこのごろ日々に行く。「十太がかかり」と聞きて、[四]「かの五百三十貫文の中、分ちて奉らん。[五]薬誤らせよ」とささやく。医師、「いな、大事の症なり。御頼みの事は、[六]我はえせずといへども、つひに斃るべし」といひて、[七]膈症《かくしやう》のあらはなるに[八]附子《ぶす》をつよく責め盛りしかば、つひに死ぬ。長《をさ》いと悦びて、[九]ほかのゐやまひにとりなし、百貫文を贈る。

一 閉門謹慎を許されなさるだろうから。
二 観世音菩薩に同じ。前出（九九頁八行）の中山寺の本尊十一面観音であろう。
三 このまま加療せずにおいたら危ないところだった。
四 「かの五百三十貫文」ということば使いは、その金がどうして手に入ったものかを、相手が知っていることを示すわけで、惣太夫と医師当馬はすでに共犯関係にあったのである。
五 故意に薬の処方を間違えて死に至らせるよう依頼したのである。
六 毒殺に加担することを口では拒否しながら、六行の「よき時に見せし」とは正反対の「つひに斃るべし」という見通しを述べるところに医師の巧妙な偽計がうかがえる。
七 食道癌《がん》・胃癌の症状がはっきりしているのに。
八 トリカブトの根を干したもので、利尿・鎮痛・強心に利用する劇薬。
九 依頼を否定しつつ要望に添ってくれているのを知っている惣太夫の万事のみこんだ謝礼の仕方である。

宮木が方へかくと聞え知らせしかば《言い伝えたところ》、「倶《とも》[一〇]に死なん」といひつつ狂ふを、長《ちやう》が制して、「仏の祈りだにしるしなき御命なり《仏に祈ってさえ助からなかったお命だ〔宿命だろう〕》。よく弔《とぶら》ひて、御恵み報《むく》へ」といひつつ、制しかねたり。

かくてあるほどに、惣太夫、よくよくしたり《万事うまく運んだと》、ひとり笑《ゑ》みほこりて、宮木がもとへしばしば来て、ことよく言ひこしらふれど《ことばたくみに気をひいてみるが》、つゆ従ふ色なし。長呼び出でて、[一一]かの五百貫の銭を運ばせ、「これなん宮木がひと月の身の代《しろ》に」といふ。欲には誰もかたぶきて《心を動かされて》、[一二]「ひと月ふた月、なほ増して賜はらば、生きてあらんほどは仕へしめん」といふ。

さて、宮木に示す。「これ、十太殿世になくなり給ひては、よるべなし。かの里にては長《をさ》なれば、この人に仕へよ」と。心にもあらねば《そんな気持はないので》、答ふべくもあらぬを《よい返事のしようもないのだが》、[一三]たびたび夫婦がたち代りていふに、「よるべとこそ頼まね《夫として頼りにしようとは思わねが》、まづ夫婦の心にたがひては」とて、惣太夫に見《まみ》ゆ。いと情《なさけ》しくいひ慰めて心をとり《思いやりありげに慰めて機嫌をとり》、やうやう枕並べぬ。

一〇 十太兵衛のあとを追って死にたいと、狂乱状態になるのである。十太兵衛閉門の赦免を神仏に祈ったところから、次第にはっきりと彼の存在が自分の生き甲斐であることを自覚してきた宮木の姿を叙す。

惣太夫の金力と遊女の身

一一 十太兵衛からまき上げた五百三十貫のうち、医師当馬に贈った百貫文の残り四百三十貫のはずである。改稿断片では、「五百貫の銭の残り」となっている。

一二 一カ月分としても二カ月分としてでも構いませんが、もっと上積みして下さるなら、宮木が生きているかぎりはあなたのものにして差しあげましょう。惣太夫の気前のよさにつけこんだ傾城長の欲が露骨に出ている。

一三 この部分は改稿断片で「命の限り買ひたるからは、〔命も〕汝が物とな思ひそ。親亡くなりて頼りなきを、〔我々夫婦が〕今迄養ひたりと思へ。〔とすると〕まことの親より恩深し。〔お前が〕死なんとせば、過ぎ（死に）給ひし〔お前の〕母君のみ心にたがひ、今の親の吾々にも罪かうむりて何にする」と言うことになっていて、さらに露骨に傾城長の牙が描写されている。

一　生田神社の森の桜が、どれほど色よく咲きほこっていても、の意で、若く美しく教養ある色好みの十太兵衛をいう。
二　「床岩《とこいわ》」「堅岩《かたいわ》」から出た語で、不変にして不動のさまをいう古語。岩のように頑丈な惣太夫をいう。
三　医師理内は全く太鼓持ちに堕している。
四　宮木と十太兵衛が生田の森へ花見に出かけていたことを、惣太夫たちは知らなかったからこそ、「我に告げずて、いづこに浮かれ遊ぶ」（一〇〇頁七行）と叱ったはずであった。が、知っていたとなると、いかにも疑わしい。宮木はそれを感じたのである。
五　美作《みまさか》押領使《おうりようし》漆間《うるまの》時国の子。諱《いみな》は源空。黒谷上人、円光大師ともいう。建暦二年（一二一二）寂、八十歳。十五歳で比叡山に入り、四十三歳の時、『往生要集』の影響を受けて浄土宗を開立《かいりゅう》した。
六　高徳の僧。
七　法然の『一枚起請文』に「ただ往生極楽のためには、南無阿弥陀仏と申して、疑ひなく往生するぞと思ひとりて申す外には、別の子細候はず」とあるによる。
八　第八二代後鳥羽天皇（一一八〇～一二三九）。
九　宮中で天皇の御座所に近い局。中宮・女御などに特別に与えられる部屋。この場合はそこに勤務していた女官。
10　大阪の地誌『芦分船』（延宝三年、一六七五刊）に「法念上人、都東山にて別時念仏をはじめ給ふ。聴

一夜、酔《ゑ》ひほこりて、医師《くすし》理内がいふ。「[一]生田の森の桜色よくとも、わが長《をさ》の[二]常磐《ときは》堅磐《かきは》には齢《よはひ》負けたりな《長寿にはかないませんな》。君もよき舟に召し変へよ《あなたも頼りがいのある人に乗り替えなさい》」とて、[三]そそるそそる《三回りからあおりたてる》。「[四]いかにして生田の森語り出づらん《生田の森のことを口に出したのだろう》。と　まれ、惣太夫がよろづのふるまひ、男ぶりよりして、頼むべき人に《信頼して任せられる》あらず《人でない》」となん、やうやう思ひしづもり《心ひそかに判断して》、来れど《「会いに」》、多くは「病あり」とて、出でて相見《まみ》えざりけり。

法然上人の遠流

そのころ、[五]法然上人《ほふねんしやうにん》と申す[六]大徳《だいとこ》世に出でまして、[七]「六字《南無阿弥陀仏の称名》のみ名をだに《さえ》、しんじちに《信じて心から》となへ申さば、極楽にいたる事やすし」と示し給へるに《教えなさったので》、貴《たか》き賤《いや》しき、老いも若きも、ただこの御前に参る。[八]後鳥羽《ごとばの》院《ゐん》の召されし[九]上局《うへつぼね》に、[一〇]鈴虫・松虫といふ二人のかたち人《容色すぐれた人がいた》ありき。上人の御教へを深く信じて、朝夕念仏《ねぶつ》し《「ついには」》、宮中を遁《のが》れ出でて法尼となり、庵《いほり》むすびて行ひける《修行することになったのを》をば、[一一]みかど御怒りつよく憎ませしに、[一二]叡《えい》山《ざん》の法師ら、[一三]仏敵と申して上人を訴ふ。「これよし《これはよい口実だ》」とて、[一四]土佐の島山国に流しやらせ給へりき。

宮木の入水

「けふ、上人の御舟神崎の泊りして、あすは波路はるかの潮舟[一五]に召させかふる」と聞き侍《はべ》りて、宮木、長《ちやう》に、「しばしのいとま給へ。上人の御かたち《お姿を》、近く拝みたいまつらん《間近で拝み申しあげたいのです》」といふ。ものよく馴《な》れたるうばら《老女》一人、わらは女《め》一人添へて、小舟出だす。上人の御舟やをら《静かに》岸を離るるに立ち向ひて、「あさましき者にて候《賤しい業の者でございます》。御念仏授けさせ給《たう》べよ」と、泣くなく申す。上人見おこせ給ひて《宮木の方をご覧になって》、「いまは命捨つべく思ひ定めたるよ《命を断つのだと覚悟したようだな》。いとかなしき賤《しづ》の女《め》なり」とて、舟のへに《舟の舳先まで》立ち出でたまひ、御声清く、念仏高らかに十度なん授けさせ給ひぬ。これをつつしみて口に答へ申し終り《つつしんでお受けし繰り返し唱えて》、やがて水に落ち入りたり。上人、「成仏《じやうぶつ》疑ふな」と、波の底に高く示して《水底に向って声高く引導を渡されて》、舟に入り給へば、「潮かなへり」とて、漕《こ》ぎ出でたり。

うばら、わらはら驚きまどひて家に走り帰り、「かくなん」と告ぐ。長夫婦沓《くつ》[一六]だにつけず《あわてふためき》走り来て見れど、屍《かばね》求むべくもなし。ややありて人の告ぐ。「神崎の橋柱に、浮きてかかれり」とぞ。急ぎ舟

聞の貴賤群集しける時、鈴虫・松虫とて、この二人発心して出家せしかば、帝大いに逆鱗《げきりん》ありて、上人を土佐の国へながさせ給ふなり」と見え、秋成の『安楽寺上人伝』にも同旨の文があり、そこでは両尼の墓が京都鹿《しし》が谷の住蓮山安楽寺にあるとしている。

一一 史実では、法然の流罪は後鳥羽帝退位（一一九八）後の一二〇七年のことで、「上皇」のはずである。

一二 天台宗総本山延暦寺をいう。

一三 法然の浄土宗、親鸞の浄土真宗などの新興仏教に対する旧仏教側の動きの一つ。『黒谷源空上人伝』には「吹毛の讒奏に依りて（略）遠流《おんる》の宣旨をくだされ」とある。

一四 土佐配流に決ったが、有力帰依《きえ》者のとりなしもあり、実際には讃岐《さぬき》国（香川県）に流された。七十五歳。

一五 今までの河舟から、配流地へ向う海船にお乗りかえになる。

＊『摂陽群談』（元禄十四年、一七〇一刊）が、法然配流の際、神崎の遊女五人が入水し法然の引導を受けたことを載せているが、「宮木」の名はない。『摂津名所図会』（寛政十年、一七九八刊）には「宮城」の名が見えるが、秋成はその前に同地を訪れているから、土地の所伝によったのであろう。

一六 『万葉集』九の「勝鹿の真間の娘子を詠む歌」による。七三頁注一二参照。

子どもを頼みて、かづき上げさす《水に入って引揚げてもらった》。この宮木が屍《かばね》の波に揺り寄せられしとて、[一]揺り上げの橋となん呼び伝へたる。屍は棺《ひつぎ》にをさめて、[二]野づかさ《野辺の丘に》に葬《はふ》りぬ。[三]宮木が塚のしるし《墓標は》、今に野中に立ちて、昔とどめたりける。

宮木が塚手向けの歌

昔、我この川の南の岸のかん嶋[四]といふ里に、[五]物学びのために、[六]三《み》とせ庵《いほり》むすびて住みたりける。この塚あるを、問ひまどひてやや至りぬ《尋ね尋ねしながらやっとのことで着いた》。しるしの石は、わづかに扇うち開きたるばかりにて、塚といふべき跡《塚と呼べるような跡は》はありやなし《はっきりしない》。いとあはれにて、歌なんよみて手向《たむ》けたりける。その[七]歌、

[八]うつせみの　世渡る業《わざ》は
はかなくも　いそしくもあるか
[九]たち走り　貴《たか》き賤《いや》しき　おのがどち　はかれるものを
ちちのみの　父に別れて

一『摂陽群談』（前頁＊印参照）には「神崎の遊女、この川に身を沈めたる屍、この所を去らず、水上にゆり上げ、橋株につなぎ留るをもつて、淘上《ゆりあげ》橋と言ふ」とあり、一名由来橋とも称し、現在は橋の痕跡をとどめるだけと記している。

二『万葉集』十七「足ひきの山谷越えて野づかさに今は鳴くらむ鶯の声」（山部赤人）。

三『摂津名所図会』には「遊女宮城墓、神崎の北壱町ばかり、田圃の中にあり」とある。秋成が見たのもこれである。

四 加島（九四頁＊印参照）に同じ。

五 随筆『胆大小心録』に、「医者をまづ学びかけたが、村居して先病をたくさんに見習うた事ぢやあつた」と言っている。

六 安永二年（一七七三）四十歳の時から安永四年までのことを指す。

七 以下の長歌は秋成の歌文集『藤簍冊子《つづらぶみ》』に、「神崎の遊女宮木の古墳を見て作れる歌」と題して収められている。

八〈人が生きて行くための営みは、かくもみじめで、あわただしいものなのであろうか〉「うつせみ」は「世」の枕詞。「いそしく」は、よく精を出して勤めるさまをいう古語。

九〈駆けずりまわって、身分の高い人は高いなりに、

ははそばの　母に手離《たばな》れ
世の業は　多かるものを　何しかも
心にもあらぬ　たをや女の　操《みさを》くだけて
しなが鳥　猪名《ゐな》の湊《みなと》に　寄る船の　梶《かぢ》枕して
浪のむた　かよりかくより　玉藻なす　なびきて寝《ぬ》れば
うれたくも　悲しくもあるか
一〇かくてのみ　あり果つべくは
生ける身の　生けるともなしと
朝よひに　恨《うら》び歎《なげ》かひ
年月《としつき》を　息つき暮らし
玉きはる　命もつらく　思ほえて
この神崎の　川くまの　夕潮待たで
寄る波を　枕となせれ

低ければ低いなりに、仲間同士で渡世を考えているのに、この宮木ときたら心ならずも天涯孤独の身となって、暮しの手だては外にもあろうに、船乗り相手に人を選ばず、情を交わす身の上となったのは、どんなにか腹だたしくせつなく思われたことだろう〉

「ちちのみ」は「イヌビワの実」、「ははそば」は、「ハハソの木の葉」の意だが、それぞれ同音の「父」「母」を出すための枕詞。「しなが鳥」は、猪名・安房の枕詞。「梶枕」は、船の梶を枕にして寝る意で、船客・水夫を相手に寝る意をこめる。「浪のむた」の「むた」は「の」「が」などの下について、「と共に」の意を示す古語。ここは浪のまにまに藻がなびくように、自分の意志ではなくなびいて寝ると続く。「波のむたかよりかくより玉藻なす寄り寝し妹を露霜の置きてし来れば」(『万葉集』二) による。「うれたし (く)」は「心が痛い」が原義で、つらい、嘆かわしいなどの意の古語。

10〈こんなふうな生き方で一生を終るのでは、この世に生れた甲斐がないと、朝に夕に恨み嘆き、ため息ばかりで年月を過し、かえって生きているのがうらめしく思われるようになり、神崎川の淵に潮が満ちてくるのを待ちもせず、波に身を沈めたのだった〉

「玉きはる」は、「いのち」「世」などにかかる枕詞。「川くま」は、川が曲流して深くなっているところ。

[一]黒髪は　玉藻となびき　空しくも
過ぎにし妹《いも》が　おくつきを　をさめてここに
語り継ぎ　いひつぎけらし
[二]この野辺の　浅茅《あさぢ》にまじり　露深き　しるしの石は
誰《た》が手向けぞも

となんよみて手向ける。いまは跡さへ無きと聞く。歌よみしは三[三]十年のむかし事なり。

一〈黒髪を藻のようになびかせて、はかなくこの世を去った女の墓をこの場所に築き、その幸せ薄い女の生涯を長く語り伝えてきたのだった〉「おくつき」は墓所。「語り継ぎ」以下は、「語り継ぎいひつぎゆかむ富士の高嶺《たかね》は」（『万葉集』三）による。

二〈神崎の野辺の浅茅に埋もれるようにして露にぬれて、せめてもの墓標となっているこの扇ほどの石は、一体だれの手向けであろう〉「浅茅にまじり」は、浅茅（チガヤ）におおわれて。

三　この歌が安永二年（一七七三）から安永四年までの加島滞在期間に作られたもので、それが三十年前とすれば、この文の執筆時は享和三年（一八〇三）から文化二年（一八〇五）となって、本篇は『春雨物語』所収作品の中では、遅い成立と考えられる。

歌のほまれ　第九回

[四]山部《やまべ》の赤人《あかひと》の

[五]和歌の浦に潮満ち来れば潟《かた》を無《な》み
　芦辺《あしべ》をさして鶴《たづ》鳴き渡る

といふ歌は、[六]人丸《ひとまろ》の[七]「ほのぼの」に並べて、[八]歌の父母《ちちはは》のやうに、世にいひ伝へたりける。

[九]この時の帝《みかど》の聖武《しやうむ》天皇、筑紫《つくし》にて[一〇]広継《ひろつぐ》が反逆せしかば《叛乱を起したので》、都に内応《都でも同調す》の者あらんかと恐れたまひ《る者があるかもしれないと心配なさって》、「巡幸」と呼ばせて《という名目で》、[一一]伊賀・伊勢・志摩・尾張《をはり》・三河・美濃《みの》の国々に行きめぐらせたまふ時、伊勢の三重《みへ》の郡《こほり》、[一二]阿虞《あご》の浦辺にてよませ給ひしおほん、《御製》

[一三]妹《いも》に恋ひ阿虞の松原見渡せば

四 八世紀前半に活躍した『万葉集』第三期の歌人。

五 『万葉集』六の長歌（九一七）の反歌。題詞によれば、神亀元年（七二四）十月、紀伊国で詠んだ。

六 柿本人麻呂。『万葉集』第二期の代表的歌人。

七 「ほのぼのと明石の浦の朝霧に島がくれゆく舟をしぞ思ふ」（『古今集』九・読み人知らず）。仮名序ではこの歌を人麻呂の歌としている。

八 『古今集』仮名序に、別の歌二首につき「この二《ふた》歌は、歌の父母のやうにてぞ」とあるのを借用した。

九 山部赤人が「和歌の浦に」を詠んだ時。

一〇 藤原広嗣（?～七四〇）。宇合《うまかい》の子、式部少輔となったが、大宰少弐に左遷される。橘 諸兄《たちばなのもろえ》・玄昉《げんぼう》・吉備真備《きびのまきび》らを排すべく、天平十二年（七四〇）九州で乱を起したが敗れ、肥前国松浦郡で処刑された。

一一 秋成は『金砂』三で「広嗣が反逆を避けて、車駕《しやか》、伊賀・伊勢・美濃・近江《あふみ》を歴《へ》たまへる時」と『続日本紀』の記事そのままに記しているが、ここで尾張・三河を加えたのは、大宝二年（七〇二）持統上皇の巡幸（『続日本紀』）とダブらせるためであろう。次注・次頁注六参照。

一二 諸説あるが、『万葉集』左注によって「三重郡」としているから、三重県四日市《よっかいち》市付近の海岸。もっとも『続日本紀』にない「志摩」を加えているのは、英《あ》虞《ご》湾（同県志摩郡）説（真淵『冠辞考』）によろうとして推敲に欠けるところがあったのかも知れない。

一三 『万葉集』六（一〇三〇）の歌。

潮干《しほひ》のかたに鶴《たづ》鳴き渡る

また、[一]この巡幸に遠く備へたまひて、舎人《とねり》[二]らあまたみ先に立たせし（先遣隊が出発したその中に）に、高市《たけち》[三]の黒人《くろうど》が尾張[四]の愛智《あゆち》の郡の浦辺見めぐりてよみける歌、

[五]桜田へ鶴《たづ》鳴き渡るあゆち潟

潮干のかたに鶴鳴き渡る

これら（赤人と黒人）、同じ帝に[六]仕うまつりて、おほんを犯すべきかは（御製を犯すような歌を詠むはずがない）。昔の人は、ただ見るまさめのままを（まのあたりに見たとおりを）うち出でたるものなれば（詠み出したものであったから）、人よみたりとも知らず、よみになんよみしかど（次から次とひたすらに詠んだが）、正《まさ》しく、〔赤人が〕[七]紀の行幸〔黒人が〕またこの巡幸に、同じことうたひしは（酷似した歌を）咎《とが》むまじく、おほんと黒人が歌とは世に語り伝へずして、〔赤人の〕「和歌の浦」をのみ秀歌と、後に言ひ伝ふること[八]のいぶかしかりけり。

また、同じ万葉集の歌に、よみたる人は知らずとて、

[九]なには潟潮干に立ちて見渡せば

淡路の島に鶴《たづ》鳴き渡る

一 天平十二年の聖武帝の巡幸。

二 下級官人で、天皇・皇族の護衛にあたった。

三 『万葉集』第二期の歌人。

＊ 高市黒人《たけちのくろひと》は、『万葉集』一に「太上天皇《おほきすめらみこと》（持統天皇）吉野の宮に幸《いで》ます時に、高市連《むらじ》黒人が作れる歌」（七〇）、「（大宝）二年壬寅《みづのえとら》に、太上天皇、三河の国に幸ます時の歌」（五八）などの歌があって、持統（在位六九〇～六九七）・文武（在位六九七～七〇七）両帝時代の下級官人であったと思われる。

四 現在の名古屋市南区付近の海岸と考えられる。

五 『万葉集』三の「高市連黒人の羈旅の歌八首」のうちの第二首目（二七一）。ただし第四句「潮干にけらし」。

六 赤人も黒人も、ともに聖武帝（在位七二四～七四九）にお仕え申しあげて、の意であるが、前述したように、持統・文武帝時代の人である。したがって、同じような「鶴鳴き渡る」の歌を、黒人が大宝二年（七〇二）、赤人が神亀元年（七二四）、聖武帝が天平十二年に詠んだという時間的な順序を逆転させたことになる。前に尾張・三河を加えた（前頁注一一参照）のは、そのための用意であった。そこで続けて「おほんを犯すべきかは」と述べつつ、にもかかわらず類歌を詠むところに、古き時代の歌よみの素朴なあり方を強調しようというわけである。

七 前出。神亀元年十月（前頁注五参照）。

これもまた同じ眺めをよんだり。
一〇いにしへ人は心直《なほ》くて、見るまさめ《まのあたりに見たままを》をば、人やいふとも問ひ聞か《人がすでに詠んだかどうかを尋ね》で《たりしないで》なんよんだりける。さらば、歌よむはおのが心のまま《［であって］》、また、浦山のたたずまひ・花鳥の色音《いろね》、さかしく《技巧をこらして》いひたるものにはあらず。これをなんまことの歌とはいふべけれ。

八 ここから秋成は、歌にも運・不運があると考えるのである。この「歌のほまれ」を、黒人を主人公とする作品に書き直した『鴛央行《えんおうこう》』には、「歌のよきのみにあらず。いにしへに言ふ言霊《ことだま》の幸《さち》に逢へる人なりける」と、黒人が赤人を評する場面がある。

九 『万葉集』七の歌（一一六〇）。ただし第五句は「鶴渡る見ゆ」となっている。

一〇 『万葉集』に歌を残しているような上代の人々。

樊《はん》噲《くわい》　第十回

[一]むかし今を知らず。[二]伯耆《はうき》の国の[三]大智《だいち》大権現のお山は、恐ろしき神の住みて、夜はもとより、[四]申《さる》の時過ぐとて（過ぎとなれば）、[五]寺僧だに籠《こも》るべきはこもり、籠らぬは山を下《くだ》りて行ふ（勤行をする）となん聞ゆ。

[六]麓《ふもと》の里に、夜ごと若き者集まり、[七]酒飲み博奕《ばくち》してあらそひ遊ぶ宿ありけり。けふは雨降りて、野山の稼《かせ》ぎ許され（休みとなり）、[八]午《うま》時より集まり来て、酒飲み、後先《あとさき》なき語りごとして（とりとめもない雑談をして）楽しがる中に、腕だてして口こはき男あり（腕自慢して大きなことをいう男がいた）。「憎し」とて（［皆が］憎らしく思い）、「おのれは強き事いへど（お前は口では強そうなことをいうが）、お山に夜登りて、しるし置きて帰れ（証拠になる物を置いて戻れ）。さらずは（でないと）、力ありとも（腕力だけはあっても）心は臆したり（臆病者だ）」とて、あまたが中にはづかしむ（大勢のなかで恥をかかせた）。「それ何事かは（そんなことは何でもない）。こよひ行きて、正《まさ》しくしるし置きてん。おのれらあす詣《まう》でて見よ」とて、酒飲み物食ひて、

若者宿での腕自慢

一『源氏物語』冒頭の「いづれの御時にか」に類似した書出しで、虚を構えて実を描く伝統的物語の世界を志向している。史実によるとみせて虚構を築く「血かたびら」「天津をとめ」とは対蹠《たいしょ》的な方法である。

二 今の鳥取県の西部に当る。

三 大山《だいせん》大智明神をいう。祭神は大己貴命《おおあなむちのみこと》というが、神仏習合の時代には、その本地は地蔵菩薩と伝える（『撰集抄』『本朝寺社物語』）。また、「そもそもこれは、鞍馬の奥僧正が谷に、年経て住める、大天狗なり。まづ御供の天狗は誰々ぞ、筑紫には彦山の豊前坊、四州には白峰の相模坊、大山の伯耆坊」（謡曲『鞍馬天狗』）とあるごとく、天狗の住む山でもあった。「目ひとつの神」に通ずる世界である。六一頁注一七参照。

四 現在の午後三時ごろから五時ごろまでの間。

五 そこを勤行《ごんぎょう》の場とする大山寺の僧たちでさえ、の意で、大山の夜の神秘的な恐ろしさを強調している。

六 一二〇頁一四行に、主人公の出身地を「伯耆の国清水の里」としている。現在の東伯《とうはく》郡赤碕町付近を想定していることになる。一二一頁注八参照。

七 土地の青年たちの娯楽の場である。改稿自筆本では「夜毎わかきあぶれ者等集り」となっている。いずれにしても、次行に「野山の稼《かせ》ぎ許され」とあって、昼は定職定住の若者であり、この宿での若干の不法な振舞があったとしても、いわゆる無法無頼の徒ではない。

小雨なれば蓑笠《みのかさ》かづき《身につけ》、ただに《その場からすぐ》出で行く。友どちが中に、老いたる心あるは《年かさの分別のある者は》、「無益《むやく》のからかひなり《無駄な意地を張るものだ》。かれかならず神に引き裂き捨てられんぞ」と、眉《まゆ》しわめていへど《心配そうには言ったが》、追ひとどむともせず《あえて追って引きとめようとはしない》。

大蔵、神罰を受け海を翔ぶ

この大蔵《だいざう》といふあぶれ者は《乱暴者は》、足もいと速くて、まだ[九]日高きに、み[一〇]堂のあたりに行きて、見巡るほどに、日やや傾きて、ものす[一一]ざましく、風吹き立ちて、杉むら・檜原《ひばら》さやさやと鳴りとよめく《鳴りひびきあう》。暮れ果てて人無きにほこりて《人気がなくなってかえって得意な気分になり》、「このわたり何事かあらん。山の僧の言ひおどろかすにぞあれ《山寺の僧が嘘を言って〔人々を〕恐れさせるのだろう》」とて、雨晴れたれば、蓑笠投げやり、火打ち《火を起して》、たばこくゆらす。[一二]いと暗うなりしかば、「さらば《それでは》、上《かみ》[一三]の社《やしろ》と申す所に〔行こう〕」とて、木《こ》むらが中を《木立の中を》、落葉踏み分けて登るのぼる。[一四]十八町となん聞えたり。

ここに来て、何のしるしをか置かん《証拠の品に何を置こうか》とて、見巡るに、幣《ぬさ》[一五]たいまつる箱の、いと大きなるあり。「これかつぎ下《お》りてん」とて、重きをこころよげに《らくらくと》うちかつぐとするに、この箱ゆらめき出でて《ゆらゆらと動き出して》、手足生《お》

八 午前十一時ごろから午後一時ごろまでをいう。
＊ この辺、つまらないことにすぐむきになって争う主人公の単純な性格が描かれている。

九 前頁に「お山に夜登りて」とあって、若者たちの足ではこの「み堂のあたり」では暗くなるという判断があったのであろう。季節は明瞭には述べていないが、一〇行の「落葉踏み分けて」や一一七頁六行の「年暮れて」などから、日没の早い秋と見てよさそうである。大蔵の超人的な足の速さが示される。
一〇 大山の中腹にある大山寺のお堂。赤碕海岸から約二五キロメートル。
一一 「すさまじ」に同じ。「白昼《ひる》ながら物凄《すさま》しくありける」（『雨月物語』仏法僧）と、秋成は用いる。
一二 ひと休みして時間をつぶし、暗くなるのを待っていたのである。馬鹿正直に夜のお山登りの約束を守る。
一三 奥の院に当る大智明神の社。さらに二キロメートル上にある。
一四 一町は約一一〇メートル。
一五 神への供え物を入れる箱の意で、ここでは賽銭《さいせん》箱をいう。

ひ、大蔵《だいざう》を強く捉《とら》へたり。「すは《さては》」とて、〔なお〕力出だしてこれをかつがんとす。箱に生ひ出でたる手して、大蔵をかろがろとひき提げ、空に飛びかける《翔ける》。ここにて心弱り《事ここに至ると気おくれがして》、「助けよ、助けよ」と、おらぶ《大声で叫ぶ》。答へなくて、空をかけり行く。〔暗くて見えないが〕波の音の恐ろしき上を走り行くよと《波の音も恐ろしい海上を飛んでいくのだと》覚えて《思われて》、いと悲しく、ここにうちやはめつとて《この海にほうり込みはしないかと思えば》、今はこれを頼まれ《この箱だけが頼りで》て、箱にしがみつきたり。夜やうやく明けぬ。この神は一、箱をどうと投げ置きて帰りたり。

大蔵、隠岐の島に着き、驚き悲しむ

目開きて見れば、海辺にて、ここも神社《かみやしろ》二、かうかうしく《けだかくおごそかに》三、松・杉が中にたたせ給へり。かんなぎならめ《神官であろうか》、白髪混りたるに烏帽子《えぼし》かうぶり、浄衣《じやうえ》四召しなれたるに、手にはけさの贄《にへ》五つ物、み台に捧げて歩み来たり、〔大蔵を〕見とがめて、「何者ぞ。無礼《むらい》六なり。その箱下りて《その箱から下りなさい》、いづ《そして》こよりかつぎ来たる《どこからかついで来たのか》、物がたれ《わけを言いなさい》」とぞ。「伯耆の国の大山《だいせん》に夜詣《まう》でて、神にいましめられ《とがめられて》、遠く《はるか》幣箱《ぬさばこ》とともに、ここに投げ捨てられたり」といふ。「いと怪し《何とも不思議だ》。汝はをこの愚か者なり《たわけたことをする馬鹿者だ》。命賜はりしを喜

＊賽銭箱から手足が生えて捉えられても、驚きもせず、それと争ってなおかつぎ挙げようとする大蔵のふてぶてしさが、空かけ海を渡る時には一転して助けを求める弱さにかわる。大蔵の性格描写である。

一 大智明神であるが、直接姿を顕《あらわ》さず、賽銭箱をして大蔵を海を越えて遠くまで運ばしめる力を顕す、神異のものとして感じられるだけである。

二 飛び立ったのが大智明神の社であったから「ここも」としている。

三 底本「らうらうしく」とあるが、改稿自筆本に従って改めた。

四 「浄衣」は神事に着用する白色の狩衣《かりぎぬ》様の服。「なれ」は古びてよれよれになっているさまをいう。辺地の質朴な神官の姿を表す。

五 朝ごとの神への供え物を八足《はっそく》の机に載せ、その机を捧げているのである。

六 不作法だ。賽銭箱の上に乗ったままでいるのを咎めた。

べ。こは隠岐《おき》[七]の島の焼火《たくひ》[八]の権現の御前ぞ」といふ。〔大蔵は〕目、口はたけて[九]（ぽかんと開けて）驚き、「ふた親ある者なり。〔心配するから〕海を渡して、里に帰らせよ（故郷に帰らせてください）」と、泣く泣く申す。「他国者の故《ゆゑ》なくて来たるは、掟《おきて》ありて、国処《くにところ》をただして（住所を明確にした上で）後、送り帰さるるなり。しばしをれ（ちょっと待っておれ）。これ奉りて後（この供え物をしてから）、わが家に連れ帰り、よく問ひただして、目代《もくだい》[一〇]に訴へ申すべし」とて、み贄《にへ》たいまつる。太祝詞言《ふとのりとごと》[一一]高く申し、手はらはらと打ち（柏手をぽんぽんと打ち）、さて御戸たてて（神殿の戸を閉めて）家に連れ帰り、同じことわりなれば（申し立てに変りはないので）、目代に参りて掟承る。「いと憎き奴なり。〔他国者だから〕されど、ここにさいなむべき罪無し（ここで処罰すべき罪はない）」とて、その日の夕潮[一二]待つ舟に乗せ、向ひの出雲《いづも》[一三]の国に送りやる。八百石[一四]といふ舟にて、小さくもあらぬを風に追はす（順風で航海する）。されど、〔この船も早いが〕よんべ（昨夜）の神が翅《つばさ》にかけしよりは遅し（空中を飛んだよりはおそい）。三十八里[一五]を暁《あかとき》に乗り渡りて（夜明けまでに渡り）、〔護送の役人が〕「しかじかの者送り申す」と申す。所[一六]の長《をさ》が聞きて、守《かみ》の館《やかた》に急ぎ訴へたり。やがて（まもなく呼び出されて）召されて、「隣[一七]の国の守にいひ送るべし。憎し」とて、唾吐《つばき》きして、面《つら》に吐きかけ給へりき。囚人《めしうど》[一八]ならねど、〔護送の〕二人にとり囲まれて、

大蔵、送還され郷里に帰る

七 今の島根県隠岐郡。
八 隠岐郡西ノ島町の焼火山《たくひ》にある焼火神社をいう。大山から海上を直線に飛んだとして、約一〇〇キロメートルの距離にある。
九 七六頁一一行に「鬼の口ありたけにはたけて」とあった。秋成の筆癖の一つと見てよかろう。
一〇 平安・鎌倉時代の地方官の代理人の称であるが、この場合は秋成の時代に出雲藩預りであった隠岐の島として描いているから、出雲藩が任命した郡奉行の代官などであろう。
一一 祝詞を声高に奏上して。「太」は美称の接頭語。
一二 夕方の満潮を待って出帆する船。
一三 現在の島根県東部。
一四 米穀などを八百石積める船の意で、米一石を約一五〇キログラムとすると、約一二〇トン積みとなる。
一五 約一五〇キロメートルになる。『和漢三才図会《わかんさんさいずえ》』（正徳二年、一七一二刊）に「島前・島後二島相去ること十八里、出雲の三尾の関より島後に至る十八里、同じく島前に至る三十六里」とある。それらの知識によるものであろう。
一六 三尾（美保）の関を想定している。その首長。
一七 すなわち伯耆国。
一八 いわゆる犯罪者ではなく、神罰を蒙り飛ばされた人間の送還なので、唐丸籠《とうまるかご》での護送などではない。

一 改稿自筆本には「里の次々に」とある。里から里へと二人ずつ護送の役になって送り継ぐのである。

二 三保関から松江を経て赤碕まで約一〇〇キロメートルで、二、三日の行程であることを考慮すれば、大蔵が行方不明になって七日間を経過して、の意と考えられる。

三 たたきの刑で、五十まで軽重がある。大蔵の場合人騒がせなことをしでかしたことが罪になる。

四 村人たちが次々に情報を伝える。噂《うわさ》の方が人の足より早く走る、物見高い人々の姿態を描く。

五 家長としての父親の極めて冷淡な態度が示され、一二八頁九行の大蔵の述懐につながる。

六 フクロウ科の鳥で、夜行性。『和漢三才図会』に「至る所、不祥多し」とある。

七 次代の家長として、家を守るべき立場にある兄もまた父親と同様の態度で、父の言ったことに輪をかけて繰りかえす。

八 おめおめと生きて帰って来てはた迷惑なことだ。

九 やがて大蔵が悪逆人の烙印《らくいん》を押されることになれば、監督すべき父や兄も連座して重罪人として頸綱を掛けられることになろう、の意。前に父が「恥与へつべし」と言ったのを、兄は一層極端にして言っている。

10 世間体や理屈ぬきで、ともかくも子の面倒をみようとする母親の姿は、「死首のゑがほ」の五蔵の母の態度(六九頁一一行、七二頁八行)と共通する。

笞打ち三十の後の帰宅

一里のつぎに追ひやらる。

二七日といふ日を経て、このふるさとには来《〔帰り〕》たりき。目代強くいましめて、三しもと杖三十打ち、家に送り帰さる。

四里人追ひおひに、「大蔵が帰りたり」と告ぐ。母と兄嫁は、「いか《よくも》に、いかに《まあ どうやって》」といひつつ、門《かど》立ちして待つほどなく来たる《今か今かと門口に立って待つ間もなく姿を見せる》。「生きてはあらじと思ひつるに、大智大権現の御恵みこそありがたけれ」と、手をとり内に入る。親《父親は》は、五見おこせしのみにて《ちらと目をくれただけで》、「神に裂かれて死にたらんが《〔お前のような奴は〕神に裂かれて死んだほうがよかったろう》、いとよかめり。つひにはおほやけに捕はれ《〔こんなことでは〕今にお上につかまえられて》、首刎《は》ねられ《首を斬られ》、六みみづくとなりて《〔来世には〕みみずくになり》、人に爪《つま》はじきせられ《毛ぎらいされて》、親にいみじき恥与へつべし」。七兄あざ笑ひて、「腕こきて《腕自慢をして》、など神には裂かれざる《なぜ神に引き裂かれてしまわぬ》。八非興《ひきよう》なり。九親・兄に首綱かけられん。恐ろし。たち《〔お前なんか〕》帰りて歓《よろこ》ぶ者はなし」といふ。一〇母泣き沈みて、父・兄にわび言しつつ、「物食へ、足洗へ」といふに、嫁《兄嫁は》、「心つかざりし《うっかりしていました》」とて、湯わかし足すまさせ《足を清めさせ》、飯たきて、「あたたかなり」とすすむ。「何事《〔大蔵は〕》も、この後、父・

兄にさかだち[一一]てすまじ」とて、犬つくばひして《犬のようにうずくまって》わぶる。

日二日は《まる二日間は》、夜昼ただ《ひたすら》臥《ふ》しにふしてありしが《眠り続けていたが》、三日といふあしたと《三日目の朝早く》く起き出で、鎌《かま》・朸《あふご》[一二]とり束《つか》ね、山かせぎに《山仕事に》兄より先に出でたり。兄は小男にて、かつぎし薪柴《たきぎしば》いささかなり《わずかなものである》。大蔵が肩重きまで荷ひ帰りしは、銭《ぜに》にかへてあまたにぞなりける。

年暮れて、年の貢納めても、大蔵がかせぎしに《大蔵の働きがあったので》、銭三十貫[一三]は積みて、稲倉[一四]に櫃《ひつ》に納めしかば、父はにが笑ひ[一五]して、「よし」とほむ。兄は、「冥加《みやうが》[一六]なり。なほよくせよ《これからも真面目に働け》」といふ。母と嫁はささやきあひて《ひそかに相談して》、綿入れたる布子ひとへかづけたり《着物を一枚仕立てて着せてくれた》。夜はかの宿に行きて遊べど、酒に乱れず、博奕《ばくち》うたずして見をる。若き友どちいふ、「隠岐の国より帰りしは、罪許されて大赦《たいしや》にあひたるものぞ」。大蔵といふ名を「大赦」と呼びかへて《あだ名で呼んで》、むつまじかりき。

春ふけぬ。例の博奕宿にうちしこりて《〔大蔵は〕ばくちに熱中して》、負ひめ多くて《借金が積って》、友どち、「これは『大赦』にせぬ《これだけは名前が大赦でも許せぬ》」とて、いひつのるほどに《言い争っているうちに》、さすがの鬼お《〔借金故に〕さすがに荒》

一一　さからわず、何事も言われるままにしよう。

一二　両端を尖《とが》らせた、長さ一・二メートルほどの担い棒。

*　改稿自筆本では、この辺で命拾いして帰宅した大蔵に大山へお礼参りさせている。そして、下向後「銭たまひしは、彼の御前（神前）に奉りてよく拝みて、さてその夜（大蔵が神に捉えられた夜）の蓑《みの》・笠の木蔭にありしを取りかへりし」といって、無鉄砲で大胆な大蔵の行動が、母親をはらはらさせる場面がある。

大赦の大蔵、平穏の日々

一三　銅銭三万文《もん》。四貫文を一両とすると七両二分に相当する。米価換算（昭和五十四年）で一両約六万円とすれば、四十五万円になるが、自給自足の生活なのだから全額を純益と見ることもできよう。また、両と文との両替相場については本文（一三〇頁）にその叙述がある。

一四　稲の貯蔵庫。「稲倉に櫃に」の語法は、秋成独自の筆癖。「稲倉の櫃に」とあるべきところ。

一五　「神に裂かれて死にたらんが、いとよかめり」（一一六頁七行）と言ったことの一方に、労働力としては評価せざるを得ないばつの悪さがあるのである。

一六　神や仏のお蔭だ。この場合も父がとにかくも大蔵の働きを認めているのに対して、兄は否定的であろうとする。

春たけてふたたび遊びの虫

*　博奕の借金を踏み倒せない大蔵の心の素朴な一面は注目に値する。

にしき心にもまけられて《荒しい心の大蔵も強く争えず》、日を隔ててえ行かず《〔その後〕数日間は行くに行けなかった》。父は昼寝、兄は里《さと》長《をさ》に申す事ありとて行きしあとに《出かけた留守に》、母を小手招きして《手を挙げて招き》、「去年の後《去年の事件の後に》に心を改めしことは、全《また》く権現の御恵みなり。お山に登りてゐやまひ申し奉らん《お礼を申しあげようと思います》。施物《せもつ》の銭たまへ《お供えの銭を下さい》。知りたるみ寺に奉りて、『この行く末をも守らせ給へ』と祈り申しあつらへてん《祈願をお頼みしてきましょう》」といふ。母、「よき事なり。『倉《〔大蔵を〕》には入らすな』と、兄がいましめたれど、これは見[二]許してん。来《こ》よ」とて、稲倉に連れ立ち行く。「その櫃《ひつ》の中に、乱[三]れたる銭あり《銭差しに差さない銭がある》。汝が手ひとつかみには《お前の手でひとつかみあれば》、事足るべし」と許す。櫃を開き見れば、三十貫文《もん》、よくからめて積み置きしあり。[四]欲しくなりて、母にまたいふ。「まことは《本当を言うと》、博奕に負け、負ひめ重なりて《借りが積りつもって》、この里にはあられぬにぞ《おれないものだから》、いづちへもたち隠るるなり《どこかへ姿をかくそうと思います》。この銭しばし《しばらく》たまへ《〔貸して〕ください》。わが山かせぎして積みたるなり。また山に入り谷に下りて、日ごとに立ち走りたらば《せっせと働いたならば》、この銭やがて入れ納むべし《この銭はすぐにお返しできるでしょう》」とて、つかみ出だす。

一 母親だけをそっと呼んで頼みこむしぐさに、大蔵の幼児のような稚気がうかがえる。

二 ほかならぬ神詣でや寺参りの場合だから。

三 この時代多くは百文ずつ縄や紐に差してまとめた。ここはまとめていない銭だからそう多くはない。

四 三十貫文のまとまった金を目にして、そっくり欲しくなったのである。当初は、博奕仲間に何とか言いわけができる程度の金額をと、漠然と考えていたと見るべきであろう。

大蔵、銭を担いで家を出る

＊以下の部分は、「捨石丸」の長者・小伝次・捨石丸三人がからみあう場面（八四～八五頁）と類似している。また、この後の大蔵のおもかげや挙動、あるいは話の展開の上に、秋成が若い頃から愛読したらしい『水滸伝《すいこでん》』の登場人物の一人魯達《ろたつ》（智深《ちしん》・花山和尚）の像が強く影を落していることが指摘されている。

五 前行の「目覚め」から「枴とり」は父の動作であり、後の「取り放ち」「出づ」は大蔵の動作である。その中間にあって「（父が）打つ」と「（大蔵が）打たるる」とが融合している。「ちやうと打つ。打たれたるを、片手にて」などとあるべきところ。したがって「るる」は敬意表現ではない。

＊立ちまわりが、「捨石丸」の場合と同様に、くどいくらい細かく描かれている。

六 強く枴で打たれてもこたえない頑丈な体を表現していることはもとよりだが、同時に大蔵に殺意がなかったことも表している。

七 切り立った崖などに沿って棚のようにつけられた桟道。

＊「友どち」に出会ったこともあって、このあたりから大蔵は追いつめられたようになり、それが惨劇の端緒となる。

父、兄そして友を殺しての逐電

母、「おのれ、博奕《うちやまず》うちやまで、親をいつはるよ。やらじ《行かせない》」とて、銭肩ささへたるを《行く手をはばむのを》、片手にとらへて、櫃に投げ込み、蓋《ふた》固くして、銭肩に掛けてゆらめき出づ《ゆっくり出て行く》。兄嫁見とがめて、「それをいづこへ持《も》て出づる。やらじ《行かせるものか》」と、これもささふるを《さえぎると》、また片手にかろがろと、柴《しば》積みし中へ投げやりたり。父目覚めて、「おのれ、ぬす人め」とて、枴《あふご》とりてちやうと《はっしと》[五]打《う》たるるを、片手にて取り放ち《取り離して》、つと門に出づ。父、「やらじ、やらじ」とて、背に追ひつきてぶらさがりたれど、事ともせず、父をうしろざまに蹴《け》て行くに、倒れてえ起きぬを、兄遠くより見て、枴・鎌とり具して、「親を打ちし大罪人め、許さぬ」とて、追ひつきたり。鎌は地に落して枴にて打つ。[六]打たれてあざ笑ひ、返り見もせず走り行く。谷の[七]懸橋《かけはし》ある所にて、友どち一人行き会ひ、「こはいかに。兄も親も何者とかして《一体何者だと心得て》、かくする《こんなことをするのか》」と、立ち向ふ間に、兄追ひつきたり。二人に《〔相手が〕》なりしかば、力足《足に力をこめてふんばり》強く踏みて、兄をば谷川の深きに蹴落したり。友どちはきととらへて《がっちりと捕まえて》、「[一]おのれが親・兄か《お前の親 兄ではないぞ》。わが親・兄なり。いらぬ骨費やすな《よけいなことをするな》」とて、これも谷へ投げ落す。父、また追ひつきて、「おのれ、許さじ」とて、鎌もて肩に打ち立てたり。いささかの疵《きず》にても、血あふれ出でぬ。「[二]子を殺す親もありよ」とて、父に打ち返す。咽《のど》に立ちて《［鎌が］》、「あ」と叫びて倒るるを、「兄とともに水に入り給へ」とて、片手業《わざ》して《片手で》、父をも谷の深きに落しつ。淵ある所に三人とも沈みて、空《むな》しくなりぬ。さて《そこで》、[三]恐ろしく思ひなりて《恐ろしい気持に襲われて》、銭を懐《ふところ》にして、[四]韋駄天《ゐだてん》走りして、行き方知らず逃げたり。

国々に大蔵の人相書き

ひと里《その村中》、隣の里続きと《さらに隣村も合わせて》、大いに騒ぎて追ひ捕へんとすれど、力強《［ただでさえ］》く足早く、ことにただ今鬼になりて駆けるには《鬼神のようになって走るいまは》、誰かは恐れん《誰も恐れる者はない》。[五]里《さと》正《をさ》訴へ出でしかば、[六]国の守《かみ》このころ《つい最近に》下《くだ》り給ひて、都の事を思ひ離れず《［こんな場合の］都でのやり方のままに》、「絵に写して、国々に触れ流さん」とぞ。里正申す。「山里には絵描く人なん無き《などはいない》。ただかたちを書きて《人相風体を文章に書いて》、言ひ知らせ給へ」と申す。「[七]背六尺に過ぎ、面《つら》つき赤く黒くて、年は廿一にてなんある。伯耆

一 はずみで兄を殺すことになった、やり場のない怒りが、偶然、来合せた友に向って爆発した。改稿自筆本では「おのれが博奕の負《お》ひ目（借金）責《はた》る（督促する）から、つぐのはんとて、親の銭なれば持《も》て出でたるぞ」と、相手をなじり、まずこの友を谷に落して殺すことになっている。

二 金のためには自分の子どもさえ殺そうとする親がこの世にいるとは知らなかったという、大蔵の驚きと怒りのことば。改稿自筆本では「兄と父とは（略）銭ただ奪ひかへさんとす」と、大蔵が友を殺したことには傍目《わきめ》もふらず金にしがみつくのを見て父兄を谷に蹴落すことになっている。この一場面もまた一二八頁九行の大蔵の述懐とかかわりを持つはずである。

＊ 親兄を含めて三人の人殺し犯人として、大蔵の流浪の旅が始まる。凶状持ちの逃亡生活は、当然のことながら暗く不安と恐怖に満ちたものであるはずなのに、秋成はつとめて、豪胆におのがままに生きる大蔵の姿を浮び揚がらせようとしているかのごとくである。

三 気持が幾分落ち着いたあと襲われる不安感。

四 「韋駄天」は仏法守護神の一で、健脚という。

五 馬琴の『新編水滸伝』に「里正、名主なり」と注解がある。

六 「国の守」は江戸時代であれば藩主であり、参勤《さんきん》

交代で国元へ帰ったことをいうはずであるが、「都の事を思ひ離れず」とはいかにも地方の事情にうといことをいうがごとくで、律令制下における着任早々の国司のさまである。既出の「目代」「里正」などとともに、平安朝時代風の文体に合わせた表現といえよう。

七 身長約一・八メートル。

八 『大日本地名辞書』は『延喜式』に見える「清水駅」を東伯郡赤碕に擬している。

九 博多の港。当時から港湾商業都市として栄えていた。

一〇 フジツガイ科の巻き貝の先に穴をあけて吹き鳴らす具。戦場での合図に用い、山伏《やまぶし》も吹いた。

一一 六九頁注五参照。

一二 長崎の港。当時わが国唯一の海外貿易港であり、他の都市とは異った文物・風俗が人々の関心を集めていた。洒落本『和唐珍解《わとうちんかい》』(天明五年、一七八五)などはそういう空気の中から生れた。秋成もまた併録した『書初機嫌海』下(一八五頁九行)で触れている。

一三 長崎の遊女町として著名であった。

一四 大蔵のあだ名。一一七頁一二行参照。

博多から長崎へ

の国[八]清水の里にて、親の名九兵衛といひ、大蔵といふ男なり。親・兄を殺し、また一人の友をも殺したる大罪人なり。召し捕へて、国に知らせたうべよ《ご通報ください》」と、触れ聞ゆ。

大蔵は、筑紫《つくし》の[九]博多《はかた》の津のあぶれ者《やくざな暴れ者》が中に立ち交じり、博奕勝ちほこり、酒食らひて、遊女を枕におきて《遊女の膝を枕にして眠り》、いびき[一〇]吹螺《ほらがひ》のごとし。ここにもこの人がたの触れ聞えくるに《大蔵の人相書きの手配が伝えられてくると》、あぶれ者ら、これなりと思へど《この男だとは思うが》、力量の者なれば《腕力すぐれた者だから》立ち向ひてあやまたれん《〔逆に〕やられてしまうだろう》とて、「しかじかの触れ来たる。汝が事なるべし。早く立ち去れ」といふに、[一一]おどろき馬《あがり馬の》して《はね上がるように》、博奕の金百両を裸につかみ《裸金のままつかみ》入れて、酒飲みて逃げ走りたり。

[一二]長崎の津に行きて、やもめわびしげにてあり《〔ある〕後家が貧しく暮していた》、金与へ《〔その女に〕》ここに足とどむ。やもめ、始めこそあれ《始めこそ辛抱していたが》、鬼おにしさに《鬼のような勢いに》恐れて、[一三]丸山の廓《くるわ》のうちに物縫ひにやとはるる《雇われる》方に、逃げ隠る。[一四]大赦聞き知りて、夜中過ぐるころ、かの家に行きて、「しかじかの者はわが女《め》なり《女房だ》。主《おぬしは》みそか事やする《隠し立てするのか》。とく出だせ」とて、床《とこ》へあぶれ入る《あばれ込む》。

唐人がつけたあだ名樊噲

局《つぼね》[一]ごとに客ありて、遊女らと酒くみてをるに、唐人《もろこしびと》[二]の局してある所に躍り入り、隔ての障子《さうじ》[三]も戸もかい破りて、立ちはだかる。唐人恐れて、「樊噲《はんくわい》[四]へ、命たまへ」といふ。「いとよき名つけたり。許すべし。酒くまん」とて、座に着く。主恐れて、「唐《もろこし》のお客は大事のお客なり。ゆめゆめ何事知らせたまへず[五]。酒飲みて遊ばせよ。もとめ給ふ物縫ひは、きのふ尼になるとて、ここは出でたり」といふ。「探しもとめんも、酒飲みて後にすべし」とて、大きなるあはびの[六]盃《さかづき》に、二つ三つ続けて、呑《の》みにのむ。唐人《からびと》、「さかな[七]奉らん」とて、衣を脱ぎて捧ぐ。「おのれが着よごしたらめど、錦《にしき》の衣いまだ着ず」とて、肩に掛けて立ち躍る。「まことに樊噲にておはす」と、伏していふ。「よき名つきしあたひに[八]」とて、かしら三つ四つ強く打ちて、また盃取り上ぐる。唐人、「かくからきめを、こよひ蒙ることよ」とて、涙さめざめと泣く。「おのれも男なるべし。打たれて涙落すか」とて、また立ち蹴《げ》に蹴散らして、夜明くるまで狂ひを

女郎部屋にいる
引き破って
樊噲殿よ　命ばかりはお助けを
なかなかよい名前をつけてくれた
廓の主人は恐れて
決して何もご存じではありません
酒でも飲みお遊びなさってください
お探しの物縫い女は
きさまが着ふるしたものだろうが
錦の着物は着たことがない
まさに豪傑樊噲そのものでおいでです
いい名前をつけてくれた褒美だ
〔唐人の〕
とんだひどい目を
〔頭を〕たたかれ
たくらいで泣くのか

一 ここでは遊女と客が会う小部屋の意であろう。「局女郎」（最下等の遊女）ではない。

二 実際にはオランダ人はオランダ屋敷、中国人は唐人屋敷に隔離され、自由に外出遊興することはできなかったはずであるが、前引の『和唐珍解』なども含めて話を面白くするために、このように書かれる場合が多い。秋成自身の情報量の不足もあるかも知れない。

三 今のふすま。

四 『漢書』『史記』『蒙求《もうぎゅう》』などによって伝えられている漢の高祖（前二四七〜一九五）の創業時代の英雄豪傑で、いわゆる「鴻門《こうもん》之会」では項羽のすすめる一斗入りの杯の酒を立ったまま飲み、豚の肩肉を盾の上に置き、剣で切ってむしゃむしゃ食べる場面（『史記』）がある。また、『今昔物語』では「かの樊噲は人なりといへども鬼のごとし。一度に猪の片股を食し、酒一斗を一口に呑む」（震旦一〇）とある。『信長記』（小《お》瀬甫庵《せほあん》、一六二四ごろ刊）に「大窪半介、俗異名に樊噲と言ふ」とあって、あだ名に用いられている例もある。底本「樊噲へ」は「樊噲なり」の誤写とも考えられる。それなら「樊噲だ」「樊噲が来た」などの意。

五 正しくは「たまはず」。

六 あわびの貝がらを使った盃。貝がらを利用した盃を総称して「貝盃《かいさかずき》」という。

七 引き出物のつもりであろう。

八 改稿自筆本には「『今より後、名とせん』とよろ

る。

夜明けて、人《誰か来た》あり。「かくかくの者の、ここに宿るか」とて、お《奉》ほやけの人々《行所の捕り手たち》、めし捕へんとて、棒[九]持ちなどして取り巻きたり。樊噲大いに怒《いか》り、先に立つ男の棒奪ひて散々に打ち散らす。誰《誰一人として》相むかふばかりの力量なければ《立ち向えるような力がないので》、つひにとり逃したり《とうとうとり逃がしてしまった》。

逃亡中に鬼の疫やみ

ここを遁《のが》れて、筑紫《九州地方を》の間、ここかしこに這《は》ひ隠るる中に、疫《え》[一〇]やみして、山浅き所ながら、岩陰に臥し倒れたり。三日四日過ぐるに、熱きここちややさめたるやうに思ひて《いく分熱がひいたように覚えて》、また《そうなると》、物欲しくなり《空腹を感じて》、夜は《〔道》這《端に〕》ひ出でて、「物食はせよ」とおらぶ声《大声で叫ぶ声は》、恐ろし。旅行く人の中に、大男のひとりかろがろしく出でたちて《身軽な身のこなしで立ち現れて》、ここを過ぎ《ここを通りかかり》、見とどめて、「鬼の泣くを見しよ」とて、梱《こり》[一一]につめし飯《めし》とう出て与ふ《取り出して食べさせる》。「うう」とのみいひて食らふ。

この大男、「おのれは何者ぞ。ぬす人にはあらじ。いかでここに病み臥したる」。「我は世《札つきの》のあぶれ者にて、酒飲み、博奕うち、住み《住所》

こぶ」とある。「つきし」、正しくは「つけし」。
九　捕り手の者が持つ樫《かし》の木で作った六尺（約一・八メートル）の棒。
一〇　一般に流行病をいうが、この場合は高熱に倒れているから「おこり」あるいは「瘧《わらわやみ》」と呼ばれた病気のつもりであろう。「わらわやみ」はマラリアと考えられている。
一一　柳または竹などで編んだ籠状の容器。

家定めずしあるく者なり《不定でうろつき回っている者です》。ここに病につながれて《病気で身動きができなくなり》、やうやう人ごこちしたれど、七日ばかり物食はねば足立たず。いづちへもあぶれ行かれぬなり《どこへあばれこむこともできないありさまだ》。今たまへる[一]飯《めし》食ひたれば、足は立つぞ」とて、力足踏む《しこをふんでみる》。

「あたら男なり《見捨てるには惜しい男だ》。物食はせん。里に来よ」とて、麓《ふもと》の水駅《みづうまや》[二]に走り下り、飯《めし》・酒欲しきままに与へつれば、たちまちに面かはり《見るみる血色がよくなって》、「御徳見つ《お世話になりました》。何事も仕うまつらん《おっしゃるとおりにしましょう》」といふ。「よし、こよひ待たで《夜にならないうちに》、この〔早速〕道来る者あり。馬に金負ふせたり。これ奪はんとて、ここの足場よしとて、来たるなり。人馬いづれにても《人でも馬でもよいから》、おのれ向へ《お前がかかれ》。金分ちて与へん」といふ。鬼[三]喜びて、「二三人に馬・車ありとも、我立ち向はん」とて、躍り上りて、また酒飲む。

やうやう夕暮れに近づく。もとの坂道に登り、もとの岩陰に待ち伏したり。馬[四]の鈴からからと鳴り、口[五]とる男何やらん歌ひつつ来る。馬のしりに《馬の後から》、足軽[六]《あしがる》二人つき添ひたり。樊噲、先に躍り出で、しもと[七]

一「たまへる」（下さった）と敬語を使っている。以下にも「御徳」（六行）、「仕うまつらん」（七行）、「御手につきて」（次頁一二行）などとある。この大男を恩人と思い、「頭《かしら》」（一二七頁六行）と見ているからである。

二 街道筋の茶店。九二頁注四参照。

盗賊の仲間に入る

＊ 改稿自筆本では、ここで大男が「盗みして世をわたれ」と自分が盗賊であることを明かして勧め、大蔵も「ばくちも盗みも罪は同じ。ばくちは負けいろ（形勢不利）になりて力業《ちからわざ》もせさせず、盗人は筋ひとすぢ（暴力一本槍でいける）なるは」と喜び、「伯耆の国の親兄殺して逃げし男めか」と聞かれて「それなり」と答えている。

三 大蔵すなわち樊噲をいう。前掲『今昔物語』の例（一二二頁注四）のように、「樊噲」は「鬼」に擬せられることが多く、前頁一一行には「鬼の泣くを見しよ」とあった。

四 荷馬の鞍につけた鈴。

初仕事の強盗

五 手綱を引く馬子が、馬子唄を歌う。

六 最下級の武士。ここは江戸期の呼称によったか。

七 細く真直にのびた若木を根こそぎにして、杖とした。

一本《ひともと》抜きて、声をかけ馬の足を打つ。[八]馬は斃《たふ》るるを、足軽二人、「ぬす人め」とて、刀抜きて向ふを、このしもとにて二人を打ち倒す。馬方逃げんとするを、[九]大男飛び出でて、これは谷に投げ落す。樊噲、足軽二人を両手に引き提げ、岩に頭打ち当て、うち殺したり。馬の負ひたる[一〇]金箱《かねばこ》二つ解きおろして、馬も谷へ投げ落したり。「さて《これで》、しすましたり《かたづいた》。こち来よ」とて、金箱持たせて山を走り下り、海辺に出でたれば、[一一]苫舟《とまぶね》待ち遠に《待ちかねたように》、「いかに《どうでしたか》」と問ふ。「よし《うまくいった》」とて、飛び乗り船出だす。

樊噲、伊予国へ渡る

大男いふ。「おのれは、まことに力量ありて、胆《きも》太し《大胆だ》。あぶれあるくとも、財宝何ばかりか得ん《金銀がどれほど手に入るものか》。盗みせよ。我に従へ」といふ。うち笑ひて、「盗みとて《盗みをするといっても》、さきのごときの事《先ほどぐらいのことなら》、何ばかりにもあらず《わけもないことです》。御手につきて《手下になって》、いづこへも行かん」とぞ。舟は、風よくて《追風が吹いて》、荒波をやすく越え、「[一二]伊予の国」といふ。「ここに[一三]温泉あり。足休めん」とて、金を分ちくるる。[一四]舟子三人には三百両、樊噲にも百両与ふ。舟

＊この部分も、一一九～一二〇頁の本文の場合と同様に、立ちまわりを細かく書きこんでいる。

八 馬は斃《たお》れたが、それを見て、足軽の二人は、と続く。

九 大蔵を拾ってくれた男。ここではまだ名前を明かしていない。

一〇 一四一頁の用例などから見て、「金箱」は千両箱のつもりらしい。千両箱と言っても二千両、五千両入りの箱もあったが、この場合は小判一千枚を入れる箱であろう。松材、檜材《ひのき》、欅材《けやき》などで作った直方体の箱で一定の型式があるわけではない。また、中身の小判だけの重量は約一八キログラム。

一一 菅《すげ》、萱《かや》などを編んだ苫で屋根をつけた舟。「海賊」の船（三八頁八行）も苫で覆ってあった。

＊改稿自筆本では、船中で酒もりをし、それぞれに自己紹介をする場面があるが、底本ではまだ「大男」のままである。

一二 現在の愛媛県。九州を脱出して四国に入った。

一三 改稿自筆本には「にぎたづの湯に入りて遊ばん。酒よし、海の物よし」とあって、松山市道後湯之町の道後温泉を想定している。

一四 舟子各人三百両か、三人で三百両か定かでない書きざまであるが、樊噲は新入りであるから各人三百両と見るべきかと考える。とすれば「大男」は千両の取り分になる。

一 今の広島県佐伯郡宮島町。厳島神社の門前町で、伊予（松山）から北西約七〇キロメートルの対岸になる。

二 道後の温泉町。湯治《とうじ》客でにぎわった。

三 八十八カ所の霊場巡拝のために四国へ渡ろうとしたのだが、の意。

四 剃髪式を行って、得度《とくど》してやった。

＊『水滸伝』の魯達は趙員外の勧めに従って五台山に赴き、多くの礼物を贈り法式に則《のっと》って剃髪し、「智深」の法名と法衣・袈裟を授けられる。この部分がそれによっていることは明らかである。

樊噲、剃髪して僧形となる

漕《こ》ぐぬす人らいふ。「ここより別れて、安芸《あき》[一]の宮島に渡りて遊ばん。御迎ひはいつごろ」といふ。（大男）「この月の末まであらん《滞在しよう》。よく遊びて来たれ」とて、樊噲と二人陸に上る。

[二]湯ある処はにぎはしくて、人あまた宿りたり。ここに飲み食らひしてをるに、樊噲がいふ。「我は親・兄を殺して、尋ねらるる者なり。かたち変へてん《姿を変えてしまおう》」とて、ここより見やる山寺に行きて、老僧に向ひていふ。「母と二人巡[三]礼しに《〔四国へ〕》渡りしを、をとつひの夜、尿《ゆばり》すとて、母は海に落ちたり。もとめわづらひて《探したが見つけ出せなくて》、み寺に参る。かしら剃《そ》りてたまへ。故《ふる》さとに帰りても、兄にことばなし《兄に対して申しわけが立ちません》」とて、泣き顔つくりていふ。僧、「いとほしき物がたり《身につまされる物語》なり。落髪許してん」とて、やがて《ただちに》剃刀《かみそり》[四]授けたり。「名を施すべし」とて、「道念《だうねん》と呼べ」といふ。「いかにも名づけ給へ《お心のままに名づけてください》。袈裟《けさ》・衣授けたうべよ《お授けください》」とて、金《きん》二両包みて出だす。山僧の、金見ること珍しくて、「古くとも破れまよはね《いかにも古いが破れほころびてはいない》ば《ないので》、これを《これを》」とて、ひとへに《ひととおりは》とりそろへて与ふ。肩に掛けたれば、

猿に物着せたるさまなり。「いとありがたし。また、縁あらば参らん」とて、湯の宿に帰る。

四国から播磨へ

大男見て笑ふ。[五]「まだ《〔お前は〕》都に出でねば知るまじ。[六]大津の逢坂山《あふさか》に、早くより、[七]汝がかたち写して商ふぞ《お前の似顔絵を描いて》」といふ。「名は何」と問へば、「長崎にてあぶれたりし時、唐人《からびと》が、『樊噲よ』と言ひたり。これを名とすべし。[八]さて、頭《かしら》の名いかに」と問ふ。「昔は、相撲《すまひ》とりて、『村雲』といひたり。人をあやまちて《殺害して》、命のがれ《命ひとつ助かり》、ここかしこ力を頼みて稼《かせ》ぎあるく」とぞ。[九]さて、ここにもあるべからねば《この所にもいつまでもいるわけにはいかないと》とて、また海辺に出でたれば、さきの苫舟《とまぶね》磯陰にあり。乗り移りて、[一〇]播磨《はりま》の飾磨津《しかまづ》へとて漕《こ》がす。

風に煩《わづら》はされ、[一一]七日ばかりありて着きたり。村雲が伯母《をば》ここにありとて、岸に上りて問ひ寄る。伯母が、門入りするを《家に入るのを》、待ち久しげに《待ちかねたように》、「甥《をひ》の殿よ。米・銭欲しさに、待つこと三十日ばかりぞ」といふ。心ゆくばかり出だしてくれたれば《〔金を〕欲しがるだけ出して与えたので》、「酒・肴《さかな》もとめん」とて、

五 樊噲の不恰好な僧侶姿を見て笑ったのである。

六 今の滋賀県大津市の西。ここで寛永（一六二四〜四四）ごろから土産物として稚拙な戯画・仏画などを売っていた。「大津絵」「追分絵」などという。『東海道名所図会』（寛政九年、一七九七刊）には、大津絵を売る店が描かれていて、店先には、右手に撞木《しゆもく》、左手に奉加帳《ほうがちよう》を持ち、首から鉦《かね》をさげた僧衣の鬼の絵が掛けられている。

七 売られている大津絵の鬼の絵にそっくりだ（ひょっとしたらあの鬼のモデルはお前ではないか）という冗談めかした言い方。

八 ここではじめて名前を聞くのである。人の名前などには頓着しない大まかな樊噲の性格を表現しようとしたのであろうが、あまりに間のびしすぎると考えたか、一二五頁後《あと》の＊印のように改稿時に、最初の一仕事終ったところで名乗りあうよう改められている。

九 前頁二行に「この月の末まであらん」とあったのを受ける。

一〇 現在の兵庫県姫路市飾磨区の港。

一一 通常の航路では松山→大三島→鞆《とも》→玉野→牛窓→室津→飾磨で、五、六日の行程のようである。

足かろげに出でて行く。

盗賊村雲と別れる

ここにも五日ばかりありて、樊噲いふ。「さだめて行く先々も心安からじ《油断できないだろう》。かたち変へたれば、[一]ひとり修行者《すぎやう》となりて、逃げ隠れん」とて、[二]笈《おひ》をもとめ、[三]錫杖《しやくぢやう》つき鳴らし、[四]檜木笠《ひのきがさ》深くかづく《目深にかぶる》。村雲いふ。「おのれが背高きは、おのれが不幸なり。海道《街道筋を》行くな。[五]目明しらが見とがむべし。野山に迷ひ入りて《街道筋を離れて間道を探しつつ》、先づ東国にこころざせ。国広く、人の心たけくて、悪者《わろもの》多し。中に入りてあぶれあるけ《その中にまぎれ込んで裏街道を渡りあるけ》」と教ふ。「承りぬ」とて、笈かろげに、足早に出でたり。「やよ《おい》、待て。『[六]因幡《いなば》鼠に伯耆《はうき》猫』、国ことば聞きとがめられな《国訛りで身元がばれないようにしろ》」といふ。「親・兄の恵み《実の親 兄の思いやりが》、しかまであらば《これほどまであったら》、殺さじ《殺したりしないのに》。まことの親なり《〔お頭こそ〕本当の親だ》」といふ。「おのれを子に持ちたらば、いかにからきめ見せん《〔私を〕どんなひどい目にあわせるだろう》。恐ろし、おそろし」と、笑ひて別る。

野中の一軒屋の宿

播磨は、[七]故《ふる》さとに行きかふ道と聞けば、心安からず。[八]ただ山によりて《もっぱら山沿いに》ぞ歩むあゆむ。一日《ひとひ》、行き暮れたり。[九]孤屋《ひとつや》のあるに門立《かどた》ちして、

一 同行者のない仏道修行の僧。

二 修行僧、山伏などが、仏具や衣類を入れて背負う物で、四隅に短い脚があり、扉がついている。

三 先端に数個の金属の輪をつけた杖で、つけば音をたてる。

四 檜の薄板で編んだ晴雨兼用の笠。

五 町奉行の役人が犯罪者捜索のために私的に雇った手先で、前科者が多かった。

六 人それぞれ生れ故郷固有のなまりを持っている、の意のことわざ。秋成の旧作浮世草子『諸道聴耳世間猿《しよどうききみみせけんざる》』(明和三年、一七六六刊) 四の一に「都鄙《とひ》の文言《ものいひ》その土地にそなはりて、因幡鴉《いなばがらす》に伯耆猫」とあるが、他に例が見当らず、あるいは彼の創作であるかも知れない。

* こまごまと注意を与える村雲の思いやりに、樊噲は父や兄の仕うちを思い出している。正常な社会人である父や兄に打算的な冷淡さを見、無法者の中に人間的な温かみを認めているわけである。一二〇頁注二参照。

七 『諸国案内雀』(貞享四年、一六八七初版) によると、姫路→津山→岡山県真庭郡久世町→美甘村→鳥取県日野郡

日野町→溝口町→米子市（いずれも現在の地名に改めた）という道筋であった。故郷の伯耆の者が上方《かみがた》へ向うとすれば、ここへ出てくるはずで、それだけに見とがめられる可能性もつよい。

八 人通りのはげしい街道をさけて、木こり、農夫の通る道を、と心がけるのである。

九 隣近所に家のない、一軒屋。

一〇 参拝の便のために多数の祭神を一所に祀った社の意だが、この場合は、今の姫路市総社本町をいう。

一一 里いもの親いも。

一二 夫の命日という特別の日に米麦を煮るという、きわめて貧しいくらしである。

賊僧樊噲に残る義心

「法師なり。ひと夜宿らせよ」と乞ふ。うばら一人《老婆が一人だけで》、夕餉《ゆふげ》の煙たきほこらせたり《勢いよくあげている》。「国めぐりするご僧よ、あすはさい立ちし人《先に亡くなった夫の命日です》の忌日なり。頼うでもお宿まゐらせん《こちらから頼んでもお泊めしましょう》。内入らせよ」とぞ。心ゆりて《気持がゆったりして》、笈おろし牀《ゆか》に這《は》ひ上れば、ひしひしと鳴る。「あな恐ろし。簀子《すのこ》踏み抜き給ふな」とて、囲炉裏《ゐろり》に寄らす。

月出でたり。門あかあかと見はるかさる。二人連れだちて、ここに入りて、「内にはあらぬか《主人は在宅ではないか》」と一人がいふ。「柴売りに、一〇惣《そう》の社《やしろ》へ行きたり。やがては《もう間もなく》帰らん」といふほどに、足音して、「母よ、腹飢ゑたり。夕飯食《めし》はせ」とて、入り立ちたり。「この僧はいづくより」と問ふ。「『爺の日なり《夫の命日です》。念仏申して給はれ』とて、宿まゐらせたり《お泊り願ったのです》」とて、鍋《なべ》の蓋《ふた》とりて、盛りて与ふは、飯ならず《米飯ではなくて》、一一芋のかしらなり。「僧にもこれまゐれ《お坊さんもこれを食べてください》。一二米麦、あすは煮て供養すべし」といふ。

二人の男の一人がいふ。「この家に久しく持ち伝へし金といふ物、この人に語りたれば、『我見て、いかばかりの宝と定めてん《どれほどの値うちの宝か鑑定してみよう》』とて、伴ひたり《連れてきました》。出だして見せよ」といふ。主の男、神まつる棚をさぐりて、[一]金一両取り出でたり。商人見て、「これはあたら宝なり《これはこうして置くには勿体ない宝だ》。この国にて[二]銭三貫文《もん》のあたひなり。[三]大坂《おほざか》へ持ちて行かば、五貫文に買ふべし。四貫文に我買はん。また、銭欲しからずは、綿あたたかなる布子に換へてん」といふ。うばら頭うちふり、「いな、さい立ちし《亡くなった夫が》人の、『姫路に持《も》て行かば、七貫文には買ふぞ』と申されたり。銭も布子も欲しからず」とて、もとの神棚へとり納む。[四]樊噲、〔商人を〕憎しと思ひて、「いなや《とんでもない》、城下にては、いづこにても[五]十貫文に買ふ。至り《とても》てかろくて《軽く〔便利で〕》、よき宝なり。ここにもあり」とて、数《す》十両つかみ出だして見する。商人あきれて、「国めぐり《回国修行の》するお僧にも、[六]かく財宝多く持《も》たる人はあれ」とて、口あきて《驚きあきれて》、「いざ《じゃあ》」とて、〔二人は〕誘ひ出でぬ。

うばらいふ。「あしたの御供養に、米買うて来よ」といへば、「う」と答ふままに、〔主の男〕立ち出でつ。芋がしらに、茶こふこふ《ごくごくと》と飲みて、夜《夜が》

一 一両小判。長円形の金貨で、長径約五・六センチ、短径約二・九センチ、重量約一八グラム。もっとも純金量の多いものから少ないものまで年代によって相違がある。ここの場合大事に保管されてきたのだから、慶長小判（純金量八五パーセント）のような高品位のものであろう。

二 以下「三貫文」「四貫文」「五貫文」「七貫文」「十貫文」等は、いずれも金一両と銅銭との交換価のことである。本作品の成立した文化五年（一八〇八）の大阪での相場は、当時の低品位の小判で七貫文強であり、後出の老婆の言うのが近い。「買ふ」は両替する、の意。

三 「おおざか」と読む。「阪」よりは「坂」を用いる方が多かった。

四 淳朴な貧者から、その無知につけこんで小判をまきあげようとする商人のずるがしこさが、樊噲には我慢ならないのである。善人づらした合法的悪人に対する強盗の正義感という取り合せは注目してよい。

五 腹をたてているための誇大な表現である。改稿自筆本では「国めぐりすれば、いくらも値も聞きたり。米は一石、銭ならば七貫文には買ふべし」と、妥当な表現に変えられている。

六 多く持っている人がいればいるものだ、の意。

山里へも流れた親殺しの噂

珍妙な地獄話でその場をつくろう

ふけしに《ふけたころに》、息子《むすこ》米かついで帰りたり。[七]氷豆麩《こほりどうふ》・ゆば・椎茸《しひたけ》とゝのへて来たり。

「社《やしろ》にて、物買ふ問屋が店に、[八]人尋ぬる書付け読みて聞かせたり。『伯耆の国の[九]何とかいふ里の者、親・兄を殺して逃げ去りぬ。背六尺より高く、面広く黒くて、眼つき恐ろし。年は廿二か三になる』といふ。さても世には悪人もあるものよ。いづくに隠れん《どこに隠れるところがあろう》。やがて捕へられ、[一〇]逆《さか》はりつけとかに行はるるべし《処刑されるでしょう》。ご僧のかたち《顔かたちは》よく似たり《それとそっくりだ》」といふ。うち笑ひて、「我も西よりめぐり来る所々にて聞きたり。この世にては逆はりつけ、未来《あの世では》は[一一]永沈《やうちん》とかいふ地獄の底に落つべし。あないまいまし《ああ縁起でもないことだ》。南無阿弥陀仏《なむあみだぶつ》、南無阿弥陀仏」と、高らかに唱《とな》ふ。

「その永沈といふは、いかなる苦しみを受くるぞ」と、息子《むすこ》が問ふ。「[一二]火打ち石の火よく出る金にて鍛《きた》ひし釜《かま》なり。それに幾年《いくとせ》も煮られて、『釜こげ《こげついたところが》、うまし《うまい》』と、鬼めが食ふ。食へど尽きず。痛きめに

七　いずれも命日の法事のための精進《しようじん》料理の材料である。

八　犯人捜索の手配書を、字の読める人が読んで聞かせてくれた。この息子は字が読めない。

九　「何とかいふ里」「年は廿二か三」は息子の記憶による話だからである。

一〇　「さかさはりつけ」ともいう。罪人を柱にさかさまに括《くく》りつけて槍で突き殺す極刑。

一一　「南閻浮州《なんえんぶしゆう》」をふり出しに、「極楽浄土」をあがりとした「浄土双六《すごろく》」の用語で、「ここに堕《お》つれば、永く沈んで出でず」（柳亭種彦『還魂紙料《すきがえし》』文政九年、一八二六刊）ということから「永沈」と名づけられた場所があり、「無間《むけん》地獄」などがそれに当てられていた。無教養な樊噲は精一杯僧侶らしいことを言おうとしたが、知っていたのは地獄極楽の絵解きにもなっている浄土双六の中のことばであった。

一二　火打ち石は鋼鉄片と打ち合せて火花を出すので、この場合は鋼鉄のほうのことをいっている。以下の永沈地獄の説明は、自分の生活経験から連想を働かせた、とっさの作り話。

あふ地獄なり。ここの息子はよき人なり。一その子に《そのお尋ね者に》殺されし親・兄も鬼にてこそありつらめ《きっと鬼だったにちがいない》」とうち笑ふ。

あしたの《翌朝の》斎《とき》の飯うまく食ひて、笈《おひ》かろげに、出で立ちて行く。「二さても恐ろしおそろし」とて、山路を伝ひ、三難波《なには》に出でたり。人多く立ち走りて、心安からず。京に行く。「ここはもの静かなれど、目明《めあか》しといふ者らが見とがむるなり。また年経《へ》て上《のぼ》りて見ん。四越《こし》の国は、雪に埋もれて春待つ《春を待つそうな》となり。さる所にて今年は暮れん《そんな所で今年は年を越そう》」とて、出で立つ。

五荒乳《あらち》山の関路越え行く。月明かく、雪いささかなれど、梢《こずゑ》に降りかかりておもしろく、《〔と思っていると〕》こは、行くてに岩に腰かたげたる《腰をもたせてよりかかった》小男ありて、「六巡礼よ、路用の金あるべし。置きて行け」といふ。うしろにも人ありて、笈をしかと捉《とら》へ、「七この坊主めは、金多く持ちたるぞ」とて、八赦《ゆる》さぬ面《つら》つきなり。笈ときおろして、「金あまたあり。取らば取れ」とて、岩の左に腰かけ、火切り出だして《火打ち石で火をつけて》、烟《けぶり》くゆらす《たばこを吸う》。「九さ

一 前の地獄の「鬼め」に並べて「親・兄も鬼」といっているわけで、ひそかな自己弁護でもあるが、悲しみに満ちたひとり言でもある。

二 彼の手配が、このような山中にまで及んでいることに今さらのように驚いている。さらさら疑うことを知らぬ淳朴な人々には弱いという樊噲の一面が表れている。このことばによって、前頁八行の「うち笑ひて」や、本頁二行の「うち笑ふ」の「笑ひ」の裏には冷汗と悲哀がかくされているといえようか。

三 今の大阪市。

四 越前（福井県）・越中（富山県）・越後（新潟県）の総称。

＊ 上・下二部に分けられている改稿自筆本では、「出で立つ」（八行）のところまでが「上」の部に該当する。ただしその「下」は現在まで所在不明である。

二人の小盗を手下にする

五 福井県敦賀市愛発《あらち》にある山の関。琵琶湖の北約八キロメートルの国境（今の県境）。『金砂』二に「荒乳《あらち》山、越前の敦賀郡に在り。昔は関を置かれし事、史に見ゆ」とある。また、義経・弁慶の一行がここを通過したと『義経記』に見える。

六 修行僧の姿であるので、巡拝遍歴の僧と見た。

七 笈をつかまえた時の感触で判断したのである。

八 あくまで奪おうという決意が顔に表れている。

九 おや、図太い奴だ。「さても」に意外だった驚き

ても太き奴《やつ》なり」といひつつ、笈の金数へてみれば八十両あり。「分ちて取れ。[一〇]子供らに花持たせつるよ」とて、あざ笑ひをる。「憎き奴かな」とて、一人が立ち向へば、立ち蹴《げ》にけて、仰向きに倒る。一人すかさず手取りたるを、稚子《ちご》のごとくに抱《いだ》きすゑ、「おのれら盗みするとて、力量なくては、いかに命長からん《長生きできはしない》。我につきてかせげ。この金ばかりはつねに得させん《これくらいの金はいつも持たせてやろう》」といふ。また言ふ。「小男めは『小猿』と呼ばん。おのれは、[一一]こよひの夜に釜抜かれた面つきなり。『月夜』と名づくべし。思ふ心ありて《考えるところあって》、この冬は雪にこもりて遊ばん。よき所に連れ行け」といふ。

山中温泉で冬ごもり

[一二]加賀の国に入りて、[一三]山中といふは、湯あみしに、春かけて《春がくるまで》人集まる。「ここに宿りて雪見たまへ」といふ。しるべさせて《道案内させて》、宿りとる。湯の主、「この二人はぬす人なり」と見知りしかど、法師の幼き者《子どもでも》呼び使ふやうにするを頼まれて《使うようにあしらっているのを頼りにして》、とどむ《滞在させた》。もの驚きせさせず《〔期待どおり〕おとなしくさせて》、法師いとど頼もし。雪は日ごとに降る。

の気持がある。

一〇 「子供ら」は二人の盗賊を指す。力の弱い幼児のような連中だから勝ちを譲って面目を保たせてやったのだ、の意。

一一 油断のはなはだしいことをいうことわざ「月夜に釜を抜かれる」(『毛吹草』明暦元年、一六五五以前刊)によっている。「こよひの夜」は前頁九行に「月明かく」とあって、月夜であった。

一二 現在の石川県南部。

一三 石川県江沼郡山中町にある温泉。有馬・道後と合わせて日本三大名湯の一つに数えられる。芭蕉の句に、「山中や菊はたをらぬ湯の匂ひ」(『奥の細道』)がある。

湯治中に笙を吹き習う

「今年の雪いと深し」とて、湯あみら《湯治客たちが》語り合ふ。山寺の僧の匏簫《はうせう》[一]持て来て吹きてあそぶ。樊噲おもしろく聞きて、「教へ給はんや」といふ。僧喜びて、「よき友まうけたり《よい知音ができたものだ》」とて、喜春楽《きしゆんらく》[二]といふ曲を、まづ教ふ。生れつきて、拍子よく節にかなひ、咽《のど》太ければ、笙《しやう》の音《ね》高し。僧喜びて、「修行者《すぎやう》は、妙音天《めうおんてん》[三]の鬼にて顕れ給ふや《鬼の姿でこの世に現れなさったか》」。樊噲いふ。〔そういえば〕「天女の遣《つか》はしめ[四]に、わがごとき鬼ありし《わしのような鬼がいましたな》」とて、うち笑ふありさまただならず[五]。「おもしろき《優雅な》冬ごもりなり。されど、寺にひとたび帰りて、春の事どもまうけして《新しい年を迎える準備をすませて》、また来《こ》ん。今一曲を」といへば、「いな、一曲にて心足りぬ《一曲だけで満足しております》。多く覚えんは煩《わづら》はし」とて、習はず。「春はかならず山に来たり給へ《春になったらきっと寺の方に来てください》。あたら《惜しい》妙音菩薩《ぼさつ》[六]なり」とて、出で立つ。月夜に、「御送り仕うまつれ。〔これは〕一曲の御礼に」とて、判[七]金一枚《ひとひら》包み、書きつけてまゐらす[八]。〔僧は〕いと思ひがけぬ宝を得て、山に帰る。

〔樊噲は〕湯の中にも笛持て行きて、ささげて吹く。「[九]雪多し」とて、人皆

一　四行に「笙《しやう》」、一三六頁一行と一一行にも「笙」とあって、笙の笛のことと考えられる。細い竹管を十七本、吹き口の付いた壺状のものに環状に立てた笛。その姿から「鳳笙《ほうしよう》」（『和名抄』）ともいうので「匏簫」を当てたか。「匏」も「簫」も竹管を束ねて作った笛の意。

二　黄鐘《おうしき》調の雅楽の曲名。

三　「弁才天」の異称で、「妙音楽天」「妙音天女」ともいい、美しい音楽を奏すると信じられている。琵琶などの楽器を手にした女神像で示されることが多い。

四　謡曲『江島《えのしま》』に、江の島出現の模様を「天女雲上に現れ、童子左右に侍り、諸々《もろもろ》の天衆・龍神・水火・雷電・山神・鬼魅《きみ》・夜叉《やしや》・羅刹《らせつ》雲上より盤石《ばんじやく》を下し、海底より塊砂を噴き出だす」と、鬼が天女のもとで働く場面がある。「遣はしめ」は専属の召使い、の意。

五　普通ではない（まさしく鬼の）ありさまだ。

六　『法華経』妙音菩薩品に見える、妙音で教えを広めるという菩薩。

七　小判一枚（一両）。

八　「御礼」などと書いたのであろう。粗野な盗賊が優雅な交わりに見せる不似合いな一面である。

九　今年はまた格別に多く雪が降るなどと言って帰って行く。雪おろしなどの仕事があって、年の瀬も近くのんびりと湯につかっているわけにもいかない。

去《い》ぬる。さびしくなりて、また、「いづちにも、賑《にぎ》はしき所やある」と問へば、「一〇粟津《あはづ》といふ所にも湯涌《わ》く。加賀の一一城市近ければ、人も多く入り来たるなり」。「さらば、そこに宿らん」とて、主《あるじ》に心ゆかせて（十分満足するほど金を渡して）物与へ、立ち出づ。

笙を通じて富者と交わる

ここにも国の人（その土地の人）あまた来て、賑はしさはまさりたり（〔山中温泉に〕）。例の（例によって）、喜春楽夜昼吹きて遊ぶ。城市の人、「さてもさても妙音なり。ただ一曲にとどまり給ふ（一曲しかお吹きにならない）、また妙なり（そこがまたよい）。我は一二横笛吹く」とて、取り出でて吹き合はす。「節よく、音高く、いまだかかるを聞かず（まだこんなに上手な笛を聞いたことがない）。わが宿にも（拙宅にも）一二夜《ひとよふたよ》宿りてよ（お泊りください）」とて、あした（翌朝）迎ひの人来たる。行きて見れば、高く広くつくりて（〔屋敷は〕）、富みたる人なるべし。「小猿、よく見とどけおけ。この家も宝預けたるぞ（いただく宝があるぞ）」とて、奥の方へいざなはれたり。一三篳篥《ひちりき》吹く友も来て、幾たびもいくたびも吹き合はせて、「妙音なり」とて、頭うなだるる。酒・一四あつ物・一五あぶり物ささげ出でて、「法師は一六一向宗にやおはす（一向宗の僧であられるのか）。一七湯本にてきらひなく物まゐるを見し（生ぐさ物などお構いなく召しあがるのを見ました）」とて、いろい

一〇 石川県小松市の粟津温泉。
一一 加賀藩主の居城のある町。現在の金沢市。
一二 横にして吹く笛の総称であるが、この場合は樊噲の笙や後出（一一行）の篳篥《ひちりき》（縦笛）と合わせるのであるから、雅楽で用いる七穴の横笛《おうてき》であろう。
一三 雅楽で用いる笛の一種で、竹管に表七穴、裏二穴をあけたもの。底本「篋栗」とあるのを改めた。
一四 吸い物など熱いうちに賞味する料理。
一五 魚肉などの焼いて調理した料理。
一六 親鸞を開祖とする浄土真宗の俗称。この宗派では肉食妻帯を許した。秋成は随筆『胆大小心録』で「門徒宗とは身がつてな題目ぢや。一向宗ともいふが、これも一向一心の略で聞えぬきこえぬ。浄土真宗も真の字がもめるはづぢやぞ。肉食妻帯宗といひたいものぢや」と述べている。
一七 温泉の湧出場所の称で、この場合は粟津を指している。

ろすすむ。酔ひほこりて《酔いにまかせて》、笙《しやう》とう出て吹く《取り出して吹く》。「一向宗の一向一心[一]に、一曲の妙得たまへり」とて、幾たびも倦《う》まず感じ入りたり。

立山に地獄の餓鬼を見る

睦月《むつき》過ぎて、二月[二]の三日といふより、ここ立ちて、「能登《のと》[三]の浦めぐりいと寒しと聞く。さし出[四]の磯の千鳥の声、八千代と鳴くを聞きて、この中の国[五]の御山《みやま》の地獄[六]見ん」とて、登るのぼる。いと高し。雪まだ深くて、「地獄はいづこぞ」と、二人の男らに問ふ。「恐ろし《恐ろしい》さに《ので》、つひに見ず《いまだかつて見ません》」といふ。足にまかせ、谷・峰越えて、めぐるめぐる。［だが］あやしき事なし。「いつはりとは聞きしかど《どうせうそだとは思っていたが》」とて、岩の雪払ひて休む間に、影[七]のやうなる者、二三人わが前に来て、うらめし《物欲しそうな》げなり《様子である》。「餓鬼《がき》[八]ならめ。物食はせん」とて、腰につけたるを、みなうち払ひて与ふ《そっくりやってしまう》。集まり食らひて、うれしげなる中に、笙取り出でて高音《たかね》吹きたれば、おどろきてかき消ちたり《ふっと消えてしまった》。「立山禅定《たてやまぜんぢやう》[九]のかひあり」とて、山を下《くだ》る。

神通川《しんづう》[一〇]の舟橋[一一]、雪解《ゆきげ》にも渡りあり。珍しくて、川の中央《ただなか》に立ちて、

一 本願寺第八代法主蓮如《れんによ》の『御文《おふみ》』に「一向にもろもろの雑行雑修の悪き執心を捨て、弥陀如来の悲願に帰し、一心に疑ひなく頼む心の一念起るとき、すみやかに弥陀如来光明を放ちて、その人を摂取し給ふなり」と見え、「一心一向に弥陀一仏の悲願に帰して」が繰り返されている。

二 睦月（一月）に二月三日と、一・二・三を揃えた語呂合せであると同時に、仲春になってようやく人の活動が始まる、北国の遅い春の訪れを表している。

三 能登半島をまわる旅。

四 『古今集』七の「しほの山さしでの磯にすむ千鳥君がみ代をば八千代とぞ鳴く」をふまえた表現で、海辺に千鳥の声を聞きつつ、の意。「さし出の磯」は『八《や》雲御抄《くもみしよう》』では甲斐国（山梨県）とするが、未詳。

五 「越《こし》」の中の国、すなわち越中（富山県）の国。

六 立山《たてやま》の「地獄谷」を指す。『諸国里人談』（寛保三年、一七四三刊）三には「地獄谷（地蔵堂あり）八大地獄（各十六の別所あり）一百三十六地獄、血の池は水色赤く血のごとし、所々に猛火燃え立ちて、罵詈《ばり》・号泣の声聞えて恐しきありさまなり」とある。実見しない秋成はこの種の書物からの知識によっている。

七 『諸国里人談』に「俗にいふ、この山にして願へば、思ふ人の亡霊、影のごとく見ゆるとなり」とあるのを利用している。

八 餓鬼道に落ちた飢渇《きかつ》に苦しんでいる亡者。

立山より、見やるに、大きなる木の根こじにて《根のついたままで》、流れくだるが、舟橋にうち寄せたり。「よき杖《つゑ》得たり」とて、やすく取り上げて、橋の上突き鳴らし越ゆ。

樊噲、頭目村雲をからかう

「これより大沼[一三]の浮島見ん」とて、行く手に《行く道の途中で》、村雲に行き逢ひたり。「いかに」《どうしたことだ》「いかに」と、かたみに言ふ《かわるがわる声をかける》。「船の住まひをさぐられて《つきとめられて》、山中に疵《きず》つきたれど、命は遁《のが》れたり《助かった》」。「この北国に冬ごもりして、山中に湯あみし、手足ゆるびたれば《十分に休めたので》、また出で立ちしなり。〔小猿・月夜に〕おのれらは、麓《ふもと》に宿とりて待て」とて、村雲と二人登り行くゆく。至れば、大きなる沢に、水鳥鳴き遊ぶ中を、浮かれて島二つ漂ひたり。また、この岸よりもただ今《すぐ近くに》と見るを、〔浮島を〕樊噲引きとどめて、「いざ、乗れ。浮いて遊ばん」といふ。村雲飛び乗るを《村雲が飛び乗った浮島を》、力にまかせて突き出だしたり。「いかにするぞ」といへど、答へず、笙取り出でて、喜春楽高く吹き遊ぶうち、「いかに《どうする》、いかに《何のつもりだ》」といへど、答へず、うち笑ひて立ち行く。

九 立山の地獄めぐりをしたおかげで、稀有《けう》な体験と餓鬼の救済ができた。「立山禅定」は立山の霊場で修行すること。

10 富山市を北流して富山湾に入る川。底本「しん堂川」となっているが、次行の「立山より」によって改めた。

一一 秋成は『金砂』五で「舟橋は、山河の急湍《きうたん》の棹取りがたき所には、舟数艘を横につなぎ並べ、その上に板を敷きわたして、人馬を通はすなり」と説明している。『国花万葉記』(元禄十年、一六九七刊)に「神通川舟橋あり」とある。

一三 底本「大津」となっているが「大沼」と改めた。『諸国里人談』四に「出羽国最上郡羽黒山の麓、佐沢に大沼といふあり。これに大小六十六の浮島あり。(略)春夏秋にかけて日毎に浮きめぐる。風にしたがひて行く。また風に向ひて行くもあり。時として二十島三十島も浮かみめぐるなり」とある記事によって書かれていると思われるからである。この大沼は現在の山形県西村山郡朝日町の大沼らしいが、それなら湯殿山の南東にあたる。

* 越中国(富山県)から一足飛びに出羽国(山形県)に舞台が移っている。秋成の地理的知識の貧しさによるところが大きいと言えよう。

あしたの朝戸《あさと》出《で》[一]に、村雲行き逢ひたり。「おのれ、恩知らずめ。命得させ、金百両与へしには《くれてやった時には》、『親とも頼みつる』[二]といひしを忘れ、我を水の上に離ちたる。許すまじきを《〔本来なら〕許せないのだが》[三]、今は思ふところあれば《〔許す〕》」と て、連れ立ち行く。

盗賊采配の初仕事

城府[四]に出でたり。「これは、何がし殿の領したまひて、いと国豊かにて、人多し。この家は、すなはち[五]殿の御ために一族なるが《殿様にとっての一族になる人なのだが》、民《商》に下りて《人となって》、いと富みたり。北陸道[六]には並びなしといふ」と、月夜ら語る。石高く積みし白壁きらきらしく《石垣を高く積みあげた上の白壁の塀は立派で》、門高く、見入れははるかなり《奥まで相当離れている》[七]。

樊噲いふ。「我ぬす人となりて、いまだ[八]物盗《と》りたることなし。こよひこの家に入りて試みん《やってみよう》」とて、かなたこなたよく見めぐりて、酒《さか》[九]肆《みせ》に入る。「酒あたためよ。四人が中に《四人分で》[一〇]一斗買はん」と、先づ金取り出でて与へたり。主《あるじ》いと驚きつれど、価《あたひ》くれつれば、いふままにあたためて、通《かよ》はす《運んでくる》。「酒菜《さかな》は」と問へば、「山のものあり」とて、兎・猪の宍《しし》[一一]むらあぶりて出だす。飽くまで呑み食らふほどに、日入

一 早朝の出発時に。秋成の門人池永秦良《はだら》の著『万葉集見《み》安補《やすほ》正《せい》』に「朝とく家を出づるなり」とある。

二 樊噲が「まことの親なり」(一二八頁一〇行)といったことを指す。

三 許せないとしてもいかなる制裁をも加えることのできない村雲の自己弁護的な言辞である。樊噲に一目置かざるをえないのである。

四 藩主の居城のある城下町。前出の「大沼の浮島」(一二七頁四行)を出羽国とすれば酒井氏を城主とする鶴岡(山形県鶴岡市)をこれに擬することができるが、七行の「北陸道」に合わなくなる。不特定の「ある城下町」と理解すべきであろう。

五 漢文訓読よりきた語で、「この家」を言いかえて説明するための接続詞。

六 五畿七道の一つで、若狭・越前・加賀・能登・越中・越後・佐渡の七国をいう。福井県から新潟県に及ぶ日本海沿岸の諸国。

七 門のある所からのぞいて見ると、玄関など建物のある所まで大分距離があって、屋敷の広大であることをいう。

八 一二四~五頁で強盗を働いているが、自分が計画を立てて主導権をにぎってのことではなかった。

九 以下は『水滸伝』四の魯《ろ》智《ち》深《しん》のおもかげによって書いている。「酒肆《しゅし》」で「酒」「肉」を暴飲飽食するさまはそっくりである。「肆」は店の意。

りぬ。

目指す邸の鉄の鎖

「いざ」とて、またかの家めざして行く。昼見しよりは、月の光に高くきらきらしく、「いづちより《どこから〔侵入しようか〕と》」とて、はかり合ふ《相談しあう》。樊噲いふ。「あの見ゆるは《見えているあれが》、金納めたる蔵ならめ。軒を《〔母屋から〕》はなれしかど、廊《廊下を》めぐらせて通ふと見ゆ。小猿、おのれぞ身かろし《お前は動きが敏捷だ》。ここに来《こ》よ」といひて、高塀《たかべい》のもとに立ちて、小猿を肩に登らせ、うちより《〔外へ〕》垂れたる松の枝にとりつかせたり。「枝伝ひして、庭に降り、この[一二]犬門《くぐり》開け」と教ふ。教へのままに庭に降りて、犬門開かんとすれど《くぐり戸を開けようとしたが》、「二重《ふたへ》にとざし、黒金の《鉄製の》鎖《ぢやう》したたかにて《頭丈で》、開《あ》けがたし」と、うちよりいふ《門の内側からいう》。「[一三]石も人の積み、鎖も《〔頭丈だといっても〕》人の手しておろしたる物ぞ《人がかけた錠ではないか》。おのれらは、ぬす人と名のりて、[一四]落ちこぼれたる物のみ拾ふか。月夜、おのれも松が枝よりくだりて、小猿めに力を添へよ」とて、またこれも肩に登らせ、しづ枝《下枝に》によりつかせて、うちに入れたり。
さて《〔やってみたが〕》、二人の者の力足らで、鎖あくることえせず《開けることができない》。[一五]時なかば過ぐ《半時もたつので》

一〇 十升で、約一八リットル。
一一 肉のかたまり。肉塊。
一二 門わきに設けられた小さな出入口。
一三 いずれも人が造りあげたものだから、人が壊せないはずはないという論理。
一四 「ぬす人」らしく盗むことをせず、落ちているものを拾いまわることしかできないのか。それでは「ぬす人」の名が泣く。
一五 小一時間もかかって犬門さえ開かない始末で、樊噲はいらいらしている。

見込みどおりの金蔵

れば、樊噲怒《いか》りて、積みたる石垣の中に大きなるが、土の少しこぼれし隙《ひま》に、手入れて、「えい」と一声かけて抜きたり。「村雲、あとより入れ」といひて、ここより這《は》ひ入る。かの金蔵《かねぐら》とおぼしきは、げによくし構へて（本当にがっちり造ってあって）、いづこよりいかにせんと思ふ（どこからどう手をつけようかと思案する）。しばしありて、「思ひめぐらせし（いいことを思いついた）」とて、廊の柱よりとりつき登りて、この屋根の軒より、鳥獣の飛ぶごとくに、蔵の屋根に移りたり。上より、「おのれら二人も、柱より登り来たれ。ここにはえ移らじ（この蔵の屋根には移れまい）。この錫杖《しやくぢやう》にとりつけ」とて、さしおろす。二人もぬす人なれば、身かろくて、廊の屋根に登り、錫杖をたよりにて、〔蔵の屋根に〕引き上げられたり。瓦四五枚取り捨てて、屋のへつりたる木[一]にうちたる板、紙破るごとくひき放ちて、「人入るべからず[二]。帰れ」とて、二人をかいつかみて、〔屋根の穴から蔵の中に〕投げおろす。

夜ふけて、〔静寂の中に〕物の音おどろおどろしけれど（蔵を破る音はむやみに響きわたるが）、人の寝たる所には遠くて、〔聞えないのか〕おどろき起きも来ず（目覚めて起きても来ない）。上より、火切りて[三]縄につけ、またほり入

＊この辺から、侵入して盗み出すまでの行為が、順を追って具体的に描かれていく。「捨石丸」の事件（八四頁）や本篇の親兄殺しの場面（一一九頁）などに共通する方法である。

一 他の写本（桜山文庫本）には「屋の元つかたに木に」とあるが、いずれにしても「へつり」の部分に誤写があると考えられ、諸説あるが不詳。今、「たる木」を「垂木」ととり、屋根の垂木に打ちつけた板をはがす意ととる。

二 文意不明。諸説あるが、「人」を余人と解して、外ならぬお前たち二人の出番だ、ひと働きして来い、の意ととっておく。

三 火打ち石で火を起し、火縄に点火するのである。火縄は竹や檜皮《ひわだ》などの繊維に硝石をつけたものだが、これだけでは明りにならないので、蔵の中のろうそくの点火用に使うのである。

れたり。二人の者見めぐるに、[四]まことに金蔵なり。[五]二階より、梯子《はしご》
くだりて見れば、[六]金銀入れたる箱、あまた積み重ねたり。「[七]金こそ」
とて、一箱二箱肩にかけて、二階に上りたれど、「いかにせん」と
いふ。樊噲、「そのあたりに縄などはなきや」といふ。見れば、苧《を》[八]
綱《づな》の太きを束《つか》ね置きたり。「これあり」といふ。「それを、おのれら
が中に一人、よくおのが身をくくりからめて、物より《物伝いには》這ひ登れ」と
ぞ。小猿、おのが身によくからみつけて、月夜に梯子を二階へ引き
上げさせ、これを壁につい立てて《もたせかけて》、這ひ登る。「[九]今少しなり」とて、
[一〇]心焦《い》るを、また錫杖をさしのべて、引き上げたり。
「この綱をたよりに、くくり上げよ」とて、月夜にいふ。「心得し」
とて、箱二つをよくからめて、「いざ《いいぞ》」といふ。樊噲、[一一]つるべに水
汲《く》むがごとく、[一二]いとやすげに引き上げたり。開けて見るに、二つに
二千両納めたり。[一三]月夜もまた一つ上げて《月夜も金箱と同様につり上げ》、このたびは《〔金箱は〕》綱にからめて、
蔵より釣りおろす。村雲をり合ひて《待ちかまえていて》、取りおろす《受けとっておろす》。さて、二人の者

四 前頁三行の「かの金蔵とおぼしき」に対応する。
五 金蔵は廊の屋根よりさらに一段高くなっていて（前頁六行）、金蔵の屋根を破って入った所は、蔵の二階部分である。
六 金貨すなわち小判などを入れた箱や、銀貨すなわち丁銀などを入れた箱が置いてある。
七 金貨の方だけをねらうのである。小判一枚（約一八グラム）相当の銀貨では約一六〇グラムで、十倍近い重量になり、盗み出すのに不便だからである。
八 麻糸で綯《な》った綱。

九 もうちょっとのところだ（しかし、それがなかなか大変だ）の意。
一〇 やきもきしているのを。
一一 桶を綱の先につけて、井戸から水を汲むもの。

引き上げた蔵の大金

一二 後文から見て箱は千両入りの箱二つであるから、中身だけでも三十数キログラムあるわけで、樊噲の腕力の強さが示される。
一三 文の続きぐあいから見ると、月夜もまた金箱一つをつり上げてととれるが、次頁七行の分配金額を考慮して、「一つ」を「一つに（同様に）」の「に」の脱落したものと解してみた。

らを、また廊の屋根に渡し、我は気をいりてや《気がいらだったのか》、[一]蔵の屋根より飛びたり。

村雲と樊噲、逆転した地位

いささかも疵《きず》つかで、金箱荷はせて、石垣の穴より、四人が這ひ出でて、いふ。「樊噲の御働き、[二]幾たびも修《しゅ》しえたる人に似たり」とて。〔樊噲は〕この箱の金取り出だして、村雲にいふ。「冷飯食はせ、金百両与へし恩を、いかめしく《大そうらしく》、[三]『命得させし《命を助けてやった》』といふよ。百両はもとより、冷飯の価《あたひ》ともに、千両取れ。[四]二人の者は五百両取れ。我は五百両を得ん」とて、惜しげなきに、[五]村雲初めて伏したり。

夜は、里はなれて《里を離れたところで》、明けたり。樊噲いふ。「四人連れたらんこと、〔人が〕見とがめてん《怪しむだろう》。おのれらは[六]江戸に出でよ。村雲はいかに」と問ふ。[七]「津軽の果てまだ見ず。いざ」といへば、「我もしかこそ思ふ《おれもそれがいいと思う》」とて、酒店《さかみせ》に入りて、別れの盃《さかづき》めぐらす。樊噲酔ひ狂ひして、「伝へ聞く、唐人《からびと》は、[八]別れに柳条《りうでう》を折るとなり。さらば《では〔まねてみるか〕》」とて、この川に《川岸の》老いたる柳の木を、「えい」と声かけて、抜きとりたり。「さて《ところで》、い《〔そ》

一 蔵の内部は二階建てになっているので、かなり高いところから飛び下りたことになる。

二 何回も盗みの場数を踏んだ人のようで、とても初めての仕事とは思えない。

三 一三八頁二行に「命得させ、金百両与へし」とあったことを受けている。

四 月夜と小猿の二人は合わせて五百両である。

＊ 村雲の千両、月夜・小猿の五百両、樊噲の五百両の合計は二千両であって、前頁一二行の「二つに二千両納めたり」に合致する。したがって「月夜もまた一つ上げて」（前頁一三行）と書いたことを秋成が忘れているのでなければ、前頁注一三の解釈になるわけである。

五 一三八頁三行に「思ふところあれば」とつくろっていた村雲の虚勢は、決定的なダメージを受ける。

六 明らかにここは江戸時代の感覚で書いている。もっとも秋成は江戸の地を踏んだことがない。

七 今の青森県西北部。本州最北端の意で用いている。

八 中国漢代（前二〇二～二二〇）に、長安の人が客を送って覇橋《はきょう》で柳の枝を折って別れたという故事をいう。『三輔《さんぽ》黄図《こうず》』に「覇橋は長安の東に在り、水を跨いで橋を作す、漢人客を送りこの橋に至れば、柳を折りて別を贈る」と見える。

＊柳の枝を折らずに根こそぎ引き抜くのは、樊噲の力を示す動作の一つであるのは言うまでもないが、『水滸伝』七で、梢《こずえ》に巣を作って鳴くカラスをにくんで柳の大木を引き抜くところがあるのによっている。

九 五百両返せば、樊噲のとり分は千両となり、村雲は五百両となるわけで、両人の力関係が逆になったことを村雲自身が認めた象徴的な申し出である。

一〇 わら束の両端をくくって物を入れるようにしたもの。

一一 一町を約一一〇メートルとすれば、約二・二キロメートルの距離になる。

一二 ふすま。したがって破れていても奥の間は見えない。

一三 召使い。

かにする事ぞ《の次に〕どうするのか》。知らず《わからん》」とて、大道に投げ捨てたり。酒屋の主、恐れてものいはず。《〔四人は〕》飽くまで飲み食ひして、《〔小猿と月夜は〕》二人は江戸にとこころざす。

村雲、「千両の金とり納めん《千両をわたしが受けとるのは》、今は恥あり《今となれば気づまりだ》」とて、「[九]半ば《なか》を返さん《半分は返そう》」といへば、「多く得て何せん《多くもらってもしかたがない》。盗みはいとやすきものなり。飢ゑば食らはん、空しくば人の宝取らん《無くなったら人の金を奪えばいい》。数多くは煩《わづら》はし」とて納めず。とも《それぞれ》に[一〇]わら苞《づと》にして、背に負ひて行く。

貧乏寺に求めた一夜の宿

日やうやう暮れなん《暮れよう〔とするのに〕》、宿るべき里なし。丘の上に、いと貧しげなる寺院あり。行きて、宿り乞ふ。《〔住持は〕》若き病僧にて、「ここには、人宿したり《〔既に〕人を泊めている》。与ふべき食なし。[一一]二十町歩め。よき駅《うまや》あり《宿場がある》」といふ。「食らはずともよし。寝ずもあらん《寝なくてもかまわない》。知らぬ道に迷はんよりは、一夜貸せよ」とて、おし《無理に》入りて見れば、破れたる[一二]障子《さうじ》の奥に、《〔僧のいう〕》宿りたる人ありや《泊っている人がいるのか》、しはぶき聞ゆ《咳ばらいが聞える》。[一三]小者一人、外より帰りたり。「米もとめこし《米を買ってきました》」とて袋おろす。

二人がいふ。「この米、価《あたひ》高く買はん。売れ」とて、金一枚《ひとひら》[一]投げ出だす。「いな、これは客人《まらうど》の米なり。この価も当らず《〔しかも〕この米代は法外だ》。汝たち一人行きて、駅《うまや》に出でて買ひ来よ。この米も、このぬしのとりに走らせしぞ《小者の主人が買いに行かせたものだ》」といふ。聞き分けて《わかったといって》、牀《ゆか》[二]にのぼり、隔て《隔ての障子》開《あ》けやりて見たれば《明け放って中を見ると》、五十《いそぢ》余りの武士なり。うち笑ひて、「二人は、いとすくやかなる人々なり《たいそう元気そうなおひとたちだな》。ここに居たまへ《私の部屋にお入りなさい》。夜すがら物がたり聞かん《一晩中でもお話をうかがおう》。主は《住持は》わが甥子《をひご》なり。つねに病して、心弱し。飯たくことは、わが小者がせん。分《わか》ちて食らはん。別《べち》にな求めそ《別に買いなさるな》」とて、心よしのことばに落ちゐて《厚意ある申し出に気分も落ち着いて》、煙くゆらせ《たばこをふかし》、湯飲み《茶をのみながら》、物がたりす《よもやま話をする》。

先客の武士との罪科応報問答

武士いふ。「お僧はいとものたけだけしく、まなこつき恐ろし。大男は、いかなるにや《どうしたわけか知らぬが》、ひたひに刀疵《かたなきず》二《ふた》ところ見ゆ。米の価[三]わづかに、金一両出だされたるは、富貴の人の旅行くにもあらず。心はやりて《血気にはやって》博奕《ばくち》うち、また、盗みしてあぶれあるくか《あるいは盗みをして暴れまわっているのか》」と問ふ。村雲答ふ。「ぬす人なり。よんべ幸ひ得て《昨晩うまいことやって》、金あまたの《大枚の金子が》[四]わら苞《づと》にあり。多きも

一　金一両。米一石（十斗、約一八〇リットル）に相当する金額であって、金と力にものを言わせる傍若無人な態度である。

＊　金に目もくれぬ相手に、きっぱりと断られてしまう。そこに樊噲がこの一夜を契機に大きく変っていく姿を描こうとする作者秋成の用意を見ることができよう。

二　板の間に上がって。

三　米の代価は安いものなのに、の意。

四　「の」は一応主格を示す語としたが、やや落ち着かない。「金のあまた」か、あるいは無い方がよい。

五　何とかして使いすててしまおうと思っている。

煩《わづら》はしとて、[五]いかで遣《つか》ひ捨てんとす」といふ。「しか見たりき《そうと見受けた》。[六]男つき《男の様子》、[七]僧がら《僧のありさま》、まことに悪徒《わるもの》とこそ見ゆれ。[八]命は塵灰《ちりあくた》に、あぶれあるく。[九]乱れたる世にてあらば、豪傑の名とり、国を奪ひて、敵を恐れしめん。勇まし《勇ましいものだ》」といふ。樊噲いふ。「ぬす人とても、[一〇]命は惜しきぞ。財宝は得やすし、命は保ちがたし。[一一]百年の寿《よはひ》を盗む術《すべ》知りたらば、教へよ」とぞ。武士笑ふわらふ。「財宝かすめられたらん者《お前たちに財宝を盗みとられた者の》の恨みなからんやは《ない筈がないではないか》。おほやけには、しかる者捕へんとて《そのような賊を捕えようとして》、備へたり。人をも殺し、盗みあまたして、報《むく》いの命、百年といふことあるべからず。我聞く、[一二]『ぬす人は罪を知りて《〔自分の〕罪を知っているから》、良民にはえ立ちかへらずで《善良な民にもどることもできず》、若きほどに《若い時からすでに》罪紏《ただ》されんことを覚悟よくす《罪科に処せられる覚悟ができている》』とぞ。汝たちはこれに異なるか。乱世の英雄なり。されど、治世久しければ、盗賊《〔やはり〕》の罪科に処せられん。やめたりとも《今さらやめても》、大罪ならば、つひに《結局は》捕へらるべし。あだ口言ひて《冗談を言って》戯《たはむ》るるか」といふ。樊噲にらみつけて、「力、身に余りたり。《〔その公儀も〕》[一三]すでにもえ捕へざりしことたびたびぞ《今まで何度も捕えようとして捕えられなかったのだぞ》。[一四]天命長くば、罪あ

六「つき」は「顔つき」「体つき」の「つき」で、様子・ありさまをいう。
七「がら」は「人がら」「場所がら」の「がら」で、様子・性質・品格などを表す語。
八 命を取るにたりない塵やごみのように思って、と続く。命を粗末にして。
九『荘子』胠篋《きょきょう》篇に「かの鉤《こう》（帯飾の宝石）を竊《ぬす》む者は誅《ちゅう》せられ、国を竊む者は諸侯となる」とあるのをふまえ、漢の高祖の創業時代の英雄豪傑で主人公のあだ名にもなっている樊噲を脳裏に浮べての表現で、これは同時に秋成の考えでもある。
一〇 二行の「命は塵灰に」に対することば。
一一 長寿をいう。「海賊」（四五頁五行）にも「百年の寿」とあった。『胆大小心録』に「楊守言ふ、『百年は寿の大高（正しくは「斉」）なり、百年を得るは千に一無し（略）』」と『列子』を引いている。
一二 根っからの盗人は盗人らしく観念しているものだ。だが「命は惜しき」とか「百年の寿を盗む術」とかいうところをみると、そうでもないらしい。乱世に生れていたらあるいは英雄となるかもしれなかった人間が、時代を間違えて生れてきたことになる。
一三 捕えられる機会を何度もくぐり抜けてきたことが、樊噲にとって「つひに捕へらるべし」への反論の根拠となっている。
一四 天が与えてくれた寿命。すでに「百年の寿を盗む」勢いから一歩後退している。

一　一人が仏弟子となると、その功徳は広く親族一同に及び、すべて極楽往生できるという、出家の徳を説いたことば。『通俗編』二〇に「一子成道すれば、九族天に生ず」とある。「九族」とは高祖父・曾祖父・祖父・父・自己・子・孫・曾孫・玄孫とも、父の族四・母の族三・妻の族二ともいう。

樊噲、老武士にうちのめされる

＊　以下樊噲・村雲と老武士との立ちまわりが、克明に描写される。

二　口でだけ言い争ってもしかたがない。武士として忠を尽す人がどれほど平常から腕を磨いているか、ためしてみよう。

三　脇腹の肋骨のあたりに、あてみをくらわせた。

四　「馬手」の意で、馬の手綱《たづな》を持つ方の手すなわち右手。

りとも遁《のが》れん」といふ。村雲がいふ。「老いたる人なり《〔お前は〕老人だ》。念仏申し《〔老人らしく〕》て、極楽参り願ふべし。この主の僧も甥《をひ》子と聞けば《ということだから》、[一]『一子出家スレバ九族天ニ生ズ』とやらのこぼれ《おこぼれに》幸《ざいは》ひ得んとて《あずかろうと》、ここにも宿りて、念仏せらるるよ」とて、嘲《あざけ》り笑ふ。

「老いたりとも武士なり。君に仕へて、忠誠のほかに願ひなし。寿《よはひ》も天命に任せて、長くとも短くともいかにせん。百年の寿を願ひて《〔お前らのように〕》、ここかしこと逃げ隠れ、安き地なくば《安住の地がなければ》、夭亡《わかじに》の人に同じ」とぞ。樊噲、「もの争ひして[二]、無益《むやく》なり。君に忠信の人の心がけを見ん」とて、面《おもて》打たんとて、手ふりあぐ。え打たで、引き倒されたり。「さては腕こきぞ《腕が立つぞ》」とて、起きあがりて、立ち蹴《げ》にけんとす。足を捉《とら》へて、このたびは横ざまに投げて、「えい」と声して、腋骨《わきぼね》[三]強く当てたり。当てられて、え起きず。村雲たち代り、錫杖にて打たんとす。打ちはづして、右手《めて》[四]をとられ、動かせず。「おのれが面《つら》の刀疵《かたなきず》、二《ふた》所《ところ》あるは、たびたびからきめに会ひたる無術のぬす人なり《いくたびも危ない目に遭った無能な盗賊〔の証拠〕である》。この手《この手を》

放ちてみよ《ふりほどいてみよ》。おほやけには、わがごとき人あまたありて、やすく捕へらるべし」とて、これも突き倒す。手しびれたるにや、またえ打《再び打ちかか》たず《れない》。樊噲唸《うめ》き出でて、「[五]骨折れたり。憎き奴ぞ」とて、怒《いか》り声すれど、力尽きたり。

武士うち笑ひて、「いで、夕飯《ゆふめし》できたりとぞ。食はせん」とて、樊噲を引き起し、背より「う」といふて《と気合をかけて》蹴たれば、やうやう起き直りたり。村雲は、「手の筋たがひし」とて、つぶやきをる。これも捉へていかにかする《その手をつかんでどうかすると》、痛く覚えし跡は、つねになほりたり《なおって元どおりになった》。小者・主の僧、手に夕飯運び出づ。「おのれらには、一椀《わん》づつ与へん。牢《らう》獄《ごく》の内を思ひ知れ」とて、高く盛りたる飯、一椀づつくれたり。[六]口惜しければ食はず。さて、夜ふけて、寝牀《ねどこ》わかちて臥す。

あした起き出でたれば、「これ痛む所へ貼《は》れ」とて、薬与へたり。「これはありがたし」とて、おのおの[七]戴きて貼る。武士は、朝餉食《あさげ》ひて立ち行かんに《出立しようとして》、「この者どもよ、主の僧若けれど、病につかれ

五 ぐちっぽい、憎まれ口のひびきがある。七行の村雲の「つぶやきをる」に近い。

六 だだっ子の姿態に通ずる。

七 手をささげて受けとる、の意。一〇行の「口惜しければ食はず」から、二人の態度がさらに変化したことを示す。そこには恐ろしい姿をした巨漢が二人、姿に似ず柔順にいるだけである。

みじめな一夜を過し、心寒い旅立ち

たる人なり。武士の子なれば、術《すべ》あれど隠し包みて《武芸の心得はあるが隠して》、せずぞあらん《腕だてせぬのだろう》。痛みよくば《なおったら》、一礼して《一言礼を申して》、とく行け《さっさと立ち去れ》」とて門に出づ。主の僧、送り出でて、「あのぬす人らは、籠《かご》の鳥に似たり。病みつかれしかど《〔私は〕病弱ではございますが》、手いたくせば《乱暴を働くようなら》、また骨たがへさせん《筋骨をちがえさせてやろうぞ》ものぞ。心やすくおぼして出で給へ」といふ。まなこの《〔主の僧の〕》ただならずと見るに、やうやう《〔そのうちに〕》昼[一]かたぶきて、[二]飯《いひ》の湯の濁り与へられ、さきに出だせし《昨夜〔米代に〕》金一両を、[三]宿の代《しろ》に出だす[四]れば、「盗みし金を、法師の納めんやは《受けとれるか》」とて、目もおくらずして《見むきもしないで》、囲炉《ゐろり》に柴くゆらせたり。恐ろしく[五]なりて、ものもいはで出でぬ。

さて、村雲がいふ。「何となく、海を上りてこのかたは《陸に上がってからずっと》、[六]心おくれたり。本国に《生れ故郷の》、[七]信濃《しなの》に帰りて養はん《静養しよう》。江戸は相撲《すまひ》のむかしに《昔相撲取りだったところ》見知られたれば《顔を知られていて》、あやふし」とて、ここに手を分つ《ここで別れ別れになる》。樊噲も、[八]心さびしげに、「今はひとり、[九]奥羽の果て見んともなし《見ようという気もしない》。江戸に出でて遊ばん」とて、またを契りて《再会を約束して》行く。

江戸へ出て月夜・小猿と再会

江戸に出でしかど、例の人あまた立ちつどふ所は、心ゆかず《行く気がしない》。ひ

一 昼も過ぎるころになって。
二 （粥《かゆ》とは名ばかりで）飯で白く濁った湯をもらい。
三 宿泊代にしてくださいと。
四 「出だす」は四段活用だから、正しくは「出だせば」とあるべきところ。「出づ」（下二段活用）と混同したか。
五 自分の力が通用しない世界をかいま見た思いからくる不安と恐れを感じたのである。
六 気おくれがしてしかたがない。
七 現在の長野県。
八 かつて月夜・小猿らとの別れに臨んで「酔ひ狂ひ」（一四二頁一二行）して、柳の老木を抜いた時の樊噲のおもかげは、もはやかけらもない。
九 「津軽の果て」（一四二頁一一行）に同じ。

と日、雨いささかうちそそぐに《雨が少しぱらついて》〔人も少ないかと〕、浅草寺《せんさうじ》[一〇]に心ざして来たれば、けふ《こんな》といへども《天気の日でも》静かならず。網代笠《あじろがさ》[一一]深くかがふりて、酒店《さかみせ》に心ゆかぬほどに酔ひて《ほろ酔い程度に抑えて飲んで》[一二]、神鳴門《かみなりもん》[一三]に入りたれば、何事か人立ちさうどく《何事があるのか人だかりがしている》。「ぬす人よ」とて、口々に言ふ。〔もしかして〕小猿・月夜らがここにあやふきにやと《ここで危ない目に遭っているかと》、行《い》きて見れば、はた《やはり》二人が手に血つきて、おのれらも刀うち振り戦ふなり。若き侍《さむらひ》五六人が中にとり囲みて、この五六人もいささかづつ疵《きず》かうむりたり。市人《いちびと》、寺院の内よりも男ども、棒とりどりに、おつとり巻く。

「不便《ふびん》[一四]なり《かわいそうに》。助け得させん《助けてやろう》」とて、人押し分けて、「これはいかなる喧嘩《けんくわ》ぞ」とて、知らぬ[一五]顔に問へば、「あの二人のぬす人め、酒に酔ひて、若侍たちの懐《ふところ》をさぐり取りしを見顕《みあらは》され、屋敷へ連れ行きて殺さんとおしやる《おっしゃる》[一六]。遁れんとて、抜き刀して一人に疵つけたり。皆ひと連れにておはせば《同じ侍の仲間でいらっしゃるから》、かく血にまみれて、互ひにうち合ふなり」といふ。

一〇 東京都台東区にある金龍山浅草寺。天台宗で、当時は東叡山寛永寺に属していた。『江戸名所図会』（天保五年、一八三四、同七年）に「実に日域無双《にちゐきむさう》繁昌の霊区なり。（略）朝より夕に至るまで参詣の貴賤袖を連ねて場に充《み》ち満てり」と、その賑わいを伝えている。

一一 薄く削った竹べらで網代《あじろ》模様に編んだ半球形の笠で、主に僧侶がかぶる。ここでは顔を見られないように用心している。

一二 樊噲もまた気おくれと不安とで「酔ひ狂ひ」（一四二頁一二行等参照）するほど飲めないのである。

一三 雷神門ともいう。南の総門で左右に風神・雷神を安置する。明和（一七六四〜七二）のころ焼失したが、秋成が本篇を執筆していたころには再建されていた。

浅草寺境内、月夜・小猿の危機

一四 「不憫《ふびん》」の当て字。

一五 月夜・小猿とは面識がないようなふりをして。

一六 この会話文全体は文語文であるが、この語だけ口語で不統一である。

樊噲、二人の救出に奮戦

＊この部分も例によって乱闘の模様を詳細に描く。

「さらば」とて、近く寄り、「今は互ひに無益《むやく》の戦ひなり。扱はん（仲裁に入ろう）」といふ。小猿・月夜は力を得て、刀抜きたるを構へて、樹のもとに立つ。侍ら、「いな。かく我々も疵つきしかば（けがをした以上は）、帰るべき道なし（何の面目あって帰れよう）。かれら首にして帰り、主の君に詫びん。扱ひ言《ごと》して（仲裁などして）、法師も命損ずな」とて、聞き入るべくもあらず（聞き入れてくれそうにもない）。「首はかれらが物なり（命は小猿・月夜のものだ）。盗みし物（とった物）だにわきまへなば（さえお返しするのであれば）、助けてとらせ（逃がしておやりなさい）。立ちまひ悪しくて（下手な振舞をして）ぬす人に疵つけられたるは、おのおの不幸の事なり（そなた方の運がわるかったのです）。〔これでも〕聞き入れずは」とて、錫杖とりて、二三人を一度に打ち倒す。「すは（それ）、ぬす人の頭《かしら》来たるは（やって来たぞ）」とて、群《むら》がり逃ぐるもあり、「打ち倒せ」「打ち殺せ」とて、棒は篠《しの》原《はら》より繁《しげ》し。「おのれらまなこ無きか。我は修行者なり。事聞き分けて、人の命失はせぬを（命落させまいとしているのに）。心なくいふは（無分別にほざく奴は）、ともに打ち散らさん」とて、錫杖に（錫杖でもって）、前に立つ七八人を打つほどに、「あ」と叫んで、皆うち倒る。侍は、今はうろたへて、〔樊噲は〕逃げ行くままにして（逃げるのを深追いしないで）、「二人の者ら来よ」とて、腋《わき》に挟《はさ》みて、飛びかけり行く（飛ぶように走っていく）。〔後方では〕人声のみさわがしく

一 捕り方が手に手に持っている棒は、しの竹が一面に生えているように多い。常套的表現。

二 遊廓で女に入れあげ。「博奕」「遊所」「酒」と、いわゆる飲む・うつ・買うの三拍子がそろっている。

三 派手に使って無一文になったから、今日、あの侍の財布を盗んだのだが、そういえば盗んだ財布がここにあった、と続く。文脈が屈折していて、首尾一貫し

て、追ひも来ず。

広き所へ連れ行きて、血を拭き、顔、手足洗はせて、とりつくろひ《身なりを整え》、ものだにいはせずして《話をする間も惜しんで》、走りかけり行く。江戸を離れて見れば、金包みし苞《つと》はなし。「落せしぞと思へど《落したのだろうと思うが》、帰りても得られまじ《［今さら］引き返してもあるまい》。おのれらに損見ること《きさまたちのためにえらい損害だ》。得させしもあるまじ《分けてやった金もないだろう》」と問へば、「博奕《ばくち》に負け、遊所[二]に、酒の価に、蒔《ま》き[三]尽したれば、けふはかの侍が懐《ふところ》の物とりて、ここにあり。金あるまじけれど《小判はないだろうが》、酒代《さかしろ》ばかりは《酒代ぐらいなら》」とて見れば、わづかに金一分《いちぶ》[四]あり。これにて、また酒買ひ、ふぐと汁[五]食ひ飽きて、「江戸には《［今さら］》出でがたし」とて、東をさして行くゆく。

那須野の原に迎えた夜

下野《しもつけ》[六]の那須野《なすの》[七]の原に、日入りたり《日が沈んでしまった》。小猿・月夜いふ。「この野は、道[八]ちまたにて、暗き夜には迷ふこと、すでにありき《経験したことがあります》。ここにしばらく休み給へ。案内《あない》見て来ん」とて走り行く。殺生石《せつしやうせき》[九]とて、毒ありといふ石の垣のくづれたるに、火切りてたきほこらしをる《火を切り出して勢いよくたき火をしている》。

僧一人来たる。目もおこさで過ぐるさま《見向きもせずに通り過ぎる態度は》、憎し[一〇]。「法師よ。物あ

ていない。
四　一分判金（小粒）一枚。一両の四分の一にあたる。
五　「ふぐ汁」に同じ。よくあたる（中毒する）ところから「鉄砲汁」ともいう。「あら何ともなやきのふは過ぎて河豚汁《ふぐとじる》」（芭蕉『江戸三吟』）と、気がかりな食べ物であった。無法者たちがこれを「食ひ飽」くのである。
六　現在の栃木県。
七　栃木県那須郡にある那須岳の東南部一帯をいう。江戸からここまで二〇〇キロメートルに近い。おそらく三、四日間ひたすら逃げた勘定になる。
八　道が多くに分れていて。芭蕉の『奥の細道』に「この野は縦横にわかれて、初々しき旅人の道ふみたがへん」とあるによる。
九　野干《やかん》（きつね）が化して玉藻前《たまものまえ》となり宮中に召されたが、正体を見やぶられ、那須野で射殺される。その執心が残って石と化し、「それは那須野の殺生石とて、人間は申すに及ばず、鳥類・畜類までも触るに命なし」（謡曲『殺生石』）と伝えられている。『奥の細道』にも「石の毒気いまだほろびず、蜂・蝶のたぐひ真砂の色の見えぬほどかさなり死す」とある。また、『諸国里人談』二には「方五間ばかりに垣を囲む」と情景を伝えている。
一〇　自尊心を傷つけられた腹立たしさである。

らば食はせよ。旅費あらば置いて行け。むなしくは通さじ《ただでは通さない》」といふ。法師立ちとどまりて、「ここに金一分《いちぶ》あり。取らせん。食ふ物は持たず」とて、裸金《はだかがね》を樊噲が手に渡して、返り見もせず[一]行く。「行く先にて、若き者ら二人立つべし。〔彼らに〕『樊噲に会ひて、物贈りし』といふて過ぎよ」といふ。「応《おう》」と答へて、足静かに歩みたり。

[二]片時《かたとき》にはまだならじと思ふに、僧たち帰りて《引き返して来て》、「樊噲おはすか。我発心《ほっしん》《出家の時から》の初めより、いつはりいはざるに《うそは一度もつかなかったが》、ふと物惜しくて《ひょっと惜しむ気になり》、今一分《あと一分》残したる《金を手元に残したのは》、心清からず。これをも与ふぞ」とて、とり与ふ。手にするしかば《金を手にすると》、ただ心寒くなりて[三]、「かく直《なほ》き法師あり[四]。我、親・兄を殺し、多くの人を損ひ、盗みして世にあること、あさまし、あさまし」と、しきりに思ひなりて《一途に思いこむようになって》、法師に向ひ、「御徳に心改まり、いまは御弟子となり、行ひの道に入らん《仏道修行の道に入りたいと思います》」といふ。法師感じて、「いとよし《大変結構だ》。来よ《一緒に来い》」とて、連れだち行く。

小猿・月夜出で来たる。「おのれら、いづこにも去り、いかにも

一 底本「返りもせず」とある。意によって「見」を補う。
二 一時（約二時間）の半分。
三 ひたすらに心が凍りつくように感じられて。大きな衝撃を受けて、一瞬、体の自由を失い、寒けを感じたのである。
四 こんなにも心正しく、自己に忠実な僧がいるものだ。

旅の僧に逢い頓悟する

＊ ここに登場する旅の僧は、松崎尭臣《ぎょうしん》の『窓のすさみ』（享保九年、一七二四序）に伝えられている瑞巌寺《ずいがんじ》（宮城県宮城郡松島町）の中興の祖雲居《うんご》禅師（一五八二〜一六五八）の逸話によっていることが指摘されている。それによれば、「（雲居に道を聞かれた草刈り男が）『僧は路金あるべし。こなたへ渡すべし。さなくば討ち殺さん』といふ。『十金持ちたり』とて与へければ、道を教へけるほどに、二三丁往きしが、急に走り帰りて、もとの男を『あるや』と問ひ、さてありていふやう、『さきに金を乞はれしとき、実は二十金持ちたるを、欲心発して十金あると偽りしこと、返へすがへす恥しくある間、残りし金を遣はす』とて、取り出し与へければ、かの男感涙を流し、『さてもそれがしは畜類同事にて候。今より御弟子になして給はれ』とて、元結ひ払ひ、供に具して奥州に下りしとかや、人の語りし」とあって、よく一致

なれ。我は、この法師の弟子となりて、修行せん。[五]襟元《えりもと》の虱《しらみ》、身に《おれに》つくまじ《まつわりつくな》。また逢ふまじきぞ《再び逢うことはあるまい》」とて、[六]目おこせて、別れ行く。[七]「無《む》益《やく》の子供らは捨てよかし。懺悔《さんげ》、行くゆく、聞かん《懺悔話は歩きながら聞いてやろう》」とて、先に立ちたり。

みちのくの大和尚の遺偈

この物がたりは、みちのくに、古寺の大和尚、八十よの齢《よはひ》して、けふ終らんとて《今日はいよいよ臨終だと》、湯あみし、衣改め、倚子《いす》に坐し、目を閉ぢて、[八]仏名をさへ唱《とな》へず。[九]侍者・[一〇]客僧らすすみて申す。「いと尊し。[一一]遺偈《ゐげ》一章示したまへ」と申す。

「遺偈といふは、[一二]皆いつはりなり。まことの事語りて、命終らん。我は伯耆《はうき》の国に生れて、しかじかの悪徒《わるもの》なりし。ふと思ひ入りて《ふとしたことから悟って》、けふに至る。[一三]釈迦《しやか》・達磨《だるま》も我もひとつ心にて、曇りはなきぞ」とて、死にたりとぞ。

[一四]「心納むれば誰も仏心《ぶつしん》なり。放てば妖魔《えうま》」とは、この樊噲のことなりけり。

していている。

五 当時の俗語で「襟元につく」といえば、おこぼれにあずかろうと追従することを意味した。ここはそれをふまえた表現であろう。

六 二人の方を見やって。

七 月夜・小猿の両人を指す。「また逢ふまじきぞ」ということばや「目おこせて」いる樊噲の心の隅に幾分かの憐憫《れんびん》の情を認めた僧の励ましであろう。

八 仏の名を讃えていうことば。

九 側近の僧。

一〇 この寺に止宿している諸国行脚《あんぎや》の僧。

一一 禅僧が臨終に書きのこす詩句形式の教誡。

一二 雲居禅師の場合も『大悲円満国師年譜』（宝永二年、一七〇五序）に、人々が遺偈を乞うと、「師笑ひていはく、『水鳥・樹林みなわが偈なり。なんぢら特に偈を乞ひていかにせん』と言ひ畢《をは》りて、泊然《はくぜん》として化す」と記され、遺偈否定の姿勢が認められる。

一三 仏教の開祖・禅宗の始祖（〜五二八）に自己を比している。

一四 人間はすべて心に、仏と魔を蔵していて、この心を制御し得るか、放恣《ほうし》に流れるかによって、仏の心に通うか妖魔になりさがるかが定まる。このことばは典拠未詳ながら、『雨月物語』青頭巾に「心放せば妖魔となり、収むるときは仏果を得る」と用いている。

文化五年春三月[一]

瑞龍山[二]下の

老隠戯書

于時歳七十五

一　西暦一八〇八年。『春雨物語』一応の完結をみた記念すべき時である。秋成が没したのは翌文化六年六月二十七日であった。死ぬまで一年三カ月が残されているだけである。もちろん秋成にその余命を計算できるはずはないが、『春雨物語』の少なくとも半分に推敲を加えることができた。

二　京都市左京区南禅寺町にある臨済宗南禅寺派の大本山南禅寺の山号。このころ秋成は南禅寺山内の常林庵の後園に住んでいた。

書初機嫌海

こまめな筆に〔書きとめた〕　卑俗な話が
一むかしの西鶴《さいかく》が筆のまめまめしき、二世の中のよしなし言が、つも
〔その年の坂を〕
りつもりの三胸算用《むなざんよう》、四来る春の千代の松坂、こえわづらひし事どもを、
教訓まじりの文章に　読むにつけても　あの紫式部とかいった昔のお
教訓のがてら文章に書き出でたるを見るにも、かの紫とかいひしむ
人を　商売がまず第一の〔今の〕　〔優雅な源氏物語の〕明石や須磨の巻ならぬ磯臭
かし人を、前だれたすきの世にあらせば、あかしや須磨の塩じみた
い海人の明石須磨の話を　世の人心の隅々まで
るかたりぐさを、人情のかぎりいひ出でなんものをともおもはるる
ぞかし。

この作品は　入らないが　猿まねのい
これは五それらの数《かず》にもあらぬが、六ゆく年の尻《しり》わらひな猿《さる》手がうを、
たずら書きをもっと書けかけとけしかける人もいるが　老人くさいといやがられる時代おくれの自己
まだかけ書けとすすむる人もあれど、老いぼれがらるるむかし口に
流に
は、まず初春の筆はじめまでに、七機げんかいなことを、ひとつふた
〔駄作をお目にかける〕
つのみ。

八天明ひつじの年む月

九洛外半狂人漫言

一 井原西鶴が没したのは、元禄六年（一六九三）八月十日のことで、秋成が本篇の序を書いている時から九十四年前のことになる。

二 書きためた小品が積りつもってできた『世間胸算用《せけんむねざんよう》』という作品で。「つもり」と「胸算用」は縁語。

三 元禄五年刊。五巻五冊からなり、各巻四話、合計二〇話を収める。「大晦日《おおつごもり》は一日千金」の副題が示すように、年間の最終の収支決算日である大晦日における町人たちの生態を生き生きと描いた短篇集である。

四 長寿といわれる松を立てて新しい年を迎えるのであるが、その年の坂を、と続く。『世間胸算用』では借金取り撃退に四苦八苦する人々が多く登場する。

五 『源氏物語』や『世間胸算用』を指す。ともに「人情のかぎりいひ出で」た作品と評価している。

六 「ゆく年の尻（年末）」→「猿手がう」→「かけ書け」と縁語仕立てになっている。ことわざ「猿の尻わらい（自分のことを顧みず他人のことを笑う）」をふまえ、また、「猿手」は手をしきりに動かすこと、「手がう（てんがう）」は自慰行為を意味するので、「かけ書け」はその縁語となる。

七 ご機嫌うかがいになるような。

八 天明七年（一七八七）が「丁未《ていみ》（ひのとひつじ）」にあたる。「む月」は「睦月」で一月。

九 当時五十二歳の秋成は大阪に住み、医を業としていた。「洛外（京都郊外）」のよるところ不明。

書初機嫌海上《かきぞめきげんかいじょう》

むかしににほふお築土《ついぢ》の梅

天下太平国土安全、一おつとり《ざっと〔元和の昔から〕》百七八十年このかた《この百七八十年間》、二大宮ばしら動きなきみ代のありがたさ。かかる御時にうまれあはせて、何くらからぬあまりに《何ひとつ不自由のないのに驕って》、親の産みつけぬ《親が仕込んだわけでもない》口がしこい事を、隣町《りんちやう》の三市儒《しじゆ》の許《もと》でさへづりならひ、ついよう《箇略に》治まつたみ代ぢやと、誰も聞えるやうにはいはいで《誰にもわかりやすいようには言わないで》、四堯年《げうねん》ぢやの五三代《さんだい》の治《ぢ》ぢやのと、人の耳に入らぬやうにいうて《世間の人の耳なれないような言い方をして》、ただ《全く》六太平とは贅《ぜい》たくの俳名《はいみやう》となる。

その堯年・三代などいふは、七太羹《うまいもの》もまゐらず《召しあがらず》、衣《き》もの履《はき》ものやぶれねば《破れない限りは》更《また》こしらへず、八茅茨《のきば》も不剪《やりばなし》にして、外聞《ぐわいぶん》をかまはせられぬ《見かけを気になさらぬ》代《よ》なりしとなり。〔それが〕また九象牙《ざうげ》で箸《はし》をこしらへたから、てつきり《いっそのこと》玉の杯《さかづき》も〔欲しい〕となげかれしは、さて《考えれば》もまづ〔唐国とは〕しい国の人心《ひとごころ》なり。

一 天明九年（一七八九）に寛政と改元されたとき、秋成の書いた文章『寛政改元』には「そもそもあづまの大殿（徳川氏）の天の下預り申し給へりし元和《げんな》のはじめといふ年より百七十五年をへ給へりき」とあり、大阪夏の陣（一六一五）以後という計算をしている。

二 世の中が安定している平和な時代。「大宮ばしら」は皇居の柱。

三 寺小屋の先生のところで、口移しに教えられた言葉をそのままに。

四 古代中国の伝説的聖君、帝堯《ていぎよう》治世の時代めく世の中、の意。

太平の世の饒舌

五 中国の夏・殷・周の三代で、儒教の立場から理想的な時代とされる。『論語』衛霊公に「子曰《い》はく、われの人におけるや誰をか毀《そし》り誰をか誉めん、もし誉むべき者あらばそれ試むる所あらん。民や、これ三代の道に直《よ》りて行はれし所以《ゆゑん》なり」と見える。

六 太平とは無益のおごりの同義語になりさがっている、の意。「俳名」は、ここでは異称・別名の意。

七 「太羹《たいこう》」は熱い肉料理。

八 粗末な家のつくりをいう。『十八史略』帝堯の条による語（二七頁注九参照）。

九 『十八史略』殷に「紂《ちゆう》（略）始めて象箸《ざうちよ》をつくる。箕子《きし》（紂の叔父）歎じて曰はく、彼象箸をつくる、必ず盛るに土簋《どき》（土製の穀類入れの器）を以てせず、まさに玉杯をつくらんと」とあるによる。

み国の今では、ウニカウル[一〇]でけづらせ《［箸を］》ても、けつく《結局は》杉・くろもじ[一一]よりいやしめ、玉のさかづきとは《玉製の杯を欲しがるとは》利休[一二]をしらぬやつかなとあなどる《軽蔑するほど》には《の今の世には》、それらにおどろくはずもなし《そんな異国の話に驚く人がいるはずもない》。儒者《じゅしゃ》たちは心せばく、引きあはぬ[一三]異国のむかし話を信じて、かたむくろなる《融通のきかない》論も《主張も》、今はよしなし《今の世には無益なことだ》。

かかるおん時には、奢人《おごりて》をあてに衣服・調度をこしらへて、世過ぎするもの《生計を立てている者が》幾万人ぞ。ねずみ算用《ざんよう》[一四]にましてゆく世の人を、皆耕させて《耕作させて》とは《［という人もいるが］》、富士も筑波《つくば》も比枝《ひえ》・愛宕《あたご》も、残りなく引きならしても、なほ《それでも》人数《にんず》にはたらぬ田畠《たはた》なるべし。

正月風景も有為転変

歯朶《しだ》・ゆづり葉、いかいたはけ[一五]の丹波道《たんばみち》を、京の町あてにして毎日荷《に》なひこむ事、おびただしき年々の暮のにぎはひ、これを《迎春行事を》神代《かみよ》からある吉例《きちれい》のやうにいうて《めでたい習慣のようにいって》皆する事なれば、正月はめつたに神代めく物に《やたらに神代の風に似ていると》、歌[一六]・れんがの人のいひはやせど、すきとその昔むかしには《まったく神代の昔むかしに》あつた事でもないげなり《なさそうである》。「福徳《ふくとく》[一七]びんぼふのぎえんは《起縁は》、もと唐国《からくに》の

一〇 ポルトガル語 unicorne の日本よみで、イルカに似た水棲の哺乳動物。その牙を消毒剤として珍重した。『和漢三才図会』（正徳二年、一七一二）に「一角、巴阿多、宇無加布留、共に蛮語なり。（略）尋常には得難く、その長さ六、七尺、周り三、四寸、象牙に似たり」と、入手しがたいことを記している。

一一 スギやクロモジで作った箸より低級なものと思い、の意。「クロモジ」はクスノキ科の落葉低木で、材の匂いがよいので楊子や箸に作る。

一二 千利休《せんのりきゅう》（一五二二～九一）。いわゆる「わび茶」を大成し、千家流の茶の湯の元祖となった。

一三 一七一頁六行以下にも同趣のことを述べている。また、『胆大小心録』に「国学者が唐の事を考へると、儒者が日本の事をいふと、力がありたけで（りきんだところで）儒者の方がすかたんが多い」とある。

一四 人口が加速度的に増加するのだから、それらの人に農耕させたらよいという議論もあるようだが、それでは高い山々を埋め立てに使ってならしてしまっても、土地の方が追いつかないだろう、の意。

一五 「いかひ愚痴《たはけ》のなれの果」（『松の葉』悪所八景）と歌われた、遊女狂いで破滅した連中が夜逃げして通ったこの丹波道を。

一六 「元朝や神代のことも思はるる　守武」。

一七 福徳神を祀り、貧乏神を追い払う行事のおこりを尋ねると、みな中国人の愚かさと欲に始まる、の意。

門松のむかし今

人の愚智どんよくからしはじめた事ぢや」と、ある物しりのいはれたを聞きし。いかさまそれはさうかして《なるほどそう言われればそうらしくて》、大かたは《大部分の事は》[一]荊楚歳時記《けいそさいじき》とかいふ書《ほん》にある事多し。

二三十年前までは、門々《かどかど》の松竹、大路《おほぢ》にそびえ立ちて、[二]かざり海老《えび》・[三]かざり炭、[四]だいだい・[五]穂だはらの色をかしく《色どりもよろしく》とりあはせて、[六]ことし藁《わら》のしなへ三尺にあまれるしめ縄、《［それに］》[七]木綿《ゆふ》切りかけて《挾みこんで》軒ごとに引きはへしに、[八]はつ東風《ごち》のそよめきて、えもいはれず《何とも言えず》福々しき物なりしに、いつしかそれらの事《そうした風習も》すたりゆくさまにて、さばかりの《それほどの》大かざりは、武家がた、何がしの長者、あるいは呉服の[九]現銀店《げんぎんたな》、芝居《しばゐ》の大木戸《正面》のみに《入り口だけに》風儀《ふうぎ》のこりて《風習が残って》、商人職人《あきんどしよくにん》の門々は、[一〇]子《ね》の日めく小松をはしら根に打ちつけ、かざり縄もつい輪にして《簡単に輪状に作り》、門の口に引きかけてすます事、何も何もさらさつとした《万事につけてあっさりとした》世のさまを見て、[一一]門徒宗《もんとしゆう》にはむかしからこれらの事をせぬゆゑに、「あらありがたや、世の人皆常《じやう》ぼん常ひがんのことわりを《平生がお盆 彼岸という仏法の理を》わきまへしは、ご宗旨の繁昌《はんじやう》ぢや」と、

一 中国の梁の人宗懍《そうりん》によって書かれた、湖南・湖北地方の年中行事の書。はやくわが国に伝来した。「正月七日、人日と為す。七種の菜を以て羹と為す」などの記事がある。

二 伊勢えびを門の飾りとした。

三 門松に炭を結びつけて邪悪を払う飾りとした。

四 正月飾り用のミカン科の果実。

五 褐藻類の海草ホンダワラ。干して米俵の形にして正月飾りに用いる。

＊『守貞漫稿《もりさだまんこう》』（嘉永六年、一八五三序）に「注連縄の飾には、うらじろ、ゆづる葉、海老、だいだい、蜜柑、柑子、昆布、榧、かち栗、池田炭、ところ、ほんだはら、大略三都同じ」とある。

六 今年とれた新藁で作った、しなった丈が一メートルほどあるしめ縄を。

七 楮《こうぞ》の樹皮を蒸しさらして繊維を糸状にしたもの。

八 一夜明けると元旦となり、春らしく東の風がしめ縄の木綿をそよがせているさまは、の意。

九 掛売りの店よりも現銀店のほうが景気がよいわけである。三井・大丸など掛売りなしの呉服現銀店の門松が、武家屋敷などとともに立派であったことは、『守貞漫稿』にも述べられている。

一〇 平安時代、正月最初の子の日に、野に出て若菜を摘み小松を引く遊びがあったが、その根から引きぬいたような小松を、門柱の根もとにうちつけ、しめ縄なども輪にして掛けるようにし、万事簡略を旨として

いる。

一一 親鸞《しんらん》を開祖とする浄土真宗の別称。一三五頁注一六参照。

一二 秋成が伊勢の荒木田末偶《すえとも》に宛てた手紙に、「(宣長は)復古といふ事をもはらおしやれど、さらにさらにいにしへにかへり来る事あるべからず。ただうちまねぶは擬古なり」と述べていて、この場合の「国学者」は本居宣長(一七三〇〜一八〇一)のことと見てよい。

一三 宣長は史論『駁戎概言《からおさめのうれたみごと》』(安永七年、一七七八稿)で「万《よろづ》の事も、やうやうにいにしへにたちかへりつつ、いともいともめでたく」と当代を評価している。

一四 藤原時平らが編集した律令時代の法令集。『胆大小心録(書おきの事)』にも「延喜の大膳・正膳・内膳の式を見れば、今くはぬ物多し。天子さまも、昔は脾胃《ひゐ》お強かつてぢやあろ」とある。

一五 新年を迎えるための飾り物などを売る年末の市。

一六 若狭(福井県南西部)産の塩鯛風に加工したすわり鯛などは、古代の天皇のお食事など及びもつかない結構なもので、と続く。『胆大小心録』に「肴は…「塩物…」などとある。「すわり鯛」は祝儀用に二匹を背合せに形を整えて盛りつけたもの。

一七 金と命さえあれば、何でも手に入る仕組みの世ではあるが、実利のあることにだけ金を使うのである。

食えぬ飾りは買わぬが当世

偏頗《へんば》なよろこびごともをかし《ひとり合点でうれしがっているのは滑稽だ》。

また、ある[一二]国学者《こくがくしゃ》とかいふが、「何事もそろそろ《次第次第に》[一三]太古《おほむかし》の質朴《すがた》に立ちかへるを見よ」といはれし道理に、これらも引きつけていひたい《この世の様も我が田に水を引いて言いたいところだろうが》物なれど、さらさらさうではあるまい《全くそんな道理からするのではなくて》事、〔実のところは〕世の繁昌につれて、人のさいかくもとつくりと《機転の利いた思いつきもじっくりと》そろ盤《ばん》と談合《だんかふ》して《相談の上》、無益《むやく》の事ははぶいてせぬ事よと見えたり。

何とおもひめぐらしても《どう頭をひねって考えてみても》、昔むかしには立ちかへりもすまじく、また立ちかへりとむない物なり《立ちかえりたくもないものだ》。〔例えば〕いにしへの天子様のおあがり物を《召しあがり物を》[一四]延喜式《えんぎしき》で見れば、いけた物はひとつもなし《うまそうなものは何ひとつない》。今は[一五]年《とし》の市《いち》じまひに薄《少し》塩きりて《塩で身をしめて》、[一六]若狭《わかさ》もどきのすわり鯛《だひ》など、万事の物ごのみかくなりぬ。[一七]福寿《ふくじゅ》の文字さへあれば、何にても求めるぎえん世界なれど《何でも手に入る仕組みのこの世ではあるが》、うまく《うまい》食ひのみして《ものを食ったり飲んだりして》、あたたかに着ふくれん事をむねとし《第一に考え》、食はれぬ門《かど》松《まつ》・かざり縄には銭《ぜに》をつひやさぬ人ごころの、〔これは〕昔むかしには似もつかぬ物ぞ。

千年一日はお築地の内

さばかり物事のはぶかれゆくにも、さらにうつり給はぬはお築地《ついぢ》[一]の内にて、よろづの事いにしへをしたはせ給ひ、有職《いうしょく》[二]のお家にそれぞれの旧《ふる》きためしどもをもとめ給ひ、三百年前の朔旦冬至《さくたんとうじ》[三]の御儀式までおこし出でさせ給ふは、さてもありがたき太平のあまりなりけり。「九重《ここのへ》[四]の門《かど》のしりくめ縄[五]・なよし[六]のかしらひひらぎら」と、貫《つら》[七]之《ゆき》のいはれしには、その世の春もほぼ推《お》しはからるるなり。今もしかるやいなや、み垣の内なる事はしらるまじき事なり。

町人百姓の家には、柊葉《ひらぎば》にとりそへて、鰯《いわし》[八]のかしらにてすますを、それらの手あてにては、財[九]布かたげた鬼は何のおそれなく入り来たりて、払ふかはらはぬの

それほどに／いっこうに変ろうとなさらないのは／古い時代の故実を尊重なさって／実例をいろいろとお尋ねになり／余慶というものなの／復活なさるようなことになるのは／だ／書かれたことから／平安朝時代の正月風景も／およそ想像できるというものだ／その／ままであるかどうか／お公家さまの屋敷内のことはうかがい知ることができない／間に合わせているが／その程度の防御策などでは／肩にした債鬼は

一 公卿方のお屋敷内で、そこでは、の意。「築地」は、泥土で塗り固め瓦屋根をつけた塀だが、これを回らせたのは公卿の邸だけであったから、「お築地」で公卿を意味した。

二 有職故実に通じていることを務めとしてきた家柄。「有職」は官職や礼式などについて多くの知識を具えていること。

三 二十年に一度陰暦十一月一日が冬至と重なるときがあり、これを瑞祥《ずいしょう》として宮中において節会《せちえ》が行われたという（『公事根源《くじこんげん》』）。明和四年（一七六七）に朔旦冬至があったから、本篇の序文の「天明ひつじの年」もまた朔旦冬至があるはずである。

四 内裏の諸門に飾りつけたの意。この一文は『土佐日記』一月一日の条を引用したものであるが、原文は「こへのかどのしりくべなはのなよしのかしら、ひひら木ら、いかにぞ」となっていて、「こへ」を秋成は「こゝのへ」の誤写とみているのであろう。現在では「小家《こへ》」ととるのが通説である。

五 しめ縄の古語（『古事記』上）。

六 「なよし」は魚のボラの古名。ヒイラギの枝になよしの頭をさして正月の邪鬼よけに使ったものらしい。

七 紀貫之（?〜九四六）。秋成は『春雨物語』海賊に登場させている。三七頁注一三参照。

八 節分の夜、ヒイラギの枝に鰯《いわし》の頭をさして門柱にうちつけておく習俗（『日次紀事』）を、『土佐日記』の記事と結びつけ、鰯はボラの代用品というのである。

九 ヒイラギと鰯の頭は邪鬼をさけるためのものであるが、鬼は鬼でも借金とりの鬼は、の意。

一〇 本来は医者が脈搏の状態を診《み》ることを意味するが、ここでは支払い能力を調べる意である。

一一 金銭の出し入れをする場所（帳場）に坐っている主人や手代の様子。「手代」は商家で番頭につぐ身分のもの。丁稚《でっち》、手代分、手代、番頭と出世する。

一二 もち米を煎って爆《は》ぜさせたもので、正月飾りの島台などに敷くのに用いる。この場合は餅の下に敷いてあるのであろう。

一三 かまどを守る神を祀った荒神棚に供える松の木。「京阪は大約二尺以上より五六尺の松」（『守貞漫稿』）。

一四 正月料理に使う塩づけの鰤を、台所の土間に天井からつるした。

一五 全額払ってはもらえない家だと正確に見抜けなくては、いま時一人前の商人とは言えない、の意。「黒ぼし」は、的の中心にある黒い丸。

一六 『徒然草』一の「みかどのみ位はいともかしこし。竹の園生《そのふ》の末葉まで、人間の種ならぬぞやんごとなき」による。「竹のそのふ」は、中国漢代、梁の孝王が東苑に竹を多く植えたので、人が「竹園」と呼んだこと（『史記』梁孝王世家正義）から、皇族を意味する。

竹の園生の頼みは城持ち

一七 「竹」と「うきふし」の「ふし」は縁語。

一〇けん脈《みやく》をはやくうかがふなり。一一はらひ場の旦《だん》那《な》・手代がゐずまひはもとより、大釜《おほがま》の上のすゑ餅のはぜ一二おとり、一三荒神松《くわうじんまつ》の枝ぶり、釣一四さげた塩鰤《ぶり》の大小、内儀の髪かしら、畳のおもてがへ、薪棚《きだな》の薪《き》のつみやう、足るたらぬしらぬ丁児《でつち》・童女《こめろ》が、「正月、正月」とうれしがる横顔の何とならこさびしいに、これなん内ばら一五ひの家と、黒ぼしさしたがへぬが、当世の商人なり。

一六人間の種《たね》ならぬ竹のそのふの末葉《すゑは》までも、世一七のうきふしにつれて、あるないの苦はあそばす事かもしらず。それにつらなり給ふ雲のうへ人も、代々《よよ》富みさかえ給ふがあり。またまづしくておはせしも、

すばやく察知するのである
坐っている様子は
〔決算が〕黒字か赤字か
髪の結いぶり
〔の有無〕
も判らぬ
どことなくさびしいかげりがあるので
的をはずさない判断を下すのが
今の世に生きる商人なのである
皇族の方々の
末裔でも
世の辛さは遁れられず
暮しむきの苦労はなさるかもわからない
ましてその宮中に仕えておられる公卿方の中にも
〔かと思うと〕今まで貧しくておられた方でも

一国一城のむこ君にさだまらせ給ふより《〔ご子息が〕大名の姫君を妻となさることになってからは》、めきめきと御かつ手なほ《お暮しむきがよくお》らせられて《なりになって》、五歩《ごほ》[一]に一楼《いちろう》、十歩《じっぽ》に御はらへらせられても《〔歩いては〕空腹をなげかれても》、何《〔すぐに〕》時しら《いつ何》ずに《時でも》山海の物をすすめ奉るけつこう《さしあげるという仕組みだ》。その段になりては《そんな裏付けがあるようになれば》、金一両は[二]六十目《め》するものとおぼえた下子心《げすごころ》とはちがうて《下々の心ざまと異なり》、いふにいはれぬたふとい所があるよしなり。

かかる御あたりの《こんな羽ぶりのよい方々の》春むかへには、年々[三]のご嘉例《かれい》のほかに、ひさしくすたれたる事やはあると《途絶えている行事がありはしないかと》、家の記録をかんがへさせられて《お調べになって》、行事もおこし出でさせ給ふ《復活するようになさる》。御一族《いちぞう》広きかぎり、まづ衣《きぬ》[四]くばりおぼしよ《思い立たれる》らせ給ふ《ことになる》。松がさね[五]よりして桜・山吹のかさね花やぎたるまで、風《これ》流のかぎりを物ずかせられ《以上の風流はないほどに趣向を凝らせて》つつ、この春の御ことぶき《この初春のご祝儀ごと》、よろづみこ《なにもかもご満》ころゆかせ給ふ《足のていとお見うけする》よと見ゆる。

これをまかなはせらるるお里かたの役人《これらの諸経費をお賄いになる姫君の実家の納戸役人は》、いかに眉をやひそむらん《どんなに頭の痛いことだろう》。年々のお江戸くだしのほかに《江戸表への送金の外に》、これだけはの手あてをうちこえ《〔なんとか〕これだけはと考えた予算のわくを超えた》た事ども《出費のやりくり》、銀主《ぎんしゅ》[六]どもに足もと見られて、前月[七]をどりぢやの手代口銭《こうせん》[八]

一　杜牧《とぼく》の「阿房宮賦《あぼうきゅうふ》」（『古文真宝後集』）に、始皇帝の阿房宮のさまを「五歩に一楼、十歩に一閣。廊腰縵《ゆる》く廻《めぐ》りて、簷牙《えんが》（とがった軒先）高く啄《ついば》めり（空にくちばしを出している）」と形容した句をもじっている。「歩」は長さの単位で約一・八メートル。なお、この場合は入り聟になったのではない。

二　小判の相場。すなわち金一両は銀六〇匁《もんめ》（二二五グラム）相当が基準。ただしこの相場は常に変動し、町人の経済生活にとっては不可欠の知識であった。

三　毎年きまって行われる、正月のめでたい儀式や行事をいう。

四　年末に正月用の晴着を配る行事。

五　中古期の襲《かさね》の色目で、「松がさね」は表もえぎ、裏紫、「桜がさね」は表白、裏藍《あい》、「山吹がさね」は表朽葉《くちば》、裏黄。「かさね」は重ねて着る一対の服で、色のとり合せが決っていた。ここは宮廷貴族のことだから平安朝時代のような雰囲気を出すべく描写している。

六　諸大名の国元への送金を担当していた「銀がけ屋」「大名貸し」といわれた両替商の町人。『守貞漫稿』に「大名に金を貸す、京坂には銀主、江戸には金主といふ」とある。

七　短期融資の場合に、返済期日を繰り上げて、以後の期間に対してとる追加利息。この場合は、前月の末日を期限とせず、数日繰り上げてあって、その日から末日までを新たな一カ月として利息を請求するのであろう。

八 銀主は大名から禄米を受けるが、その手代にも禄が支給された。「手代扶持」ともいう。「口銭」は手数料の意。

九 慣用句「酢《す》にあて粉《こ》にあて」「酢につけ粉につけ」ともいう。「粉にひかれて」としたのは、「差し引かれる」の意を含めたからである。

一〇 姫君を妻にした公卿から大名をいう。

一一 都へ輿入れして初めて迎える正月の遊び（子《ね》の日など）を、きっと楽しんでいることだろう。

一二 主君の側近く仕える侍。

一三 大名の勝手向きのことをつかさどる役人。藩によって名称はさまざまであるが、金銭・衣料品・調度品・慶弔品などの出納を任とした。

一四 旧年末の「年々のご嘉例」（前頁六行）や「衣くばり」（同八行）の経費も姫の実家が負担した。

一五 知行所を与えられず、蔵から米あるいは米切手を支給される武士を蔵米取りというので、この場合も蔵米だけを支給される納言や宰中将の意であろう。「納言」は太政官で三位相当の官、「宰中将」は「宰相の中将」のつもりらしく、それならば参議（一三頁注一六）で近衛中将を兼ねた官人。

一六『拾遺集』四に「斎院の屛風に十二月つごもりの夜」と詞書して、「数ふればわが身につもる年月を送り迎ふとなに急ぐらむ」とあるによる。

ぢやのなんのかのと、[九]酢《す》につけ粉にひかれて《なにかにつけて　たかられて》、忠心の胸をさかさるとは露しらせ給はず《忠義な家臣が心を痛めている などとは全くお気づきにならない》、[一〇]舅君《しうとぎみ》にもいつの春よりことないご機げんにて《[今年の正月は]とりわけ上機嫌でいらっしゃって》、「ことしは姫がはじめての[一一]都の春あそび、さぞよろこばしうをるであらう。ずいぶんと万事とどこほりないやうにとりまかなへ。ほどなう若君をよろこぶと聞かば《若君誕生の知らせでも聞くことになれば》、このうへの満足。そのたよりを待ちびさしく《待ちどおしく》思ふは」と仰せ出ださるるに、[一二]近習《きんじふ》をはじめ出仕の諸武士かしこまり奉りて、「千秋万歳《いついつまでの御栄え》重畳《ちようでふ》の御吉事をねがひ奉ります《重なるおめでたを祈りあげます》」と祝し申し上ぐる中にも、[一三]お納戸《なんど》用人のみこころひとつに《心の中でひそかに》、[一四]去暮《きよくれ》のお物入りのうへに《昨年末のご出費に加えて》、つづいてご懐妊《くわいにん》とあらば、はたといかぬさしつかへを《ぱったりと行きづまる台所を》、人の心もしらずに《[心配している]》と、にがわらひして恐悦《きやうえつ》申し上ぐるなるべし《慎んでお喜び申しあげるのであろう》。

後楯なき公卿の姫たち

また《一方》、さるよせなき《そんな後楯のない》[一五]蔵米《くらまい》の納言《なふごん》・宰中将《ざいちゆうじやう》の御かたがた、わびしくてのみ過ぐさせ給へるには、来る春のまうけもみ心ゆかせ給はぬ事のみにて《やがて来る正月の準備も思いどおりにならないことだらけで》、[一六]おくりむかふと何いそぐらんと、ひとりごとしてうちか《古歌を口ずさんでせめてもの心や》

こたせ給ふ《りをなさる》。北の御方《奥方さまも》もよろづ心だのみなく《何かにつけて望みなく心細くお感じになって》のみおぼして、一もの思ふと過ぐる月日もしらぬまにと《［もう駄目か］と》、うちなげかせたまひぬ《嘆き悲しんでいらっしゃる》。

姫ぎみたち、しろき御衣《ぞ》もなれあかづきて《くたびれ汚れて》、二紙の衾《ふすま》ひとへをふたかた《二人で》の中にめさせ給ひ《お召しになって［いるので］》、かなた身じろぎ給へば《おひと方が寝がえられると》、こなたはあらはにぬがせ給ふ《もうおひと方はむき出しになってしまわれる》。御たがひにをりをり《［交互に］》おきてやすませ給へるを見るにも、北の方のみ心やるかたなし《お心の晴れるところがない》。

犬も通わぬ勝手口

三わらべどもがふみあけいでも《踏み破らなくても》、くづれこぼれたる《［古くなって自然に］くずれ破れた》ついぢより《土塀から》、犬もかよはぬは道理でこそ《もっともなことで》、お台所は四へりなし畳のしかもところどころや《破れ》れくさりて塩じみたる《腐って垢だらけに汚れている所に》に、五老いたる女房の居かがみながら、ひとりのはした女《め》をよびづか

一 『後撰集』八に「もの思ふと過ぐる月日も知らぬまに今年は今日に果てぬとかきく（敦忠）」とある。なお、この歌下句「年もわが世もけふやつきぬる」として、『源氏物語』幻では源氏の歌となっている。次が「雲隠」の巻であることもあって、この場合の典拠としては、後者がよい。

二 厚い和紙に柿渋を塗り、もみやわらげて作った夜具。

三 『伊勢物語』五に「密《みそ》かなる所なれば、門よりもえ入らで、童《わらは》べの踏みあけたる築地のくづれより通ひけり」とあるによる。

四 庶民に多く使われる畳。貴人の生活にはそぐわない。

五 老侍女。

玉だれのかしこきあたりは、ご空腹

お粥をさっぱりとした仕立てでさしあげよ　〔声さえ〕　ふるえる程お　寒い台所だから〔犬のくわえる〕　〔一応は〕

ひして、「御[六]かゆきよくしてまゐらせよ」などといふも、ふるふふるふ寒げなるには、塩物の骨だにも落ちこぼれてはあらず。

この殿につかへてみ[七]

とは言え　反古紙でつくろい　毎年毎年不景気だからとか　在庫がふえる一方だからとか　無造作に断られる始末　鉄の　かかとがすり切れるほど

侍《さぶらひ》といふも、絹《きぬ》[八]がみしものうらは大かたは反古《ほうご》してつづくり、千[九]代絵・歌がるたの内職も、年々ふけい気での、しろ物づかへぢやのと、[一〇]ふられやすかた、黒がねの雪駄《せった》のしりのちびるほど持ちあるかねば、お銭《あし》にはかへがたし。

大阪方面で　歴々の商家の　父親に先立たれたため柔弱な育ちよう　商売はきれいさっぱり　〔世を〕　斜め飛び　なまじ　〔歌詠むなどの〕　みやび好みで

このさむらひ、もとは難波《なには》がたにて、よしある人の愛子《あいし》のあまりに家業うとく、しかも、てて親なしのやらこいそだち。かせぎの事はすきと桂馬《けいま》とび。すこしの風流心からお築地のご奉公に参りしの

六『源氏物語』夕顔に「御粥《おかゆ》などいそぎ参らせたれど」などと見えるのと同じ王朝風のことば使いで、その場合の「粥」は普通の飯。

七 貴人に仕えているものに対する尊称。

八 絹布で作った肩衣と袴。この場合、材質は立派だが古びて、裏から紙を当ててやっと体裁を保っているにすぎないのである。

九 千代紙や花ガルタなどの裁断・のり貼り・彩色などをするのであろう。

一〇「ふられ（断られ）やすい」に「やすかた（安方）」をかけて、「善知鳥《うとう》（烏頭）」を連想し、「黒がね」と続けたものか。「善知鳥」はウミスズメ科の鳥で腹部（白）以外は黒褐色。謡曲『善知鳥』によれば、親鳥が上手に子鳥を隠していても、猟師が「うとう」と呼ぶと、「子はやすかたと答へけり、さてぞとられやすかた」とあり、さらに「娑婆にては、善知鳥《うとう》やすかたと見えしも（略）冥途にしては怪鳥《けてう》となり、罪人を追つ立て、鉄《くろがね》の嘴《はし》を鳴らし」ともある。

ち、難波なる友のもとへ便《たより》につけていひつかはせる、

[一]雲のうへのありし昔はしらねども
今玉だれの内ぞひだるき

となん聞えし《詠んでよこした》。

金に無縁が高貴のあかし

かかる《こんな》御あたりにも《「年越しかねる」方々にも》、ぜひ暮れて行く年《否応なしに年は暮れて》のあしたは《新しい年の朝には》、[二]空のけしき立ちかはりて《空の様子も初春らしく変っていて》、うららと霞わたれるを、おもしろとご覧ずる。み格子《かうし》参るより《格子を上げると》、比枝《ひえい》おろしの雪風さと吹き入りて《さっと吹きこんできて》、はげしさいはんかたなし。老木《おいき》の梅のおほかたは花もさかで、枯るるよと見ゆるが片枝《かたえ》の木末《こずゑ》に、わづかに四五りん春しりがほなるぞまづうれし《わずか四五りんの梅の花が何よりも先に春を告げるようでかわいい》。鶯《うぐひす》[三]のこゑまだ氷れるには、「それまでも」物ほしげに聞きなされてあはれなり。

かくわびしげにわたらせ給へど《暮らされておいでだけれど》、初春の御ながめぐさは《ご詠草「の優雅さ」は》、町人の腹ふくれどもが口ぶりおよぶべからず《富裕な道楽者連中の歌の詠みぶりなど足もとにも及ばない》。御筆はじめあそばさせ給ふ《正月のお書き初めをなさる》御手のけだかくなだらかなるを見るにも《その筆跡の上品で優雅なさまを見るにつけても》、この御筆つきにては何十貫匁、何百何十両「などという」のいやしげなる事はのるまじきなれば《ふさわしくないであろうから》、よくよく

一 〈殿上人たちの、歴史の主役であった昔の姿が、どのようなものであったかは、知らないけれども、現在の宮廷生活者がひもじい思いをしているのは確かなことです〉。謡曲『鸚鵡《おうむ》小町』に、陽成《ようぜい》帝から「雲の上はありし昔に変らねど見し玉だれの内やゆかしき」という歌を贈られた小野小町が「内やゆかしき」の「や」を「ぞ」に変えて返歌としたとある。その歌をもじったもの。「ひだるし」は空腹の意。

二 『徒然草』一九の「かくて明けゆく空のけしき、きのふに変りたりとは見えねど、ひきかへめづらしき心地ぞする」による。

三 まだ上手に鳴くことのできないことをいう。

かの物にはうとまれましますが《金銭には恵まれていらっしゃらないが》、かへりてやんごとなき御すぢめあ《〔そこが〕むしろ身分いやしからぬ家柄を示していて》らそはれぬ事なりけり《否定できないところである》。

大内《おほうち》に雪ご覧ずるとてめさせ給ふに《宮中にて雪見の宴が催されるとあってお呼びがあり》、いそぎ参内まします。春[四]の雪は沓《くつ》の鼻のかくるるほどと、むかしの御抄物《せうもつ》[五]にしるされたるけふ《今朝の》のあしたを《参内ではあるが》、御供にまゐる人は《お供をして宮中に行く人は》、いかにわびしと《〔風流どころでなく〕どんなにか辛いと》うちかこつ《うらめしい》らんかし《思いであろう》。

書初機嫌海上終

四 春になって初めて降る雪が、沓の先端が埋もれて見えなくなる深さに積ったら、の意。『徒然草』六六には「初雪といへども、沓のはなの隠れぬほどの雪には参らず」と見える。「初雪」は冬になって初めて降る雪と、春になって初めて降る雪との両義がある。

五 「抄物」は注釈の書をいう。一条兼良（一四〇二〜八一）の『公事根源』（一四二二ごろ成立）に「昔、初雪の降る日、群臣参内し侍るを初雪の見参と申すなり。（略）春の雪も沓鼻のかくるるほどなれば、所の衆以下かならず参内して、雪の山をつきけるとぞ」と見える。

＊ 優雅な宮中の行事とて、結構なことにはちがいないが、「沓の鼻のかくるるほど」降った雪中の参内は、はた迷惑の感がないでもない。秋成は『胆大小心録』で京都のことを「不義国の貧国ぢやと思ふ。二百年の治世の始めに、富豪の家がたんとあつたれど、みな大坂・江戸に金を吸ひ取られたか。それでも家格をいうてしやちこばるよ」と毒づいている。その京都の初春を、大内を中心に戯画化した一篇といえよう。

神のお告げも和様唐様

書ぞめきげん海巻之中

富士《ふじ》はうへなき東《あづま》の初日影

[一]何とか申す御神《がみ》の、神功皇后《じんごうくわうぐう》に告げたまふは、「これより西に、金銀や何やよい物の沢山《たくさん》な国がある。お苦《く》もじながら《ご苦労をかけるが》[二]、おしわたつて物したまへ《手にお入れなさい》」とありし朝鮮国は、今ではまづしい所ぢやと聞く。

もろこしの神は、「これより東にある日本《につぽん》の国は、金銀銅鉄をはじめ、煎海鼠《いりこ》[三]・くし貝《がひ》・昆布《こぶ》などいふよい物がえいとあるほどに《どっさりとあるのだから》、絹布《けんぷ》や薬種《やくしゆ》やがらくた書物まで持ちわたりて、かへ事してもらへ《とりかえっこしてもらいなさい》」と、やはらかに告げたまふかして《ことば巧みにお告げなさるらしくて》、年々長崎の津に入朝して《わが国の長崎の港に来航して》益《えき》を乞ふ事、もつともあやまつたしかたなり。

清浄《しやうじやう》うへなき神にも《この上ない神でさえも》、[四]二《に》一天作《いちてんさく》の道はわすれ給はぬ事と見えたり。人として《[まして]》そろ盤《ばん》にうときは、[五]親のあまたらし彦の《親が甘ちゃんで》をしへなきが《[きびしい]訓育をしなかった》

一『古事記』によれば、天照大神《あまてらすおおみかみ》と住吉《すみよし》三神。第一四代仲哀《ちゆうあい》天皇の皇后神功皇后《じんぐうこうごう》が神懸りして受けた神託に、「西の方に国あり。金・銀をはじめとして、目のかかやく種々《くさぐさ》の珍《うづ》の宝、多《さは》にその国にあり。われ今その国を帰《よ》せ賜はむ」とあったという。以下はその俗語解である。

二 女房詞《ことば》、もじ詞とも。語頭音をとり「もじ」を添えた語。「は（恥）もじ」「か（髪）もじ」等がある。「お」は丁重の意の接頭語。

三「煎海鼠」はナマコを煮て乾燥したもの。食用・薬用になる。「くし貝」は串差しのアワビを乾燥したもので、煮物などに用いる。

四 そろばんの道すなわち利益を求める商売。「二一天作」は「二一天作の五」にはじまる珠算の割り算の九九をいう。「二一添作の五」とも書く。

五 古語「あまたらす（充満し給う）」に、俗語「あまたらしい（甘ったるい）」の意をもたせ、「彦」をつけて擬神名化した語で、次行「手なづち足なづち」に対応する。一六七頁一二行「よしある人の愛子のあまりに家業うとく」と同様、過保護の養育を皮肉った。

六『古事記』の須佐之男命《すさのおのみこと》の大蛇退治の条に出てくる老夫婦の名「足名椎《あしなづち》」「手名椎《てなづち》」を利用した。無一物のさまをいう「てんつるてん」から「手なづち」を出し、足《あし》すなわち銭なしの意で「足なづち」として、擬神名化した前行の「あまたらし彦」に対応させた。

七 日本の異名。『釈日本紀』に「師の説に、梁の時宝志和尚織《こまや》かに云ふ、東海姫氏国は倭国の名なり。今案ずるに、天照大神は始祖の陰神なり。神功皇后また女主なり。これらの義に就きて、或は女国と謂ひ、或は姫氏国と称するなり」とある。

八 古代中国の周王朝（前一一二二〜前四〇三）の姓は姫であった（『十八史略』）。

九 周の太公の長子を太伯《たいはく》（泰伯）、次子を虞仲《ぐちゅう》、末子を季歴《きれき》といった。季歴の子昌《しょう》が生れたとき祥瑞があったので、父の太公が、季歴を立てて昌（後の文王、武王の父）に家を伝えようと望んでいることを知った太伯・虞仲は身をひいて荊蛮（南方の蛮国）へ行き、入れ墨をし髪を切り、野心のないことを示した（『十八史略』）。

所変れば品変る

一〇 読書の際、本を載せる台。漢学者先生の姿態。

一一『古事記』に、伊耶那岐命《いざなきのみこと》が黄泉国から脱出して「左のみ目を洗ひたまふ時に成りませる神の名は、天照大御神、次に右のみ目を洗ひたまふ時に成りませる神の名は月読命《つくよみのみこと》」とあるによる。

一二『礼記』檀弓の「二三子皆尚左」の注に「喪は右を尚ぶ、右は陰なり。吉は左を尚ぶ、左は陽なり」（『康熙字典』）とある。

一三 土地の風俗習慣。

一四 めんどりが鳴いて朝を告げること、転じて妻が夫を押えて主導権を握ること。『書経』に「古人言へるあり、牝鶏の晨《あした》するなし、牝鶏の晨するはこれ家の索《つく》（尽）るなり」とあるによる。

なす所にて《のが原因であって》、[六]てんつる手なづち足なづちとなりての後にくやむとも《てんつるてんのすっからかんになってから後悔しても》、またかへるべからず《再びもとへかえすことはできない》。

[七]東海姫氏国《とうかいきしこく》の姫氏[八]は周の姓、荊蛮《けいばん》[九]に走られた《身を引かれた》泰伯《あにき》が、すなはち日本の祖神ぢやといふ事、今に《今でも》見台《けんだい》[一〇]たたいていひはる人もありときく。かしこからぬ事なるべし。

[一一]ひだりの御眼《め》を洗ひたまへば日の神うまれたまひ、右の御目に月の神うまれ給ふ。その日の神は女神《めがみ》ぢやとのいひつたへ、それでは[一二]左が陽、右は陰のから理屈《りくつ》にまたあたらねば《当てはまらないので》、国土ちがひの引きあてごとも《つき合せての解釈も》、しひてはいらぬものなり《こじつけとなっては余計なことというものだ》。

天竺《てんぢく》は母をたふとむ国ぢやとやら、いづこいづこも《どこの国でも》昔むかしの仕くせのみを《大昔からやってきた習わしに過ぎないことを》、後《あと》からさまざまとのいひなし《後の世に何のかのと理屈をつけるのは》、皆閑人《ひまじん》の我《われ》がしこなり《ひとりよがりだ》。

おなじ日本の内でさへ、お江戸の土風《どふう》[一三]、「ソナ和郎《やらう》、お午飯《ひる》はまだ出《で》かしないか《出来ないのか》」と、わが夫《をとこ》にむかうて横ぎせるの《くわえぎせるで「物いう」》ならはせもあり《習わしもある》。京・難波《なには》の町人の家にも、牝鶏《ひんけい》[一四]のあしたするを《かかあ天下の女房を》爺娘《ととかか》といふ。それでもますますしんだいの栄えるがあり。しよせん儒道《じゆだう》といふは一士大夫《したいふ》以上のをしへ、草のなびきの百姓・町人《お上の仰せに従う百姓町人［の世界］は》、夫《とと》がぬるくば《のろまなら》婦《かか》がはげし《気性が強い》いで《ので》、二味噌塩《みそしほ》のみならず商売のかけひきまでぬからぬでわたらるる《手ぬかりがないからうまく暮して》世なり《いける世界なのである》。

魚《うを》・鳥《とり》・三五辛《ごしん》を食《く》らはいでも、四有雑無《うざふむ》ざうにけがれた人の腸《くそわた》から出た五性理《せいり》・格物《かくぶつ》も六十二因縁《じふにいんえん》も、つまりつまりの算用《結局のところの理屈》づめは《解釈の原理は》、七人《にん》げん作《ざく》にて天地の自然にはあらずといふ人もありとや。

国の繁昌《はんじやう》時々西へながれ東へうつる。河の瀬のかはるに似たり《［あたかも］》。天地のきはまりなきは《天地自然に終りのないことは》八目前《もくぜん》あらそはれぬを《議論の余地はないのに》、九天理・因果の口たたき《談義ほざきが》のたえぬは《なくならないのは》、人はともあれおのが身過ぎ《他人のためでなく自分の生活のためだからだ》。「一〇米薪《こめたきぎ》は売るべき物、道は売るまじき物、我は売るべき米やたきぎを売りて、売るまじき道を売るまじ」といはれしもありしが《おっしゃった人もいたが》、さいうて《そういって》またぬからぬ《［それが看板の］達者な》売手《うりて》であつたかもしらず。

一一年の市、浅草を日本第一といへり。春の《正月用の》かざり物《［である］》、松竹や何や、

裏には裏の魂胆

一 ここでは士分あるいはそれ以上の階層をいう。
二 「味噌塩事」の意で、いわゆる炊事洗濯などの世帯むきの雑事をいう。
三 ニラ・ラッキョウ・ネギ・ニンニク・ハジカミの五種の辛《から》みのあるものをいう。
四 正しくは「有象無象」で、有形・無形の雑多なもの。
五 「性理」は、宋代（九六〇～一二七九）の儒者たちが説いた「性命理気の学（性理学）」のことで、天の付与する「命」をうけてわれにあるものを「性」という。「性」は普遍の「理」をうける故に聖人・凡人の相違はないが、「才」は各個殊別《しゆべつ》をうける故に賢人・愚人の相違があるとする説。また、「格物」は、『大学』に見られる儒教の主要な条目の一つで、「物を格《ただ》す」とも読み、あらゆる物・事実を徹底的に追求して自己のものとすることをいう。
六 仏教の教えで、三世《さんぜ》（過去・現在・未来）にわたる輪廻《りんね》の順序を示したもの。一に無明《むみやう》、二に行《ぎやう》、三に識《しき》、四に名色《みやうしき》、五に六処《ろくしよ》、六に触《そく》、七に受《じゆ》、八に愛《あい》、九に取《しゆ》、十に有《う》、十一に生《しやう》、十二に老死《らうし》。
七 人間の都合で作られたもの。
八 だれの目にもはっきりしていて。
九 「天理」は天地万物に通ずる道理、「因果」は原因と結果をいうが、この場合は前者が儒教、後者が仏教をそれぞれに説く者を意味していて、六行の「性理・

格物」「十二因縁」に対応している。
一〇 沢庵《たくあん》禅師（一五七三〜一六四五）の『玲瓏《れいろう》随筆』に「薪はいやしうして道はたつとし。然れどもその売るに至りて、我は薪を売らん。いかんぞなれば、売るものはこれ薪なり。道にあらざるなり」とあるのによる。
一一『江戸名所図会』に「金龍山浅草寺（略）年の市、毎歳十二月十七日、十八日両日の間、衢《ちまた》に仮屋を儲け、注連飾《しめかざり》・蓬莱飾《ほうらいかざり》物等、すべて歳首《としのはじめ》の賀に用ふべき種種を売買す」と見える。
一二「蓬莱」。三方の中央に松竹梅を立て、橙《だいだい》・みかん・ホンダワラ・串柿・昆布・伊勢海老などを飾りつけたもので、年賀の来客があればそれを客の前に出したという（『守貞漫稿』）。
一三 諸大名の参勤交代に従った家臣たち。
一四 寝るも起きるも身のまわりの面倒をみるのは男ばかり、の意。「伝内」「角助」は中間《ちゅうげん》・小者の通り名。
一五 千葉県銚子市や神奈川県横須賀市にある港町。銚子は江戸から約三十里、浦賀は約十六里（一里は約四キロメートル）にある。「誂子」は「銚子」。
一六 天明七年（一七八七）から三十年前は宝暦七年。
一七 中国前漢時代（前二〇六〜前九）、卓王孫の娘で、父のもとを出奔《しゅっぽん》して司馬相如《しばしょうじょ》の妻となり、酒店を営んで貧しい相如を助けた（『史記』貨殖列伝）。

卓文君流も時代遅れ

一二ほうらいのくひつみ物、神だな、かんばし（雑煮箸）、ざふに椀《わん》、組重ばこ、若水桶ならば（等々なら）売るべき物なるを（〔この市で〕売るも当然の品だが）、そのほか所たい道具、何によらず市人《いちびと》の持つて出た物は、塵《ちり》も残らず売れる事（一切売れてしまうのは）、繁花《はんくわ》のみの事に（繁華のゆえばかりでは）あらず《ない》。

〔江戸は〕余国とちがうて、一三一年かはり三年づめの諸武家がた、故国に妻子をおきて、一四寝るに伝内《でんない》おきるに角助《かくすけ》のをとこ所帯、ながれ川であらふ便器《おまる》尿瓶《しびん》までつらりつらりと（さっさと気軽に）買ひかへて、また新しき春をむかふ事なり。

万事大まかなひにて（何事につけても大がかりなので）出世しやすしと（一旗あげるのによいと）、上《かみ》がたのならずものは（京・大阪の敗残者たちは）、不尽《ふじ》の山を跡にして（富士山を背にして）はるばるとくだるを、〔かと思うと〕またこのしはたしものは（一方江戸で食いつめた連中は）、一五誂子《てうし》・浦賀の港々にしほたれつつ（おちぶれはてて）、あるは（その中には）上がたさしてのぼるもあり。

一六三十年前江戸見た人のいはれしは、京・なにはの水あらひよき女（垢ぬけした美女）をつれて下つて、何によらず（何はともあれ）一七卓文君仕《たくぶんくんし》だしの店（卓文君流の居酒屋でも始めようと）あきなひを出さばと

花のお江戸はお膝元の賑わい

かんがへしも、いつのまに《いつの間にやら》扇折《あふぎをり》一・女髪ゆひをはじめ、女医師《をんなくすし》・女相《さう》者《じや》、幾田《いくた》・やつ橋の琴指南《しなん》、滝本流の手習屋《てら》、千家《せんけ》二の茶手まへじん《千家流の茶の湯の作法》じやうでよいの《は品格があってよいとか》、蕉門《せうもん》三の俳諧士《はいかいし》もつよからぬ四は女なればなどと、み《顔か》めよきをもてはやせしも《たちの美しさが評判をよんだものだが》、今ではさらにめづらしからず。やんがて《そのうちに》五大名の銀口入《かねくにふ》かしつけざいそくに《「大名方の役人が」》、《「女が」》六松がね油のかをりゆかしく《「出かけ」》、口紅粉《べに》の玉虫いろに《あやしい色に》いひまはされ《まるめられよう》やすらん《「ひょっとしたら」》。それもはやくふりたるか《そんな話もすでに古くなっているかもわからない》はしらず。

されば《「江戸の」》元日の大下馬《おほげば》七さきのめざましき事《目をみはる賑やかさは》、八み溝水《かはみづ》のゆたけき流れの音、檜《ひ》九垣茶屋《がきぢやや》の日影うららかなるに《「優雅な京とは」》ひきかはりて《うってかわり》、一〇六十余ケ国の一一大小名がた、一二おはたも

一 以下、まだ歴史の浅い女性の職業を列挙した。「扇折」は扇の地紙を折って売り歩く者、「女髪ゆひ」については『胆大小心録』に「女の髪ゆひは、翁（秋成）が若い時に、お久米というたが元祖ぢやあった」と回想している。「女相者」は女人相見、「幾《いく》（生）田《た》」「やつ橋」は箏曲の流派。生田流は十八世紀ごろ生田検校《けんぎょう》（一六五六～一七一五）が創始、八橋流は十七世紀末ごろ八橋検校を始祖とする。「滝本流」は京都の男山八幡宮の別当滝本坊昭乗（一五八二～一六三七）の始めた書道の流派。「手習屋」は寺小屋。

二 「千家流」の意。千利休《せんのりきゅう》を祖とする茶の湯の流派。

三 松尾芭蕉（一六四四～九四）またはその門下に学んだ俳人たちの総称。女流俳人には智月尼、園女、存命尼（『蕉門諸生全伝』）などがいた。

四 『古今集』仮名序の小野小町評に「つよからぬは、をうなのうたなればなるべし」とあるによる。

五 大名への融資の話やその返済督促の役に女を当てるのである。「銀口入」は金融の仲介や口ぞえの意。

六 頭髪用の香油。

七 江戸城の大手門外の下馬所。

八 内裏の建物に沿って、特に清涼殿の正面（東側）に掘った溝を流れる水。

九 元旦に内裏に入ることを許された茶屋。茶釜や茶道具などを納めた箱一対を棒で前後に荷った茶売り姿であった。『拾遺都名所図会』（天明七年、一七八七刊）

との数かぎりなく、東《とう》一三天光《てんくわう》おそしと出仕《しゆつし》せらるる。乗輿《じようよ》一四のみさきあらそひ、引き馬のいななき、人だまひにおし（控えの場所では 押しの）やられじとのはれわざ、（けられまいとめざましい働き）絵にも詞《ことば》にもかきとらるまじきとなり。［御城内では］神社寺院がたのご拝礼一五はいつの日、四座《よざ》の御うたひ初《そ》め、けふは花のもとのおれん歌はじめなどと、松の内外《うちと》のご祝儀うちつづきて、吹く一六風枝をならさず、よする浪やしまの外までし（日本の国の外まで平和での）づかなるみ代なりけり。（どかな時代である）

かく［将軍様の］繁昌のおひざもとにも、よるべなきはなほしまひかぬる暮を、（頼るところもない者はまだ支払いのすまない年末を）なげきてのみ過ぐす月日も、けふあすとなれる［残り少なく元日も］（間近に迫った）師走空の五十三次、（東海道には）業平《なりひら》一七に似た旅人《たびびと》もあらず。（いるわけもない）（今業平は食いつめ者）

巻一に「元日に檜垣の茶屋の内裏へ入けるを見て、狂歌をよめる、初空にひの茶屋の朝けぶりかまどにぎはふその一つなり」と見える。

一〇 日本全国。七十カ国を超える数え方もある。

一一 一万石以上を領有し将軍に直接奉公する大名とそれ以下の小名。

一二 将軍家直属で、お目見得以上一万石以下の武士。

一三 正しくは「東天紅」。東の空が白み鶏が鳴くこと。

一四 乗り物。この場は登城の諸大名の駕籠。

一五 江戸城における新年の行事は恒例になっていて、元旦、二日に諸大名の拝謁があり、三日夜には謡始めが行われた。六日は出家・神主・社人の拝賀があり、増上寺大僧正以下諸宗の僧侶・神主・山伏らが祝賀を言上した。また、十一日には連歌が興行され、里村家（花の下《もと》）の連歌師が出座して発句と第三、将軍家が脇をつけてはじまるのが通例であった（『徳川実紀』）。

一六 世の中が穏やかであるさま。謡曲『高砂』に「四海波静かにて、国も治まる時つ風、枝を鳴らさぬみ代なれや」とある。

一七 在原業平（八二五～八八〇）。平城帝第一皇子の阿保親王の子で、六歌仙の一人。ただしこの場合は『伊勢物語』に「身を要なき物に思ひなして、京にはあらじ、あづまの方に住むべき国求めにとて行きけり。もとよりともとする人ひとりふたりして行きけり」と書かれている主人公としての業平である。

あり金はたいて江戸の風呂

本町《ほんちやう》[一]の御服棚《ごふくだな》、新堀《しんぼり》[二]の酒屋など、損徳《そんとく》のふたつを二本の足にかけてゆきかへる中に、世にありわぶる難波男の、誰をあて何をたよりとなしのあづまくだりに、ふるさとのつまらぬづくしもはかられぬ。

むかしは潯陽県《じんやうけん》[三]の菊印《きくじるし》を風雪の日の熱燗《あつかん》たのしかりしに、いまは菊[四]川の宿ぎりにわづかの路銭をつかひはたして、一重《ひとへ》ぬぐべきはかりごともなく、かち荷ともらひ食ひをなひまぜて、やうやう江戸の町に夜に入りてにじりこみぬ。

こよひは節分[五]の夜にて、あくる二十七日年内立春[六]なり。大路《おほぢ》にぎはしく、厄《やく》[七]はらひの坂東声《ばんどうごゑ》[八]高々とよばはりゆくもめづらしけれど、鼻つままるるもしらぬしんの闇に、何町《なにちやう》といふ所やら、もとより尋ぬべきしるべもなく、寒さわびしさたとへんかたなし。

銭湯のあんどうのひかり、まづうれしく立ちよりて見れば、人おほく出で入りて、湯けぶりの賑《にぎ》はしさを見るに、よしやこよひの野ぶせりに飢ゑこごえなば、あすの命もしらぬにと、つかひのこりの

二筋の分れ目を　二本の足の働きに託してせわしく往来するなかに　世を渡りかねている
大阪での八方ふさがりのさまも推測できようというものだ
菊川宿を最後に　少しばかり持っていた旅費も使ってしまって　着物を一枚脱いで売る
知恵もなく　荷かつぎ賃と　もらい食いとをかわるがわるに
いざるように入りこんだ
［ここが］
ままよ　今夜野宿すること
になって空腹と寒さにおそわれたら　明日の命もわからないのだからと

一　江戸城外堀の常盤橋《ときわ》より東へ、本町一、二、三、四丁目と続き、呉服屋・真綿屋・薬種屋・紙屋などが軒をならべていた（『江戸鹿子』『江戸名所図会』）。

二　現在の中央区新川辺り。『守貞漫稿』五に、「酒問屋、新川新堀茅場町、数戸軒を連ね、また各巨戸なる者なり」。

三　潯陽の江の菊をたたえて飲む酒ではないが、「菊印」の酒を、寒い日には熱燗で楽しんだこともあったのに、と続く。「潯陽」は中国江西省九江の地（『和漢三才図会』）で県名ではない。謡曲『猩々《しようじよう》』に「潯陽の江のほとりにて、菊をたたへて夜もすがら、月の前にも友待つや」とある。次注の「南陽県の菊水」と混同したか。

四　今の静岡県榛原《はいばら》郡金谷町菊川。『太平記』巻第二に、藤原俊基が藤原光親（事実は宗行）の辞世の詩、「昔南陽県の菊水、下流を汲んで齢《よはひ》を延ぶ。今は東海道の菊河、西岸に宿つて命を終ふ」を思い出す場面がある。

五　立春の前日。

六　暦の上では一月一日以前すなわち十二月であるのに立春を迎えること。『古今集』一に「年のうちに春は来にけりひととせを去年《こぞ》とやいはむ今年《ことし》とやいはむ」とある。

七　節分の夜、「ああらめでたいな、めでたいな（略）かほどめでたき折からに、いかなる悪魔が来るとも、

湯代十銭をかぞふれば、跡《残った》の緡《さし》には《銭差しの紐には》二三文の手あたり。[九]ままの合羽《かっぱ》のたばこ入れにおしこんで、何かなしに、[一〇]「ごめんなりませ、ひえもの」とはまだしもの事なり《とは言うが冷えもの以上の冷えものだ》。毛の穴にしみしみとあたたまりて、板間《いたま》に出で、あらこころよやと、かかり湯《あがり湯用の》の小桶《こをけ》に腰うちかけて、くたぶれやすめば《旅のつかれがとれてくると》、またこれよりいづちへ《さてここからどこへ》とおもふに《〔行ったものか〕と考えると》、しきりに物がなしくなりて、古布子《ふるぬのこ》の帯しめしめ、[一一]遠くも来にける事かな、あはれ[一二]都鳥のちかづきもがなと《上方出身の知合いはいないものかと》、この入りごみの人々を見わたす中に、四十あまりのまづしげなる医者、坊主《ばうず》あたまふりまはして[一三]話形《はなしかた》どりたるをば《〔見かけ〕》、ヲヲそれよ《おお あの男だ》、[一四]玉つくりの[一五]唐弓弦屋《たうゆみづる》の二番むすこ、小文才《こもんさい》もありて《少し漢字も読め》、博奕《ばくえき》かせぎに家出《いへで》してふたたびかへりこぬ、その男なり。

湯づけの味は命の親

あまりのうれしさに、「さてさておなつかしや」のほかには詞《ことば》も出ず。かなたよりも《相手の方からも》やうやう思ひ出して《どうやら思い出してくれて》、「これはどうだ《いったいどうしたのだ》」とこたへられたまたの《重ねての》嬉しさ。つまらぬ《〔こちらの〕》づくしの物がたりを聞きて、「あても本銭《もとで》もなくて、今の江戸へくだるとは馬鹿な事。マア宿《うち》へあゆま《おいでな》

この厄払ひがひつ捕へ、西の海とは思へども、ちりらが沖へさらり」と家々を唱えて回る物乞いで、江戸では、年数だけの豆と十二文を与えられたという（『守貞漫稿』）。
八 関東訛《なま》りの声。「坂東」は駿河《するが》（静岡県）と相模《さがみ》（神奈川県）の境の山坂から東の地。
九 「ままの皮（どうなっても構わない）」から「合羽」に続けた。「合羽」は桐油を引いて防水した紙。
一〇 湯に入るときの挨拶のことば。『浮世風呂』初編上に「田舎者でござい、冷物《ひえもの》でござい、ご免なさい」とある。
一一 『伊勢物語』に「その河（すみだ河）のほとりに群れゐて思ひやれば、限りなく遠くも来にけるかなとわびあへるに」とあるによる。
一二 『伊勢物語』の、「名にし負はばいざ言問はむ都鳥わが思ふ人はありやなしやと」をふまえている。
一三 手ぶり身ぶりを交じえてしゃべっている男を。
一四 現在の大阪市東区玉造町付近。
一五 「唐弓」は綿打ちに使う弓で、木に鯨の筋を張ったもの。玉造はその産地であった。『摂津名所図会大成』巻三に「名産唐弓弦、玉造の郷中にこれを製し賈《あきな》ふ家あまたあり、その数あげてかぞへがたし」とある。

一 お茶づけを食べさせて。

＊ 唐弓弦屋の道楽息子の異見（意見）ばなしは、同時に秋成の持論でもある。

一攫千金は昔の夢

二 「立身」を別の言い方でいったものだと思って。「和訓」は本来漢字漢語の訓読みをいうが、ここでは一五八頁の「俳名《はいみやう》」と同じような使い方をしている。

三 ふつうは士分以上の人々が使う改まったことば。

四 「江戸紫に京鹿子《かのこ》」といわれ、藍《あい》がかった紫の染物は江戸の特産。その「紫」で女をあらわした。

五 西行の家集『山家集』中に「鶯はゐなかの谷の巣なれどもだびたる音《ね》をば鳴かぬなりけり」とあるによる。元禄板六家集本では第四句が「訛《だ》みたる声は」となっている。

せい《さい》」と連れてかへりて、湯づけ[一]ふるまうて後の異見《いけん》ばなし。

「むかしの江戸は、人の心たのもしく、たのむにひかぬ男気《をとこぎ》な所でありしとやら。我らがくだつてもはや十年前にも、そのやうな算用なしを見あたらず。ただ何事にも執着《しふちやく》せず、たくはへ下手なるは自然の土風《どふう》なり。欲すぢにおいては上がたの人にまさり、なりあがりとは立身《りつしん》[二]の和訓《わくん》とこころえて、『ご機げん』[三]『恐悦《きようえつ》』『おかげ』『ご恩《おん》』などといふ詞《ことば》、分限《ぶんげん》のわかちなくいひて、わがたのみし人のあたまをふまへにして、かけあがり徳な世となりぬ。また昔は京奉公人とて、大名がたのめしつかひは、皆都ものに定まりし物なるに、今は江戸のれきれきの町家《ちやうか》のむすめを、我おとらじと芸をしこみて、奉公に出だす事なり。泥水《どろみづ》[四]に染めた紫の都まさりなもあるかして、めさるる事専《もつぱ》らなり。詞づかひ・琴・しやみせんのひとふし、だみ[五]たる声はなかぬなりけりと西行法師はよまれたれど、あづまの鶯《うぐひす》のなまるにはちがひなし。されど、手かき・歌よみ・茶・香・すご

頼り甲斐があって　頼めばいやとはいわぬ
江戸へ来て早くも十年になるが　〔当時すでに〕　そんな勘定ぬきの人物はいなくなっている
欲の皮のつっぱっている点は　上方の者以上で
貴賤上下の区別なく口にし　〔たとえ〕自分の恩人といえども
その頭をふみ台にして　〔何が何でも〕先へ出たが勝ちという世の中になった
京都育ちと相場が決っておったが
いなか育ちの江戸女にも都仕込み以上の女もいるらしくて
召し出される事
訛りのある声では鳴かないものだ
江戸育ちの訛りがぬけるはずがない
とは言え

ろくなど、またはつまはづれ《［着物の］裾さばき》、行儀会釈《ぎやうぎゑしやく》におきては、都はづかしからぬものにそだつる事《都の女にひけをとらない女性に仕込むのは》、米《よね》[六]といふ物になる《［それが］》欲せかいなり《計算があってのことだ》。我らが所《しよ》業《げふ》とてもそのとほり、病家《びやうか》といふがより親にて《患者の家が親代りといった具合で》、薬の功験《こうげん》はさしおき《効き目はともかく》、心やすうてよいの、話がをかしいのと《気さくなところがよいとか》、皆あちのなぐさみになるからのはやり医者《病家にとっての気ばらしに》。大病《たいびやう》になりてのしんせつといふは《［医者の］親切とは何かと言えば》、出入りの婆《かか》なみの夜とぎの事《徹夜の付添いくらいで》、または一種到来といふて時々の亭主ぶり《珍しい肴が手に入ったと時にはご招待もする》、暑《しよ》[七]寒《かん》のつけとどけのほかに、髪おき[八]ぢやの元服ぢやの、年賀・法事はさておき《もちろんのこと》、かひ猫の子を産んだまで、ぬからず《手ぬかりなく》酒さかなをおくる事の心がけ《［の方が］》、傷寒《しやうかん》[九]・金匱《きんき》の考索《かうさく》よりも第一なり《最優先だ》。また《［逆に］》時々金銀の小無《こむ》心《しん》、遠来の塩辛《しほから》の所望《しよまう》、酒の乞飲《こひの》みなどもあいそとなる《［かえって］気に入られる》。これらの事《こんな軽薄を》をたしなみてせぬは《身を正してせぬ人は［それだけで］》、療治《れうぢ》の巧拙《よしあし》はさしおき《別のこととして》、まづは我医士《いし》なりといひて、少名《すくな》[一〇]彦《ひこ》にも神農[一一]にも、申しわけはあるべし《［立派に］言い開きできるというものだ》。

行きつく先は品川の海

さて、学文《がくもん》の風《ふう》も、二三十年前とはちがうて、一家の見識を立つる人なく《本物の学風を樹立しようとする学者もなく》、口には《口先では》素難《そなん》[一二]・仲景《ちゆうけい》の軽薄弁《けいはくべん》で、売りつける事なり《専門家めく話しぶりでしゃしゃり出る》。つら

六「米」はこめの意であると同時に女、遊女をも意味する。

＊秋成自身医者になったとき「不学不術のはづのこと故、人の用ひぬ事は知つてゐる故、ただ医は意ぢやと心得て、親切をつくす」を心がけ、「願心を立て、金口入・太鼓持ち・仲人・道具の取りつぎはせまいというて、一生せなんだことぢや」（『胆大小心録』）と回想している。

七 土用見舞いや寒見舞いと称し、物品を贈ること。

八 三歳の子どもが、陰暦十一月十五日に氏神へ参る儀式。いわゆる七五三参りの原型。

九 中国の医学書の古典。『傷寒論』は後漢（二一五～二二〇）の張機の著、『金匱要略』は後漢の張仲景《ちゆうけい》の著。「考索」はそれによって、病因、治療法を考えたずねること。

＊ただへつらうだけよりは、時にはねだり物などして甘えた方が気に入られる。

一〇『日本書紀』神代上に「かの大己貴命と少彦名命と力をあはせ心を一つにして、天の下をつくる。またうつくしき蒼生《あをひとくさ》及びけものの為は、その病《やまひ》を療《をさ》むる方《みち》を定む」とあり、医薬の神とされる。

一一 中国古代の伝説的帝王で三皇の一。初めて医薬をつくったという。

一二 中国医学の古典『黄帝素問』と『難経本義』をいう。「仲景」は注九参照。

つら思ふには、今は[一]儒者《じゆしや》の論語《ろんご》、[二]医家の傷寒論《しやうかんろん》、[三]国学者の神代記《じんだいき》、我はかくといふ説を、一事一語でも持ちて出ねば、いふがひなき世といふ物なり。これをば、かぶき芝居《しばゐ》の[四]忠臣蔵《ちゆうしんぐら》世界といふ。[五]由《ゆ》良《ら》之《の》介《すけ》をはじめ、[六]おひはぎ場の定九郎まで、性根《しやうね》といふ事のないは、見《けん》物《ぶつ》の望みをうしなふ。上《かみ》がたとてもかはらぬ弊風《わるかぜ》、なげかはしき事なり。すべて関東人は[七]をとこ気といふ夷心《えびすごころ》にて、ながくよる陰とたのまれぬを、誰あてとなくくだりては、[八]おこせどもが手におちて、[九]切米給銀《きりまいきふきん》時々の用無《ようむ》心《しん》、無いがうへをかりあげられて、情《なさけ》なくつらき事のみの果ては、[一〇]品川海へさらりこつぱひの厄《やく》はらひ。

いかになりとも故郷

「目先の変った」自説を　持ち出さなければ　世には認められないと　いうものだ　見物衆の期待を裏切る　ひと工夫しなければ　末長く頼れる当てにはならないのに［その江戸へ］　骨の髄までしゃぶり尽されて　何といっても［有難いのは］

一　儒者にとってもっとも基本的な古典である『論語』、の意。
二　医者にとって不可欠の書であり、その祖述・注解・補説等の書が多数刊行された。『傷寒論金匱要略薬性弁』（明和三年、一七六六刊）、『傷寒論国字解』（明和八年刊）などの類である。
三　「国学者」は、古道を明らかにすることを目的に古典を研究する者で、「神代記（正しくは紀）」は『日本書紀』の「神代巻」上・下をいう。
＊　奇をてらう学者・文人の輩出する世の中を、秋成は後に『胆大小心録』で、「儒者・歌よみといふも皆々商店で、結句老がやうな閑寂の世は経ぬことぢや。あはれな者どもぢや。また、老がまねでもなしに、隠者じたてで筆耕を業とする人があれど、老がやうに世は広がられぬと見えた」と毒づいている。
四　『仮名手本《かなでほん》忠臣蔵』の主要人物を演ずる役者が、何か新味を出そうと競って工夫し、それによって認められることが多かったということからであろう。『仮名手本忠臣蔵』は、もともと人形浄瑠璃で竹田出雲《いずも》・三好松洛・並木千柳の合作により、寛延元年（一七四八）竹本座で初演。これが間もなく歌舞伎に取り入れられた。
五　大石内蔵助《くらのすけ》にあたる大星由良之介。
六　斧九太夫の子定九郎は、早野勘平の妻お軽の父与市兵衛を、山

の土《つち》、心だになほらば《性根さえすればという》の恩愛《肉親の情に》〔応え〕の日のめのさす《運の向く日》を待たれよ《を待ちなさい》。我らもながくここに住み果つべ《この江戸に死ぬまでいよう》きにあらず《とは思わない》。ひと[一一]仕《し》合《あは》したらば《〔帰るつもり〕》」と、聞くうちからしきりに上《かみ》がた《故郷》なつかしく《大阪が恋しくなり》、「どうぞして《何とかして》かへりたいものなり。ご思案なされて下され《お知恵を貸してください》」と、にはかに去《い》[一二]に神《里ごころの》のついた涙声。

「それなれば《その気ならば》、さいはひこのむかひ角の家に、春から滞留《とうりう》の大坂人、脚気《かつけ》のなやみもやうやう本復《ほんぷく》して、あし[一三]びきの山もこけず、あすは立たるるとの事、これをたのみて《この人に頼んで》〔やろう〕」とはしり行きて、さつそくに談《だん》[一四]合《かふ》しめ《話をつけ》[一五]、はさみ箱一荷《いつか》《一つを担いで》、口のうへの御供《食事つきのお供》〔という条件〕、「かたじけなし」と礼あつくのべて、越年《をつねん》ながら春をいそぎの道中〔だから〕、今夜の七ツ[一六]立ち、命の〔との話〕

崎街道で殺して金を奪う。明和三年（一七六六）、初代中村仲蔵が案出した雨に濡れた浪人姿の定九郎は有名。

七 義侠心が強いというが、それもいわば無教養な田舎者の心根にすぎず、の意。

八 今いう悪徳手配師などの意か。

九 収入があっても、しばしばもっともらしい理由で入用無心をいわれ、その上に、と続く。「切米」も「給銀」もこの場合は奉公人に支払われる給料。

一〇 厄払いの文句の末尾「西の海とは思へども、ちりらが沖へさらり」をもじった。「こつぱひ」は「粉灰」「骨灰」などと書き、こっぱみじん、さんざんなどの意を上の語に添える。

一一 ひと山当てたら、の意。「仕合す」はめぐり合せを意味するが、ここではよいめぐり合せをいう。

一二 帰心をせきたてる神。

こけて拾ったふんどしに金

一三 前の「脚気」の縁語で「あし」を出し、「あしびきの」という枕詞で「山」を出した。山路も元気に歩けるようになって、の意。

一四 旅の従者として上方まで随伴するための待遇や条件などについて相談をし、決着をみたのである。

一五 衣類などを入れて、上に棒を通して担ぐようにした箱。「荷《か》」は助数詞。

一六 今の午前四時ごろ。

親と、つきぬくりごと《〔いいながらも〕》。

〔医者に〕いとまごひして門《かど》を出づれば、二十六夜[一]の月[二]しろさしのぼる。四ツ辻《つじ》の真中に、何やら白き物のあるを、立ちよりて見れば、三方《さんばう》[三]にしら絹にてつつみたる物、しつかりとした手あたり《手ごたえ》。何かはしらねども[四]、こけても砂の身の上《何でも欲しい今の境遇だからと》、拾ひあげて、これは金《かね》か、さてもふしぎ、およそ百両のつつみがさ、まことや厄年《やくどし》[五]にあたらせ給ふお大名かたの厄おとし、金とふんどし[六]を捨てさせらるるといふ事を聞きしが、もしそれか《ひょっとしたらそれか》。それならば夢ではないか。夢でもゆめにはせぬせぬと、おしいただきてにぎりつめ《力一杯にぎりしめ》、命[七]の親の医者にさへ、かうとうたら《こんな物を拾ったと言えば》「半分しよ」《山分けしようと言うに決っている》はしれた事《〔この際〕》、義理もへちま《恩義も何も》も浮雲助《うきくもすけ》《風来坊の自分には〔関係ない〕と》の身の上はと、やとはれた家へはしりこんで、心うれしさの気がるなとりまは《ふるまい》し。

〔先方も〕「これはよい人ぢや」との悦《よろこ》び、荷物[八]の工面すんで、八ツ鶏《とり》[九]の声おそし《待ちかねて》と門出《かどで》の支度、亭主にも一礼いひて、荷物[一〇]かろがろと駕《かご》に引き

一　一七六頁八行に「あくる二十七日年内立春なり」とあった。

二　月そのものの姿ではなく、月によって空が白味を帯びること。「二十六夜」の月が出るのは午前三時過ぎと考えられる。

三　神仏などに供える物を載せるヒノキの白木で作った方形の台。

四　ことわざ「こけても砂」による。たとえ転んでも手あたり次第につかんでからでないと、起き上がらない、の意。

五　陰陽道でいう、厄難を受けないよう慎むべき年齢で、男は二十五・四十二・六十、女は十九・三十三とする。「厄おとし」には、節分の夜、年齢に一を加えた数の煎った大豆と銭を包んで道に落し、乞食に拾わせる風習があった。

六　西鶴の『日本永代蔵』巻五の一に「我らが主人は、伝馬町にて纔《わづ》かなる身代なりしが、さる大名の御厄落しの金子四百三十両拾ひしより、段々大銀持になられしとかや」とあるのによったらしい。ただし、西鶴の場合は大名の年齢を四十二歳として一歳十両の計算がなされているが、秋成の場合は不明。

七　残り二、三文の銭しか持たない男に、湯づけをふるまい、帰りの手はずを整えてくれたのである。

八　荷物の整理や荷作り。

九　午前二時ごろに鳴く鶏。出発予定は七つ、すなわち二時間後であるが、気持が

江戸は一夜の鹿島立ち

浮き立っているのである。
一〇「心うれしさ」（前頁一一行）のため、荷物の重さが気にならず、苦にならない。
一一 出発地がどこかはわからないが、『道中記』（明暦元年、一六五五刊）には「江戸日本橋より品川まで二里（約八キロメートル）」とある。
一二 静岡県清水市の東。ここから富士山は北東の方角に当り「山のかたからによつぽり」とはならない。

加賀屋の元手は拾い物

一三 今の大阪市東区にあった。『摂陽奇鑑』十九に、「淀屋橋より御霊筋までを呉服町、御霊筋より渡部筋までを錦町といふ」とある。ことわざ「故郷へ錦を飾る」をふまえた修辞だが、同書によると、「錦町」には米屋が多く記されている。送りとどけた相手も米屋だったか。
一四 加賀国（石川県）の産物加賀絹が高級品のふんどし地に使われることから、「ふんどし」と「加賀」は縁語。
一五 東西横堀川と土佐堀川、長堀に囲まれた地域。
＊『世間胸算用』巻二の四の、死ぬ死なぬの夫婦喧嘩を仕組んで掛乞いを撃退するところから、「大宮通りの喧嘩屋」と呼ばれる話に共通する結びといえよう。

書ぞめきげん海巻之中

そひ、行くゆく品川口[一一]にて夜明けぬ。

ここよりふりかへり見るお江戸の町。はるばるの所を、夜に入りて来て、夜ごめに出るは何事ぞ《その夜のうちに旅立ちとは何の因縁か》。銭湯《せんたう》のあたたまり、医者の深切《しんせつ》、拾うた金のうれしさが、夢でもなかつたよい夢ごころ《夢でなかったことが〔いうなら〕夢心地》。

富士のすそ野の沖津[一二]どまりが元日の初日影《興津の宿で元旦の初日を拝むことになった》。はつ霞たな引きわたり、絵で見た山のかたからによつぽりと《絵では見たことのある富士山の肩から にょっきり〔初日が〕》出で給ふを、ありがたやと伏し拝みつつ、故郷へはにしき町[一三]の宿までおくりとどけ、百両の本銭《もとで》むなしからずかせぎ出だして、今は拾うたふんどしの加賀や[一四]金助とて、れつきとしたつき米屋、嶋の内[一五]のどこやらと聞きし。

書初機嫌海巻之中終

書ぞめ機嫌海巻の下

見せばやな難波《なには》の春たつ空

京阪の歳末昔のままならず

年の市人《いちびと》のほかに、むかしは[一]星仏《ほしぼとけ》売り・[二]けさう文《ぶみ》売りなど《〔あったが〕》、いかなる物なりしや。我見たといふ人もなし。[三]ほうらいのうちまきの葩《は》煎《ぜ》売り、二三十年まへまでは来たりしに、今は[四]若恵比須《わかえびす》の声のみ《売り声だけで》、ふけゆく空に、初音またるるここちす《〔鶯の〕初音でも待たれるような感じだ》。これもむかしほどは買ふ人なし《また売りに来ても昔のようには買う人がいない》。

[五]節分《せつぶん》の夜のたから舟、敷き寝の家も稀々《まれまれ》なり。「茶せんや、筅《せん》」と、[六]空也寺《くうやじ》の六兵衛・太右衛門《たゑもん》が手ずさみ《手づくりの品を》、[七]大ぶくの料にとて《大服茶に使うために》今も求むるは、都はさすがに古き事の捨《す》たらぬぞかし《廃れないものである》。[八]「うばら、祝《いは》しやませ」の赤前だれ《と喚く赤前だれたちの》、お歳末《さいまち》のあつ化粧《げしやう》、[九]徳介《とくすけ》が麻がみしも、すべてのさま田舎《ゐなか》ならず。[一〇]節季候《せきぞろ》がかざしの山草《頭にさした羊歯の仰々しい姿も》のにぎははしきも、

一 大晦日の夜から元日にかけて、新年の本名星《ほんみようしよう》や守り本尊などを書いたお札を売り歩いた。それぞれ自分の年齢や生れ年の干支《えと》によってお札を買ったという。

二 願いごとを懸想文《けそうぶみ》（恋文）に似せて書いたお札を、正月に売り歩いた。『好色一代男』（天和二年、一六八二刊）には「世にある人の門は松みどりなして、（略）懸想文よむ女」（三の四）とあるが、秋成のころはなかったらしい。

三 蓬萊飾りの台に敷き散らす、煎《い》って爆《は》ぜさせたもち米を売り歩いた。「蓬萊」は蓬萊飾りで、三方に橙《だいだい》・栗・昆布・のし鮑《あわび》などを飾りつけたもの。

四 七福神の一つ、恵比須の像を刷ったお札を売る声。本篇末の「おえびす若えびす、若えびす若えびす」がその売り声である。

五 立春前夜あるいは大晦日の夜、宝舟（七福神が乗っている）の絵と「長き夜の十の眠りのみな目覚め波乗り舟の音のよきかな」という廻文《かいぶん》（上から読んでも下から読んでも同じ）の歌とを刷った紙を買って、枕の下に敷いて寝ると、よい初夢がみられるという。

六 京都空也堂の鉢たたきが、正月に自製の茶筅《ちやせん》を売り歩いた。これで茶をたてて飲むと、年中の邪気が払われるという（『都名所図会』一）。

七 正月に飲む、梅干や昆布などを加えた茶。年中の邪気を払うという（『守貞漫稿』二十三）。

八 「うばらです。お祝いなさいませ」という意のき

難波にははや捨たりしなり《とっくに廃れてしまった》。

十国十色の新春風景

まだ冬ながら、野小屋《のごや》の軒に火ともす梅を〔ように見える〕、ゆかしと見る窓の内に、しやみせんの撥《ばち》おと高からず。[一一]千歳《せんじよ》や万歳《まんじよ》の鳥おひ、「夢に見てさへ、よいとや」の[一二]春駒《はるごま》のけいこするは、かれら《門付け芸人連中でも》が中にも年じまひよく《迎春の仕度を済ませて》、春のかせぎぬからぬよと《正月からの稼業の用意を怠らぬものだと》、聞きなさるるなり《思わせられることである》。

国々所々の果てはてには、さまざまなるならはせ《いろいろ〔変った年末年始の〕風習》どもあるべし《もあることだろう》。[一三]南部《なんぶ》大《だい》とて、みちのくのとつと奥には《陸奥の国のずっと北の方では》、小《こ》晦日《つごもり》の暮は、元日を大《おほ》三十日《みそか》にして、祝ふとなり。たらぬを忌みての事なるべし《日数の不足をきらってするのであろう》。

長崎の津には、年のはじめに、[一四]喇叭《らあは》ふきといふもの、木綿《もめん》のひとへがみしも着て、家々に入り来たり、[一五]とし徳棚《とくだな》にむかひ、音《こゑ》高く簫《ふ》きたつる事あり。この湊《みなと》はもろこし船の《外国船が》多く入り来たるを豊年《とよとし》とすれば、ここの福の神は、異国の物の音《ね》を悦《よろこ》ばるるなるべし。また、[一六]ばてれんの絵ぶみ、正月《むつき》の十日より内にとりおこなふなり。この事はやく果たさでは《済まないうちは》、春の心ものどけからず《ゆったりした正月気分にはなれないということだ》となり。

まり文句。「うばら」は『人倫訓蒙図彙《じんりんきんもうずい》』（元禄三年、一六九〇刊）七に「女の物もらひなり。年は若けれどもみづから婆等《うばら》といふ。（略）赤前垂に手拭かつぎ、いかき（竹籠）を手に持ちて、『婆等、いはひませう』と、幾人も一連《つれ》に口々にわめきて、門々をめぐるなり」とある。

九 うばらに付添う男をいうか。「徳介」は得をすることを擬人名化して用いられる語。

一〇 年末に、羊歯《しだ》を插した笠をかぶり、「節季候ござれや、ハア節季候めでたい、めでたい」とはやし立てて米銭を乞う乞食。

一一 「千歳や万歳の鳥追ひが参りて宿かりさむらふ（略）万々歳とご繁昌、祝ひをさめておめでたや」（『哇袖鏡』）等と歌い門付けする。

一二 新春に馬の頭の作りものを持って、歌ったり踊ったりする。この場合は、その際にうたう歌のことで、「夢に見てさへそさまの事を、はらと泣いては消えぎえと」（『吉原小唄総まくり』）のごときであろう。

一三 陸奥国の南部地方（青森県東部と岩手県の一部）で、十二月が小の月（小晦日）のとき、正月一日を大晦日にし、二日を元旦にしたという（『明良洪範《めいりようこうはん》』）。

一四 『嬉遊笑覧』五に「チヤンメラ吹き　正月中哨吶《ちやんめら》・小銅鑼《どら》・片張り太鼓を以てはやし立て、市中家々に銭を乞ふといへり」とある。

一五 その年の恵方《えほう》に向って吊《つ》る歳徳神《としとくじん》を祭る神棚。

一六 キリシタン取締りの踏み絵。四日から始まった。

もろこしにも、[一]福州《ほくちう》といふ地《ところ》には、[二]国性爺《こくせんや》がはじめおきて《しはじめてから》、家々ごとに、日本流の門松《かどまつ》をたつるとなり《たてるそうな》。世はまじなひの人ごころも《吉凶縁起をかつぎたがる人の心も》、春のはじめなる事どもは、何もかもめでたし。

[三]いづくはあれど難波《なには》の大湊《おほみなと》に、[四]春風春水一《い》ッ時に来たるのみならず、[五]野菜に四時《しいじ》のわかちなく《春夏秋冬の区別なく》、瓜《うり》・なすびは三四月、ほしかぶら・つくづくしは冬の物、菊は夏、水仙は秋の花と、この頃のわかき人《近ごろの若い者は》はおぼゆべし《思いこんでしまうだろう》。

また、人の上にても《人間の場合も〔同様で〕》男女貴賤《なんによきせん》の別なし。[六]とりあげばばする男あり。それも久しきものなり《それも今に始まったことではない》。[七]大峰《おほみね》のをんな先達《せんだち》あり。[八]立役《たちやく》・敵《かたき》やく・女形何

一 今の中国福建省、閩江《びんこう》の河口北岸の地。

二 中国明朝の遺臣鄭芝龍《ていしりゆう》と日本人妻との間の子、鄭成功（一六二四〜六二）で、国姓爺・和唐内《わとうない》ともいう。寛永七年（一六三〇）中国へ渡り明朝復興に努力した。近松門左衛門の浄瑠璃『国性爺後日合戦』一に「大明の風儀を改め日本の内裏を学び、礼儀作法国民の風俗日本にうつさんとする故」とある。

三 他の所はとにかく、の意。『古今集』二十に「みちのくはいづくはあれど塩釜の浦こぐ舟の綱手かなしも」。

瓜なすびは三、四月

四 白楽天の詩「今日知らず誰か計会せし、春風春水一時に来たる」（『和漢朗詠集』上）による。

五 野菜や花の収穫季が一つずつ繰り上がっている。

六 助産婦。『胆大小心録』に「男のとり上げばばはなかつたが、賀川流がまた出て、この三四十年はたんとある事ぢや」と書いている。「賀川流」は賀川玄悦（一七〇〇〜七七）を祖とする産科の流派。

七『胆大小心録』に「女の山上参りの先達も大坂に一人あつた」と述べている。「大峰」は奈良県吉野郡にある大峰山（山上ケ岳）をいう。

八「立役」は善人の男役、「敵やく」は悪人の役、「女形」は女に扮する役で、それぞれに相容《い》れない役柄であり、専門化しているのが普通であった。

九 歌舞伎の台帳から一人一役ずつせりふを書きぬいたもの。役者以外には用のない本。

一〇 おそらく役者の声色を使って読んで聴かせるので

あろう。「よみきり」は、中断して次回へ延ばしたりせずに、読み終ってしまうこと。

一一 弘法大師像を安置した大師堂を巡拝してまわること。大阪では「菅原山天満寺、(略)大師堂あり。大坂大師めぐり第四番の札所なり」(『摂津名所図会大成』十二)と、順番が定まっていた。「医者の不養生」を通り越した後生願いをあざけっている。

一二 柳といえばぬめた(傾城はひやかすだけのもの)と思い、花(祝儀)といえば二朱一片の定まりと考える、の意か。「柳は緑、花は紅」のもじり。「二朱一片」は南鐐《なんりよう》二朱銀。公式には一両の八分の一に通用。

一三 沢庵《たくあん》禅師の『玲瓏《れいろう》随筆』に「無欲は人の褒《ほむ》る所なり。有欲は人の悪《にく》むところなり。然れども道あらば可なり。道なくんば無欲も奇特《きどく》ならず。七宝とて仏も誉《ほ》めたまふなり」とある。一七三頁注一〇参照。

一四 同じ沢庵禅師の『東海夜話』では「義」とある。

新奇好みも欲がもと

一五 すぐれてありがたいこと。

一六 『法華経』授記品《じゆきぼん》に諸仏の廟《びよう》を「金・銀・瑠璃《るり》・硨《しや》磲《こ》・碼《め》碯《なう》・真珠・玫瑰《まいえ》の七宝をもつて合成し」とある。

一七 「爪をのばす」は欲を出すこと。秋成は浮世草子『諸道聴耳世間猿《しよどうききみみせけんざる》』一で「欲心魔王、崇徳院様ほど爪がのびて」とか『世間妾形気《てかけかたぎ》』二で「爪だくみ」などと用いている。

一八 ペンペン草。春の七草の一で、凶作・飢饉の際のいわゆる救荒食物でもあった。

でもする役者あり。[九]かぶき芝居《しばゐ》のせりふ書《がき》の借本《かしほん》あり。それをよみ[一〇]きりの夜講あり。はた《百姓職人》らき《など》人《ど》に茶人あれば《いるかと思うと》、[二]大師めぐりする医者あ《〔これ》り《らを〕》。[三]柳はぬめた花は二朱一片《いつぺん》、をかしい人と欲《よく》しらずの今ほどはやらぬ事はなし。ある[一三]禅師《ぜんじ》のいはれしは、「無欲は人のほむる所なり。有欲《うよく》は人のにくむ所なり。しかれども、欲も[一四]道あらば《道をはずれなければよい》可なり。道なくば、無欲も[一五]奇特《きどく》ならず。[一六]七宝《しつぽう》とて仏もたふとみ給ふぞかし」なども、今は古《時代》風《おくれで》にて《〔今の世の〕》、間にあはず《役に立たない》。道も奇特も論なしに《道だの奇特だのご託を並べず》、[一七]爪《つめ》をのばしてかかるが《欲得ずくでおっぱじめるのが》当世《現代〔というもの〕》。今の世に、毒薬といふは《〔逆に薬草〕》、[一八]薺《なづな》の汁の事なるべし。いかさま極楽世《せ》かいのご普《ふ》請《しん》も、金銀の柱いしずゑ・馬《め》瑙《なう》[一]のうつばり・珊瑚《さんご》の檻干《らんかん》、時々のつづくり《修理代も》もやすうつかぬ《ばかにならない》家にすませ給ふは、ほとけもよい物はお好きにちがひなし。

また、ある理屈者《りくつしゃ》[二]のいはれしは、「世に、鉄とあかがね[三]ほど益《えき》ある物はなし。鏡につくり剣《つるぎ》にうつ。鍋《なべ》・かま・薬鑵《やくわん》・毛ぬき・はさみ、ことごとく日用《にちよう》のたすけ、［となり］かたじけなき宝なり。金銀は鈍物《どんぶつ》なり。鏡にしてうつらず。剣《けん》にうちて切れず。そのほか、何にしても《何に造っても》それぞれの用をなさぬを《諸事ものの役にたたないものなのに》、いかなれば無上のたからとたふとむ事ぞ《どうして最上の宝としてありがたがるのか》と思へば、その無益無才《むやくむさい》の鈍物をたふとみて、万事の用をなす物をいやしめてつかふが《価値の低いものとして使うのが》、昔むかしの人のかしこき定めなり《深い知恵から出たきまりだ》。玉と瓦石《ぐわせき》のくらゐまた同じ」と。これはそんな工夫でもあるか《考えがあるのかも知れぬが》、さらずとも《そう考えなくとも》、また自然の事にてもあるべし。ギヤツとうまれてから三歳のわらべも、ひかりあると色よきものには目をつける事、自然の人情なり。

茶人といふものの秘蔵する道具を見れば、むかしの塩壺《しほつぼ》[四]・物だね[五]

欲世界にも百家争鳴

一 瑪瑙で飾った、棟を支える梁《はり》。

二 よく理屈を述べたてる人。

三 銅。

四 塩を蓄えておく陶器の壺。

五 乾燥した穀物・野菜・草花の種を、蒔きどきまで保存しておく壺。

六 紋様をつけたちりめんなどを表地に、無地の絹を裏地にした方形の布で、贈り物などを覆ったり包んだりするのに用いる。
七 箱の中に箱を納め、さらにその箱の中に茶道具を入れた箱を納める意であるが、前行の「二重」の語呂合せでもある。
八 時代ものの金襴。「金襴」は、金箔を細く切って縒《よ》り合せた緯《よこいと》を加えて模様を織り出した布地。
九 現在の中国広東省広州《カントン》。『和漢三才図会』六十三に「広東土産、(略)錦、(略)閃緞《トンス》」とある。
一〇「にしき」は色糸をつかい紋様を織り出したもの。「鈍子（正しくは緞子）」は紋様を織り出した厚手の絹織物。

思い込んだが身の定め

一一 室町幕府の八代将軍足利義政（一四三六〜九〇）をいう。晩年銀閣を造って隠棲したので東山殿と呼ばれる。この時代、茶の湯・華道・能楽・水墨画・連歌などが盛んになった。
一二「権衡《けんこう》」は秤《はか》りの錘《おも》りと竿《さお》。
一三 陶器の類をいう。
一四 風雅を好む人。この場合は茶人。

一五 かいま（垣間）見ること。
一六 幸運富裕の人。
一七 丁稚《でっち》奉公は普通十歳前後から十年の年季で勤める。この間は前髪姿であるが、数年間奉公して十五歳前後になると前髪の両端を剃りこむ。これを「角《すみ》を入れる」といった。「角前髪《すみまえがみ》」「すんま」ともいう。

入れ、またはかづらゆひなき（たがもかけていない）山中の（山家で使う）桶《をけ》・小桶の用なす物を、二重《ふたへ》の[六]ふくさつつみ、[七]三重の箱、[八]古金襴《こきんらん》、[九]広東名物《かんとうめいぶつ》の[一〇]にしき・鈍子《どんす》にかへ袋《ぶくろ》してもてはやす事、[一一]東山殿このかたの（足利義政公以来の）病気なり。しかれども、「金銀玉の価《あたひ》は、およそ[一二]権衡《はかりめ》もてつもらるるを（計算できるのだが）、この[一三]土物《つちもの》のたぐひは（焼き物の類は）、その価はかりしられぬが、まことに宝といふべき物ぞ」と、ある[一四]数《す》奇者《きしや》のいはれたる、これも一理なり。

何となりとも（何とでも）、言へばいはれて（理屈をつければつけられるもので）、さてどうがどうやらしられぬ（一体何がどうなっているのかわからない）天地のあひだの事を、儒者たちは、めいめいのより所に肘《ひぢ》をはりて（依怙地に構えて）、他をそしる。仏門、また同じ。はじめに首をさしこんだが（〔儒仏いずれにせよ〕最初に首をつっ込んだのが）、ぬかる物ならぬいて見や（〔身の因果〕抜けられるものなら抜けてみろ）。よそを論ずるは、たがひに[一五]垣《かき》のぞき（うわべだけ見て）、学ばぬかたの道理を（自分の知らぬ方面のすじ道を）、わが才覚でこころ得がほは（自分の頭で割り切って分ったように思うのは）、おぼつかなき物ぞ（いい加減なものだ）。はじめからよい事にとりついたがその身の仕あはせ、すなはち[一六]福人《ふくじん》なり。

「金銀ほしや、家蔵《いへくら》ほしや」と、[一七]角《すみ》入るるから（半元服の丁稚時代から執念深かった者に）おもひこんだに、福相もあらはるべし。

うか助の頼りは飲み友達

一 いつも月夜のうか助も《闇夜は縁なしといったのんき男も》、ほしがらぬではなけれど《欲がないはずはないのだけれど》、足もとまでとしも暮れて来《こ》ねば《年の瀬も今日明日に迫らないと》、何のくめんもせず。さあといふ日に、質だねさへつきはてて、天地《[この広い]》四方を思ひめぐらせど、これまでの不埒《ふらち》に、皆《どこも》ふさがり《八方ふさがりで》、二 万《よろづ》うけよしのあきのかたは《何でも請合ってくれるような所は》、心あたりなし。やうやう思ひよりしは《やっとのことで思いついたのは》、近ごろの酒宴出《のみ》あひ《知った仲の》、樽井屋《たるゐや》の何がし。これにいうたら《この人に頼めば》、三 金の二角やなどはと胸算用して《二歩やそこらは[大丈夫]と心づもりして》、大三十日《おほみそか》の日も夕風のはげしきに、こころざす門《かど》に《お目あての家の》来て見れば、この家は春のころより四 手斧《てをの》ぞめして、霜月《しもつき》の末にうつりたる新宅。軒したの漆喰《しつくひ》まつ白に、打ち水の氷りてなめらかなり。五 竹の犬垣《いぬがき》青々と、ぬれ色のうるはしきに、春はまづこの宿よりも立ちはじむらんと見ゆるにも《初春はどこよりも先にこの家からはじまることだろうと思えるにつけても》、六 わがねがふ事の《借金の申入れも》、たのもしげなり《うまくいきそうだ》。

もり砂《[門松の]》かきあげて、箒目《はうきめ》たつる男に、「ご在宿か」と尋ぬれば、「さやう」とこたふ。かつ手ぐちへすぐに通りて、「お見まひ申しま

一 ことわざ「月夜に釜を抜かれる」を下敷きにして、「いつも月夜」すなわち「世の定めとて大晦日は闇なること、天の岩戸の神代このかた、知れたる事」(『世間胸算用』)を忘れているうっかり男、の意を表した。『西鶴織留』一の三に「身の一大事を忘れ、いつも月夜に釜をぬかれ」とある。

二 陰陽道で、万事大吉とする方角。「あきのかた」は「恵方《えほう》」ともいい、その年の干支《えと》によって歳徳神《としとくじん》のつかさどる方角で、「万《よろづ》うけよし」の方位とする。

三 一歩判金一枚を一角という。四角で一両になる。

四 起工の儀式を行って、の意。「手斧」はちょうなのこと。式次第に、手斧で木を削る所作がある。

五 家の外壁の腰板に犬が寄りつかないように、竹を組んでめぐらした垣。一九三頁挿絵左中央部参照。

六 豊かな屋敷の様子から、自分の考えている借金などは何の苦もなく出してくれそうである、の意。

飲み友達は豪邸の主

す。まづのどかな暮で、ことにご新宅なり。重畳《ちやうでふ》おめでたい《重ねがさねおめでたい》」とい
ふ《と挨拶する》。
七内室の髪けはひ、水ぎは常ならず《きわだって普段と違う》。八黒小袖《くろこそで》の定紋《ぢやうもん》、下にはもやう《きれいな模
様の》ゆかしき花いろぞめ《はなだ色の着物［を着て］》、九わざと織《おり》のはかた帯一〇うしろにむすび、一一桐火《きりび》を
けの打ちひらめたるに、一二池田炭《ずみ》のかをり炎々たるをひかへて《盛って》、一三阿蘭《おらん》
陀《だ》じまに紫裏《むらさきうら》のこたつぶとん、福らかなり《［いかにも］福ぶくしい》。会釈よき《人当りのよい》一四家主《いはらじ》にて、
「ようこそ、おたがひにおめでたう存じます。ただ今、湯をひいて《［主人は］風呂に入っ》
をられます《ておられます》。まづおとほり遊ばせ」と、火鉢さし出す。茶・たばこ《［続いて］茶 たばこ》
のついで《の順序［に出され］》、こころよき事のみ《［である］》。
いまだふき入れこそせね《まだ十分拭きこんではいないのだが》、一五色つけ普請《ぶしん》の、しかも鉋《かんな》たりて《ていねいで》、何と
なくさわがしからず《けばけばしくない》。もとより何がしの家相をつたへて《誰と名のある家相見の判断に従っていて》、見わたし《ひとわたり》
にひとつとしてぬけた事ない指図《さしづ》にも《見わたしても十分に念の入った［工事の］》、ただ《欲をいえば》一六障子・ふすまのあまり《いかにも》
にあかあかとしたるぞ《新調したてといった具合なのが》、すこし事さめごこちす《興ざめな思いがする》。
春のまうけは《新年を迎える仕度は》、さらぬ宿にしもうれしきものを《これほどの身代ではない家でも心浮きたつものだのに》、このとのは《ここの主人は》、む《ほん》

七 お内儀の髪の様子は際立って美しく、尋常一様ではない。一六三頁七行の「内儀の髪かしら」の場合と同様に、注目すべき一点ということになる。
八 黒染めの家紋入りの小袖。すでに越年、迎春の準備が完了していることを表している。
九 特別に注文して織ってもらった博多織の帯。
一〇 町家の内儀らしい地味な結び方。
一一 桐の木の幹をくりぬいて造った火桶。
一二 現在の大阪府池田市周辺で焼かれた上質の炭。
一三 麻または綿で、たて縞あるいは格子縞を織り出した布地。
一四 歴々の旦那衆の妻である主婦をいう。『日本永代蔵』五の一に「拙者が旦那は人に替り、定まる女房家主《いはらじ》なし」とある。
一五 防腐のため渋などを引いてある建築。『摂陽奇観《せつようきかん》』五に、文化ごろの流行として「色付なしの普請」を挙げている。
一六 建具類が新しすぎてしっくりとした落ちつきが感じられないのが、欠点と言えばいえる。

一 富くじの札。抽籤《ちゅうせん》して当ったものに賞金を出す。当時、寺社などが主催することが多かった。
二 『古今集』仮名序に「いはひ歌」として見える、「この殿はむべも富みけりさき草のみつばよつばに殿つくりせり」によって「ななつ」を出した。「べり」はおしゃべりの略で、ここは高声でしゃべりたてるのを禁じた（ほかは）、と続くか。
三 福引き。ひもを引いて、その先に結びつけてあるものを賞品とする遊び。
四 江戸品川を振出しに、京までの東海道五十三次の絵図を使って、出たサイコロの目の数だけ進み、早く京に上った方を勝ちとする遊び。
五 水を汲んで来い、の意。「手水」は手や顔を洗う水。
六 台所などの下働きの女（下女）に対して、座敷や奥の間での主人の身のまわりの世話をする女（腰元）をいう。その中間が中居《なかい》である。

福の神と貧乏神の相性

べ《に》も[一]富の札買ひたがりさうな隠居ばば様もなく、[二]みつばよつばのななつべり法度《はっと》、[三]宝引《ほうび》き・[四]道中すごろくは三ケ日《さんがにち》おゆるしの家の風、よろづにゆかしげなるには、おのれ《〔引き比べて〕》が木綿羽おりの襟《えり》のねぢれて、まだ《その上》髪さへ乱れがちなるをおもへば、何となく心ぼそりして《気がめいってきて》、ことばずくなるうちに、あるじの声湯どのに高く、「[五]手水《てうづ》もて」とよばはるに、丁児《でっち》・[六]かみのをなご《腰元女中》、我さきとはしりゆく。ほどなく、湯けぶりをさめて、着もの・羽おりあたたかげに、居間より、「これへお通り」《こちらへお越しください》との声、陽気あまり《浮きうきとして》、釜《かま》のにえる音、門《かど》の松風にかよひて聞ゆ《響き合って聞える》。かれこれ心おくれ《あれやこれやで気おくれして》、「今日は、お事も多からん《ご用事も多いことでしょう》。ただ今ご門前を

七 年の暮にお互いの身を祝って一ぱいだけ、組重箱の料理でさしあげたい、の意。「一こん」「組重」で、簡略な身《み》祝《いわ》いの宴を意味する。

八「物」は「燈明」や「客ぎせる」やその他上等な調度品であろうが、また鬼や霊魂をも意味する。この場合は貧乏神にとりつかれている男が、富裕な家に上がりこんでいるのだから、福の神がにらみつけているように感じられるのであろう。一二行の「なじみの神」に対応する。

九『伊勢物語』六の「草の上におきたりける露を、『かれは何ぞ』となん男に問ひける。ゆくさき多く夜もふけにければ、鬼ある所とも知らで」という部分を下敷きにしている。

過ぎて《通りかかり》、打ち通りは失礼と《黙って通り過ぎるのは失礼と》、歳末のご祝儀までにおより申した《年末のお祝いの挨拶だけでもとお伺いしました》。これから宿へかへりて《自宅にもどりまして》、相応の年をとります《身分相応の新年を迎えます》る」とのみ《とだけ〔言って〕》、無心の無の字も口へは出ず。

「これはどうぞ《これはまたどうして》、せつかくのお出で《せっかくいらしたのだから》。七せいぼの一こん、組重《くみぢゆう》でさし上げう」といへど、今あげた《今供えたばかりの》とし徳だなの燈明《とうみやう》のひかりも、みがきたてた客ぎせるのきらめきも、八物のにらめるやうにて、「九かれは何ぞ」ととふ心もせず。「何ぶん《どうぞ》春ながに《よいお年を》」と、はや立ちて行くを《そそくさと帰って行くのを》、まづまづととどめても《まあそう言わずにと引きとめても》、なじみの神風が《多年なじんだ貧乏神が》うしろから引きたてるやら《わが家の方から招き寄せるのか》、あわただしく逃げかへりぬ。

天下の台所には分限者あまた

この家のありさまの富貴《ふうき》めかしきは〔程度なら〕、なほ浪花《らうくわ》何十万家の中にはめづらしからず（少なくない）。何がし誰がしの長者の家は、さるさむげなる人（さきほどのような貧乏くさい人）の、ちらとも出入りする事なく（物がうろちょろすることはなくて）、家内《いへうち》の事はもとより、諸大名[一]がたの仕おくりも、はるか霜月のころ（ずっと以前の十一月の）までに、何万両、何千両、何千貫目のご用ども事すみて、一門、別家《べつけ》[二]をはじめ、出入りかた医師・茶師・道具屋・能太夫・庭をたちまふ[三]末々《すゑずゑ》のものらまで、それぞれの（それぞれに応じた）おくり物。また、妾宅《せふたく》ここかしこのまかなひ、年々《としどし》の記録にくはしければ、それかたの（その係りの）手代が、手まはしはやく、したりがほなり（［済まして］得意げな様子である）。麁物《そぶつ》[四]かたの老女（仕着せ係の老女［もまた］準備おこたりなく皆に配るので）、おとらずとりまかなはるるに、「ご嘉例《かれい》ありがたし」と、皆々よろこびの声かまびすき[五]ばかりなり（やかましいほどである）。

旦那《だんな》の[六]おつかひがねばかりは、年々たらせられぬよしにて（不足がちだということで）、かかる上品《じやうぼん》[七]の人も、暮はくれのならひと見ゆる中へ（年末のやりくりはやはり同じ事だと思われるところへ）、茶屋・くるわ・芝居ものが、それぞれの下されもののほかに、恐れながら[八]無心状、何十通ぞ。五両（［大は］）、十両、二三十両乃至《ないし》百両のとしとり物（越年の入費［小は］）、俵藤太《たはらのとうた》[九]のおむすめ子、米《よね》いちごれうまでもつかはされねば（正月を暮すための諸無心に至るまでお与えにならないと）、人なみに春をむか

一 この家は大名貸をしているわけである。諸大名の国元の産物の販売権をにぎり、大名に対してはその歳入を保証するような形で結びついている商人であるから、仕送りをするのである。
二 番頭まで勤めあげて、暖簾《のれん》分けをしてもらっている家。
三 植木の手入れ・掃除・洗濯役などの人々にいたるまで全員に、の意。
四 上方語でお仕着せのこと。『胆大小心録』に「天満《てんま》じまの麁物の上に、藍染めの前だれのすみをしぼり染めにして、丁児も同じ縞の布子」とある。
五 正しくは「かまびすしき」。
六 個人的な小遣い金。
七 「上品」は本来仏教語で、極楽往生の階等九品の上三位をいうが、転じて身分階級の意にも用いられる。ここでは長者階級の人々をいう。

長者にもそれなりの苦労

八 「恐れながらご無心申上げ参らせ候」などの文面の手紙。
九 （金銭ばかりか）米や古着などまで。「俵」「米」の縁語仕立て。狂言『米市《よねいち》』に、大晦日に正月の用意のできない男が、例年恵んでくれる人の所へ行き、米

俵と女物の古着をもらって、俵を背負った上から着物をかけて帰るが、人を負うたように見えるので「もはや時分柄でござるによつて、人がとがめませう」と借り手が懸念すると、貸し手が「俵藤太殿の御娘子、米市ご料人のお里通ひぢやとおしやれ」と知恵をつけてくれる場面があるのによっている。

鶴が舞う難波の初春

へらるる事ならず。

この長者の門《かど》をば、まだ礼者《れいじや》も来まじきほどの夜ごめに（年始回りもまだ来るはずがない未明に）、ほとほと（「戸を」）おとなふものあり。雑煮《ざふに》おそしと（まだかと）、店にゐなみたる（並んで坐っていた）手代どもがあやしめて（不審に思って）、「誰《た》ぞ」ととがむれば、しはがれたる声して、「私は往来《わうらい》のものでござります（通りすがりの者でございます）。ただ今見うけますれば、この家の上で、[一〇]丹頂《たんちやう》の鶴がまうてをります。あまりおめでたい義ぢやと存じまして、おしらせ申し上げます」といひ入る（中へ声をかける）。これは吉事と（これは縁起がいいと）、さつそく旦那へ申し上ぐれば、ことない御よろこび（ことのほかのおよろこびで）、「そのものに物とらせい」と仰せ出ださるるに、（「手代どもが」）とりあへず（早速に）鳥目《てうもく》[一一]三貫文（「を渡す」）。「ハアありがたういただきます。さてもさても、おめでたや」。「[一二]おえびす若えびす、若えびす若えびす」。

書ぞめ機嫌海下之巻終

一〇 頭の頂が赤く、風切り羽の先と首の一部が黒い外《ほか》は白色の大型のツル。鶴・亀・松は正月のめでたい景物とされる。

一一 銭三千枚。約金二歩に相当する。

一二 元日の未明から売りまわる。一八四頁注四参照。

天明七年丁未正月発行

大阪書肆　増田源兵衛

堺筋長堀橋北へ入

解説

美山靖

『春雨物語』の成立――「血かたびら」を基点に――

現在伝えられている『春雨物語』の本文は、大まかに分けて二種類ある。一つは「文化五年本」と呼ばれているもの、他の一つは「富岡本」と呼ばれているものである。

文化五年本というのは、一、二の文字の相違はあるが、いずれも巻末に「文化五年春三月　瑞龍山下の老隠戯書　于時歳七十五」（本書一五四頁参照）と記されており、「桜山文庫本」「西荘文庫本」「漆山本」の三本が知られている。これらは、漆山本が筆写者の好みによって「捨石丸」「樊噲」の二篇を欠いていることを除けば、これといった相違は認められず、いずれも自筆本ではないが、その原本たる自筆本を容易に想定できる性質の写本である。本書がこの文化五年本「西荘文庫本」を主として底本に使用したことは、「凡例」に示したとおりである。

富岡本というのは、自筆の浄書巻子《かんす》本である。文化五年本をさらに書き改めたと認められ、文章の洗練度のみならず、内容的にもかなりの増補改定が加えられている本文を持つ。しかし、残念ながら「序」「血かたびら」「天津をとめ」「海賊」「目ひとつの神」「樊噲上」しか伝わらない。本書では「樊噲上」を除く諸篇の本文を採用した。また、「樊噲」の頭注で「改稿自筆本」とした（一一二頁注七など）のは、この「樊噲上」のことである。

その他、富岡本の続きと思われる自筆浄書本「宮木が塚」「歌のほまれ」などがあるが、前者には一部欠落があり、後者は辞句の修正にとどまっている。これらを天理巻子本と呼ぶが、本書では「宮木が塚」の頭注に「改稿断片」として引いた（九六頁注三など）のがそれにあたる。

『春雨物語』を構成する十篇の作品の中で、「血かたびら」「天津をとめ」がもっとも早く手がけられ、「海賊」「目ひとつの神」がこれに続くとする説が有力である。時期的には寛政十一年（一七九九）、六十六歳の頃からであろうと考えられている。そして『春雨物語』の標題のもとに、一応完結したと秋成が認めた時が「文化五年春三月」とすると、実に九年間にわたって書き足し書き直しが行われたことになる。彼はその後も一年余にわたって推敲の筆を休めなかった。

古井に捨てた草稿類

『春雨物語』が完結に近づきつつあった時期、文化四、五年のあわいといえば、秋成が七十四、五歳の頃になるが、この頃彼は『茶瘕《ちゃか》酔言《すいげん》』を書いている。これはもともと煎茶《せんちゃ》の書『清風瑣《せいふうさ》言《げん》』（寛政六年、一七九四刊）の補訂やその後知った説話を収めるつもりであったのだが、筆はおのずから枠をはみ出たようである。『万葉集』にふれて、『春雨物語』「海賊」のなかで海賊が展開した『万葉集』論と同趣の説を述べ、続けて「四千五百余首の中には、よき歌と言ふは少なかるべし。あしきを専一解して誇りかなる心、拙なり」とし、さらに「老（秋成自身をさす）は、『金砂《こがねいさご》』と題して、金と砂を淘汰して、そのきらきらしきをとどむるに習ふべく書き出でしかど、注解・外伝《げでん》等を加へしには、事多くなりて、十余巻になほ止むべからざるが、老病の煩はしきに、庭の古井に湮滅《いんめつ》せし」といっている。

この草稿類の投棄は、『文反古《ふみほうぐ》』に収められている「難波《なには》の竹斎（森川竹窓《ちくそう》）」宛書簡によって、付載の「上田秋成略年譜」文化四年の条に挙げておいたが、外に『胆大小心録《たんだいしょうしんろく》』や『背振翁伝《せぶりおうでん》』（茶神の物語・自筆本）末尾にも記載があって、秋成自身強く意識した行為であったにはちがいない。

一体何を投げ捨てたのか。「山家集をみて、我、塵中と塵外のしるしつけたりしかど、これも古井に」（『胆大小心録』）と、具体例を挙げている外は、「蔵書の外にも著書あまた」（『胆大小心録』）、『無益の草紙世に残さじと、何やかやとり集めて」（『文反古』）、「著書満弁註解若干編」（『背振翁伝』）、「注解・外伝等」（『茶瘕酔言』）と、さまざまに書いていて、確定し得ない。これらの中で、草稿類投棄にもっとも近い時期に書かれた『茶瘕酔言』の記述を子《し》細《さい》に読めば、およそのところは想像できそうである。同書での「あしきを専一解して誇りかなる心、拙なり」という考え方は、『胆大小心録』に「ある人言ふ。『しいて知れぬ事を知らんとするは、かへりて無識ぢや』とぞ。これは聞えたと思うて、知らぬ事に私《わたくし》は加へぬなり」と記している考え方とともに、彼の持論の一つなのだが、それらの『万葉集』注釈の態度・方法の表明のあとに、草稿類投棄のことが続けて述べられているのである。勿論このようなやや狂気じみた行為の際、草稿類を厳密に仕分けして投棄するようなことは想定しがたく、もろもろのものが含まれてはいたであろうけれども、例えば『金砂』に類する国史・国文の古典研究関係の草稿類がその中心をなしたと見るのが自然のように、文面からは思えるのである。

秋成がこの挙に出るにいたった理由は、前引『文反古』所収の書簡に、「文とだにいへば、いたづらごとさへあなぐり求めて読む人あり。翁も若きときはその人なり。今とりかくすべきとも思はず、また見せんともなし。ある師の示めされし、『名求めて何せん、ただ好きたること、言ひたきこと、筆に言はせてのちかい破《や》りてむ』と、みずから説明している。彼は決して書くことを断《た》ったのではない。むしろ書き続けることを高らかに宣言しているのである。しかしそれが名聞《みようもん》を求めての営為でないことははっきりしている。ここで「筆に言はせてのちかい破」ろうとするものが「文」めいたものであることは注目してよい。『春雨物語』の序文に「寓《そら》ごとかたりつづけてふみとおしいただかする人」が登場しているのである。この人を本居宣長《もとおりのりなが》に擬することに異論の余地はないはずである。このことからも、秋成が書いては破り書いては捨てようとしたものが、国史・国文の古典研究に関わるものであったろうと思えてくるのである。ともかく彼は書き続けようとした。同じ書簡は、書いたものをくれという要求に対しては「一葉も参らせず」とにべもなく断りながら（時にはそれを井に投じ）、その一方でぬけぬけと、「いつもの筆十柄ばかり、便りにのぼせてたうべよ」と結ばれている。

晩年の旺盛な創作欲

言うまでもないことだが、秋成が書こうとつとめたのは、国史・国文研究に関わることだけではなかった。本格的な創作活動への胎動をも晩年の秋成に明らかに読みとることができる。『背振翁伝』末には、

老弱《わか》きより愚かに物狂はしきさがにて、万《よろづ》にすずろにのみありし。世に落ちはふれ十年余りこなたは、それにつきてほれぼれと憂き事のみなるを、歌や文や拙《つたな》き言にまぎらはされしかど、やや心つきて、かくて終らん事の悲しさに、この一巻に心やりぬるも、譌言《いつはりごと》ながらになん。

ともあるのである。秋成自身の手になる晩年の回顧録『自伝』が彼の生活者としての回顧であるならば、これは文事にかかずらうことで生涯を終えようとすることになってしまった心の自伝と呼べるか

もしれない。そして、この『背振翁伝』に登場する茶神の、都でのわずらわしい面目など見むきもしない、あるかなきかの清らかな隠棲《いんせい》に見る安らぎは、秋成の願いをこめたものと読めると同時に、この「文」めかぬ古雅な小品をものすること自体がすでに「心やり」であったと読みとれるように思う。『背振翁伝』末の文章には、「憂き事」を「歌や文や拙き言にまぎらは」してきた過去の生きざまへの悔恨が語られている。秋成はこれまでの国学研究という回り道について「やや心つきて」と言う。まことに「やや（やっとのことで）」である。「かくて終らん」すなわち「歌や文や拙き言にまぎらは」して世を終る事は悲しすぎる、そう読みとれるように思う。とすれば「この一巻」すなわち『背振翁伝』は、「歌や文や拙き言」に修辞の上で対応するだけでなく、彼の「悲しさ」を和らげ、「心やる」ものとしてより強く意識されているはずである。しかも、その『背振翁伝』は、栄西《えいさい》禅師が宋から帰朝した際持ち帰った茶の実を植えたという背振山（佐賀県神崎郡）での、茶の精と雲水との問答からなる、一場の夢物語である。「文」めかぬ「謡言」ながら、それが秋成にとって鬱屈からの解放——「心やる」ものであったことは記憶しておいてよいことである。

文化二年（一八〇五）から三年にかけて出版された歌文集『藤簍冊子《つづらぶみ》』巻之四に、二篇の短篇歴史小説が載せられている。源頼朝と西行との邂逅《かいこう》を描いた『月の前』と、源頼朝の前で舞う義経の愛妾静《しずか》を描いた『剣《つるぎ》の舞』がそれである。これらの作品が書かれたのは、やはり晩年に近い寛政十一年ごろのことであろうと思われる。文化三年には『ますらを物語』を書いた。文化二年から三年にかけては、いくつかの歴史小説を書こうとしていたことが、西福寺（あるいは秋成が世話になった、近くの磯貝家ともいう）の襖《ふすま》の下張りから発見された反古によって知られている。また同じ頃に書かれたらしい自筆断片をも合わせて見れば、『長者長屋』『壬申《じんしん》の乱』『妖尼公《ようにこう》』『楠公雨夜がたり』などの作品が浮びあがってくる。文化五年には『背振翁伝』や『鴛央行《えんおうこう》』が書かれた。『胆大小心録』にもいくつかの小説的作品がある。このように決して少なくはない作品が、寛政末年から文化五年ごろまでの間に書き続けられているのであり、それが『春雨物語』成立の背景でもあるのであるが、『春雨物語』に収められた作品を含めて、右に挙げた作品群を生み出した秋成の憑《つ》かれたような創作欲をも示しているのである。これが神に与えられた寿命（略年譜参照）の終末期から活潑化したのだとすれば、何やら縁起譚《たん》めくが、『雨月物語』（安永五年、一七七六刊）以後、『ぬば玉の巻』（安永八年成）、『書初機嫌海』（天明七年、一七八七刊）、『癇癖談《くせものがたり》』（寛政三年、一七九一成）以外には小説的作品が皆無であることに眼をむけるとき、前に引いた「やや心つきて、かくて終らん事の悲しさ」という秋成のつぶやきがはっきりと聞きとれるように思われる。なぜなら『雨月物語』以後はまさしく「歌や文や拙き言」に終始した時期であったろうからである。とまれ、彼が「心やり」として筆をとった作品群は、彼の生きるあかしでもあった。

「血かたびら」の創作方法

考えてみれば『春雨物語』は一つの短篇集としてはちぐはぐな感じのする作品集である。「血かたびら」と「樊噲」が同居しているのは、何としても奇異である。が、これもまた成立の問題にかかわっているように思える。

文化五年本に見られる序文と富岡本に見られる序文との間に有意の差を見出だすことは困難であるが、文化五年本の序文と、それ以前に書かれた「天津をとめ」草稿紙の裏に認《したた》められている序文の草案との間には、何がしかの隔たりが存在する。それは、初案で「いにしへの事ども、ふみのつかさのしるせしをおもひ出でて」とあったものが、文化五年本以後「むかしこのころの事どもも人に欺《あざむ》かれしを」と改められていることであろう。このことについては、すでに説がなされている。すなわち、初期の段階では歴史小説によって一集をなす意図であったものが、そうではなくなってきたことによる改稿というわけである。具体的に言えば、「二世の縁」「死首のゑがほ」「捨石丸」「宮木が塚」「樊噲」が含まれるようになったことで、「このころの事ども」が追加されたということになるのである。

このような説明に何らの変更の要も感じないが、秋成が初期のころ意図した歴史小説集にこだわらなくなったことについては、さらに考えてみる必要があるように思う。

ここで「血かたびら」を例にとって、その創作方法について触れてみよう。この作品を制作するにあたって、秋成が利用したと考えられる文献は、相当の数にのぼる。『日本後紀』『日本紀略』『日本逸史』『愚管抄《ぐかんしよう》』『元亨釈書《げんこうしやくしよ》』『扶桑《ふそう》略記抄』等々である。これらの一部は頭注にも示したとおりである。

「血かたびら」の中心をなす事件、薬子《くすりこ》の乱の概略は、『日本逸史』大同五年九月十日の条における、親王以下諸官人へのみことのりに要約されている。今その宣命書きを私訓によって書き下してみる。

尚侍正三位藤原朝臣薬子は、かけまくもかしこき柏原の朝廷《みかど》の御時に、春宮坊《とうぐうばう》宣旨として仕へしめたまひき。而してその性《ひと》となりの能《よ》からぬ所を知ろしめして、退けたまひ去りたまひてき。然るものを百方《さまざま》に趍逐《したひまね》りて、太上天皇（平城帝）に近づき奉る。今太上天皇の国を譲り給へる大慈《おほいつくし》み深き志《こころ》を知らずして、己《おの》が威権《いきほひ》をほしきままにせむとして、御言《みこと》にあらざる事を御言と云ひつつ、褒《ほ》め貶《そし》ることを心に任せて、かつて恐れ憚《はばか》るところなし。かかる悪しき種々《くさぐさ》あるとも、太上天皇にちかづき奉るによりて、思ひ忍びつつおはします。されどなほ飽きたらずとして、二所の朝廷をも言ひ隔て、遂には大乱起るべし。また、先帝（桓武帝）の万代《よろづよ》の宮と定めたまへる平安京《みやこ》を棄て賜ひ、停《や》めたまひてし平城《なら》の古京に遷《うつ》さむと勧め奉りて、天下を擾乱《みだ》り、百姓を亡弊《うしな》ふ。また、その兄仲成己が妹のよからぬ所をば教へ正さずして、かへりてその勢を恃《たの》みて、虚詐事《いつはりごと》をもて先帝の親王・夫人（伊予親王母子）を凌《しの》ぎ侮《あなど》りて、家を棄て路に乗りて、とざまかくざま辛苦《たしなま》せしむ。かくのごとき罪《つみ》悪数へ尽しがたし。理《ことわり》のままに勘《かむが》へたまひ、罪なへたまふべくあれども、思《おぼ》しめすことあるによりて、軽《かろ》めたまひ宥《ゆる》したまひて、薬子は位官解きて宮中より退けたまひ、仲成は佐渡国権守《ごんのかみ》に退けと宣《の》る。

これで万事解決ではなかった。同十一日の『日本逸史』の記事、大外記従五位下上毛野《かみつけぬ》朝臣頴人《さきひと》、平城より急ぎ来りて言ふ。「太上天皇、今日早朝、川口の道をとりて東国に入る。凡《およ》そその諸司ならびに宿衛の兵、悉《ことごと》く皆従ふ」と。（略）この夜、左近衛将監紀朝臣清成・右近衛将曹住吉朝臣豊継らをして、仲成を禁中に射殺せしむ。

および同十二日の記事、

太上天皇、大和国添上郡越田村に至り、すなはち甲兵の前を遮るを知り、行く所を知らず。（略）天皇遂に勢の蹙《せま》るを知り、すなはち宮にかへり剃髪《ていはつ》入道す。藤原朝臣薬子自殺す。

に見られるような軍事的収束が必要であった。それにしても、これらの記事で、「血かたびら」の骨格はできあがろうというものである。しかし、実際には相当にこまかな操作が加えられていると見なければならないところがある。

「血かたびら」の冒頭部は、次のごとく始まる。

天《あめ》のおし国高日子《くにたかひこ》の天皇《すめらみこと》、ひらけ初《そ》めより五十一代の大まつり事きこしめしたまへば、五畿《ごき》七道水旱《すいかん》無く、民《たみ》腹をうちて豊《とよ》としうたひ、良禽木《りやうきん》を選ばず巣くひて、大同の佳運《かうん》、紀伝のはかせ字をえらびて奏聞《そうもん》す。

これは正史に比肩《ひけん》すべき歴史物語のごとく荘重な語り口で始められているが、まさしく「紀伝のはかせ」には典拠があった。『日本逸史』大同三年二月四日の条に、「大学直講博士一員を減じて、紀伝博士を置く」とあるのである。制度上平城帝の在位中に設置された「紀伝博士」を拾いあげて使用している。しかも、その使い方はといえば、「大同」の年号選定者にするという年次を無視したやり方なのである。『日本逸史』とともに秋成が見たであろう『日本紀略』大同元年五月十八日の条に、「大極殿に即位、云々。元を大同と改む。礼にあらざるなり。国君の即位、年を踰《こ》えて後に元を改むるは、臣子の心、一年に二君あるを忍びざるによりてなり」とあることも知った上でのはずである。

「五畿七道水旱無く」にもまた典拠がある。『日本逸史』大同元年八月四日の条に「畿内水害をうけ百姓の調《てう》・徭《えう》を免ず」、同九月二十三日の条に「使をして、左右京および山崎の津・難波の津の酒家の甕《かめ》を封ぜしむ。水旱災をなし、穀米《こくまい》の騰躍《とうやく》をもてなり」、同十一月六日の条「太宰府言ふ、『管内の諸国、水旱・疾疫歳ごとに相仍《あひかさな》り、百姓彫亡し、田園荒廃す』」、「伊賀・紀伊・淡路等の三国、頻年《ひんねん》稔らず、民の弊殊に甚し」、同七日の条に「備後・安芸・周防三国の田租、六箇年を限り、四を免じ六を収む。民の凋弊《てうへい》をもてなり」などの記事が目につく。平城帝即位に続くこれらの記事を踏まえながら、「五畿七道水旱無く、民腹をうちて豊としうたひ」と言い切るところに、決定的な虚構への姿勢が見られるのである。この虚構は、『日本逸史』の行間・紙背にありうべかりし事として設定されたものではなくて、典拠としての『日本逸史』の記事を事実（または史実）と呼ぶなら、正に反事実

(または反史実)として設定されたものであると言えよう。「水旱災をなし」「水旱・疾疫歳ごとに相仍り」が「水旱無く」となり、「百姓彫亡し」「民の弊殊に甚し」「民の凋弊」が「民腹をうちて豊としうたひ」となるのである。

この反事実(または反史実)の虚構とでも呼ぶべき方法は、主人公たる平城帝像の形象化において最も顕著であると言わなければならない。『日本逸史』平城天皇の条には、「博《ひろ》く経書を綜《す》べ、文藻に工《たくみ》なり」とあるが、同書天長元年七月十二日の条にも、

(平城)天皇は、識度《しきど》沈敏《ちんびん》にして、智謀潜通《せんつう》なり。みづから万機《ばんき》に親しみ、克己励精す。煩費《はんぴ》を省撤《しやうてつ》し、珍奇を棄絶す。法令厳整にして、群下粛然《しゆくぜん》たり。古先哲王といへども過ぎざるなり。然れども、性猜忌《せいさいき》多く、居上寛《きよじやうくわん》ならず。位を嗣《つ》ぎし初め、弟親王子母を殺し、あはせて逮治《たいち》を命ずる者衆《おほ》し。時議は以て淫刑《いんけい》となす。その後心を内寵《ないちよう》に傾け、政を婦人に委《ゆだ》ぬ。

とあり、これも秋成が利用したであろう『扶桑略記抄』二には、

或る説に云はく、「同じころ、天皇(平城帝)、皇太子を廃するの謀計あり。時に名嗣卿東宮傅たり。密かに太子に告ぐ。太弟(嵯峨帝)恐惶して、出づる所を知らず。名嗣啓して曰はく『事は旦暮《たんぼ》にあり、力及ぶべからず。山陵を祈禱せば、或いはその助けを得ん』。太弟束帯して庭中に下坐して、遥かに陵を拝す。涕涙《ているい》雨のごとし。時に京洛烟気《けいらくえんき》忽《たちま》ちに塞ぎ、昼の日昏《くら》し。時に天子驚懼《きやうく》して、その怪を卜《ぼく》せしむるに、柏原山陵殊にその祟《たた》りをなすと。天子大いに恐れ、地に伏し陵に祈り、謝罪して躬《みづから》を責む。ここにおいて、三箇日を経て烟気漸く散ず。

とある。

「血かたびら」における平城帝は、「善柔《ぜんじう》の御さがにましませれば、はやく春の宮にみ位《くらゐ》ゆづらまく

内々さたしたまふ」ような人柄であり、先帝の夢を見ては「み心のたよわさにあだ夢ぞとおぼししらせたま」うような人柄であるとされている。だから、「仲成、外臣を遠ざけんとはかりては、薬子と心あはせ、なぐさめたいまつる」のに対しては、「よからぬ事もうちゑみて、これが心をもとらせ給ひぬ」ということになるのであり、また、「儒道わたりて、さかしき教へにあしきを撓《た》むかと見れば、また枉《ま》げて言《ことば》を巧《たく》みにし、代々さかゆくままに静かならず。朕《われ》はふみよむ事うとければ、ただ直《なほ》きをつとめん」と、けなげにも決意をしたりするのである。空海の口をかりて、「ただただ、み心の直くましませば、ままにおぼし知りたまへ」などとも言っている。

「博く経書を綜《す》べ、文藻に工《たくみ》なり」が「ふみよむ事うとければ」となり、「性猜忌多く、居上寛ならず」「淫刑」の多かった平城帝が「善柔の御さが」「み心のたよわさ」「み心の直く」となるのである。「天皇、皇太子を廃するの謀計あり」は「はやく春の宮にみ位ゆづらまく」となっている。

「血かたびら」の時代背景を『日本逸史』によって見た場合、前掲の天長元年七月十二日の記事にあった「位を嗣ぎし初め、弟親王子母を殺」すとあるのは注目に値しよう。秋成も見ているはずである。これは大同二年十月二十八日から三十日にかけて発覚した伊予親王（桓武帝第四皇子）の反逆事件であるが、結果として親王は親王位を剝奪され、母子ともに川原《かわら》寺の一室に幽閉され、十一月十二日、「親王母子薬を仰ぎて死す。時の人これを哀れむ」と記されているのである。反逆者の死にもかかわらず、「時の人これを哀れむ」とあり、「弟親王子母を殺」すとあれば、この事件もまた平城帝側の「謀計」の色合いが濃いと見なければなるまい。とすれば、前述した反事実（または反史実）の虚構によって形象化された平城帝像と調和しなくなるのは当然である。平城帝在位の短い期間にあっては極めて重大な事件であるのに、一言半句もこれに触れるところがない。秋成は明らかにこの事件を捨象した。

これに先立つ、桓武帝長岡遷都の際の造宮使の暗殺事件に関係ありとされた早良《さわら》親王は時の皇太子(光仁帝第二皇子)であった。『日本紀略』延暦四年九月二十八日の条には、「皇太子、内裏より東宮に帰る。即日戌《いぬ》の時、乙訓《おとくに》寺に出置す。この後、太子みづから飲食せず、十余日を積《か》さぬ。宮内卿石川垣守らを遣はして、船に駕《の》せ、淡路へ移送せしむ。高瀬橋頭に至るころ、已に絶ゆ。屍を載せて淡路に至り、葬る」と、事件の結末を記す。そして、同十月八日には早良親王を廃するに至った経緯を山陵へ報告し、同十一月二十五日には、安殿《あて》親王すなわち後の平城帝を立てて皇太子とした。が、以後桓武帝によって廃されたはずの早良親王の霊は、なぜか新しい皇太子安殿親王に、執念《しゅうね》く祟《たた》りをなすのである。例えば「皇太子久しく病む。これを卜《ぼく》するに、崇道《すだう》天皇の祟りとなす」(延暦十一年六月十日)のごとき記事が頻出することになる。そして皇太子救済策の一つが、延暦十九年七月二十三日の故皇太子早良親王に「崇道天皇」号を贈ることであった。この廃太子事件とその後の経過に見られる不自然さについて、秋成は考えるところがあったにちがいない。それを、「またの夜、先だいの御使ひあり。『早良の親王の霊、柏原のみ墓に参りて罪を謝す。ただ、おのが後なき事をうたへなげく』と申して使ひは去りぬ。これはみ心のたよわさにあだ夢ぞとおぼししらせたまへど、崇道天皇と尊号おくらせたまひき」という形で終結させ、形象化しようとする平城帝像への障害を取り除いているわけである。

以上のように見てくると、秋成は『日本逸史』その他の史書によって「血かたびら」を制作するにあたって、第一に事実(または史実)のモンタージュを行っていると言える。なぜなら、史書に密着して、記述に用いられている用語や記載されている事件の展開などを自己の作品の中にとり込むのだが、それがかならずしも記述の流れに沿ったものではなく、時代錯誤もあえてしながら、自己の作品の流れの中で再構成しているからである。第二に、反事実（あるいは反史実）の虚構を設けていることが指摘できよう。史書に記載のないことを作品の中に持ちこむのではなく、記載された記事を反転させることでできあがる虚構であることは前述した。第三に、一定の意図に従って事実（あるいは史実）の捨象ないしは切り捨てが行われ、そのことによって作品に生ずる矛盾の糊塗《こと》策を講じていることが挙げられると思う。かくして史実とは異なるもう一つの世界――「血かたびら」は誕生する。

ここに至って、『春雨物語』の序文における「むかしこのころの事どもも人に欺《あざむ》かれしを、我、また、いつはりとしらで人をあざむく」という、秋成の一種の事実（または史実）へのこだわりも明確に理解できるものとなるが、同時に「いつはりとしらで」というのもまた秋成の「いつはり」であることを知る。人はこれを韜晦《とうかい》という。韜晦が制作する者の基底的姿勢としてあるのであれば、読者もまたその方法にまで立ち入って読むことを要求されるわけで、やや煩雑な史書の記事のあげつらいにかかわったのもその故である。

「血かたびら」の思想的内容

ここで、「血かたびら」の内容について検討してみなければならない。方法はその内容と不可分のはずだからである。

享和三年（一八〇三）ごろまでには完成していたと思われる万葉集選釈の書『金砂』の六において、近江《おうみ》荒都の歌をきっかけに、論は壬申《じんしん》の乱に及ぶのであるが、この論は「血かたびら」を考える場合に極めて有効な示唆に富んでいるように思われる。

儒教の伝来については、

三宗骨肉の離れゆく初めは、異国の書に禅位《ぜんい》簒立《さんりつ》の智略あるを見聞きて、天性の情欲を募らせ給ふ事と成りぬるこそ患《うれ》たけれ。応神の朝に百済国より貢ぎ奉る博士等が教道は、人の性質を善きに撓むる術なれば、実にしかありたき事と、誰も誰も諾《うべ》なひ給ふものの、おのれおのれが情欲にたがふ事なれば、我行なはんといふ君もおはさず。

と、その受容の害あって益のないことを指摘し、仏教の伝来については、

人の情欲を募らせ、性質を蕩《とろ》かす妙法なりしかば、さしもおぼし足らはぬ事無き御心にさへ、大きに心酔ましまして、（略）民の心には我君の上にこの仏の貴くてましませる事よと、共に志誠を致して、飽く時しらぬ愚悪を募らしむをいかにせん。この始に渡せしは達磨・善導の教へに英なる者にて、福徳果報に煩悩を増長させる法なりけり。

と、仏教の本来的性格からその受容が困難であり益のないことを述べている。『胆大小心録』ではそのことを「仏はさてもさてもかしこい人かな。人情の欲のかぎり、先づ説入りて、無の見に入らんとするよ。三千年にして今に直かならぬなり」とも言っている。

これら儒仏二教の渦まく歴史の中で、古代日本本来の姿が失われてゆくさまを論じているのである。

また、聖徳太子父子について、

上宮太子も父帝の叡慮をおぼし継がせ給ひ、（略）この法を海内《かいだい》に施させ給へりき。太子は賢君にてましませど、善柔の性を馬子の佞智《ねいち》に制せられたまひ、渠《かれ》が前帝崇峻《すしゅん》を弑《しい》奉りし極悪罪をさへ問はせ給はざりしを、後世儒士の舌刃《ぜつじん》に刺され給ふは、かの因縁とかいふことわりにや淫《なづ》ませ

けん、（略）太子の賢良も渠に心を買はれたまひては、十七条の憲法もただいたづら言の如くにて、その徳に和せらるる事なきはいかにぞや、これ善柔は損友といふ語のむなしからざるなり。あまさへ御子山背王《やましろのきみ》父の性の善柔を稟《う》け得て、正しく女王の遺詔を賜はりながら、蝦夷《えみし》の大臣に妨げられて、帝位に登らせ給はぬのみか、入鹿《いるか》の大臣に逼《せま》られて、みづから経死《けいし》したまふ事のいふがひなさよ。

と評する。結果は蘇我氏によって、舒明・皇極の御代は牛耳られることになるが、それに対して、

ひとり藤原の大臣いまだ門高からねば、渠儂《かれ》が勢ひに当るべくもあらず。その機の君をえらびて、大事を謀るべくおぼして、孝徳いまだ軽王と申せし時、これに親しく参りて試みるに、この王も善柔の性にて、大事を遂げさせ給ふべくもあらずと、また中《なか》の大兄《おほえ》の皇子こそと御心をとりて眤《なつ》み奉りて、これぞ英雄の君なるを喜び、薄氷をふむふむ謀りあはせて、遂に大功を立てたまひし事

になったとし、その間孝徳帝をはさんで斉明帝の重祚《ちょうそ》の事情があったことを述べ、

この間の事、史をよむ者暗中に物を探るに似たり。孝徳の皇子有馬の隠謀のことわりならぬも、すべて骨肉相離れ、御牆《みかき》の内に鬩《せめ》ぎあへる、この代々のありさまこそ悲しけれ。かく君臣の智略多きは、儒教に簒立塩梅《えんばい》を啜《すす》り、仏化に冥福の甜酸《てんさん》を嘗《な》むる時なればなりき。孝徳の徳化を施させたまふや、万機を西土に擬して冠階を制し、田段の数を定め、税布《ぜいふ》貢馬《こうば》にいたるまで宜しきに従ひ給へども、ただ善柔の性にひかれて、仏化の冥福を貴び、我が国風の祭祀を軽んじ給ふ。

と論じ、壬申の乱がやがて来るべき必然性を説くのである。

この論述を通して見られることとは、歴史の大きなうねりの中でおし流され、おしつぶされていった

人々は「善柔の性」の持ち主であったという秋成の考え方である。そしてこの「善柔の性」は、佞智・陰謀・智略の前にはひとたまりもなく、福徳・果報・冥福の誘いにはまたたく間に蕩《とろ》けてしまうものなのである。しかも「かく君臣の智略多きは、儒教に簒立塩梅を啜り、仏化に冥福の甜酸を嘗むる時」という時代なればこそ、「善柔の性」の生きる余地はないと秋成は考えるのである。逆の言い方をすれば、「善柔の性」の生き難い時代すなわち「智略多き」時代を招来することとなった元凶としての儒仏二教の認識がそこにはあるのである。

ここで「血かたびら」における平城帝を想起しなければならない。平城帝は「善柔の御さが」の持ち主であり、「み心のたよわ」き人であり、「朕はふみよむ事うとければ、ただ直きをつとめん」と決意する。その平城帝は「皇祖《みおや》の尊《みこと》、矛《ほこ》とりて道ひらかせ、弓箭《ゆみや》みとらして仇《あた》うちしたまふより、十《と》つぎの崇神《すじん》の御時までは、しるすに事なかりしにや、養老の紀に見るところ無し。儒道わたりて、さかしき教へにあしきを撓《た》むかと見れば、また枉《ま》げて言《ことば》を巧《たく》みにし、世々さかゆくままに静かならず」と独語し、東大寺の大仏を見ては「西の国の果てに生れて、この陸奥《みちのく》のこがね花に光そへさせ給ふとぞ。いぶかし」と語るのである。そこには「善柔の性」とともに、儒仏二教の渡来とその隆盛についての懐疑があり、「世々さかゆくままに静かなら」ざる歴史との相関についての漠然とした認識がある。こうした平城帝像は、前引の『金砂』六に見られる聖徳太子父子や孝徳帝と同列にある、あるいはその延長上にあると言うよりは、それらの綜合としてあると見ることができるであろう。従って「血かたびら」を古代日本思想史における新旧思想の葛藤絵巻として読むこともできるし、それが秋成の「血かたびら」で採った方法の有効性の証明でもある。

「天津をとめ」における橘 嘉智子像の形成

「血かたびら」に見られた方法は、多かれ少なかれ「天津をとめ」「海賊」「歌のほまれ」にも認めることができる。「海賊」の場合、場面の設定はもっぱら『土佐日記』によっているわけであるが、「和泉の国に来ぬれば、海賊物ならず」という日記の記述のあるところで、海賊を出現させていることは、その典型的な例と言えよう。また「歌のほまれ」のような小品においても、頭注に示したように、類歌論を際だたせるための配慮のうちに同様の方法を発見できるのである。

しかしながら、「海賊」「歌のほまれ」においては、「血かたびら」におけるように方法が作品の主題に深く結びつくことはなかった。歴史上の人物文室秋津《ふんやのあきつ》のなれの果てである海賊の登場は、秋成自身の代弁者としての役割を果すためにのみ必要な設定であって、決してそれ以上ではなかったのである。この点では「天津をとめ」は少し事情がちがう。

「天津をとめ」では、承和《じようわ》の変がとりあげられている。この事件は『続日本後紀』によれば、嵯峨上皇崩御の承和九年七月十五日の翌々日に発覚している。一応事件のけりのついた同二十三日の詔には、「太上天皇崩《かむあが》るによりて、昼夜となく哀《かな》しみ迷《まど》ひ焦《こが》れおはしますに、春宮坊《とうぐうばう》の帯刀舎人伴健岑《とものこはみね》、隙に乗じて、橘逸勢《たちばなのはやなり》と力を合せて逆謀を構へ成して、国家を傾け亡さむとす。（略）皇太子の位を停《とど》めて」とあり、同二十四日廃太子に至った経過の山陵への報告、同二十八日関係者の処分を終っている。

作品における事件の推移とその描写は、ほぼ『続日本後紀』により、仁明帝皇太子を廃された恒貞親王（淳和帝第二皇子）については、『三代実録』『元亨釈書』などによって知られるところによるものであろう。
　ここで注目すべきは、この承和の変の処理に際して、「天津をとめ」が「太后、これをも逸勢が氏《うぢ》のけがれをなすとて、『重く刑せよ』と、ひとりごたせ給ひしとぞ」としていることである。さらに、その「太后」とは「淳和《じゅんな》のきさいの宮、今、太皇后にてましませり」とする（三三頁注一九参照）。史実に従えば、「淳和のきさいの宮」は嵯峨帝の第一皇女正子内親王のはずである。一方、「橘の清友のおとどの御むすめ」ならば『橘氏系図』に「仁明母」と記され、『本朝皇胤紹運録』仁明天皇の条に「母皇后嘉智子。内舎人贈太政大臣正一位橘清友女」とある橘嘉智子であり、『日本後紀』弘仁六年七月十三日の条に、「夫人従三位橘嘉智子を立てて皇后となす」とある嵯峨帝の皇后である。とすれば、「淳和のきさいの宮」の口から「逸勢が氏のけがれをなす」ということばが出るのはおかしいわけで、そのつじつまを合わせるために、秋成は前もって嵯峨帝の皇后橘嘉智子その人を「淳和のきさいの宮」とすることによって、「逸勢が氏のけがれ」と矛盾しないようにしているのである。
「天津をとめ」は続けて、円提寺《えんだいじ》の僧の奏聞《そうもん》のことを描く。この部分は『山城名勝志』巻之十、梅宮の条にも引く『伊呂波《いろは》字類抄』の梅宮の注記によるものであることが指摘されている。この文章にも「仁明天皇母、文徳《もんとく》天皇祖母」とある。嘉智子のことである。
　この円提寺に関する部分が、文化五年本では、
　　又、淳和のみかどの皇后橘の嘉智子、今は太后にて在《おは》せるが、橘の氏の神まつりを円提寺にて、
　　行なはんと申す。氏神いちはやふりて、帝に託宣ありしと、宮人が奏す。
となっている。ここは「橘の嘉智子」の名を出しているのである。文化五年本の場合、この嘉智子の

顕名化を含めて『伊呂波字類抄』に載せるなまの資料に近いと言える。しかし同時に、その名は富岡本においてはおぼめかされるものでもある。作品の中で、後述するように極めて重要な意味を持っているはずの「橘の嘉智子」が削られ、さして重要とも思われない、しかも史実から言えば明らかに誤りである「淳和」の方だけが名残りをとどめているわけだから、「淳和のきさいの宮」としたのは、意図するところあってのものと考えてよいのではないだろうか。

　承和の変を受禅廃立《じゅぜんはいりつ》の思想にもとづく謀反事件であると秋成が見ていることは、「嗟乎《ああ》、受禅廃立のあしきためしは、もろこしの文に見えて、これにならはせ給ふよ」と作中人物に語らせることで示されている。承和の変の結果は、恒貞親王の廃太子、道康《みちやす》親王の立太子となって、藤原良房以下の繁栄を導き出すことになり、恐らくは承和の変そのものがこの結果を期待しての陰謀事件の疑いが強いのであるが、「受禅廃立」ということばを使う秋成の立場からすれば、皇太子の交替の方は単なる結果であって、事件の本質は仁明帝の退位、恒貞親王の即位をねらったものであるということになろう。勿論それが「逆謀を構へ成して、国家を傾け亡さむとす」の素直な読みには相違ない。秋成とてこのことの陰謀くささを感じなかったわけではなかろうが、結果は「太子は、この反逆のぬしに名付けられて」とやわらげた表現に見る体《てい》のものであった。

　事件と直接関係のない梅宮について触れるところがあるのは、橘嘉智子太后の人柄を示すことにねらいがあってのことであった。太后の「外戚の家なり。国家の大祭にあづからしむるは、かへりて非礼なり」という発言は、『伊呂波字類抄』の文言《もんごん》を和文化したものだが、これをとりあげたのは、文化五年本では「すべて何事にも、太后はすくすくしくあらせしかば、心あるはたとび、いつはりものはおそる」、富岡本では「かく男さび給へば、宗貞がさがのよからぬを、ひそかに憎ませ給ひしとぞ」

というのがそれである。儒仏の網にこめられず、是々非々の立場を貫く直情径行の人として登場させるには、橘嘉智子太后がもっともふさわしい人物であると考えたからであろう。

　ここで、承和の変の発端を『続日本後紀』によってふり返って見ると、そこには「これより先、弾《だん》正尹三品《じやうのかみさんぼん》阿保親王、書を緘して嵯峨太皇太后に上呈す。太后中納言正三位藤原朝臣良房を御前に喚《よ》び、密かに緘書《かんしょ》を賜ふ」とある。阿保親王は第一の告発者である。その告発状はこのように奇妙な動きをしているが、承和の変を廃太子陰謀事件と見る目からは、この太后の行動は、首謀者ないしは加担者のそれに見える。また、仁明帝退位、恒貞親王即位を目ざした謀反事件と見る目からは、いち早く適切な措置を講じた政治家太后に見える。まして藤原良房を呼び情報を与え、良房を通じて暴露してゆくなど、まさしく老巧政治家である。二者択一ということになれば、秋成はいうまでもなく後者の解釈をとるはずであるが、それでつくりあげられる橘嘉智子太后のイメージは、梅宮の件で想像されたそれとは、著しく調和を欠くことになる。

　また、この承和の変を受禅廃立の思想に毒された、仁明帝退位を画策するものと見るのであれば、そして仮にこの企てが成就していたとすると、最大の被害者は仁明帝であり、その母である橘嘉智子太后であり、藤原順子皇后であり、皇后の父藤原冬嗣とその子良房であることになる。その立場から言えば、「逸勢が氏のけがれをなす」は口実に過ぎなくなってしまい、従って「重く刑せよ」は半ば利益者代表の言としての響きをもつことになるのである。梅宮の件をとりあげることによって性格づけられた太后を描くつもりで、史実に従って「嵯峨のきさいの宮」とするはずのところ、誤って「淳和のきさいの宮」としたのであるならば、この「重く刑せよ」という発言を入れずに淡々と書いていった方が筋が通るというものである。逆に言えば、橘嘉智子太后から利益者代表的イメージや老巧政治家的イメージを醸し出す一切のことを捨象したとき、「逸勢が氏のけがれをなす」と怒り、「重く刑せよ」とひとりごつ太后の姿が、梅宮の件での太后の姿に重なり合うのである。秋成は『続日本後紀』に明瞭に記されている、承和の変発覚の経過の中における橘嘉智子太后の行動について何ら語るところがないのである。

実際問題としては、承和の変は失敗に終ったのであるが、失敗による最大の被害者は恒貞親王であり、淳和皇后正子内親王である。もっとも『元亨釈書』巻十四の「釈恒寂《こうじゃく》」の項によれば、恒貞親王個人の気持としては、廃太子の処分は重責からの解放という面が強かったらしい。「左右に謂《い》ひて曰はく、元より逃佚を志す。今やこの時か」とある。それに対して、淳和皇后正子内親王はまさに悲劇の主人公であった。淳和帝崩御に続いて嵯峨帝崩御、追いうちをかけるような恒貞親王の廃太子があったのである。「震怒悲号《しんどひごう》」して母橘嘉智子太后を恨み、承和九年十二月には「淳和皇后剃落《ていらく》入道」という結果になったことは、史書に記すところである。ここからは妻として、子として、母としての俤《おもかげ》はあっても、「すくすくしく」「男さび」た心根を持ち、受禅廃立を憎み、是々非々を貫く、直情径行の人物像は浮びあがってはこない。

かくして、橘嘉智子太后と正子太后とのすりかえが行われることになったと考えられる。橘嘉智子太后を「淳和のきさいの宮」としてしまえば、承和の変発覚の過程に見られる行動、すなわち老巧政治家的振舞を描く必要はない。あやうく被害者になるところであったのが、一転して利益者代表となった人としてではなく、結果としては悲劇の主人公でありながらも、なお「逸勢が氏のけがれをなす」とて、『重く刑せよ』と、ひとりごたせ給」う橘嘉智子太后が際立ってくるのである。

『春雨物語』の歴史離れ

「天津をとめ」の制作には明らかに「血かたびら」と共通する方法がとられている。しかしながら、この作品が嵯峨・淳和・仁明・文徳の四代にわたる歴史を語るという形で構成されているためもあって、一挿話の方法としてしか有効には働いていない。というより、「血かたびら」において、自己の思想によって史実を再構成して、歴史の流れの象徴であるような人物を形象化することに成功した秋成の関心は、次第に歴史の中にうごめく人間、社会と人間の関わりへと向って行きつつあったのではないかと思えるのである。少なくとも歴史小説風の作品だけを書くことからの脱出と言いかえることもできるであろう。「二世の縁」「死首のゑがほ」「捨石丸」「樊噲」が登場してくるのを横目でにらんでの理由づけにすぎないが、「宮木が塚」が「そのころ、法然上人と申す大徳世《だいとこ》に出でまして」というだけの時代設定をしていて、「死首のゑがほ」と同列に見てもよいような状況も何ほどかの妥当性はあろうかと思うのである。

物語は「作者の思ひ寄する所」（一一頁注一参照）を事実（あるいは史実）の断片を再構成することで形象するものであると考え、それはそれなりに「血かたびら」で見事な稔りをもたらしたのだが、ややもすると登場人物の口を通じて作者のなまの言説をたたきつけるように吐き出させることになるのであれば、事実とか史実とかの存在理由はその点からも稀薄になるのである。このことからの脱皮、換言すれば、「歴史物語」や「説話文学」の世界から「作り物語」への飛翔が、書くという営みの中で可能になってきたのであろう。それは一面から見れば、長く抱き続けてきた彼の物語観の深化であり肉体化であった。自由な筆の運びのままに作品が成立するような境地が、ようやくひらけてきたのではなかったかと思えるのである。「樊噲」における『水滸伝《すいこでん》』の影響が言われて久しいが、少なくとも表現の上では、『雨月物語』の諸篇における中国白話小説の影濃いのとは比《くら》ぶべくもない。これは十全に秋成の想像の産物と称すべきであろう。

ともあれ『春雨物語』は文化五年三月に、一応の完結をみたわけであるが、今まで述べてきたことが認められるとすれば、文字どおり「一応の完結」なのである。なぜなら、秋成の物語観の肉体化、「歴史物語」から「作り物語」を含めた創作への情熱などという極めて流動的な展開を、文化五年という時間の区切りで示したにすぎないからである。内容的には、「いにしへの事ども」を「むかしこのころの事ども」と改めることでは包みきれないものになっているのである。時にはそれが通俗小説的気味などと評される所以《ゆえん》であろう。『春雨物語』の成立は、新たな展開への階梯であった。あまりよく見えない眼の持ち主である老年の秋成が、意外に明るい姿を思わせる筆づかいを遺しているのもそのためであると言えば、恣意《しい》にすぎるであろうか。

手づくりの読み

「『春雨物語』の成立」と題しながら、「血かたびら」や「天津をとめ」にばかり言及することになってしまった。しかし、「血かたびら」はやはり『春雨物語』の頂点の一つであり、出発点であり、入口でもある。また、「血かたびら」や「天津をとめ」は、多数の史書を利用しているのであって、それが作者と読者をつなぐ確実な絆であるとともに、一方で作品を難解なものとする原因にもなる。まして反事実（または反史実）はあくまで事実（または史実）を前提とするわけで、理解のためには事前の若干の準備が不可欠であること言うまでもない。作品は作品だけで完結しているということは、一面真理にはちがいない。しかし、その真理は『春雨物語』後半の作品には当てはまるが、「血かたびら」「天津をとめ」の場合は事情がちがうと見なければなるまい。わずらわしいまでの引用文も、付録の年表もそのためであることを諒とされたい。史実を丹念に調べながら読んでいくのも、この場合は一つの読み方であるように思われる。もっとも史実といっても、現代歴史学が解明してくれる史実ではない。文献的史実というか、『日本紀略』や『日本逸史』やといった史書に記載されていることを指すこともとよりである。このような手づくりの読み方が、むしろ秋成の意に叶うものかも知れないことを付言する。

『書初機嫌海』あれこれ

『書初機嫌海』は奥付にあるとおり、天明七年（一七八七）正月に出版された。『享保以後大阪出版書籍目録』によると、板元増田屋源兵衛が新板発行の申し出をしたのは「天明六年極月《ごくげつ》」であるから、出版の直前であったことになる。おそらく準備万端整ってからの申し出であったのであろう。現在知られている板本は二部しかなく、その一つが本書の底本に使用した国会図書館蔵本である。このように伝本が少ないのは、増刷しなかったためとも考えられ、もしそうだとすると、売れ行きも思わしくなか

ったかも知れない。「(寛政三年、一七九一)三月廿三日、中はら大兄」宛秋成書簡に、

　この冊子(書初機嫌海)、四年前のあた言なり。不景気にて人も読まざりしなり。老境に入りては、理屈を張り、花やかならぬ故なりと思はるるぞ。西鶴の胸算用とて、大三十日《おほみそか》づくしの冊子にならひて、元日づくしと書きかけ、漸《やや》三都を書きしを、書林はやくぬすみいきて出だせしなり。たんとなければ、鶴法師を追ふにあらず。仍《よ》つて意をつくさざる物なり。御好物なれば進じ候へども、塩の過ぎたる御玩味に足らざるべし。

と売れなかったことを伝えている。

　この『書初機嫌海』の作者名は、その序文に「洛外半狂人」と記されているだけであるが、右の書簡によって秋成の作品と考えてよいことになる。もっともこの書簡が唯一の資料ではなくて、『芦汀《ろてい》紀聞《きぶん》』という随筆に、「上田余斎著述之書目、年徳機嫌海　後書初トアラタマル」という記事のあることが報告されている。そして何よりも、巻之中に登場する「玉つくりの唐弓弦屋の二番むすこ」で、今は江戸で医を業とする男のおしゃべりが、秋成の作品であることを雄弁に語っている。

『胆大小心録』に、「二日にもぬかりはせじな花の春」の一句を冒頭にすえた一話がある。この句は『笈《おい》の小文《こぶみ》』に、「宵の年、空の名残り惜しまんと、酒のみ夜ふかして、元日寝忘れたれば」という前書で収められている芭蕉の句である。その話というのは、「我が貸し家」すなわち秋成の所有する家に住んでいる新七という魚屋の正月早々の失敗談が会話体を主として語られているもので、大晦日に集金が済み、一杯飲んで寝た新七が、夜明けとともに飛び起きて、元日の縁起物の初くじらを持って得意先に出かけるが、実は寝過して二日の朝であったというのである。しょうことなしに住吉に詣った新七が、その帰り道、料亭で逢った旦那衆と連れだって、「『違うたちがうたと、一句やりましよ。

家ぬしのお医者様に、あした直してもらひましよ。住吉や春は遠をうい二日がけ』。『やつた、やつた。名句ぢや。上田の先生に見てもらや。おれも一句しよか。春の海それでもかけは寄せる波。どうぢや、どうぢや』。『ありがたうござります』。『ハハハハハハ』」と淡路町（略年譜天明元年の条参照）に向うところで終っている。

「家ぬしのお医者様」「上田の先生」などと自分を実名で登場させたこの一篇は、秋成の生涯の中で生活的にはもっとも安定した時期の様子をかいま見させてくれるのである。と同時に、ひょっとするとこれは『書初機嫌海』の一部として書かれたものであったかも知れないと考えられよう。言うまでもなく、『胆大小心録』は最晩年に書かれたもので、『書初機嫌海』の草稿類が、この時期まで保存されていたとは考えにくいが、かつて一度は書いたものを想い起しながらの執筆は十分にあり得ることであろう。とすれば、「三月廿三日、中はら大兄」宛書簡に「漸《やや》三都を書きしを、書林はやくぬすみいきて出だせしなり」とある言葉にも幾分かの真実は語られていると見なくてはなるまい。すなわち、書林のすすめもあり、本人もその気になって、『世間胸算用《せけんむねざんよう》』に模しての正月づくしを書くつもりで、医業の暇をみては書きためつつあった作品が何ほどかになったとき、出版を急ぐ書林が口をはさみ、上・中・下を京・江戸・大阪に配した編集による出版を強引に進めたのではなかったかと思えるからである。ともあれ、安定した生活の中で、「上田の先生」はそれを容認することができた。前に引いた書簡の中で、秋成にしては珍しく、自作を批評して、「塩の過ぎたる御玩味に足らざるべし」などと言っているが、満更でもなさそうに感じられる。

同じ書簡中の「意をつくさざる物」という弁解は本音かも知れないが、秋成にとって、『書初機嫌海』はやはり懐かしい作品であったと言えるのではないだろうか。前述のように『胆大小心録』の一話が、『書初機嫌海』の落ち穂拾いだとすると、およそ二十年を経ての再生であるからである。
『書初機嫌海』という作品は、『世間胸算用』にならうものという点から言えば、浮世草子ということになろうが、談義本風でもあり、滑稽本めいてもいる。秋成はそんなことはどうでもよかったのであろう。だが、序文に西鶴と紫式部の名が引き合いに出されていることは注目しておいてもよいことのように思われる。安永五年（一七七六）に刊行された『雨月物語』の序文では、『水滸伝』の作者羅《ら》貫中《かんちゅう》と紫式部が引き合いに出されていたし、寛政三年（一七九一）に成立した『癇癖談』の序文では山東京伝《さんとうきょうでん》を引き合いに出すのである。これらの序文にあげられた人々は、秋成の物語観を示す指標となるはずであって、一見唐突な感じがしないでもない西鶴と紫式部のとり合せも、この時点での彼なりの物語観をうかがう確かな手がかりなのである。

　この『書初機嫌海』の序文を書くより七年ほど前、安永八年（一七七九）に秋成は『ぬば玉の巻』を書いた。これは実在の連歌師宗椿《そうちん》に仮託した物語形式による『源氏物語』論で、登場人物柿本人麻呂の口を通して彼の物語論が展開されている。

> そも物語とは何ばかりの物とか思ふ。もろこしのかしこにもかかるたぐひは、ひたすらそらごと（寓言）をもてつとめとし、専らその実なしといへども、必ずよ作者の思ひ寄する所、あるは世の様のあだめくを悲しび、あるは国の費えを嘆くも、時の勢ひのおすべからぬを思ひ、位高き人の悪《にく》みを恐れて、古《いにしへ》の事にとりなし、今のうつつ（現在）をうちかすめつつ、朧《おぼろ》げに書きいでたるものなりけり。かの『源氏物語』もこれがたぐひ

　ここで述べられた物語観は、寛政五年（一七九三）に、賀茂真淵《まぶち》の『伊勢物語古意』を校刊する際に付載した自著『よしやあしや』においても繰り返されている。そして、

このふみ（伊勢物語）も、在五中将ならぬ在五物語して、それにかこつけつつ、世のさまのあまりにたはけたるをいひ刺《そ》しれるにも、なほおのが思ふかたはしだにおそりてうち出づべからぬには、書《ふみ》の終りに、我に等しき人なきてふ（第一一四段、思ふことといはでぞただにやみぬべき我にひとしき人しなければ、の歌）うち誇りたる嘆きせしこそ、おのが心をもなぐさめ、かつは命やしなふ才《ざえ》人のしれわざなれとおぼゆ。

と、『伊勢物語』もまた「これがたぐひ」として認識するのである。この秋成の確乎たる物語観の中に西鶴の作品が「これがたぐひ」として包括され得るということを、『書初機嫌海』の序文は語っているわけである。

それであれば、『書初機嫌海』は、事の成否は別として、彼のこのような物語観を背景にして成立した作品ということになる。『癇癖談』もまた然りと言わなければならない。

事の成否は別として、と言ったが、果して成であろうか、否であろうか。『書初機嫌海』は、その公刊があまりに性急であったために、同じ作品を何年も暖めて熟成させる型の作家である秋成にとっては、意に満たないものであったかも知れぬ。それが前引の「中はら大兄」宛書簡の文面となったのであろうが、やや荒削りなという修飾語を冠すれば、これもまた珠玉の作であり、秋成の才のほどを窺《うかが》うに足る小品といえよう。

付録

付録Ⅰ　「血かたびら」「天津をとめ」参考系図

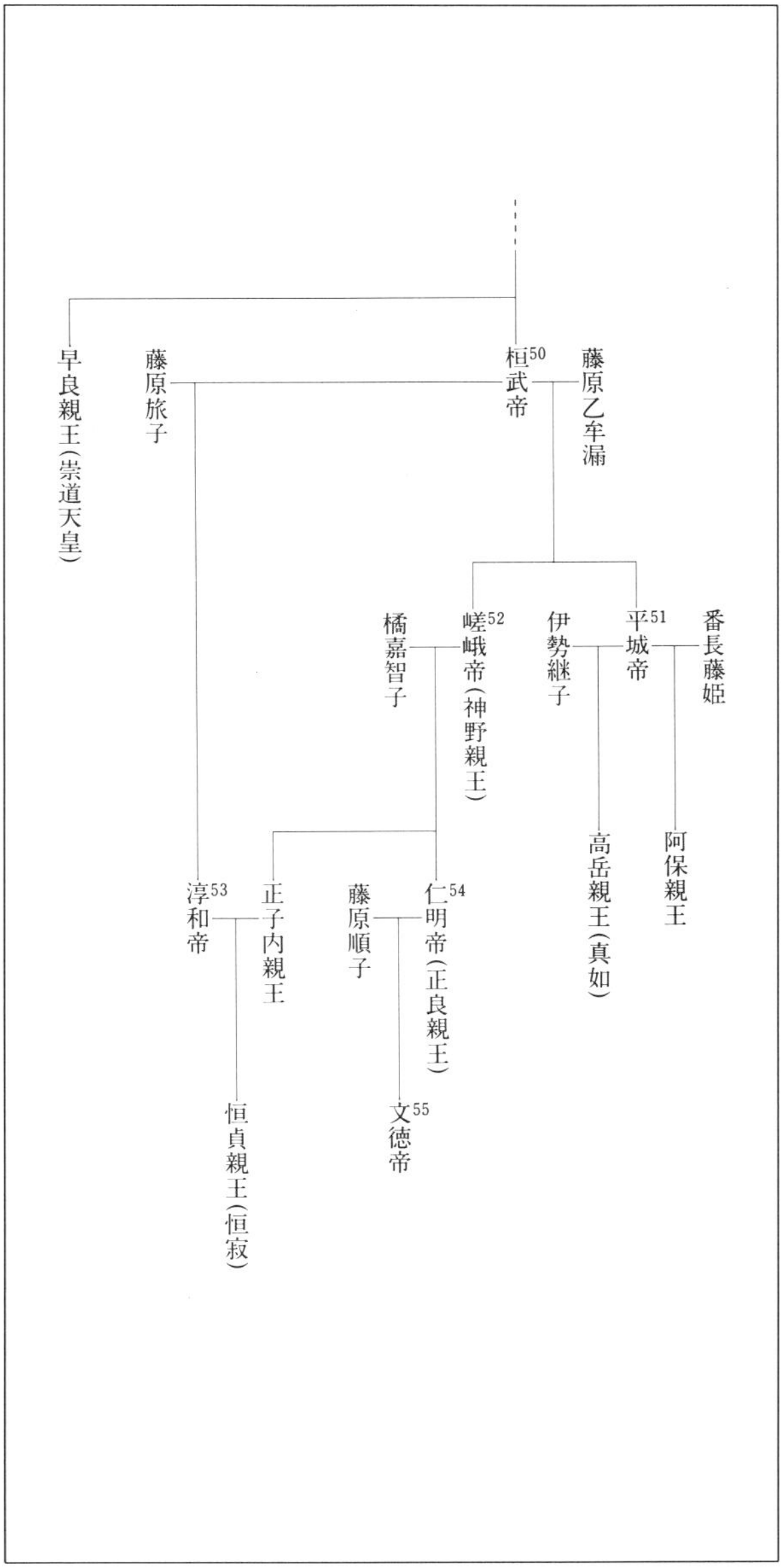

本朝皇胤紹運録・尊卑分脈等を参考にして作成し、秋成の作品に関係の深い部分のみを記した。アラビア数字は天皇の歴代順を示す。

付録Ⅱ　「血かたびら」「天津をとめ」「海賊」「歌のほまれ」関係史実略年表

続日本紀・日本後紀・続日本後記・日本紀略・日本逸史・元亨釈書・扶桑略記抄・愚管抄等により、歴史関係辞典類を参考にして、『春雨物語』に関係の深いことがらのみ記した。

天平一二年（七四〇）　九月、藤原広嗣《ひろつぐ》の乱が起った。これよりかなり以前に、万葉歌人高市黒人は死んでいたはずである。

天平感宝元年（七四九）　二月、陸奥《むつ》国から黄金の献上があった。

天平勝宝四年（七五二）　四月、東大寺大仏の開眼供養が行われた。

天平神護二年（七六六）　十月、弓削道鏡法王となる。

宝亀　元年（七七〇）　八月、称徳帝崩御し、道鏡は下野《しもつけ》国薬師寺別当に左遷された。

六年（七七五）　十月、吉備真備《きびのまきび》没（八三歳）。

延暦　四年（七八五）　九月、桓武帝長岡遷都の造宮使藤原種継が暗殺された。皇太弟早良《さわら》親王は事件に連座して皇太子を廃され、淡路へ配流の途中飲食を断って絶命。そのまま淡路へ運んで葬った。十一月、桓武帝第一皇子安殿《あて》親王が皇太子となった。以後しばしば早良親王の祟《たた》りが皇太子安殿親王を襲うことになり、鎮魂の行事がくり返された。

六年（七八七）　十月、長岡京へ遷都。

一三年（七九四）　十月、平安京へ遷都。

一八年（七九九）　二月、和気清麻呂没（六七歳）。

一九年（八〇〇）　七月、故早良親王に「崇道《すどう》天皇」号を贈った。これは祟り鎮めの措置の一つであった。

二三年（八〇四）　三月、最澄・空海・橘逸勢らが、遣唐使に従って入唐した。

二四年（八〇五）　正月、桓武帝が病気となり、出雲《いずも》広貞らが薬をさしあげた。また、三月には伯耆《ほうき》国から玄賓《げんぴん》が召し寄せられた。

大同　元年（八〇六）　三月、桓武帝崩御（七〇歳）。ただちに改元。五月、平城帝《へいぜい》（安殿親王）即位。桓武帝第二皇子神野《かみの》親王を皇太弟《こうたいてい》とした。八月、空海が帰国した。この年は諸国に水害・旱魃《かんばつ》があいつぎ、租の減免策を次々にとらなければならなかった。

二年（八〇七）　十月、桓武帝第四皇子伊予親王の謀反事件が起った。親王母子は服毒自殺した。『日本逸史』には「弟親王子母を殺す」という表現が見られる。

三年（八〇八）　二月、「紀伝博士」が設置された。この年は疫病が大流行して死者が多かった。また、駅鈴や武器庫の鉦鼓《しょうこ》がひとりでに鳴りだしたり、大極殿西楼に犬が登って吠えたり、奇妙なことが続出した。この頃平城帝は皇太弟を廃しようと計ったが、いちはやくこれを知った太弟が柏原陵（桓武帝）に祈ると烟《えん》気《き》が京の空を覆い、昼も暗いさまになったので、この謀略は中止されたという。

四年（八〇九）　四月、平城帝退位。嵯峨帝（神野親王）即位。平城帝第三皇子高岳《たかおか》親王をたてて皇太子とした。十一月、藤原仲成らが平城宮の造営にあたった。十二月、平城上皇は奈良に移った。

弘仁　元年（八一〇）　九月、平城上皇の重祚《ちょうそ》をねらった薬子《くすりこ》の乱が起った。藤原仲成は射殺され、薬子は服毒自殺した。平城上皇は剃髪《ていはつ》して入道となり、事件は落着した。この事件により、皇太子高岳親王を廃し、桓武帝第三皇子大伴親王が皇太弟となった。

一四年（八二三）　四月、嵯峨帝退位。淳和帝《じゅんな》（大伴親王）即位。嵯峨帝第二皇子正良《まさら》親王が皇太子となった。

天長　元年（八二四）　七月、平城上皇崩御（五一歳）。この年、河内《かわち》にあった和気清麻呂創建の神願寺を京の高雄《たかお》山に移し、神護寺と改称した。清麻呂没後二十五年のことである。

一〇年（八三三）　二月、淳和帝退位。三月、仁明帝（正良親王）即位。淳和帝第二皇子恒貞《つねさだ》親王をたてて皇太子とする。

承和　七年（八四〇）　五月、淳和上皇崩御（五五歳）。

九年（八四二）　七月、嵯峨上皇崩御（五七歳）。この機に承和の変起る。この事件により皇太子恒貞親王を廃する。親王出家して、法号を恒寂《こうじゃく》という。橘逸勢は伊豆へ、伴健岑《とものこわみね》は隠岐へ流された。またこの事件の渦中に参議正四位下文室朝臣《ふんやのあそん》秋津《あきつ》がいた。出雲員外守《いんがいのかみ》に左遷される。八月、仁明帝第一皇子道康親王が皇太子となった。

承和一〇年（八四三）　三月、文室秋津が配流地で没した（五七歳）。

嘉祥　三年（八五〇）　三月、仁明帝崩御（四一歳）。良峰宗貞出家（遍昭）。四月、文徳帝（道康親王）即位。五月、嵯峨太皇太后（橘嘉智子）崩（六五歳）。十一月、文徳帝第四皇子惟仁《これひと》親王をたてて皇太子とする。

貞観　四年（八六二）　七月、真如《しんにょ》（高岳親王）入唐。

元慶　四年（八八〇）　真如が羅越国《らおこく》で遷化《せんげ》のよし連絡があった。

八年（八八四）　九月、恒寂（恒貞親王）薨（六〇歳）。

仁和　二年（八八六）　三月、僧正遍昭が輦車《れんしゃ》で宮門を入ることを許された。

寛平　二年（八九〇）　正月、僧正遍昭寂（七五歳）。

昌泰　三年（九〇〇）　十月、三善清行「辛酉《しんゆう》革命」を建議。

延喜　元年（九〇一）　一月、菅原道真太宰府へ左遷される。

三年（九〇三）　二月、道真没（五九歳）。

五年（九〇五）　四月、『古今和歌集』成立。

八年（九〇八）　十月、藤原菅根《すがね》没（五三歳）。

一四年（九一四）　四月、三善清行『意見封事』を提出。

一八年（九一八）　十二月、三善清行没（七三歳）。

承平　四年（九三四）　十二月、紀貫之土佐守の任をおえて京へ向って船出する。『土佐日記』の旅である。

付録Ⅲ　上田秋成略年譜

享保十九年（一七三四）　一歳

大阪に生れる。「実父の生死を知らず、実母ただ一面《いちめん》のみ」（菩提寺である大通寺実法院主宛書簡）とみずからいう。しかし、「妓女の子」（角田《つのだ》九華《きゅうか》『続近世叢語』弘化二年、一八四五刊）、「本姓田中、故有りて舅家《きゅうか》の姓を冒《をか》す。先生摂津曾根崎の生れ」（藤田顒『献神和歌帖序』天保二年、一八三一撰）、「余斎、そのもと江戸御旗元一名家の孫なり」（頼春水《らいしゅんすい》『霞関掌録《かかんしょうろく》』文化十二年ごろ稿）などの記事が伝えられている。これらの中では頼春水のものが年代的には最も古く、春水その人が秋成三十一歳の時から四十七歳ごろまで大阪に住んでいたはずで、信頼すべきものであろうが、誤伝も含まれていて確定するに至っていない。

元文二年（一七三七）　四歳

堂島の紙・油商「嶋屋」、上田茂助の養子となる。「父無し、その故を知らず。四才母また捨つ。倅《さいはひ》ありて上田氏の養ふ所」（自像箱書）と書いている。

元文三年（一七三八）　五歳

女子一人を残して、養母が死んだ。残された娘は秋成にとって姉にあたる。

天然痘にかかり、手の指が畸型《きけい》となる。後年『胆大小心録《たんだいしょうしんろく》』で、「翁五歳の時、痘《とう》瘡《さう》の毒つよくして、右の中指短きこと第五指のごとし。また、左の第二指も短折《たんせつ》にて用にたたざれば、筆とりては右の中指なきに同じく、筆力なきこと患ふべし」と嘆いている。この時、父親は加島稲荷（大阪市淀川区、香具波志《かぐはし》神社）に祈り、「寿《よはひ》六十八を与へん」という霊夢を見たという。

元文四年（一七三九）　六歳

この頃、養父茂助が再婚したので、秋成は第二の養母の手で育てられることになる。

宝暦五年（一七五五）　二十二歳

この年成立した小野紹簾《しょうれん》の八十の賀の句集『うたたね』（宝暦五年序）に、「かたかれや春八ツはたの目釘竹　漁焉《ぎょえん》」の一句の加わった四吟歌仙が収められており、この「漁焉」が秋成の俳号であることが考証されている。このことから、おそらく十代後半の頃から俳諧に関心を示し、以後四十代末まで熱心であったことが推測できる。「翁若き時は俳諧といふ事を習うて、およそ四十近くまで、これより外の遊びはなかりし」（『胆大小心録 書おきの事』）と回想している。
姉が勘当《かんどう》された。理由については「よからぬ者とみそか事して」（『自伝』）という以外わからない。秋成は「姉は実の御子なり。我は捨てられたるを拾ひて給へりつれば、この家をつぐべき者にあらず。もし姉勘じ給はば、われも御いとまたうべよ」と言ってとりなそうとしたが、父は「心直き者につがするは聖人の教へなり」と言って聴かなかった（『自伝』）。

宝暦六年（一七五六）　二十三歳
この頃、京都の俳人高井几圭《きけい》について学んだ（『続明烏《ぞくあけがらす》』）。

宝暦九年（一七五九）　二十六歳
この頃、城崎《きのさき》・天の橋立方面を旅行したことがある。
また、京都の小島重家という人について、契沖《けいちゅう》の古典研究の手ほどきを受けたという（『秋の雲』）。

宝暦十年（一七六〇）　二十七歳
「もと九条の農家の女《むすめ》、いときなき時に植山の某に養はれ、父母にしたがひて難波《なには》にうつり来」（歌文集『藤簍冊子《つづらぶみ》』附録）ていた植山たま（二十一歳）と結婚した。

宝暦十一年（一七六一）　二十八歳

六月十五日、義父茂助が死んだ。勘当されていた姉も父より前に死んだという（『自伝』）。ともかく嶋屋の主人として経営の任にあたらざるを得なくなったのである。

宝暦十二年（一七六二）　二十九歳

三月十七日、かねて私淑《ししゆく》していた大阪の学校「懐徳堂《かいとくどう》」の教授五井蘭州《ごいらんしゆう》が死んだ。蘭州は儒学者だが、日本古典研究にも造詣《ぞうけい》深く、『勢語通《せいごつう》』『源語提要』などの著作がある。「文なん唐《から》ざまは習はねばたどたどしきを、五井の博士のしりに立ちてまねび出で」（『藤簍冊子』鶉居《じゆんきよ》）などと言っている。

明和元年（一七六四）　三十一歳

一月二十二日、朝鮮の使節が大阪西本願寺別院に宿ったとき、詩作贈答に参加した。「大坂の御堂へちよと贈和《ぞうわ》に出たことがあつた」（『胆大小心録』）。

明和三年（一七六六）　三十三歳

『諸道聴耳世《しよどうききみみせ》間猿《けんざる》』刊（正月）。

『諸道聴耳世間猿』の出版許可願いは前々年に出されているので、三十歳前後に書かれた作品であろう。五巻五冊、各巻三話の短篇を収めた浮世草子である。多田南嶺《なんれい》の『鎌倉諸芸袖日記《しよげいそでにつき》』（寛保三年、一七四三刊）の影響が指摘されている。出版許可願いには「作者　損徳叟《そんとくそう》（堂島永《え》来《ら》町）」となっていたが、出版されたものでは「和訳太《わやくた》郎《ろう》」とある。「和訳」は上方語「わやく（いたずら）」のもじりである。ともあれ作家・上田秋成の誕生であった。

この年の秋、賀茂真淵《まぶち》の高弟加藤宇万伎《うまき》に入門した。秋成の師宇万伎に対する敬愛の念は終生かわることがなかった。

明和四年（一七六七）　三十四歳

『世間妾形気《せけんてかけかたぎ》』刊（正月）。

『世間妾形気』出版にあたって提出された出版許可願いに「作者、堂島永来町、嶋屋仙次郎」と記されていて、これが商家の主人としての住所・屋号・通名と考えられている。出版されたものでは、作者名が「和氏訳太郎」となっている。浮世草子『世間妾形気』は四巻四冊、各巻三話の形式をとっているが、二話にまたがる作品があって、十篇の短篇集である。また、『世間妾形気』の奥付には『西行《はなし》歌枕染風呂敷《うたまくらそめぶろしき》』『世間猿後編諸国廻船便』の出版予告があるが、実現せずに終ったらしい。

この年あるいはその後に、賀茂真淵の門人建部綾足《たけべあやたり》に会い、その教えを受けたことがあるともいう。

明和五年（一七六八）　三十五歳

『雨月物語』（安永五年、一七七六刊）の序文の日付が、この年の三月になっている。

この頃一応は成立していたと考えてよい。

明和六年（一七六九）　三十六歳

京都二条城に詰めていた加藤宇万伎から、励ましの手紙が来た。「百首よみて見せ給へる、いづれも事なく承るものから、ここに留ること幾月日もあらねば、問ひごと怠らせるこそ本意なく侍れ。歌はおのれおのれが才の限りありて、よきあしきをいかにせん」（『文反古《ふみほうぐ》』）とあった。歌の批評を求めるより学問上の質問をせよというわけである。この考えは秋成の作歌論を決定づけたと言える。『春雨物語』の「目ひとつの神」はそれの祖述である。

十月三十日、賀茂真淵が死んだ。七十三歳であった。後に真淵の『伊勢物語古意』や『古今和歌集打聴《うちぎき》』を校訂刊行したり、『冠辞《かんじ》考《こう》』に続ける意味で『冠辞《かむりごと》続貂《つぎお》』を書いたりしている。秋成は真淵に影響されるところが多かったし、みずからもその血脈を引くものと自負していたようである。

明和八年（一七七一）　三十八歳

正月に火災によって家は焼け、嶋屋は破産した。「家は火に亡び、宝は人に奪はれ、三十八といふ歳より泊然《はくぜん》としてありか定めず」（『自伝』）という。嶋屋の再興がなぜできなかったのか、秋成は再興しようとしたのか、詳細は不明のままである。彼は「三十八歳の時に、火にかかりて破産した」（『胆大小心録』）とか、「三十八、回禄《かいろく》に係り居を失ふ」（自像箱書）とか記すのみである。

安永元年（一七七二）　三十九歳

『胆大小心録』に「三十八歳の時に、火にかかりて破産した後は、なんにも知つた事がない故、医者をまづ学びかけた」というのが、火災直後のことかどうか定かでないが、この年ごろからと見ておく。

十二月には、加島稲荷の社家の藤家《ふじ》時が、秋成の講義録『古今序聞書《ききがき》』を書きあげている。奥書《おくがき》には「明和九辰年十二月三日上田秋成門人藤提蕪《ていぶ》」とある（明和九年は十一月十六日改元して安永元年となった。誤記であろう）。国学研究と医学修業がもっぱら秋成の生活を彩っていて、嶋屋再興につとめる面影は見出し得ない。

安永二年（一七七三）　四十歳

『也哉抄《やかなしょう》』成稿。

大阪の市中を去って、加島で医学修業をはじめた。「四十より田舎住みして、くすし学ばんと思ひ立ちたり。夜も寝ず昼はまして、やうやう物読み習ひ、その心をも師につきておろそげながら心得ぬ」（『自伝』）と、この時期を回顧している。同時に国学研究や歌詠みに熱中していくのも、「秋なり」「秋也」「秋成」と署しはじめるのもこの頃である。

俳諧切字《きれじ》の国語学的研究ともいうべき『也哉抄』の出版願いが九月付で出されて

いる。

安永三年（一七七四）　四十一歳

『あしかびのことば』（二月）。『加島神社本紀』成稿。

　一月には与謝蕪村が『也哉抄』の序文を書いてくれた。文中「ここに我が友無腸隠士なるものあり。津の国加島の里にかくれ栖《す》み、客を謝して俗流に交らず」とある。『也哉抄』は三月に門人たちが、秋成に無断で仕事を始めて、出版できるようになっていたが、秋成が許可せず、陽の目を見たのは十三年後の天明七年（一七八七）のことであった。

　親友木村蒹葭堂《けんかどう》の求めによって、その評伝を和文に綴ったものが『あしかびのことば』である。

安永四年（一七七五）　四十二歳

『区柴々之副徴《くさぐさのふみ》』（藤打魚《うつな》編）成稿（正月）。

　加島での医学修業と国学研究は続く。その間の秋成の文章・詠草を、藤家時の弟家孝が編んだのが、『区柴々之副徴』である。

　また、以前から続いていたらしい『竹取物語』の講義が、正月下旬に終了した。打魚の記した講義聞書『竹取物語解』が残されている。

　この年を中心に、蕪村《ぶそん》・樗良《ちょら》・几董《きとう》・東甾《とうし》等の俳人たちとの交流も盛んであったらしく、東錙宛蕪村書簡に「蚊しま法師」「蚊しま坊」として登場する。安永四（？）年二月十八日付に、「今日几董より申し来たり候は、大魯書通これあり候。東錙様と雅俗とも絶交いたし候との事、これはこの程蚊しま法師上京にてあらあら承り候。（略）春作様並びにかしまのおやぢとも御相談なされ下されたく候」などと見える。

後に本居宣長と秋成との論争の仲介をした荒木田末偶《すえとも》と会ったのもこの頃ではないかと思われる。末偶は秋成を、はじめ俳諧師として知ったらしいからである。

安永五年（一七七六）　四十三歳

『雨月物語』刊（四月）。

この年あたりから大阪の尼ヶ崎町一丁目に医を開業した。『胆大小心録』に「我もそのころは医士《くすし》の業をつとめて、日々東西南北と立走りしかば、またよき師につきてと思はず、四十三歳より五十五歳まで、怠りなくつとめ」と回想している。

正月に出た一音《いちおん》編の句集『左比思遠理《さびしおり》』に、「宿の梅野梅ぢやと人の見て通る　鹿島　無腸」と見える。

几董が編んだ几圭十七回追善句集『続明烏』（九月刊）には秋成の七句が入集している。「枕にもならふものなり春の水」はその一例である。

安永六年（一七七七）　四十四歳

医業のかたわら、西山宗因《そういん》の句集『梅翁発句むかし口』を刊行したり（二月）、恩師加藤宇万伎の『雨夜物語たみこと葉』に序文を書いて刊行したりした（四月）。
六月十日、加藤宇万伎が京都で急死した。五十七歳であった。葬儀にかけつけて、遺髪を八代子未亡人に送ったりした。

安永七年（一七七八）　四十五歳
この頃、柿本人麻呂伝の研究を続けていた。翌年の『ぬば玉の巻』に登場する人麻呂の面影には、この研究の成果が反映している。

安永八年（一七七九）　四十六歳
「秋山記《あきやまのき》」成稿。『ぬば玉の巻』成稿（十月）。
九月十二日から十月下旬にかけて、妻たまを伴い城崎温泉へ湯治に出かけた。旅程は明石、豆崎、館《やかた》、城崎で、湯治期間は九月十九日から十月十六日までであった。帰りは天の橋立を見て、現在の福知山線に沿うコースを通った。その紀行文が「秋山記」であり、そこで触れていた『源氏物語』論を、連歌師宗椿《そうちん》の説話に仮託して物語化したのが『ぬば玉の巻』である。

安永九年（一七八〇）　四十七歳
「水無瀬川《みなせがわ》」撰（十月）。「藐姑射山《はこやのやま》」執筆（十月）。「去年《こぞ》の枝折《しおり》」執筆（十月）。
五月二十九日、実母が死んだ。「実母ただ一面のみ」という秋成が母の死をどう受けとったかはわからない。ただ、晩年の実法院主宛書簡に「実妣《じっぴ》　釈妙善　明和（安永の誤り）九庚子五月二十九日」とあるので、その法名と没年月日を知っていたことだけは確かである。

十月にはつてがあって、水無瀬川経由で京都へ入り、修学院離宮を拝観することができた。

同じ十月、昨年の城崎温泉旅行の思い出を文章にした。「去年の枝折」がそれである。「秋山記」には折々の歌が挿入されていたが、この場合句を書き入れている。淡路町切町に家を買い、改築した。移り住んだのは翌年のことである。「四十七の冬、家を買うてさっぱり建て直して、四十八の春うつつた。十六貫入《い》つたが何でやらできた事ぢや」（『胆大小心録』）と語っている。秋成の生涯の中で最も生活の安定した時期であった。

天明元年（一七八一）　四十八歳

「賜摂津国《せつつのくにに たまう》　今宮庄《いまみやしよう》　弘安之勅書《こうあんのちよくしよ》　並《ならびに》　代々之御牒文序《だいだいのぎよちようぶんのじよ》」執筆。

新しい家に転宅しての安定した生活が続く。

十一月に『ぬば玉の巻』の出版許可願いが出され、十二月十四日付で許可されている。しかし、刊本はいまだ発見されず、実際には出版されなかった可能性がつよい。

天明二年（一七八二）　四十九歳

「山裹《やまづと》」執筆（十月）。

十月三日から四泊（二泊は船中）五日で奈良方面に旅行した。その折の紀行文「山裹」に「友どち三たり、夜をこめて出でたつ」とある。

天明三年（一七八三）　五十歳

『浅間の煙』執筆。

七月五日の浅間山大噴火のことを聞き、古今東西の典籍をひもといて、火山のことを論じたのが『浅間の煙』である。

十二月二十五日、与謝蕪村が死んだ。六十八歳であった。秋成の『也哉抄』に序文を書いてくれた仲である。その追善集『から檜葉《ひば》』（天明四年刊）に追悼文を寄せ、「かな書の詩人西せり東風《こち》吹いて」の一句で結んでいる。

天明四年（一七八四）　五十一歳

『漢委奴国王金印考』執筆。

この頃から『呵刈葭《かかいか》』にまとめられている宣長と秋成の論争が始まったようである。「漢委奴国王」金印の発見は、この年の二月二十三日のことであった。このことを知ると直ちに筆をとったと考えられる。

天明五年（一七八五）　五十二歳

『歌聖伝追考《ついこう》』成稿（九月）。

『歌聖伝追考』はあくまで『歌聖伝』あってのことである。この年以前に書いたはずの『歌聖伝』にこの追考を加えて、秋成の柿本人麻呂伝の研究は完成したのである。

十月には、野村とも子《こ》が書いた真淵の講義録『古今和歌集打聴《うちぎき》』全二十冊の校訂を完了した。刊行されたのは四年後の寛政元年である。

また、この頃までに『雨月物語』が再刊されている。

天明六年（一七八六）　五十三歳

『鉗狂人評《けんきょうじん》』執筆。

本居宣長が編集した『呵刈葭』などに見られる、宣長との音韻論争を中心とするやりとりに終始した一年であった。と同時に『書初機嫌海《かきぞめきげんかい》』の出版準備も整っていたらしく、十二月に出版の届けが出されている。

天明七年（一七八七）　五十四歳

『書初機嫌海』刊（正月）。『荷田氏訓読斉明紀童謡存疑《ぞんぎ》』執筆。『鶉の屋《うずらや》』執筆。『也哉抄』刊（九月）。

二月に嵐山の花見に出かけた。後に河内《かわち》の日下《くさか》（今の東大阪市日下町）で秋成の面倒を見てくれた紫蓮こと唯心尼《ゆいしんに》の夫平瀬助道に誘われたと『鶉の屋』に書いている。

四月下旬に医をやめ、大阪郊外の淡路庄村に隠棲《いんせい》した。なぜ退隠するにいたったかはかならずしも明らかでない。病いがちであったことも理由の一つに数えられている。しかし、『鶉の屋』に「あはれ世に立ち交はるべき身は、その程々につけて智といふ物のあらまほしき。習ひもて付けたらんが、己が性《さが》のごとくなれるはいとも難し。常にはかどかどしくうちふるまへるも、いでや事にさし当りては、我が心から頼もしからぬよ。父母の賜物《たまもの》ならぬを、いかにせん」と自己批判しているように、彼の生来の性格では、付焼刃の世俗的努力は限界にきたというのが本音ではなかろうか。ここでいう「智」は、晩年『茶瘕《ちやか》酔言《すいげん》』や『胆大小心録』で歴史上の人物評論にしばしば用いられる語で、前者で「才は花、智は実、むすびとどめて利益ある事まされり。才子はすすみて陥し入れらる。智は静まりて時を待て起る。故に智者の才を兼ねたるも、智にこめられて顕《あら》はれぬあり」と説いている。『自伝』で「(家をおこす）智略なき性に心いりなんよりは、狂蕩《きやうたう》と呼ばれておのがままならん」と結論づけていることと合わせ考えれば、理解が容易になるように思われるからである。それにしても、付焼刃の努力ではどうにもならぬ「事にさし当」ったという、そのことの具体的事実を秋成は語ってくれない。

天明八年（一七八八）　五十五歳

『岩橋《いわはし》の記』。『迦具都遅能阿良毗《かぐつちのあらび》』執筆（二月）。

正月二十八日に上洛《じょうらく》し、松村月渓《げっけい》の家に泊った。翌二十九日夜四条賀茂川東岸から出た火は川を越えて燃え拡がり、京都の市街全域を灰にした。皇居も例外ではなかった、いわゆる天明の大火である。この大火を目撃し、京都在住の知友の安否を気づかいながら、伏見を経て大阪に帰った。「かくてぞいにしへの神宝《かんだから》や書《ふみ》や何やのおほんも、その度々に焼け亡びしには、今やあがりたる世の事どもの、まさしに伝はるべからぬことわりをも、おろおろ心得らるるなりけり」(『迦具都遅能阿良毗』)と、古典文献に対する日頃の懐疑が裏づけられたような受けとり方をしている。

三月には吉野方面へ旅行して、紀行文『岩橋の記』をものした。旬日を超える旅程のようである。

十月には信貴山《しぎさん》へも登った。

寛政元年(一七八九) 五十六歳

『寛政改元』執筆(正月)。『箕尾行《みのおこう》』橘経亮《つねあきら》と合作(九月)。

四月下旬に上洛し几董・経亮・土満《ひじまろ》らに会った。

六月二十日、同居していた妻たまの母が死んだ。

七月下旬には再度上洛した。

九月十一日、妻の母の遺骨を納骨するため、夫婦で上洛し、翌日は南禅寺を訪れている。十三日から十六日まで経亮の案内で、大覚寺・法輪寺・松尾大社・西芳寺など、嵯峨・嵐山一帯を歩いた。

九月二十三日には経亮が大阪を訪れた。秋成夫婦は箕尾方面の紅葉狩に誘って返礼としている。

十一月二十一日、今度は秋成の養母が死んだ。七十六歳であった。

寛政二年（一七九〇）　五十七歳
『うかれ鴉《がらす》』執筆（六月）。

この年妻たまが尼になり、秋成が瑚璉尼《これんに》と名づけた。「それから夫婦の心、はなはだめつさうになつて、髪をおろして尼になりしが、瑚璉と名を付けた。いかにと問うた故に、字はままの皮ぢや、コレコレと呼ぶに勝手がよさぢやと答へた」（『胆大小心録』）と秋成はいう。

二月、加藤宇万伎の『土佐日記解』を浄書し、序文を添えた。前年が宇万伎の十三回忌に当り、詠草を墓前にささげている（『藤簍冊子《つづらぶみ》』）のに続く供養のわざであろう。

八月、真淵門の才女で夭折した油谷倭文子《しずこ》の歌文集『文布《あやぬの》』の再版に序を贈った。

六月に左眼を失明した。秋成に新たな苦労をしいる出来事であった。

寛政三年（一七九一）　五十八歳
『癇癖談《くせものがたり》』成稿。『富士山説』（漢文）執筆。
五月、賀茂真淵の歌を集め、『県居の歌集《あがたいのうたしゅう》』と題し、序を加えて刊行した。同時に加藤宇万伎の歌集『しづ屋の歌集』を編み、同じく序を加えて刊行した。

寛政四年（一七九二）　五十九歳

『安々言《やすみごと》』成稿（十一月）。

師都賀庭鐘《つがていしょう》の序を添えた『安々言』は、本居宣長の『直毘霊《なおびのみたま》』『馭戎慨言《からおさめのうれたみごと》』の批判をこととした、対宣長論争の総決算ともいうべきものである。

翌々年に出版された『清風瑣《せいふうさ》言《げん》』もこの頃の執筆と考えられる。

寛政五年（一七九三）　六十歳

『出雲風土記』校合《きょうごう》。『よしやあしや』（真淵『伊勢物語古意』の付録）刊（九月）。

六月、大阪淡路庄村の住居を出て、京都へ移り住んだ。この移住の動機を『胆大小心録』には「尼はもと京の生れぢや故、住みたいというた故」としているが、妻瑚璉尼の遺文『夏野の露』に描かれている秋成の姿を見ると、かわいがっていた隣家のおさな児の死に、強い衝撃を受けて居たたまれない気持になったことも一因のように思える。京都での最初の住居は、智恩院門前袋町であった。

七月、歌人としてその名を耳にしていた小沢蘆庵《ろあん》に会った。紹介者は羽倉信美《はくらのぶよし》である。橘経亮も来合せて、蘆庵が箏《そう》の琴、経亮が大和琴で合奏したという。秋成が「山里の二木の松の声あひて秋のしらべは聞くべかりけり」と詠むと、蘆庵は「山陰《やまかげ》の二木の松の秋の声人に聞かるる時も待ちけり」と返した。両者の交友は蘆庵の死まで続くことになる。

寛政六年（一七九四）　六十一歳

『万葉集会説』浄書（九月）。『清風瑣言』刊（十一月）。

春の頃、南禅寺山中の常林庵裏の小庵に移った。八畳一間の家で、入口に「鶉居」という自筆の暖簾《のれん》を掛けていたという（田能村竹田《たのむらちくでん》『屠赤瑣々録《とせきささろく》』）。八畳のうち中央部四畳が起臥の場、左右の四畳が日用品の置場であり書斎でもあるとみずから描写している（『藤簍冊子』鶉居）。

小沢蘆庵との交遊が頻繁であった。

この頃、秋成に医学上・文学上、直接間接に影響を与え、『安々言』に序を寄せてくれた都賀庭鐘が死んだ。『雨月物語』が庭鐘の『繁野話《しげしげやわ》』『英草紙《はなぶさぞうし》』の流れを汲《く》むものであることは自明に近い。

寛政七年（一七九五）　六十二歳

四条東洞院《ひがしのとういん》に移り、松村月渓と同じ長屋に住んだ。このあと間もなく衣棚丸太町に移っている。

この年は『万葉集』の講義をしたり、荷田春満《かだのあずままろ》の歌集『春葉集《しゅんよう》』（寛政十年刊）を編集したりで過した。

寛政八年（一七九六）　六十三歳

『冠辞続貂《かむりごとつぎお》』成稿。

三月に再び智恩院門前に移り住んだ秋成は、まもなく大阪の人池永秦良《はだら》の訃報を聞いた。去年の冬、秦良は自著『万葉集見安補正《みやすほせい》』の草稿を携えて来て、目を通してくださいと言った。目が悪いからと断ると、読むから聞いてくださいと言う。それでも秋成は、目も耳もともに心の奴《やつこ》で同じことだと拒んだ。秦良は、先生に見ていただこうと思って研究を続けてきたのにと言って泣いた。ともかくも来年の初春の挨拶に上洛するまで預けておきますと言って戻ったまま、不帰の客となったのである。秋成はその出版計画があったことを聞いて、この遺著に手を入れ、十月には序文を書いた。

寛政九年（一七九七）　六十四歳

『霊語通《れいごつう》』（仮字篇）刊（二月）。

秋、妻瑚璉尼を伴い、河内の日下《くさか》村の唯心尼を訪ね、大阪へ出て加島稲荷へ回った。十二月十五日、瑚璉尼が死んだ。五十八歳であった。「尼はとみの病にて死したり」（『自伝』）という。その悲嘆ぶりを「こひ転《まろび》、足摺《ずり》しつつ嘆けども、すべのなさに野に送りて煙となしぬ」と自記している（『麻知文《まちぶみ》』）。「つらかりしこの年月の報ひしていかにせよとか我を捨てけん」と詠んで柩《ひつぎ》の中に入れ、「起き臥しはひとりと思ふを幻に助くる人のあるが悲しき」などとも詠んだ。

寛政十年（一七九八）　六十五歳

『雨月物語』三版。

亡き妻瑚璉尼が書き残していた文章『露分衣《つゆわけごろも》』『夏野の露』の二篇を発見して浄書

し、伴蒿蹊《ばんこうけい》の跋文《ばつぶん》を付して、菩提寺である大通寺実法院に納めた。この二篇は後に『藤簍冊子』に付録として載せられることになる。

四月二十日過ぎから右眼があやしくなり、ほどなく両眼失明状態になったので、治療のため日下へおもむいた。瑚璉尼の親戚筋の、その頃同居していた、そしてなぜか尼姿の養女が同行した。大阪に出張開業していた名医の噂高い谷川良順兄弟に診てもらうため、日下から通うつもりであったらしい。谷川氏は播磨国（兵庫県）加東郡の人である。幸いに左眼は徐々に快方へ向った。「僥倖《げうかう》にして神医に逢ひ、左明を得たり」（自像箱書）と記している。谷川家との交誼《こうぎ》は以後長く続く。

晩秋には帰洛することができたが、やがて住居を丸太町の御所の東に移すことになる。羽倉信美の通称百万遍《ひやくまんべん》屋敷の内である。

寛政十一年（一七九九）　六十六歳

『落窪物語』校訂、刊行（二月）。『月の前』成稿（九月）。

この『月の前』の後識語《こうしきご》に「寛政十一年秋九月廿一日夜、於浪華之客舎書記《なにはのかくしやにしよきす》」とあるから、この年も大阪へ出たことになる。眼の治療が継続していたのであろう。十一月に眼科医谷川氏に『富士山説』を贈っていて、交際は続いているのである。

寛政十二年（一八〇〇）　六十七歳

冬、身辺の世話をしてくれていた「はした女《め》」松山貞光尼が死んだ。

『万葉集楢《なら》の杣《そま》』執筆。

八月十五日に眼病治療のため大阪へ行き、例の河内の日下へ回った。「老懶今年六十七、今度下阪につきて何処に終り候や、はかりがたく候故、檀寺の送券書《そうけんしよ》を首にかけ、浮かれ出で申し候。もし落命と御耳に入り候はば、いつにても十五日を忌日に御祭りし賜はるべく候。先考・亡妻の祭日にて候故なり」(「実法院主宛書簡」)と覚悟を述べての旅立ちであった。翌年六十八歳が神に許された命の極みであることを思っていたのであろう。

九月一日、かねてから『万葉集』や『土佐日記』を進講もし、愛顧を賜っていた正親町《おおぎまち》三条公則《きんのり》がなくなった。二十八歳であった。その訃報を六日に日下で受けとった。「かからんと思ひ知らねばしばしとて告げし別れを永き別れに」「なかなかに都は遠し追ひ行かん君しばし待てよもつ坂路に」(『麻知文』)と追悼歌を詠んでいる。

秋から翌年にかけて加島に滞在した。『春雨物語』の「宮木が塚」の筆をとったのはこの時であろう。

享和元年(一八〇一)　六十八歳

『冠辞続貂』刊(九月)。『献神和歌帖』奉納(九月)。

六月に、公用で大阪に来た大田蜀山人《しよくさんじん》と会った。秋成は「互に興ありとす」(『胆大小心録』)と思い、蜀山人は「啻《ただ》にその文の奇なるのみにあらず、その人また奇なり」(『藤簍冊子』長夜室記《ちようやしつき》)と感じたという。

七月十一日、親しかった歌人小沢蘆庵が死んだ。七十九歳であった。毎年冬になると欠かさず炭を贈ってくれていたこの老友の死を、「秋風は草木のうへと思ひしにかねては人をさそふあらしか」と悼《いた》んだ。

九月になると、自詠の歌六十八首に、転法輪《てんぽうりん》前内大臣《さきのないだいじん》実起《さねおき》をはじめとする公卿三人と伊勢神宮をはじめとする七社人《しゃじん》との詠歌を添えて『献神和歌帖』を編み、加島稲荷に奉納した。五歳のときの神恩を慮《おもんぱか》っての行為である。

同じ九月二十九日には本居宣長が死んだ。七十二歳であった。事ごとに論争し、挙句は「ひが言をいうてなりとも弟子ほしや古事記伝兵衛と人はいふとも」（『異本胆大小心録』）と罵《ののし》った論敵の死である。

享和二年（一八〇二）　六十九歳

『旌孝記《せいこうき》』成稿（三月）。『藤簍冊子』自序執筆（三月）。

一月二十五日、親しかった木村蒹葭堂が死んだ。蒹葭堂は大阪の酒造家で博物家であった。秋成の蒹葭堂訪問は、『蒹葭堂日記』に見えるだけでも四十五回に及ぶ。彼のために『あしかびのことば』を書いたこともあった。

三月、身体の衰えを感じたか、南禅寺門前の西福寺の庭の紅梅の木の下に自分の墓を作り、棺を寺僧に託した。

三月二十二日、羽倉信美の百万遍屋敷にいた秋成を大田蜀山人が訪ねて来た。大阪から江戸へ帰る途中のあわただしい面会であった。木曾路を通って帰るというので、

「風あらき木曾山桜この春は君を過して散らば散らなん」の一首を贈った。
また、この年、河村文鳳《ぶんぽう》の絵に秋成の句・歌・詩を合わせた『四季風流絵巻』（秋冬の巻）ができた。

享和三年（一八〇三）　七十歳
『金砂《こがねいさご》』成稿。『遠駝延五登《おだえごと》』（史論）成稿。『剣《つるぎ》の舞』浄書。
おそらくは寛政十一年に『月の前』と同時に書いたであろう『剣の舞』を浄書して人に贈っている。あるいは所望する人があって、何がしかの金品にかわったかと考えられる。
六月二十五日、天神祭の日、大阪大江橋のたもとで、旧友・知人たちが七十の賀の会を開いてくれた。江戸の大田蜀山人は、はるかに祝いの詩を寄せている。歌文集『藤簍冊子』出版のことなども、この七十歳を記念しての企画であったようである。

文化元年（一八〇四）　七十一歳
『金砂剰言《じょうげん》』成稿。『麻知文』執筆。
三月には『藤簍冊子』の編集が一応完了したもののようで、編集責任者の位置にあった昇道法師の「附言《ふげん》」は三月付になっている。
四月二十六日、陶工高橋道八（初代、号方観・空中）が死んだ。道八は秋成の陶製座像を作って贈ってくれていた。その像は西福寺に現存して、ありし日の秋成の姿を今に伝えている。

八月には大阪で、長崎へ公用で下る大田蜀山人と会った。『藤簍冊子』の編集のことを知った彼は、その後序を書かせてくれと申し出ている。

松村月渓が絵を書き、秋成が句を書き入れた『年中行事図巻』が成ったのもこの年あたりであろう。

文化二年（一八〇五）　七十二歳

『七十二候』成稿。『藤簍冊子』（三冊本）刊（九月）。『海道狂歌合《きようかあわせ》』成稿（十一月）。

八月ごろから翌年にかけて西福寺に滞在する。

十一月五日には、蜀山人が訪ねて来た。前年、大阪で会ってから一年ぶりの面会である。この時の模様を蜀山人は、「南禅寺の中、西福寺といふに上田余斎翁のゐますと聞きて、岡崎を経て南禅寺にいたり、法師の行くに問へば、我がやどりにおはすと言ふもうれしく、扉をたたきて入れば、翁喜び迎へて、しばらく物語るに、日もはや暮れんとすれば、立ち出づる。庭に石をたてて、『無腸之墓』とあるは、翁の寿蔵《じゆぞう》なるべし」（『小春紀行』）と書いている。

文化三年（一八〇六）　七十三歳

『ますらを物語』成稿。『藤簍冊子』（文化三年本）刊。『呑湖《どんこ》堂記《どうき》』執筆。

南禅寺山内の常林庵裏に戻り小庵を結んだ。

四月十七日、一乗寺の円光寺に隣人大沢春朔《しゅんさく》らと参詣した。そこで渡辺源太に邂逅《かいこう》した。若い頃妹の縁談のもつれからその妹を切ったという話題の人である。秋成はこの邂逅を契機に、一気に『ますらを物語』を書きあげ、やがてそれが『春雨物語』の「死首《しにくび》のゑがほ」へと変容する。

六月十日は今は亡き師加藤宇万伎の三十回忌に当る。長歌「先師酬恩歌《せんししゅうおんか》」二首を詠み、三条大宮にある三宝寺の墓前に供えた。

文化四年（一八〇七）　七十四歳

『茶瘕酔言』成稿。『藤簍冊子』（文化四年本）刊。『秋の雲』成稿。『田父辞《でんぷのじ》』成稿。

秋の頃、草稿の類を庭の古井戸に投げ捨てた。『文反古』には「無益の草紙、世に残さじと、何やかやとり集めて八十部ばかり、庭の古井に沈めて今は心ゆきぬ。『ながき夢みはてぬほどに我が魂の古井に落ちて心さむしも』と詠みしを、隣の人おもしろとやおぼすらん、この井を『夢の井』と名づけて、しるしの石建てんと計り」と見える。何の草稿であったか明らかでないが、国学関係の草稿類がおもであったように思われる。ただ、同文には「ただ好きたること言ひたきこと、筆に言はせてかい破《や》りてん」ということばもあって、書くことを拒否したわけではない。むしろ、書きまくることに意味のある日々であったと言える。

文化五年（一八〇八）　七十五歳

『背振翁伝《せぶりおうでん》』浄書（一月）。『春雨物語』成稿（三月）。『安楽寺上人伝』成稿（四月）。『文反古』刊（五月）。『茶瘕稗言《はいげん》』執筆。『胆大小心録』執筆。『鴛央行《えんおうこう》』成稿。

『背振翁伝』（『茶神の物語』）末に、「この頃いと貧しきに、来る月の十五日には先考の五十年に瑚璉が十三年を加へて祭らんと思ふ。香花何くれ、供養の物求むべきたよりなし。この茶神の物語、この頃の手習ひなり。金二百疋《びき》にかへて賜はらばや」とある。晩年、旧作を浄書したり文章を書いたりしては、生活の資を得ることの多かったことを物語る例である。

三月三日に江戸の大田蜀山人の六十の賀が、その自邸で催された。秋成は祝儀に自作の歌百六首を書き送った（『胆大小心録』『一話一言』）。

十月には、養父の五十回忌のため大阪へ下っている。故郷大阪への最後の旅となった。

この年は秋成の代表作の一つである『春雨物語』の十篇が一応完結した記念すべき年である。彼はその後も推敲《すいこう》の手を休めない。いわゆる「富岡本」の存在がそれを証している。

文化六年（一八〇九）　七十六歳

『異本胆大小心録』執筆。『神代がたり』清書。『俳調義論《はいちょうぎろん》』執筆。

今までに書いたものを書き直したり、書き加えたりの生活であった。『春雨物語』の改稿もその仕事の一つであったろう。

画家渡辺南岳が、江戸の俳諧師鈴木道彦の所望を伝えて勧めたので、自選句集らしい『俳調義論』をものしている。「冬の野や寺の屋根から月が出た」「うぐひすや梅けちらしてどちとんだ」「死神に見はなされたか老の春」などの句が見える。そして「七十六歳の目くらき翁が筆は、飛びとびに豆の味もない事を、また悪七兵衛の悪筆は、千鳥や鴉《からす》やらの足の跡ぢやまで。また思ひ出したら、京都の窮人《きゅうじん》申しおくるべし。　余斎」と結んでいる。

六月二十七日、羽倉信美の百万遍屋敷内で死去した。火葬後、南禅寺門前の西福寺に葬る。享和二年に決めていた紅梅の下である。現存の墓碑は、その十三回忌（文政四年、一八二一）に関係者が建てたもので、正面に「上田無腸翁之墓」、裏面碑文には村瀬栲亭《こうてい》の文章を刻している。

文化八年（一八一一）　没後二年

『海道狂歌合』刊。

文化二年に成立していた、東海道を題材にした狂歌合せ十八番である。「左　楮道《ちょどう》心《しん》、右　篁処士《こうしょし》」とあるが、いずれも秋成である。「左　南岳、右　文鳳」の絵合せを載せている。

文政五年（一八二二）　没後十三年

『癇癖談』刊（七月）。

寛政三年に成立していた作品。森川竹窓が秋成から本作品を借覧し、返却するとき添えた書簡を、冒頭に付して出版している。竹窓は大阪の書家で、秋成の墓碑銘を書いた人である。この出版にかかわったかも知れぬ。

新潮日本古典集成〈新装版〉

春《はる》雨《さめ》物語《ものがたり》　書初《かきぞめ》機《き》嫌《げん》海《かい》

平成二十六年十月三十日　発行

校注者　美《み》山《やま》靖《やすし》
発行者　佐藤隆信
発行所　株式会社　新潮社
〒一六二―八七一一　東京都新宿区矢来町七一
電話　〇三―三二六六―五四一一（編集部）
　　　〇三―三二六六―五一一一（読者係）
http://www.shinchosha.co.jp
印刷所　大日本印刷株式会社
製本所　加藤製本株式会社
装画　佐多芳郎／装幀　新潮社装幀室
組版　株式会社ＤＮＰメディア・アート

乱丁・落丁本は、ご面倒ですが小社読者係宛お送り下さい。
送料小社負担にてお取替えいたします。
価格はカバーに表示してあります。

©Yasushi Miyama 1980, Printed in Japan

ISBN978-4-10-620876-8　C0393

新潮日本古典集成

古事記	西宮一民
萬葉集 一〜五	青木生子 井手至 伊藤博 清水克彦 橋本四郎
日本霊異記	小泉道
竹取物語	野口元大
伊勢物語	渡辺実
古今和歌集	奥村恆哉
土佐日記 貫之集	木村正中
蜻蛉日記	犬養廉
落窪物語	稲賀敬二
枕草子 上・下	萩谷朴
和泉式部日記 和泉式部集	野村精一
紫式部日記 紫式部集	山本利達
源氏物語 一〜八	石田穣二 清水好子
和漢朗詠集	大曽根章介 堀内秀晃
更級日記	秋山虔
狭衣物語 上・下	鈴木一雄
堤中納言物語	塚原鉄雄
大鏡	石川徹
今昔物語集 本朝世俗部 一〜四	阪倉篤義 本田義憲 川端善明
梁塵秘抄	榎克朗
山家集	後藤重郎
無名草子	桑原博史
宇治拾遺物語	大島建彦
新古今和歌集 上・下	久保田淳
方丈記 発心集	三木紀人
平家物語 上・中・下	水原一
金槐和歌集	樋口芳麻呂
建礼門院右京大夫集	糸賀きみ江
古今著聞集 上・下	西尾光一 小林保治
歎異抄 三帖和讃	伊藤博之
とはずがたり	福田秀一
徒然草	木藤才蔵
太平記 一〜五	山下宏明
謡曲集 上・中・下	伊藤正義
世阿弥芸術論集	田中裕
連歌集	島津忠夫
竹馬狂吟集 新撰犬筑波集	木村三四吾 井口壽
閑吟集 宗安小歌集	北川忠彦
御伽草子集	松本隆信
説経集	室木弥太郎
好色一代男	松田修
好色一代女	村田穆
日本永代蔵	村田穆
世間胸算用	金井寅之助 松原秀江
芭蕉句集	今栄蔵
芭蕉文集	富山奏
近松門左衛門集	信多純一
浄瑠璃集	土田衞
雨月物語 癇癖談	浅野三平
春雨物語 書初機嫌海	美山靖
與謝蕪村集	清水孝之
本居宣長集	日野龍夫
誹風柳多留	宮田正信
浮世床 四十八癖	本田康雄
東海道四谷怪談	郡司正勝
三人吉三廓初買	今尾哲也